KB021013

중독

중독

1판 1쇄 찍음 2019년 7월 3일
1판 1쇄 펴냄 2019년 7월 10일

지은이 | 조인영
펴낸이 | 고운숙
펴낸곳 | 봄 미디어

기획 · 편집 | 김민지, 김지우
표지 디자인 | 우물

출판등록 | 2014년 08월 25일 (제387-2014-000040호)
주소 | 경기도 부천시 길주로 64, 1303(굿모닝 오피스텔)
영업부 | 070-5015-0818 편집부 | 070-5015-0817 팩스 | 032-712-2815
E-mail | bommedia@naver.com
소식창 | http://blog.naver.com/bommedia

값 12,000원

ISBN 979-11-5810-734-5 03810

중독

addiction

zodaming

조인영
장편 소설

c   o   n   t

Chapter 1

언제나 그렇듯 방학이 끝나고 시작되는 새 학기는 참으로 신물 난다.

"어? 수연 언니 복학하신 거예요?"

2년간의 휴학 후에 맞는 개강은 더더욱 그렇다.

"응. 나도 졸업해야지."

"아, 이번이 마지막 학기죠? 어떡해. 취업 준비하느라 힘드시겠다. 언니 이제 스물다섯 아니에요?"

박유라가 양 눈썹을 팔자로 내리며 안쓰럽게 물었다. 2년 만에 만난 한 학번 아래의 이 귀찮은 후배는 하나도 변한 게 없다. 키는 난쟁이 똥자루, 아니, 난쟁이 똥만도 못 한 게 무시무시한 하이힐을 신고 아등바등 눈높이를 맞추려 하는 모습이 퍽 애잔하다.

그래도 지금은 꽤 유행을 잘 따라가는 모양이었다. 굵게 말아 넣은 갈색의 웨이브 머리, 자연스러운 피부 화장에 과하지 않은 포인트 메이크업은 물론, 여대생의 욕망을 집약적으로 보여 주는 명품 가방까지.

행여나 반짝이는 로고가 보이지 않을까 봐 노심초사하며 끈을 붙잡고 있는 손이 '옥에 티'이긴 하지만, 옷과 액세서리를 주렁주렁 매달고 다니던 새내기 때의 그녀를 생각하면 괄목할 만한 발전이었다.

"응. 스물다섯이네, 벌써. 네가 신입생으로 들어온 게 엊그제 같은데."

"언니도 참. 그래도 저는 동안이라 아직 새내기 같다는 소리 많이 들어요. 그나저나 언니는 그새 주름이 늘어난 것 같아요. 눈가에 삼지창이……."

박유라가 말끝을 흐리더니 들고 있던 파일로 입을 가리며 깔깔 웃었다. 그 속셈이 너무 훤해 그저 우스웠다.

"그래?"

남을 깎아내려 자존감을 높이는 그 못된 버릇은 여전하구나.

"유라, 네가 동안이긴 하지."

교재를 쥔 손에 힘이 들어갔다.

"그런데 너 눈 밑에 그거 뭐야?"

내가 두 눈을 동그랗게 뜨며 놀란 듯 묻자 유라의 웃음이 뚝 멎었다.

"혹시 기미 생긴 거야?"

내 말에 박유라는 서둘러 가방을 뒤지더니, 제 얼굴 크기만 한 손거울을 꺼내 들고 근심 어린 눈으로 얼굴 이곳저곳을 살피기 시작했다. 설마, 설마, 하는 탄식이 그녀의 얼굴에 고스란히 비쳤다.

"선크림 꼭 바르고 다녀. 난 기미는 없거든."

꼿꼿하게 서 있는 박유라를 지나쳐 강의실 안으로 저벅저벅 걸어 들어갔다. 박유라가 쿵쿵거리며 뒤따라 들어와선 먼저 와 있던 제 동기에게 '저년은 아직도 재수 없어'라고 큰 소리로 속삭이는 소리가 들렸다. 그러고는 킥킥대는 웃음소리가 이어졌다.

창가 자리에 앉아 눈을 감았다. 창틈 새로 9월의 시원 텁텁한 바람이 재잘거리며 들어왔다.

바람에도 웃음소리가 있던가. 눈을 뜨자 깔깔대면서 잔디 위를 걸어가는 학생들이 보인다. 잔디밭을 가로지르는 학생들을 보니 문득 부럽다는 생각이 스쳤다.

직감 (1)

새 학기의 가장 큰 고역은 의미 없는 오리엔테이션이다. 오리엔테이션 대부분이 교수들의 쓸데없는 연설이기 때문이다.

가령 교수 본인의 소개부터 시작해 미국에서 유학 중인 자식의 학벌 자랑이라든지, 지난 여름 방학 때 다녀온 유럽 여행의 일화라든지, 우리 학교의 등록금이 다른 학교에 비해 턱없이 저렴해서 자신들의 월급이 얼마나 낮은지에 대한 배부른 푸념 같은 것들.

들어 봤자 내 삶에 조금도 보탬이 되지 않는 쓸모없는 이야기들 말이다. 그런 얘기들을 가만히 듣고 있노라면 등록금을 환불해서 피자나 사 먹고 싶을 판이었다.

그런데 이런 한심한 교수들 사이에서도 독보적으로 뛰어난, 그래서 더 난감한 교수도 있다.

"자네는 왜 우리 학과에 진학했지?"

바로 이런 교수들.

"알다시피 우리 과는 취업도 어렵고 수업 내용도 아주 난해한, 그야말로 현대 사회에서 기피하는 학과이지 않나."

더더군다나 그 학과가 철학과라면 이런 교수들이야말로 첫 수업 제외 대상이다.

"그런데 왜 우리 과를 왔느냐 말이네."

김성학 교수는 몇 년째 오리엔테이션에서 이 질문을 하고 있었다. 고학년은 이제 그에 맞는 정석 대답을 매뉴얼처럼 준비해 두었지만, 갓 입학한 신입생에게는 꽤 곤욕스러운 질문일 터였다.

이번 학기에도 역시 그는 가장 앳되어 보이는 남학생에게 질문을 던졌다. 누가 봐도 신입생처럼 보이는 남학생은 한참을 머뭇거리다가 대답했다.

"……점수 맞춰서 왔는데요."

우문현답이네. 나는 속으로 피식 웃었다. 김 교수는 남학생의 대답이 영 마음에 들지 않는지, 미간을 찌푸리며 다시 레이더망을 돌리기 시작했다. 학생들은 늘 그래 왔듯 고개를 숙이고 책을 뒤적였다.

나도 재빨리 고개를 숙였지만 왠지 다른 학생들보다 늦은 감이 있었다. 김 교수의 레이더망이 나를 향하고 있는 게 느껴졌다. 정수리를 쏘아 대는 집요한 눈빛. 보지 않아도 알 수 있었다.

긴장감이 맴도는 정적 속에서 천천히 고개를 들었다. 김 교수가 나를 보며 의미심장하게 웃고 있었다. 나는 어색하게 입꼬리를 올렸다. 그러고는 달달 외워 온 대답을 말하려던 찰나였다.

갑자기 강의실 문이 벌컥 열리며 한 남학생이 들어왔다.

모자를 눌러쓰고 청바지에 루즈한 맨투맨 차림으로 들어온 남자. 그는 지각한 것도 모자라 강의실 안으로 여유 있게 걸어오더니 맨 뒷자리에 풀썩 착석했다. 덕분에 아주 고맙게도 김 교수의 레이더망은 그 남자에게로 향했다.

"자네는 이름이 뭔가."

심기가 불편한 듯 가라앉은 김 교수의 목소리에 학생들이 일제히 뒤를 돌아봤다. 이 수업을 듣는 학생이라면 우리 학과일 텐데 이상하게 초면이었다.

"서희도입니다."

한량 같은 본새와는 달리 진중한 목소리가 흘러나왔다.

서희도.

처음 듣는 이름이었다. 복수 전공을 하는 타과생인가, 하고 생각하기가 무섭게 뒷자리에서 수군거리는 소리가 들려왔다.

"서희도 어제 또 술 퍼마셨나 봐. 못 살아."

박유라의 목소리였다.

"서희도? 그럼 희도 군이 한번 대답해 보게. 자네는 왜 철학과에 진학했나?"

김 교수의 질문이 떨어지자마자 학생들의 이목이 남자에게 쏠렸다. 일순 강의실에 침묵과 긴장이 감돌았다.

남자는 그 질문이 꽤 흥미롭다는 듯 씩 웃더니 기다란 손가락으로 턱을 쓸어내렸다. 고민하는 척하고 있지만 전혀 고민하는 얼굴이 아니었다. 슬며시 올라가 있는 입꼬리가 그걸 말해 주고 있었다.

"저는."

남자가 살짝 운을 뗐다. 짓궂은 미소와 달리 저음의 목소리였다.

"잘 섹스하고 잘 죽고 싶어서 왔습니다, 교수님."

남자가 빙그레 웃었다. 강의실에 싸늘하고 무거운 정적이 감돌았다. 지금 강의실에서 웃고 있는 사람은 저 미친 남자 한 명뿐이었다.

미치지 않고서야 교수님 앞에서 내뱉을 수 없는 망언. 저런 또라이가 같은 학교, 한 강의실에 있다니.

다른 학생들도 나와 같은 생각임이 틀림없었다. 빙글빙글 웃고 있는 미친 남자를 강의실의 모든 학생이 입을 쩍 벌린 채 쳐다보고 있었다.

하지만 못 볼 광경을 본 사람들처럼 굳어 버린 학생들과 다르게 김 교수의 표정은 밝았다. 조금 전까지만 해도 무섭게 굳어 있던 그의 얼굴에는 어느새 햇살 같은 미소가 깃들어 있었다.

"훌륭한 대답이군. 인간의 본질을 꿰뚫은 대답이야."

교수가 만족스러운 얼굴로 말했다.

"잘 섹스하고 잘 죽는 것. 그거야말로 인간의 숙명 아니겠나. 반대하는 사람 있나?"

교수의 물음에 학생들은 답이 없었다.

"프로이트는 사랑과 죽음에 대해 '우리가 얻을 수 있는 가장 큰 즐거움인 성행위가, 고도로 강화된 흥분의 순간적 소멸과 연관되어 있다'고 말했지. 프로이트의 말을 쉽게 풀이하자면 성행위는 곧 사랑이고 소멸은 곧 죽음이라는 뜻이네. 이 말이 무슨 뜻인지 알고 있나?"

김 교수의 해석은 그럴싸했다. 하지만 나는 아직도 학부생의 입에서 나온 '잘 섹스하고'라는 대답의 충격에서 벗어나지 못하고 있었다. 반면에 그는 괴짜 남학생의 대답이 아주 만족스러운 모양이었다.

"사랑하는 일이란, 죽음을 맛보는 일인 거지."

김 교수의 몽롱한 목소리에 강의실을 감싸는 공기마저 나른하게 느껴졌다.

"에로스와 타나토스. 사랑과 죽음은 동전의 양면처럼 존재해. 그러니까."

그러니까.

나는 김 교수의 마지막 말을 곱씹으며 뒷자리에 앉은 남자를 바라봤다. 남자는 책상에 턱을 괸 채 고개를 갸웃거리고 있었다.

아무것도 모르는 척, 못 알아듣는 척.

저놈은 분명 대단한 여우다. 내 직감은 무시 못 해.

"우리는 사랑하는 동시에 죽어 가고 있다네."

교수의 말에 학생들은 진심인지 가식인지 모를 탄성을 내뱉었다.

"희도 군. 아주 좋은 대답이었어."

교수의 칭찬에 남자는 가식적으로 웃으며 묵례를 하더니, 곧 무료한 표정으로 돌아와 창가로 고개를 돌렸다.

그 순간, 불현듯 남자와 눈이 마주쳤다. 남자가 고개를 비스듬히 기울여 나를 뚫어져라 바라보았다. 마치 탐색하기라도 하듯, 당신은 초면인데 도대체 누구냐고 묻기라도 하듯이.

오랫동안 나를 보던 남자는 이내 옅게 웃으며 모자를 벗었다. 햇빛이 드리워지는 얼굴 위로 도무지 해석할 수 없는 미소가 번졌다. 나는 그 미소를 보며 다짐했다.

저 남자와는 절대 가까워지지 않겠다고.

────

절대. 절대 가까워지지 않겠다고 다짐했었다.

하지만.

"선배가 최수연?"

인생은 신의 장난인 걸까. '절대'라는 말은 꼭 '반드시'가 되어 돌아온다.

"이제야 찾았다. 내 멘토."

수업의 또라이는 아주 활짝 웃으며 내게 멘토라고 했다. 그제야 남자가 나를 그렇게 쳐다봤던 이유를 알 것 같았다. 남자의 그 눈빛은 네가 최수연이구나, 하는 눈빛이었다.

"얼마 전에 학생회에서 멘토링 프로그램을 시작했거든요. 제비뽑기로 정한 건데 선배랑 나랑 짝이에요. 이제야 얼굴을 보네."

작년에 복학한 석현 선배에게 대충 얘기는 들었다. 서희도라는 이 또라이는 한 학번 아래의 후배인데 나와 멘토, 멘티로 짝지어졌다고 한다.

하지만 정말 초면이었다. 박유라는 알면서 왜 이 애는 본 적이 없을까. 내 기억력이 벌써 퇴보하는 걸까. 혼란에 빠지던 찰나, 수업이 끝나고 선배가 와서 슬쩍 귀띔을 해 주었다.

"저 녀석은 입학하자마자 군대 갔다 왔어. 그래서 네가 모르는 거야."

나도 선배에게 슬쩍 속삭였다.

"아, 그럼 쭉 몰라도 될까요?"

그러자 선배가 이해할 수 없다는 투로 덧붙였다.

"왜? 우리 과에 저만한 인물도 드물어. 쟤 인기 많다? 그냥 즐겨. 마지막 학기 눈 호강하면서 다니라고."

"그 제비뽑기는 누가 한 건데?"
"제가 했죠. 선배는 휴학 중이었잖아요."
"난 그 프로그램 참여하겠다고 한 적 없어."
너 같은 후배 둔 적도 없고.
"괜찮아요. 앞으로 참여하면 되죠."

꽤 강경하게 나갔다고 생각했는데, 녀석은 당황한 기색도 없이 싱긋 웃는다.

"4학년이고 이제 취업 준비하느라 바빠. 과 생활에 참여할 시간이 없다니까?"

"취업 준비하면서도 수업 들을 거고, 점심 먹을 거고, 저녁 먹을 거잖아요."

"그게 무슨 소리야?"

"앞서가지 마요. 따로 시간 내달라는 말 아니니까."

녀석은 또다시 빙긋 웃었다. 아주 능수능란하고 능글맞다.

"그러니까 네 말은 형식적인 멘토 역할만 하면 된다는 거지? 그렇게 알고 난 이만 가 볼게."

교재를 꽉 끌어안고 재빨리 뒤돌아섰다. 녀석의 시야에서 벗어나기 위해 학생들이 우글거리는 복도의 틈으로 파고들었다. 무언가에 쫓기는 사람처럼, 아니 반쯤 정신을 놓은 사람처럼 한참을 걸었다.

"하······."

걸음을 멈췄을 때는 귓가를 메우는 소음이 한층 진해졌을 때였다. 사람들 사이에 묻히고 시끌시끌한 소음에 갇히고 나서야 안도감이 밀려왔다.

사실은 굉장히, 굉장히 말리는 기분이었다.

대화를 나누면 나눌수록 이상하게 끌려간다고 해야 하나. 좀 위험한 느낌. 저 애랑 더 얘기하다가는 마지막 학기를 조용히 다니자는 내 작은 바람이 툭 무너질 것 같았다.

"선배."

"악!"

내 비명에 시끄럽던 복도가 순식간에 조용해졌다. 학생들이 이상한

17

눈초리로 나를 흘깃거렸다.

"너, 왜, 언제 왔어?"

분명히 녀석의 시야에서 내가 보이지 않을 만큼 멀리 왔다고 생각했는데. 옆에서 불쑥 들려오는 생생한 음성에 하마터면 주저앉을 뻔했다.

"따라왔어요. 내 말 다 안 끝났는데 갔잖아요."

"무슨, 또 무슨 말!"

"왜 그렇게 신경질을 내요?"

녀석은 서운한 척 말하면서도 이 상황이 재미있다는 듯 웃고 있었다.

"선배, 취업 준비하면서도 수업 듣고 점심 먹고 저녁도 먹잖아요?"

"그건 아까 다 했던 말이잖아!"

"나는요, 술도 자주 마셔요."

"그래서 뭐 어쩌라고?"

사실 녀석의 의중을 알고 있었다. 그러니 내 대답은 아주 간단한 한마디면 됐다.

아니. 너랑은 술 안 마셔.

이 한마디면 되는 거였다. 그런데 그 대답이 쉽게 나오지 않았다. 왜냐고 묻는다면 나도 이유를 말할 수 없을 것 같다.

그저 나를 빤히 바라보는 그 애의 눈이 말문을 막는 기분이었다.

내가 지금 왜 여기 있는지 모르겠다. 싫다고 대답하지 못한 내가 창피하다. 나는 왜 그 쉬운 대답을 못 했을까. 생각에 생각이 꼬리를 물고 이어진다.

"이야. 아까 희도가 한 대답 기억나냐? 잘 섹스하려고요! 하하!"

철학과 대다수를 차지하는 한심한 남자 선배들은 서희도의 대답이 가히 신선한 충격이었던지 연신 그 얘기를 반복하며 그를 영웅으로 치켜세웠다.

그리고 나는 이 별 볼 일 없는 개강 총회의 뒤풀이에 끌려와 영웅 서희도의 멘토 자격으로 앉아 있었다. 꿔다 놓은 보릿자루처럼 묵묵히 술만 들이켜면서.

"야, 희도야. 어떻게 하면 잘 섹스할 수 있는 거냐? 응?"

한심하기로는 둘째가라면 서러울 선배, 송치호가 느물거리며 서희도에게 잔을 넘겼다. 소주가 한가득 담겨 있는 음료수 잔이었다.

눈을 씻고 다시 봤다. 분명히 소주잔이 아니라 음료수 잔이었다. 서희도는 아주 흔한 일이라는 듯, 대수롭지 않게 잔을 받아 들고 소주를 벌컥벌컥 들이켰다. 술자리에 있는 사람 중 그 누구도 음료수 잔을 보고 놀라는 사람이 없었다. 아마도 이런 술 문화가 일상인 듯했다.

"생각이 너무 많으면 안 돼요."

소주를 물처럼 마신 서희도가 축축한 목소리로 말했다. 녀석은 그렇게 말하면서 나를 빤히 쳐다보았다.

"아, 여자들도 있는데 너무한 거 아니에요?"

유라가 짐짓 화난 척 쏘아 댔다. 하지만 그녀의 얼굴에는 발그레한 미소가 한가득 걸려 있었다.

"서희도. 너 어제 동현이네 자취방에서 새벽까지 술 마셨다며. 술 마시느라 내 전화도 계속 안 받았냐?"

"전화했었어? 몰랐네."

"부재중 떴을 거 아냐."

"폰을 잘 안 봐서."

"앞으로 연락 온 거 보면 바로바로 좀 확인해."

술을 홀짝이며 음탕한 관음증 환자처럼 둘을 관찰했다. 사귀는 사이는 맞지만 박유라의 일방적인 짝사랑인가 보다, 하고 결론을 내리려는 순간.

"네가 희도 여자 친구라도 되냐? 그러니까 희도가 너랑 안 사귀어 주는 거야, 이 등신아."

송치호의 말이 모든 예상을 깨트렸다.

"선배, 무슨 말을 그렇게 해요! 나도 얘 별로거든요! 이런 애 뭐가 좋다고!"

유라의 얼굴이 붉으락푸르락 단풍잎처럼 변해 갔다. 그러다 불현듯 나와 눈이 마주친 그녀는 제 감정을 들킨 게 창피한지 고개를 홱 돌리곤 술을 벌컥벌컥 들이켰다. 안타깝게도 여기 있는 사람들은 모두 너의 감정을 아는 것 같다만.

"그나저나 수연 언니는 웬일로 뒤풀이에 왔어요? 영영 과 생활 안 할 줄 알았는데."

술잔을 단숨에 비운 유라가 내게로 화살을 돌렸다. 나를 보는 유라의 눈에는 독기와 적개심이 차 있었다. 종로에서 뺨 맞고 한강 가서 눈 흘긴다는 말은 이런 때 쓰는 거겠지.

"오, 그러게. 우리 수연이가 뒤풀이까지 온 게 얼마 만이야. 응?"

송치호가 내 쪽으로 몸을 붙였다. 징그러운 숨소리와 역한 담배 냄새가 섞여 모든 감각을 찔렀다. 나는 아무 대꾸 없이 술잔만 꺾었다. 한마디도 섞기 싫었다.

"신우랑 헤어지고 나서 영영 과 생활 안 할 줄 알았더니."

송치호의 입에서 나온 이름에 그만 술잔을 꺾던 손이 멈췄다. 소란스럽던 술자리도 어느 순간 쥐 죽은 듯 조용해졌다.

"인마. 신우는 신우고 너는 너지. 우리 앞으로도 가족같이……."

"가족?"

이러려고 온 게 아닌데. 정말 이렇게 흘러가길 원치 않았는데.

"지금 가족이라고 했어요? 가족이라고 생각해서 그렇게 나를 씹고 다녔어요?"

"뭐? 최수연. 너 무슨 말을 그렇게 하냐? 너랑 신우가 헤어진 게 내 탓이란 얘기야?"

"선배 탓도 없진 않죠. 다 알아요. 선배랑 선배 친구들이 술자리에서 하던 얘기들. 술자리에서 안주 대신 나를 씹었잖아요. 가족? 선배, 한번 가족도 그렇게 씹어 봐요. 여동생 있다 그랬죠. 어디 여동생도 그렇게 씹어 보지 그래요?"

살면서 넘어질 수 있다. 넘어지면 까지고, 상처도 나고, 피도 나겠지. 그러면 잘 치료하면 된다. 찢어진 곳을 꼼꼼하게 꿰매어 새살이 돋길 기다리면 된다.

"앞으로 다시는 가족이란 말 꺼내지 말아요. 같잖고 기분 더러우니까."

하지만 상처가 덧났을 때는 어떻게 해야 하는 걸까.

"어머, 언니 너무 예민하다. 분위기 가라앉은 것 봐."

비아냥거리는 유라의 목소리가 목구멍 한구석을 찔렀다. 그런 나를 보고 여기저기 수군대는 목소리가 한데 섞여 울려 퍼졌다. 나도 모르게 시선이 서희도에게로 향했다. 녀석은 조용히 술을 마시면서 속내를 알 수 없는 얼굴로 나를 응시하고 있었다.

그 모습을 보니 문득 더 화가 났다. 아니, 창피했다. 나는 오늘 처음 본 저 남자애한테 도대체 무엇을 기대한 걸까. 내심 나를 두둔해 주길 바랐던 걸까. 저 애도 결국 송치호, 박유라와 똑같은 인간일 텐데. 아니, 그보다 더한 인간일지도 모르는데.

"먼저 갈게요."

뒤늦게야 정신이 번쩍 들었다. 꼭 어두운 산속에서 꼬리 아홉 개 달린 여우에게 홀린 기분이었다.

떨리는 손으로 가방과 겉옷을 챙겼다. 그리고 못난 아웃사이더의 표본처럼 황급히 술자리를 빠져나왔다.

"불, 필요해요?"

술집에서 멀찍이 떨어진 골목으로 들어갔을 때였다. 담배를 물자마자 낮은 목소리가 들려왔다.

고개를 드니 내 앞에 우뚝 서 있는 서희도가 보였다. 미처 대답하기도 전에 라이터 불이 탁 소리를 내며 피어올랐다. 더는 실랑이를 할 기운도 없어서 녀석을 흘끗 본 뒤 고개 숙여 불을 붙였다.

"담배 피우는 거, 과 사람들도 알아요?"

서희도가 옅게 웃으며 나를 따라 담배를 빼 물었다.

"알든 말든."

"의외네. 담배 냄새도 맡기 싫어할 것처럼 생겨선."

"내가 어떻게 생겼길래?"

"까만 단발머리에 하얀 피부에. 고집스럽고, 보수적으로 생겼어요."

"못생겼다는 말을 잘도 돌려서 하는구나."

"선배 예뻐요. 난 못생긴 애한테는 못생겼다고 말하거든."

담배를 문 채 싱긋 웃는 모습이, 그래. 매력적이긴 하다. 하지만 이 애는 가벼우면서 차갑다. 사교성 없는 성격 탓에 말없이 사람을 관찰하는 게 일상이 되면서 이제 이런 애들쯤은 쉽게 파악할 수 있다.

서희도는 알맹이가 없는 부류다. 여기저기 흘리고 다니면서 여자들을 잘도 낚지만 진심은 주지 않는 사람.

"너, 섹스하려고 여자 만나지?"

취했나 보다. 머리와 다르게 험한 말이 흘러나왔다. 서희도는 담배 연기를 콜록대더니 미친 듯이 웃기 시작했다. 호탕한 웃음소리로 골목 이 떠나가도록 웃다가, 지나가는 사람들의 눈총에 고개를 푹 숙이곤 숨 죽여 웃어 댔다.

"⋯⋯재밌네."

녀석은 한참을 웃은 후에야 다시 담배를 꼬나물며 나를 지그시 쳐다 봤다.

재밌네. 축축한 목소리. 아이 같은 웃음과 달리 지나치게 성숙한 목 소리여서 이질감이 든다.

"선배, 과에서 친한 사람 없죠?"

"싫어하는 사람은 있어. 박유라, 송치호. 제일 싫어."

"그럼 됐어요. 뭐 하나라도 확실한 게 좋지."

"비꼬는 거야?"

"아니. 진심이에요."

녀석이 고개를 기울이며 빙그레 웃었다.

"선배. 나랑 친해질래요?"

담배를 피우면 사람이 무방비해진다. 뜨거운 물에 떨어진 잉크처럼 팍 퍼져 버린다. 그 틈을 타서 무언가 훅 들어올 때가 있다. 바로 지금 처럼.

"난 선배랑 친해지고 싶은데."

나는 내 직감을 믿는다. 안전한 것과 위험한 것을 정확히 구분할 줄 아는 직감.

그리고 내 직감은 서희도를 본 순간 빨간 사이렌을 울렸다.

위험해. 이상해. 가까이해 봤자 좋을 거 없어. 예전처럼 똑같은 상처를 받고 말 거야.

아마 평소대로라면 내 직감을 믿고 한 치의 의심도 없이 따랐을 것이다.

그런데.

"담배 한 대만 더 줄래?"

이상하게도 그 순간에는 내 직감을 무시하고 싶었다.

Chapter 2

아무리 생각해도 어제의 나는 이해 불가다.

충분히 거절할 수 있었음에도 굳이 서희도를 따라가서 기어이 치호 선배와 한바탕하고 오질 않나, 또라이 같은 후배와 맞담배를 피우며 섹스 얘기를 하질 않나.

평소의 나였다면 애초에 그런 자리를 나가지도 않았을 테고, 송치호의 같잖은 말도 한 귀로 흘려 버렸을 터였다.

도대체 어제의 나는 왜 그랬을까.

그리고 오늘의 나는 또 왜 이러고 있을까.

"파스타 좋아해요?"

오전 수업이 끝나자마자 내 자리로 다가온 서희도는 급하게 갈 곳이 있다며 나를 스쿠터에 태웠다. 녀석은 내가 거절할 틈도 주지 않았다. 냅다 헬멧을 씌우고는 정말 한시가 급한 사람처럼 어디론가 빠르게 내달리는 게 아닌가.

서희도의 스쿠터가 멈춘 곳은 대학로의 이탈리안 푸드점이었다.

"이미 와 놓곤 뭘 물어?"

두 번째다. 또 휘말리고 말았다.

"밥 먹는 일이 급한 일인가 봐?"

딱딱하게 군은 표정이 다급해 보여서 정말로 무슨 일이 터진 줄 알았다. 꼴에 내가 멘토라고 도움을 청하는 건가 싶었는데. 내가 미쳤지. 또라이는 또라이일 뿐이다.

"나한테는 밥 먹는 게 제일 중요해요. 배고파서 미치는 줄 알았네."

"너, 나랑 장난해?"

"선배는 크림 파스타가 좋아요, 토마토 파스타가 좋아요?"

"야."

"나는 크림이 좋아요. 선배도 같은 거로 먹어요."

서희도는 내 말을 철저하게 무시하곤 종업원을 불러 크림 파스타 두 개를 주문했다. 아주 작정을 하고 온 것 같았다.

"너 인기 많다며. 나한테 이러지 말고, 다른 애들이랑 놀아."

"다른 애들은 재미없어요. 그리고 우리 친해지기로 했잖아요."

"내가 언제?"

나는 금시초문이라는 듯 어깨를 과하게 들어 올렸다. 그러자 조금 전까지만 해도 환하게 웃고 있던 녀석의 얼굴에서 점점 미소가 사그라졌다.

"선배. 왜 친구가 없는지 알아요?"

녀석이 테이블에 턱을 괸 채 물었다. 눈동자가 꼭 렌즈를 낀 것처럼 옅은 갈색이다. 그 눈으로 사람의 속을 낱낱이 해부할 듯 본다. 입가에 묘한 미소를 지은 채.

"무슨 뜻이야?"

"솔직하지 못해서 그래요. 방어하기에만 급급하고."

정곡을 찔린 기분이었다. 들키고 싶지 않은 치부가 까발린 기분. 티

내지 않으려 했지만 나도 모르게 얼굴이 붉게 달아올랐다.

"너 되게 착각 심하다. 모든 사람이 너랑 친해지고 싶어 하는 줄 알아? 시간 나면 병원에 좀 가 봐. 자의식 과잉 상태인 것 같으니까."

어젯밤, 친해지자는 서희도의 말에 나는 아무 대답도 하지 못했다. 아마 나는 서희도가 솔직하게 밥을 먹으러 가자고 했어도 이곳에 왔을 거다.

인정하기 싫지만 서희도는 사람을 끄는 힘이 있었다. 말로 설명할 수 없는 불가항력적인 기운. 썩 좋은 느낌은 아니었다. 할 수만 있다면 피하고 싶은 느낌이랄까. 그런데 한편으론 그냥 놔두고 싶은 모순적인 마음도 든다.

"그렇게 굴면 내가 떨어져 나갈 것 같죠?"

히스테릭한 내 말에도 녀석은 꿈쩍 않고 씩 웃었다.

"나는 좀 또라이 기질이 있어서 선배가 그럴수록 더 흥미가 생겨요."

또라이 기질. 그건 처음 본 순간부터 느꼈어.

"선배가 솔직해지는 모습을 꼭 보고 싶어요. 괴롭혀서라도."

소름 끼치는 말과 달리 녀석은 순수한 아이처럼 활짝 웃어 보였다. 웃을 때마다 반달처럼 휘어지는 두 눈이 어쩐지 무서웠다. 그 웃음 속에 무슨 꿍꿍이가 있을지 몰라서.

"역시 재밌어."

녀석이 웃음기 섞인 혼잣말을 뱉었다. 크림 파스타는 어느새 모락모락 김을 내며 테이블 위에 올라와 있었다.

직감 (2)

"강신우 선배랑은 왜 헤어졌어요?"

아무 말 없이 파스타를 먹고 있을 때였다. 서희도의 입에서 듣기 싫은 이름이 흘러나왔다.

헤어진 지 몇 년이나 지났는데 강신우를 모르는 후배조차 그 이름을 들먹이다니. 이래서 캠퍼스 커플은 학교 차원에서 금지해야 한다.

"남녀가 헤어지는 데 뭐 특별한 이유가 있어? 질리니까 헤어지는 거지."

욱신거린다. 잘 봉합했던 상처가 또다시 터지려고 해. 지겨워.

"듣기론 선배가 찼다고 하던데."

"그 얘기, 꼭 해야 해? 나 밥만 먹고 싶거든."

"그럼 천천히 얘기해 줘요."

녀석은 빙긋 웃으며 포크에 말아 올린 파스타를 입에 넣었다. 아무리 봐도 뻔뻔한 애다. 남의 아픈 과거를 아무렇지 않게 들추고 천천히 얘기해 달라고 하다니.

"지금도 그렇고 앞으로도 난 너한테 그 얘기, 해 줄 생각 없어."

"곧 얘기하게 될 거예요."

도대체 이 근거 없는 확신은 어디서 나오는 걸까.

들고 있던 포크를 거칠게 내려놓고 물을 벌컥벌컥 들이켰다. 목이 타는 건지 속이 타는 건지 물이 끊임없이 들어갔다.

"너는? 넌 여자 친구 안 사귀니? 한창 좋을 때 아니야?"

"선배. 말 돌리는 게 너무 어설퍼요."

녀석이 피식 웃었다. 나는 짐짓 아무렇지 않은 척 파스타를 돌돌 말았다. 하지만 포크를 쥔 손이 점점 하얗게 질려 가고 있었다. 귀가 뜨거웠다.

"선배."

낯설다. 선배라는 부름이.

"고개 들어 봐요."

서희도가 그랬듯 나도 녀석을 철저히 무시했다. 그때였다. 커다란 손이 불쑥 얼굴 밑으로 들어오더니, 내 턱을 부드럽게 잡아 올렸다. 미처 저항할 틈도 없이 얼굴이 들렸다.

"묻었어요."

내가 놀란 표정으로 바라보자 녀석이 작게 웃었다.

"크림."

서희도는 내 입가에 묻은 크림을 아무렇지 않게 제 손으로 닦아 냈다. 서늘한 손가락이 오른쪽 입술 어딘가를 스쳤고, 그 손가락은 아주 당연하다는 듯 그 애의 입술로 향했다.

녀석을 보는 내 동공이 딱딱하게 경직됐다. 온몸이 뻣뻣하게 굳는 기분이었다.

그는 그런 내 반응이 재미있다는 듯 입꼬리를 얄궂게 올리며 손가락에 묻은 크림을 혀끝으로 핥았다.

"늘 이런 식으로 여자들 꼬시니?"

"왜요, 흔들렸어요?"

"전혀. 너무 흔한 수법이라 식상해."

흔들리긴. 절대 흔들리지 않았다. 단지 놀랐을 뿐이다.

그래. 그냥 놀란 거야.

"선배는 늘 이렇게 딱딱해요?"

"내가 너한테 부드러워야 할 이유라도 있어?"

"다른 여자들은 그냥 넘어가거든요. 부끄럽게 웃으면서."

"너 같은 애한테 넘어가는 여자들은 두 부류야. 아직 어려서 남자 보는 눈이 없거나 알면서도 끌려가거나."

내 말에 짧은 침묵이 흘렀다. 서희도는 흥미롭다는 듯 두 팔을 괴고 상체를 기울였다. 그러고는 내 얼굴을 집요하게 쳐다보기 시작했다. 이마부터 눈, 코, 입까지 샅샅이 훑어 내리듯이.

나도 이때다 싶어 녀석의 얼굴을 빤히 바라보았다. 이렇게 가까이서 보는 건 처음이었다.

볼 때마다 느끼는 거지만 서희도의 눈동자 색은 지나치게 옅었다. 동양인이 이렇게 연한 갈색 눈동자를 가질 수 있나 싶을 정도로.

머리 스타일은 신경을 쓴 것 같기도, 무방비하게 방치해 놓은 것 같기도 한데 어느 쪽이든 나쁘지 않았다. 마구잡이로 흐트러 놓은 머리카락일지라도 이상할 만큼 스타일리시한 느낌이었다.

눈매는 길고 서늘한 편이지만 자주 웃어서 그런지 날카롭지는 않다. 콧대는 높고, 인중은 적당히 깊고, 입술은 남자치고 불그스름하다.

확실히 서희도는 평범한 남학생들과는 달랐다. 이목구비가 뚜렷한 정석 미남은 아니지만, 뭐랄까. 눈에 띄었다. 흰색 기본 티셔츠를 입고 있어도, 투박한 백팩을 메고 있어도 어딘가 튀는 놈이었다.

"선배는 어느 부류예요?"

서희도가 고개를 비스듬히 기울이며 물었다. 눈이 마주치자 나도 모르게 녀석의 시선을 피해 버렸다.

"둘 다 아니야."

세상에는 어리석은 여자들이 너무 많다. 너 같은 애한테 데여서 남자를 못 만나는 여자도 봤고, 너 같은 애가 나쁜 놈인 걸 알면서도 속절없이 끌려가는 여자도 봤으니까. 나는 그런 바보가 되고 싶지 않아.

"내 생각에 선배는 후자인 것 같은데."

서희도는 참 이상한 성격을 가지고 있다. 상대방이 아니라고 하는데도 굳이 맞다고 확신하는.

"선배는 분명 알면서도 끌려가는 사람이에요."

녀석의 말은 꼭, 나를 그렇게 만들고 말겠다는 일종의 선전 포고 같았다.

"인생이 지겨워 죽겠다는 게 얼굴에 쓰여 있거든."

서희도의 손가락이 내 얼굴을 가리켰다.

"내 직감은 확실해요."

직감.

나는 녀석의 기다란 손가락을 물끄러미 응시하다가 결국 힘없이 웃고 말았다.

───

오후 수업은 세 시간짜리 연강이었다.

지루한 강의가 이어지고 배가 부른 학생들이 하나둘씩 책상과 인사를 나누는 시간. 수업을 하던 교수도 지쳤는지 불쑥 쉬는 시간을 던져 줬다.

교수가 강의실을 떠나자마자 여학생들은 삼삼오오 모여서 수다를 떨기 시작했다. 남자들은 휴대폰 게임을 하기에 바빴고 그 외 몇몇은 즉시 책상 위로 고꾸라졌다.

나는 어김없이 이어폰을 꽂고 책상에 엎드렸다. 눈을 감은 채 쪽잠을 청하던 찰나였다. 바로 뒤에서 대화 소리가 들려왔다. 여학생의 가느다란 목소리와 서희도의 목소리였다.

"희도야, 오늘 너희 집에서 술 마실래? 유라도 같이."

"박유라도?"

"응. 왜?"

"난 너만 오면 좋겠는데."

여자애의 목소리가 높은 피아노 소리라면, 서희도의 목소리는 낮은 베이스 소리 같았다. 그래서인지 둘의 목소리가 더 선명히 귀에 꽂혔다.

"응? 나? 왜 나만?"

"그냥. 싫어?"

"어? 아, 아니 그게 아니라……."

목소리만 들어도 여자애가 얼마나 당황했는지 알 것 같았다. 귀까지 붉게 달아올라 있을 테지. 서희도는 그런 반응이 재밌는지 작게 웃었다.

"농담이야."

음악을 틀면 되는데, 내 손가락은 도통 허벅지 위에서 움직일 생각을 않는다.

이런 나를 저 녀석이 알면 얼마나 우습게 생각할까. 음악이 나오지 않는 이어폰을 꽂고 후배의 대화를 엿듣는 선배라니.

"당분간은 안 돼. 화장실이 고장 나서 공사 중이야. 집도 너무 지저 분하고."

서희도의 목소리에는 나른한 웃음기가 배어 있었다. 여자애는 알겠 다고 대답한 뒤 곧 제자리로 돌아갔다.

나는 여자애의 발걸음 소리가 멀어지고 나서야 슬며시 손가락을 움 직여 재생 버튼을 눌렀다. 이어폰에서 익숙한 선율이 흘러나오기 시작 했다.

그 순간에도 내 신경은 온통 뒷자리에 앉아 있는 서희도에게 쏠려 있었다.

"선배."

나지막한 목소리가 나를 불렀다. 들킬까 봐 눈을 더 꽉 감았다.

"자요?"

대답하지 않았다. 그러자 드륵, 거칠게 의자를 끄는 소리가 들렸다. 뒤이어 저벅저벅 다가오는 걸음 소리가 이어졌다. 그리고 어느 순간, 귓가에 옅은 숨소리가 가까워졌다.

눈을 감고 있어도 알 수 있었다. 지금 내 옆에 서희도가 쪼그려 앉아 있다는 걸. 자는 척하는 내 얼굴을 뚫어지게 바라보면서.

"선배. 얼굴이 붉어요."

녀석의 목소리에는 낮은 웃음이 스며 있었다. 서희도는 미동 없는 나를 한참이나 쳐다보더니 별안간 내 자리의 창문을 활짝 열어젖혔다.

창이 열리자마자 한낮의 가벼운 바람이 들어와 얼굴을 간질이기 시 작했다. 차분했던 머리칼이 바람에 휩쓸려 얼굴로 쏟아져 내렸다.

"이제 좀 시원하죠?"

나쁜 자식. 내가 깨어 있는 걸 알면서. 둘의 대화를 엿들은 것도 다 알면서.

"혼자서 듣지 말고 같이 들어요."

서희도의 손이 머리카락에 닿았다. 녀석은 흘러내린 머리칼을 귀 뒤로 부드럽게 넘겨 주더니 한쪽 이어폰을 빼서 제 귀에 꽂았다.

"나도 이 곡 좋아하는데."

작은 웃음소리가 귀를 울렸다. 미성숙한 소년의 웃음 같기도 하고, 지나치게 성숙한 어른의 웃음 같기도 한 묘한 웃음소리.

그 웃음소리가 이어폰이 빠진 귓가를 메우자 더 이상 참을 수가 없었다. 나는 결국 눈을 떴다. 그리고 어김없이 녀석의 노골적인 시선에 붙들렸다. 빨려 들어갈 듯 연한 눈동자에 붙잡혔다.

"선배는 어설프다니까요."

도입부에 흐르는 바이올린과 첼로의 선율이 심장을 짓누르는 것 같았다.

수업이 끝나고 비가 내리기 시작했다. 예보에 없는 가을비였다. 당연히 우산은 없었다.

—수연아, 네 적금 말인데. 그거 일단 해약하면 안 될까? 네 아빠 빚이 아직도 청산이 안 된 모양이다. 대부 업체에서 또 뭐가 날아왔어. 이번엔 그렇게 큰 금액이 아니고 오백인데, 저번에 보니까 네가 든 적금이 거의 삼백 가까이 된 것 같아서…….

비가 오자마자 엄마한테서 전화가 왔다. 혹시 우산을 가져다주려고 전화를 한 걸까, 내심 기대하며 받았지만 내 착각이었다.

이번에도 역시 엄마가 전화를 건 목적은 돈이었다.

"그거 나 휴학하고 뼈 빠지게 아르바이트해서 번 돈이야."

—알아. 당연히 알지. 엄마라고 그 돈 쓰고 싶겠니?

쓰고 싶으니까 전화를 했겠지.

"일 터질 때마다 내 돈 쓸 생각하지 말고 오빠한테 들어가는 돈이나 좀 아껴 봐. 얼마 전에도 백만 원짜리 시계 사 줬다며. 딸 돈 빼앗아서 아들한테 쏟아부으니까 좋아?"

―넌 무슨 말을 그렇게 해? 너랑 네 오빠랑 같아? 남자는 자존심이 생명이야. 안 그래도 사회생활 하다 보면 무시당할 때가 많은데 부모가 돼서 그런 거라도 해 줘야지 어쩌겠어. 아, 됐다. 돈 주기 싫으면 말아. 애가 하여튼 꼬여도 단단히 꼬였다니까.

수화기를 내려놓는 소리와 함께 전화가 뚝 끊겼다. 동시에 내 이성도 뚝 끊겼다.

"짜증 나."

싸우는 패턴은 늘 똑같다. 엄마는 집안에 문제가 생길 때마다 내게 전화를 걸었고 내가 딸로서 보탬이 되길 원했다. 우습게도 아들한테는 절대 손을 뻗으려 하지 않았다.

어릴 때는 뭣도 모르고 그런 일들을 당연하게 여겼었다. 아, 내가 딸이니까. 나는 막내니까. 아들이자 장남인 오빠에게 모든 우선권이 넘어가는 걸 자연스레 받아들였다.

그랬던 내가 이 불공평한 대우에 문제 삼기 시작한 때는 신우와 사귄 후부터였다. 지금 돌이켜 보니 참 늦게도 알아차렸다.

신우네 집안은 부유했고, 사회적 지위도 높았고, 부모님은 너그러웠다. 그 애의 부모님은 자식에게 투자하는 것을 당연하게 생각했다. 그래서 신우는 그렇지 않은 부모들을 이해하지 못했다.

자식의 앞길을 지원해 주지 않고 심지어 자식이 번 돈을 쓰는 사람들.

그러니까, 신우에게 우리 부모님은 상식 밖이었던 거다.

그때 처음으로 엄마에게 물었다.

"엄마. 왜 나한테는 아무것도 해 주지 않아? 등록금도, 용돈도, 왜 오빠만 해 주고 나는 안 해 줘?"

내 물음에 엄마는 이렇게 답했다.

"너는 왜 그리 꼬였니?"

어깨에 메고 있던 가방을 머리 위로 얹은 뒤 건물을 나섰다. 불쑥 서러운 감정이 솟구쳤지만 애써 꾹꾹 눌러 삼켰다.

어차피 우산 따위는 없는 인생이었잖아. 그렇게 나를 다독이면서 비 오는 캠퍼스를 걷기 시작했다. 다행히도 맨몸으로 맞을 만한 보슬비였다.

건물을 나서자마자 보슬비는 갑자기 장대비가 되어 쏟아지기 시작했다. 미처 피할 새도 없이 무섭게 쏟아진 비가 순식간에 몸을 적셨다. 뒤에서 웅성거리는 소리가 들려왔다. 비를 피하느라 건물 안에 서 있던 학생들의 수군거림이었다.

패기 있게 나섰다가 비에 흠씬 두들겨 맞은 내 꼴이 충격적인 모양이었다. 몸은 물론 마음까지, 물에 빠져 불어 버린 종이처럼 너덜너덜해졌다.

아. 정말 짜증 난다.

짜증이 나면 나도 모르게 눈물이 나온다.

다 지겹다.

아들만 위하는 부모, 빚만 가득한 집안.

그리고.

"선배. 집 가까워요?"

이 권태로운 일상에 자꾸만 끼어드는 너.

"멀어."

웅크린 내 몸 위로 커다란 그늘이 드리웠다. 고개를 드니 우산을 든 서희도가 서 있었다.

"나는 가까워요."

어쩌라고. 울부짖고 싶은 걸 꾹 참으며 무릎에 얼굴을 묻었다. 창피해 죽겠는데 눈물은 눈치도 없이 자꾸만 비집고 흘러나왔다. 그만 울어야지, 하고 생각할 때마다 이상하게도 더 눈물샘이 폭발했다.

결국 빗속에 파묻혀 어린아이처럼 엉엉 소리 내어 울기 시작했다.

내가 빗소리를 방패 삼아 한참을 우는 동안 서희도는 아무런 말 없이 내 앞에 서 있었다. 이따금씩 들릴 듯 말 듯한 숨소리가 들려왔지만 그뿐이었다.

녀석은 커다란 우산을 기울여 주며 묵묵히 내 앞을 지키고 서 있었다.

그리고 잦아드는 빗소리에 내 울음소리도 잠잠해질 즈음, 그 애가 나지막하게 입을 열었다.

"선배."

확실히 약해졌어. 선배라는 부름이 이상하게 따뜻하다.

"우리 집으로 갈래요?"

"……공사 중이라며."

눈물을 뚝 그치고 녀석을 노려봤다. 그러자 서희도는 어제의 그 웃음처럼 또다시 크게 웃었다.

"선배가 온다고 하면 공사 중단할 수 있는데."

녀석은 주저앉아 있는 나를 잡아 일으켰다. 우산 속에 우두커니 서 있는 서희도는 마치 다른 세상 사람 같았다.

　당장이라도 나를 이 지겨운 일상에서 벗어나게 해 줄 어떤 일탈.

　어쩌면 빨간 사이렌을 울리던 내 직감은 이런 상황을 경고했던 건지도 모르겠다.

Chapter 3

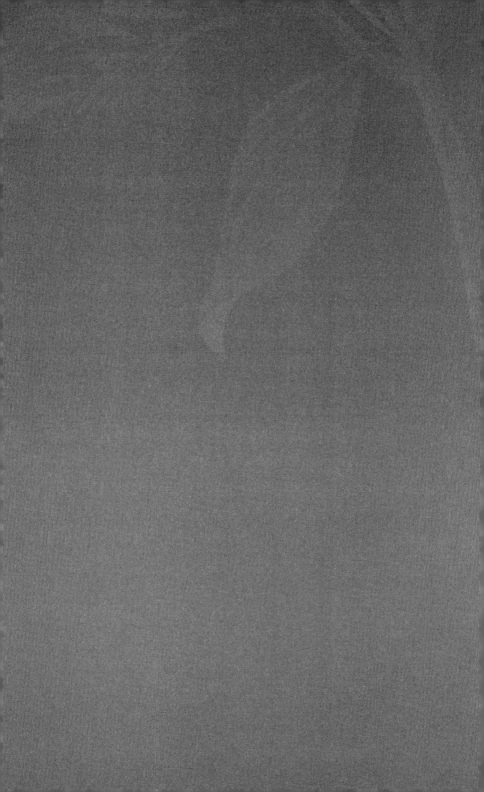

공사 중이라는 서희도의 말은 새빨간 거짓말이었다.

화장실은 멀쩡했고, 투룸으로 되어 있는 자취방은 여러 사람을 부를 수 있을 만큼 넓었다. 게다가 지저분하기는커녕 남자 혼자 사는 집이 맞나 싶을 정도로 깔끔했다.

"들어와요."

내가 현관에 멀거니 서 있자 서희도가 다가왔다. 녀석의 손에는 흰색 셔츠 한 장이 들려 있었다. 사이즈를 봐선 서희도가 입는 옷인 듯했다.

"왜 공사 중이라고 거짓말했어?"

"귀찮아서요. 그 여자애들 시끄럽기만 하지, 재미없어요."

"그럼 나는 왜 데려왔어?"

내 물음에 짧은 침묵이 흘렀다. 녀석은 특유의 묘한 미소를 지은 채 나를 바라보았다.

"글쎄요. 선배가 재미있긴 한데, 집에 데려올 정도였나?"

나한테 묻는 건지 본인한테 묻는 건지. 서희도는 혼잣말 같은 의문을 던지더니 내 앞에 몸을 숙여 앉았다. 그러고는 척척하게 젖은 내 운동화의 끈을 느릿한 손길로 풀기 시작했다.

한쪽을 풀고 다른 쪽 신발도 마저 푼 뒤 연한 눈동자로 나를 올려다본다. 나도 녀석을 내려다보았다. 경직된 내 눈동자와 호기심에 물든 서희도의 눈동자가 허공에서 부딪쳤다.

"나도 모르겠어요. 그냥 데려오고 싶었어."

녀석이 신발을 벗겨 주며 말했다. 커다란 손으로 발목을 잡고 운동화를 빼낸다.

"이유를 모르는 건 선배도 마찬가지잖아요?"

숙였던 몸을 일으키며 서희도가 물었다. 머리 하나만큼 더 높은 위치에서 나를 내려다보며, 지금은 후배와 선배가 아니라 남자와 여자일 뿐이라는 사실을 각인시키듯이.

"맞아. 나도 모르겠어. 왜 너를 따라왔는지."

서희도는 내 대답에 만족스러운 미소를 그렸다. 따뜻하다 못해 뜨거운 손이 내 손목을 꽉 움켜쥐었고, 나는 그 힘에 못 이기는 척 축축한 발을 녀석의 집 안에 들여놓았다.

비밀

서희도는 나를 욕실에 구겨 넣으며 꼭 따뜻한 물로 씻으라고 당부했다. 문이 닫히고 녀석의 발걸음 소리가 멀어졌지만, 나는 옷도 벗지 못한 채 멍하니 서 있었다.

물을 틀기가 겁이 났다. 지금 여기서 씻어 버리면 돌이킬 수 없는 일이 벌어질 것 같았다.

거울 속에 비친 내 모습을 우두커니 바라보았다. 얼굴이 비에 젖어 창백했다. 뺨에 들러붙은 검은 머리카락은 어찌나 추한지. 말라붙은 입술은 또 어떻고.

시선을 내리자 턱에 대롱대롱 매달려 있는 빗방울이 보였다. 아슬아슬하게 맺혀 있던 빗방울은 쇄골 위로 툭 떨어지더니, 얕게 패인 가슴골로 수렴하며 하나의 물줄기를 이루었다.

꼴이 추레하나 못해 외실스러웠다. 무엇보다 충격적인 건, 오늘 입은 옷이 얇은 흰색 티셔츠라는 거였다. 덕분에 살구색 브래지어가 적나라하게 드러나 있었다.

세상에.

황급히 옷을 벗고 수도꼭지의 손잡이를 제일 끝으로 돌려 뜨거운 물을 끼었었다. 머리부터 발끝까지 물을 적시며 오늘 있었던 일들을 곱씹어 보았지만, 도무지 생각이 정리되지 않았다. 그저 혼란스러웠다.

이 상황이, 이 감정이.

나한테 줄 만한 옷이 정말 흰색 셔츠 한 장뿐이었는지, 아니면 그 옷을 입은 나를 보고 싶었던 건지, 그도 아니면 본인의 판타지였는지 모르겠지만 나는 녀석이 준 커다란 셔츠 한 장을 원피스처럼 걸치고 욕실을 나와야 했다. 재질은 또 어찌나 얇은지. 어쩔 수 없이 젖은 속옷을 다시 꿰어 입고 옷을 걸쳤다.

"좀 괜찮아요?"

불쑥 튀어나온 목소리에 흠칫 놀라 고개를 들었다. 서희도가 욕실 앞에서 나를 기다리고 있었다.

"물 잘 나오더라."

헛소리가 흘러나왔다. 내 말에 서희도는 풉, 웃음 참는 소리를 냈다.

"그러게요. 머리에서 물이 뚝뚝 떨어지네."

"아, 미안. 혹시 드라이기 있어?"

"이리 와 봐요."

이리 오라더니, 녀석은 내가 다가갈 조금의 시간도 주지 않았다. 서희도는 말을 내뱉은 동시에 저벅저벅 다가와 내 손에 들린 수건을 낚아채고는 아주 자연스러운 손길로 젖은 머리칼을 감쌌다.

녀석이 수건을 좌우로 움직일 때마다 까끌까끌한 면의 감촉이 스쳤다. 나도 모르게 얼굴이 달아올랐다. 물기를 짜내듯 머리칼을 능숙하게 지분거리는 손길이 야릇하게 느껴졌다.

"이리 줘. 내가 할게."

서희도는 내 말에도 아랑곳하지 않고 계속 머리칼을 만져 댔다. 어느 정도 물기를 짜낸 뒤에는 수건을 바닥으로 떨어트리고, 온기가 고스란히 느껴지는 맨손으로 젖은 머리칼을 넘겨 주었다.

녀석과 눈도 마주치지 못하고 입술만 꾹 깨물었다. 그러자 그가 낮게 웃으며 말했다.

"내 방, 구경할래요?"

나는 이렇게 될 줄 알고 있었나. 알면서도 따라온 걸까.

어쩌면 이유를 모르겠다는 내 말은 변명일지도 모른다. 내 속에 웅크린 본심을 들키지 않으려는 변명.

서희도는 방에 들어오자마자 나를 벽으로 몰았다. 한 걸음씩 다가오는 녀석을 피해 주춤주춤 뒤로 물러났다. 그러다 내가 더는 물러날 곳이 없어졌을 때, 녀석이 기다란 두 팔 안에 나를 가두었다.

"하지 마."

다가오는 입술을 보며 말했다. 물기를 머금은 듯 촉촉하고 불그스름한 입술은 내 입술과 닿기 직전에 정확히 멈추었다.

"하지 말아요?"

조금만 다가오면 부딪힐 거리에서 녀석이 물었다. 얄궂게 열리는 입술 새로 머스크 향이 났다. 서희도가 가까이 다가올 때마다 맡았던 냄새다.

"하지…… 마."

떨리는 입술을 깨물며 녀석을 쳐다보았다. 서희도는 꼭 고양이 같았다. 사냥감을 바로 먹지 않고 가지고 노는 호기심 많은 고양이.

"선배가 하지 말라고 하면 안 할게요."

녀석이 슬그머니 입꼬리를 올렸다. 비겁하다. 그렇게 말하면서 왜 내 머리칼을 만지는 거야. 왜 내 귓불을 지분거리는데.

"하나만 묻자. 왜 하필 나야? 왜 나한테 이러는 건데?"

"아까 대답했잖아요. 나도 모른다고."

"몇 명이나 되니? 이런 식으로 집에 끌어들인 여자들."

이 집에 와서 씻고 녀석의 옷을 입은 유일한 여자가 되길 바라는 건 아니었다.

다만 그 여자들과 서희도의 끝이 궁금했다. 더 가까워졌는지, 그저 그런 사이가 돼 버렸는지, 그것도 아니면 최악으로 치달았는지.

그렇다면 나는. 나는 이 애와 어떻게 흘러가는 건지.

"선배가 이 집에 온 첫 여자는 아니지만."

서희도는 잠시 말을 끊고 내 뺨을 감쌌다. 따뜻하면서도 서늘한 온기가 척추를 타고 흘러내렸다.

"내가 먼저 데리고 온 여자는 선배가 처음이에요."

거짓말. 거짓말일 거다.

"하지 말까요?"

하지만 거짓말이라는 걸 알면서도 속고 싶어진다. 눈감아 버리고 싶어진다.

서희도의 말이 맞았다. 나는 알면서도 끌려가는 여자다. 이 똑같은 일상이 지루해 죽겠으니까.

직선 도로를 벗어나 구불구불한 길로 달리고 싶다. 보수적인 꼰대들 사이에서 보란 듯이 뿌연 연기를 내뿜으며 줄담배를 피우고 싶다. 처음 보는 남자와 뒹굴어 보고 싶고, 남자가 내 안의 은밀한 곳에 들어오면 네 거시기는 왜 이렇게 힘이 없냐며 무안을 주고도 싶다. 그렇게 일탈해 버리고 싶다.

상식은 지겹다. 세상의 관습은 숨 막히고 사람들의 시선은 따갑다. 방탕해지고 싶다. 잘 알지도 못하는 너와 음란한 비밀을 만들고 싶고,

이 비밀을 모르는 사람들을 내려다보면서 비릿한 우월감을 느끼고 싶다.

너는 그런 내 욕망을 단번에 알아챘던 걸까.

"……아니. 해 줘."

내 대답에 서희도는 엷게 웃었다.

"아프게 해 줘."

말이 끝남과 동시에 커다란 손이 뒷머리를 파고들었다. 강한 악력에 내 얼굴은 힘없이 끌려갔고, 녀석의 말캉한 입술은 파도가 되어 내 입술을 덮쳤다.

아프게 깨물어 달랬더니 녀석의 입술은 지나치게 다정하다. 좋아지면 어쩌려고.

"더. 더 깨물어 줘."

내 말에 서희도는 입술을 맞댄 채 작게 웃었다. 낮고 간지러운 웃음이 몸을 울렸다.

"아플 텐데."

도리질을 치며 서희도의 목에 팔을 감았다. 내 뜻을 단번에 알아챈 녀석은 단단한 팔로 허리를 감아 끌어당겼다. 순식간에 서로의 가슴이 밀착됐다. 그리고 녀석의 가슴과 내 가슴이 뭉근하게 맞닿는 찰나, 나는 황급히 서희도의 어깨를 밀어냈다.

"왜 그래요?"

서희도가 당황한 얼굴로 물었다. 대답 대신 시선을 아래로 내렸다. 젖은 속옷 때문에 셔츠 위로 축축한 물기가 배어 나오고 있었다.

"속옷 때문에?"

"혹시 잘 말린 브래지어 있어?"

느닷없는 질문에 서희도가 미간을 찌푸렸다.

"있으면 이상한 놈 되는 거 아닌가?"

그건 그렇다.

"벗을래요?"

녀석이 진지한 얼굴로 물었다. 진심인 것 같았다. 내가 두 눈을 치켜 뜨자 녀석이 낮게 웃으며 덧붙였다.

"옷은 안 벗길게요. 속옷만 벗어요. 신경 쓰이니까."

저 말을 믿어도 되는 걸까. '손만 잡고 잘게'라는 말과 뭐가 다르지.

"다시 한번 강조하지만 오늘은 키스만 할 거야."

말을 뱉자마자 두 눈을 질끈 감았다. 이거야말로 말도 안 되는 말이었다.

"오늘? 다음엔 어디까지 할 생각인데요?"

역시. 서희도는 놓치지 않고 내 말을 물고 늘어졌다. 내가 얼굴을 붉히며 아무 대꾸도 못 하자 녀석이 짓궂게 웃으며 셔츠 속으로 손을 넣었다.

등을 타고 올라오는 서늘한 손길에 흠칫 몸이 떨렸다. 본능적으로 어깨가 움츠러들었다. 녀석은 그런 나를 달래듯 허리를 단단히 감싼 채 다른 쪽 손으로 브래지어 버클을 풀었다. 속옷을 벗기는 손길이 아주 능숙했다. 손가락 두 개를 이용해서 톡, 푼다.

옷을 입은 상태에서 브래지어를 벗기란 쉬운 일이 아니었다. 내가 팔을 빼려고 끙끙대자 서희도는 그 모습이 재미있다는 듯 작게 웃었다.

"내가 도와줄게요."

녀석이 다시 셔츠 속으로 손을 넣었다. 그러더니 별안간 브래지어의 어깨끈마저 풀어 버렸다. 축축이 젖은 브래지어가 순식간에 바닥으로 떨어졌다. 꽉 막혀 있던 가슴에 시원한 공기가 스며들었다.

"다음부터는 검은색으로 입어 봐요. 잘 어울릴 것 같아."

서희도가 귓가에 대고 작게 속삭였다. 덮고 있던 속옷이 사라져서일까, 아니면 밀착된 서희도의 가슴팍이 신경 쓰여서일까. 서늘한 가슴이 바짝 곤두서는 느낌이었다.

"난…… 너 같은 애들이 정말 싫어."

그의 두 팔을 지지대처럼 움켜잡으며 눌린 목소리를 뱉어 냈다. 녀석은 작게 웃으며 내 콧잔등에 입을 맞추었다.

"싫다는 사람치곤 너무 고분고분한데요."

"너는 가볍고 무책임해."

"어떡하죠, 나는 선배가 마음에 드는데. 구미가 당겨요."

서희도의 입술이 내 입술 주위를 배회했다. 뜨거운 숨결이 코끝을 간질이자 나도 모르게 입술이 살짝 벌어졌다. 녀석은 그 틈을 타 입술을 파고들었다.

조금 전의 부드러운 입맞춤과 달리 거칠고 아픈 입맞춤이었다. 윗입술과 아랫입술을 번갈아 아프게 깨물다가 놓아준다. 그러다가도 내가 이마를 찌푸리면 다시 간지럽게 내 입술을 휘감았다.

벌어진 입술 사이로 들어온 서희도의 혀가 내 혀를 미끈하게 감았다. 입천장을 쓸며 입안 곳곳을 농밀하게 헤집고 다닌다. 불쑥 들어온 혀가 무례할 법도 한데 이상할 만큼 거부감이 들지 않았다.

발끝을 들어 서희도의 목을 세게 끌어안았다. 녀석은 그에 답하기라도 하듯 내 허리를, 내 목덜미를 더 꽉 움켜잡았다. 선배라고 부를 땐 몰랐는데, 허리를 감는 팔의 힘과 목을 감싸는 손의 감촉이 확연한 남자였다.

"선배는 모순덩어리야. 날카롭게 굴면서 무방비하게 흐트러지고, 어른인 척 굴면서 아이처럼 울어 버리고."

벌겋게 달아오른 내 뺨을 다정하게 쓰다듬으며 서희도가 낮게 읊조렸다. 녀석이 입술을 뗀 틈을 타 숨을 몰아쉬었다.

거친 호흡에 어깨가 들썩이고 도도록하게 부푼 가슴이 셔츠에 쓸렸다. 키스만 했을 뿐인데. 다른 곳을 만진 것도, 더한 자극을 준 것도 아닌데 가슴이 곤두서 있었다. 셔츠 위로 도드라지는 가슴이 참을 수 없이 부끄러웠다.

"딱딱한 척 굴더니 이렇게 반응해 버리고."

내 몸을, 정확히는 셔츠 위로 비치는 가슴을 내려다보며 서희도가 말했다. 녀석의 입가에 일순 짓궂은 미소가 걸렸다.

"예쁠 것 같아요. 선배 가슴."

"안 벗을 거라고 했잖아."

"안 벗길 거야. 그런데요, 선배."

서희도는 잠시 말을 끊더니 천천히 얼굴을 내렸다. 불현듯 서늘하던 가슴에 따뜻한 온기가 느껴졌다. 그의 입에서 나오는 숨결이었다.

"만질 수는 있잖아요?"

녀석이 나를 올려다보며 빙그레 미소 짓더니, 셔츠 위로 비치는 가슴에 살며시 입을 맞추었다. 그러고는 느릿하게 고개를 든다. 야릇하고 색정적인 눈길로 나를 바라보면서.

그 순간, 온 힘을 끌어모아 녀석의 어깨를 세게 밀어냈다. 집 나갔던 이성이 돌아오는 기분이었다.

지금은 정말 위험했다.

"난 이만 가야겠어."

가슴을 가린 채 녀석의 품에서 빠져나왔다. 하지만 몇 걸음도 떼기 전에 온몸이 굳었다. 녀석이 나를 뒤에서 끌어안은 탓이었다. 서희도의 딱딱한 가슴이 내 등에 조금의 틈도 없이 맞닿아 있었다.

"진짜 갈 거예요?"

느른하게 갈라진 목소리가 머리 위로 내려앉았다. 빠져나가려고 몸을 비틀자 녀석이 더 단단하게 배를 둘러 안는다.

얼굴이 보이지 않으니 기분이 더 묘했다. 시야를 채우는 건 망망대해 같은 하얀 벽면뿐.

"아쉬운데⋯⋯."

서희도가 칭얼대듯 중얼거리며 목덜미에 입술을 묻었다.

"뭐, 어차피 선배는 다시 오게 될 거니까."

목에서 어깨로 이어지는 부분에 입술을 지그시 누르며 녀석이 작게 웃었다. 서늘하고도 뜨거운 감촉에 어깨가 오므라들었다.

뒤늦게야 회의감이 밀려온다. 오늘 도대체 무슨 짓을 한 건가.

만난 지 고작 하루밖에 안 된 남자애와, 그것도 다시는 엮이지 말자고 다짐했던 같은 과 사람과, 게다가 나보다 나이도 어린애와 이런 말도 안 되는 짓을 하게 될 줄이야. 이토록 속절없이 끌려다닐 줄이야.

"선배한테는 내가 일탈이잖아요. 맞죠?"

서희도가 빙그레 웃으며 물었다. 나는 아무 대답도 할 수 없었다.

꿈이었나. 이렇게나 아무렇지 않은 얼굴이라니.

"희도야. 나 집에 언제 데려갈 거야. 응? 가 보고 싶단 말이야."

박유라가 서희도의 팔을 잡고 빙빙 돌리며 애원했다. 서희도는 복도 벽면에 비스듬히 기대선 채 형식적인 미소만 짓고 있었다.

"파마했어? 잘 어울린다."

"말 돌리지 말구. 왜 안 데려가는데?"

"공사 중이라니까."

그 말에 유라는 치, 하고 삐지며 고개를 휙 돌렸다. 나는 두 사람과 불과 몇 발자국 떨어진 거리에 서서 아무것도 못 본 척, 아무것도 못 들은 척 사물함을 열고 교재를 꺼냈다.

"공사 끝나면 부를게. 그때 와."

나른하게 깔린 목소리가 복도를 울렸다. 그러자 문득 서희도의 표정이 궁금해진다. 나를 바라보았을 때처럼 색정적인지, 아니면 말뿐인 말이라는 듯이 형식적인지.

무슨 표정이건, 그딴 게 무슨 상관이야.

보지 말자. 서희도가 그랬듯 아무 일 없었던 것처럼 지나치자. 선후배 사이 그 이상도 이하도 아닌 것처럼.

애써 다짐하며 사물함 문을 닫았다. 나도 모르게 손에 힘이 들어가서 문이 쾅, 소리를 내며 닫혔다. 그 소리에 서희도와 박유라의 시선이 내게로 향했다.

"언니. 점심은 먹었어요?"

유라가 입에 발린 인사를 던졌다. 나는 박유라에게 시선도 주지 않고 앞만 곧게 응시한 채 두 사람을 지나쳤다.

그때, 야속할 만큼 태연한 목소리가 내 발목을 잡았다.

"선배."

돌아보지 말자 다짐했건만 저절로 고개가 돌아갔다. 녀석은 여전히 묘한 미소를 띤 채 나를 쳐다보고 있었다. 하지만 살며시 올라간 입꼬리와 달리, 뚫어져라 응시하는 갈색 눈동자엔 웃음기가 없었다.

"입술이 텄어요."

그 말을 하며 서희도는 빙그레 웃었다. 불현듯 어제의 일들이 하나의 장면처럼 스쳐 갔다.

허리를 단단하게 감싸던 팔. 손등 위로 불거지던 핏줄. 입술이 닿았던 어깨. 머리칼을 넘겨 주던 손길.

문득 한 번도 한 적 없던 생각을 해 본다.

내가 만약 긴 머리칼을 가졌더라면 어땠을까, 하는 생각. 서희도는
단발보다 긴 머리를 좋아하려나, 하는 정말 어이없는 생각.

"너도 입술이 텄네."

나는 그 말을 마지막으로 서희도를 빠르게 지나쳤다. 뒤에서 뭐래,
하는 박유라의 중얼거림이 들려왔다.

Chapter 4

김 교수는 오전 수업을 야외 수업으로 대체하겠다고 했다. 긴장감 넘치는 수업 방식 때문에 지레 겁을 먹고 강의실에 들어왔던 학생들은 일제히 환호성을 지르며 좋아했다.

　자고로 야외 수업이란 볕 좋고 바람 좋은 날 잔디밭에 삼삼오오 모여 앉아 교수님의 담소를 귀담아듣는 척 옆 사람과 떠드는 시간이 아니던가.

　비록 떠들 사람은 없어도 오늘 만큼은 김 교수의 레이더망에서 자유로울 수 있다는 생각에 한숨 놓았다.

　그런데.

　"오늘 나는 자네들에게 과제를 내줄 예정이네."

　김 교수는 정말로 '야외'에서 '수업'을 하기 시작했다. 학생들에게 강의동 옆 느티나무 아래로 모이라고 한 그는 기대에 한껏 부풀어 있는 학생들을 앞에 두고 책을 펼쳤다.

　학생들이 교재를 가져오지 않았다고 칭얼거리며 눈치를 주었지만, 김 교수는 인심 좋게 껄껄 웃으며 오늘은 교재가 필요하지 않다고 대답했다. 그도 그럴 것이 그가 들고 있는 책은 교재가 아니라 일반 문학책이었다.

"과제를 내주기 전에 이 책을 읽어 줄 사람이 필요한데, 누구 읽어 볼 사람 있나?"

있을 리가. 시무룩해진 학생들은 휴대폰을 만지거나 잡초를 뜯으면서 딴청을 부렸다.

그러자 김 교수가 그새 챙겨 온 출석부를 펼쳤다. 으흠, 하는 헛기침에 학생들은 일제히 고개를 치켜들었다. 모두가 한마음이 되어 제발 내가 아니길 바라며 기도를 올리던 짧은 시간, 굳게 다물어져 있던 김 교수의 입이 천천히 열렸다.

"여기 여학생 중에 가장 나이가 많고, 학번이 빠른 학생이 한번 낭독해 볼까? 가만 보자. 이름이……."

최수연이요.

"최수연? 수연 양이 읽어 보게."

나는 들릴 듯 말 듯 한숨을 쉬며 터덜터덜 걸어 나갔다.

"첫 부분만 읽어 보게."

김 교수가 책을 건네주며 말했다. 책은 '한국 단편 문학선' 이었고 김 교수가 펼친 부분은 어느 소설의 일부분이었다. 나는 낮게 잠긴 목소리를 큼큼, 가다듬고 소설의 첫 문장을 읽기 시작했다.

"그에게서는 언제나……."

입을 떼자마자 말을 멈추었다. 평소의 내 목소리답지 않아 낯설었다. 다시 목을 큼큼거렸다. 꾸밈없이 읽자 생각하고 고개를 들던 찰나, 시선 끝에 서희도가 들어왔다.

녀석은 커다란 느티나무 밑동에 기대어 앉아 나를 빤히 응시하고 있었다. 연한 갈색 니트를 입어서일까. 군데군데 노랗게 물든 느티나무와 서희도는 꼭 한 몸처럼 보였다.

　이따금씩 불어오는 바람이 그의 머리칼을 스치고 지나갔다. 바람에 휩쓸린 머리카락이 녀석의 눈을 가렸다. 얄궂은 입꼬리는 평소처럼 살며시 말려 올라가 있었다.

　문득 그런 생각이 들었다. 서희도는 내가 만들어 낸 환상이 아닐까, 하는 생각. 이렇게 많은 사람들 중에 서희도만 눈에 띄고, 서희도 혼자만 다른 그림처럼 불쑥 튀어나와 있다.

　"그에게서는 언제나 비누 냄새가 난다."

　녀석에게서 시선을 거두고 다시 낭독을 시작했다. 조금 전보다 차분하게 가라앉은 목소리가 흘러나왔다.

　"아니 그렇지는 않다. 언제나, 라고는 할 수 없다. 그가 학교에서 돌아와……."

　그가 학교에서 돌아와 욕실로 뛰어가서 물을 뒤집어쓰고 나오는 때이면 비누 냄새가 난다. 나는 책상 앞에 돌아앉아서 꼼짝도 하지 않고 있더라도 그가 가까이 오는 것을 — 그의 표정이나 기분까지라도, 넉넉히 미리 알아차릴 수 있다. 티셔츠로 갈아입은 그는 성큼성큼 내 방으로 걸어 들어와 아무렇게나 안락의자에 주저앉든가, 창가에 팔꿈치를 짚고 서면서 나에게 빙긋 웃어 보인다. 무얼 해? 대개 이런 소리를 던진다.

　"……그런 때에 그에게서 비누 냄새가 난다."

　낭독을 끝내며 다시 서희도를 보았다. 흐트러진 머리칼 사이로 그의 눈농자가 보였다. 녀석은 무릎을 세우고 턱을 괸 채 나를 바라보고 있었다. 눈이 마주치자 고개를 살짝 기울이며 빙그레 웃는다.

　불현듯 머리가 어지러웠다. 오랜만에 많은 사람들 앞에 서서 긴장한 탓인지, 갑자기 불어온 소슬바람에 머리가 찡 울린 탓인지. 그것도 아니면 나를 빤히 보고 있는 너 때문인지. 코끝이 간질거렸다. 서희도의 몸에서 나는 머스크 향이 물큰 풍겨 오는 것 같았다.

그에게서는 언제나 비누 냄새가 난다.

그에게서는 언제나 비누 냄새가 난다.

그에게서는 언제나…….

"자, 지금 수연 양이 읽은 부분은 단편 소설 '젊은 느티나무'의 첫 부분이다."

넋을 잃은 사람처럼 책의 첫 문장을 곱씹고 있던 사이, 김 교수가 이제 그만 들어가도 된다고 말했다. 그제야 정신을 차리고 재빨리 학생들 틈으로 걸어 들어갔다. 서희도를 다시 돌아보고 싶었지만, 그러기엔 몸이 너무 뜨겁게 달아오르고 있었다.

"아마 많이들 알고 있을 거라고 생각하네. '젊은 느티나무'는 부모님의 재혼으로 남매가 된 남녀의 사랑을 다루고 있는 작품이지. 이 소설에는 오빠를 남자로 바라보는 여자의 감정과 심리, 그리고 금기된 사랑을 향한 욕망이 잘 드러나 있어. 자, 각설하고. 내가 이 소설을 읽어 보라고 한 이유는 이 소설에 우리 과제의 주제가 담겨 있기 때문이라네. 그래서 느티나무 밑으로 모이라고 한 거였고."

김 교수의 낮은 웃음소리가 잔뜩 웅숭그린 내 몸 위로 내려앉았다. 지금 내게는 김 교수의 말도, 학생들의 짜증 섞인 탄식도 들려오지 않았다.

내 신경은 온통 서희도를 향해 곤두서 있었다.

몇 발자국 떨어진 느티나무 아래서 나를 바라보고 있을 너.

"첫 번째 과제의 주제는 바로 사랑과 욕망이다. 지금부터 네 명씩 조를 짜 줄 테니 사랑과 욕망에 관한 철학적 사유를 발표하도록. 내용과 형식은 자유다."

곧 학생들의 이름을 부르는 김 교수의 목소리가 이어졌다. 한 명씩 이름이 불리기 시작했고 얼마 후 내 이름이 불렸다. 몇 명의 이름이 더 불리는가 싶더니 이내 서희도의 이름도 불렸다.

고개를 들었다. 나무 아래에 느른하게 기대어 앉아 있던 서희도가 천천히 일어섰다.

자박자박. 떨어진 나뭇잎들을 밟으며 내게로 걸어온다. 그리고 내 앞에 멈춰 서더니 웃차, 소리를 내며 잔디 위에 풀썩 앉는다.

내가 귀신이라도 본 사람처럼 창백하게 질린 얼굴로 쳐다보자 녀석이 기다란 눈매를 반으로 접으며 말했다.

"우리 같은 조예요, 선배."

젊은 느티나무

"알다시피 나는 인턴 중이라 시간이 없어. 발표는 내가 할 테니까 자료 조사는 후배님들이 하면 안 될까?"

석현 선배가 말했다. 그는 미안한 듯 웃어 보였다.

"미안한데 저도 곧 면접이 있어서요. 피피티는 제가 맡을게요."

이번 학기에 복학한 동기, 혜주가 말했다. 그녀는 미안한 기색도 없어 보였다.

"저도 취업 준비 중이라 자료 조사는 어려워요. 정리는 제가 할게요."

나도 질세라 말을 꺼냈다. 눈은 무표정하게, 입은 겸연쩍게 웃었다. 내 말이 끝나자마자 네 사람 사이에 짧은 침묵이 흘렀다.

나와 석현 선배, 혜주의 시선이 일제히 나머지 한 명에게로 쏠렸다.

"그럼 제가 할게요. 자료 조사."

서희도가 기대에 부응이라도 하듯 말했다. 싱긋 웃는 모습이 전혀 거리낌 없어 보였다.

혹시 배려하는 건가. 생각하던 찰나 빠르게 생각을 고쳐먹었다. 녀석은 고작 선배들 때문에 이런 수고로움을 감수할 위인이 아니었다. 그냥, 즐기는 거다.

어찌 됐든 번거로운 일이 하나 줄어서 좋았다. 서희도의 능력이 썩 믿음직스럽진 않았지만, 오리엔테이션 시간에도 김 교수를 감동시킨 놈 아니던가. 녀석이 팥으로 메주를 쑨다고 해도 김 교수는 마음에 들어 할 것 같았다.

"와. 역시 희도 이 자식, 나중에 사회생활 잘하겠어. 고맙다, 인마. 그럼 그렇게 알고……."

"그런데요."

석현 선배가 자리를 파하려고 하던 때였다. 서희도가 불쑥 선배의 말을 가로막았다. 녀석이 고개를 살짝 치켜들며 짓궂은 미소를 지었다.

순간 불길한 예감이 엄습했다. 서둘러 가방을 챙겼다. 빨리 이 자리를 떠야 한다.

그렇지 않으면.

"수연 선배랑 같이하면 안 될까요? 아무래도 혼자 하기엔 버거워서."

이럴 줄 알았어. 눈을 질끈 감았다.

"나도 바쁘거든?"

말끝이 부자연스레 올라가고 입가에 경련이 일었다. 녀석은 내 말에도 아랑곳하지 않고 제 할 말만 이어 갔다.

"제가 수연 선배 멘티거든요. 아직 많이 어색한데 과제 하면서 친해지면 좋잖아요. 안 그래요, 선배?"

서희도가 나를 내려다보며 뻔뻔하게 물었다. 기가 막혀서 웃음도 나오지 않았다.

"오, 그래그래. 희도가 수연이 멘티였지. 이참에 친해지면 좋겠네.

희도 혼자 하기엔 너무 버겁기도 하고. 물론 수연이도 바쁜 건 알지만 나랑 혜주만큼 급한 일이 있는 건 아니니까. 부탁해. 응?"

석현 선배가 나를 달래듯 어깨를 톡톡 두드렸다. 선배의 말마따나 나는 급한 일도 없기에 딱히 반박할 여지가 없었다.

그래. 뭐 그럴 수 있다 치자. 인턴에, 면접에 바쁠 수 있다고 쳐. 자료 조사 그까짓 것 내가 할 수도 있다.

다만 서희도와 부딪치는 건 정말 싫었다. 서희도 앞에만 서면, 녀석과 조금이라도 말을 섞으면, 숨소리가 가까워지고 살갗이 닿으면 어느새 이성을 잃고 마는 내가 무서웠다.

처음에는 서희도를 이용해서 방탕하게 일탈해 보자 생각도 했었다. 수업이 끝나면 매일같이 서희도의 집으로 가서 미친 듯 뒹굴어 볼까 생각도 했었다.

녀석은 확실히 매력적인 놈이니까. 부드러운 키스도, 머리칼을 만지작거리는 손길도, 허리를 감싸는 팔의 힘도 위험할 정도로 황홀했으니까. 하지만 그런 아슬아슬한 상상은 곧 서슬 퍼런 걱정으로 번졌다.

서희도가 어떤 놈인 줄 알고? 같은 과 남자들에게 나와의 일들을 퍼트리고 있다면. 내가 또 송치호 무리의 맛있는 안줏거리가 된다면?

일탈이라는 명목으로 매일매일 찾아가다가 정말로 빠져 버리면 어떡하려고. 아주 잠깐의 키스에도 달아올랐잖아. 젖꼭지가 바짝 곤두섰잖아. 서희도 같은 놈, 여자를 만나는 목적이 훤히 보이는 나쁜 놈이잖아.

다 알면서도 빠져 버리면 어쩌려고. 그러다 끝내 헤어 나오지 못하면 어쩌려고.

생각이 생각을 낳고 불안이 불안을 낳았다. 아무리 생각해도 나한테 좋을 게 없었다.

"차라리 자료 조사를 저 혼자……."

"네. 수연 선배랑 제가 같이하겠습니다. 걱정하지 마세요."

내 말이 끝나기도 전에 서희도의 목소리가 불쑥 끼어들었다. 석현 선배는 녀석의 태도가 아주 마음에 든다는 듯 호탕하게 웃으며 엄지손가락을 척 치켜들었다.

"선배. 오늘부터 시작해요."

착하고 성실한 후배의 모습을 가장한 채 서희도가 씩 웃어 보였다. 나는 미간을 구기며 입술을 잘근잘근 깨물었다. 발끝이 바짝 서고 어깨가 움찔움찔 떨렸다.

서희도와 또다시 부딪쳐야 하는 일은 둘째 치고, 지금, 등허리 쪽으로 슬그머니 다가온 녀석의 손이 내 손을 부드럽게 감싸고 있었다.

석현 선배와 혜주에게 들키지 않으려 잔뜩 힘을 주고 비틀었지만 소용없었다. 그는 꿈쩍도 않고 손을 더 단단하게 움켜쥐더니 심지어 손가락 사이사이에 깍지를 꼈다. 이마에 진땀이 송골송골 맺혔다.

"같이 점심 먹으면서 얘기할까요?"

깍지 낀 손에 힘을 주며 서희도가 물었다. 나는 그의 시선을 피하며 황급히 고개를 저었다. 그러자 녀석이 내 손을 더 세게 움켜잡았다.

"왜요? 약속 있어요?"

"응. 약속 있어."

"누구랑."

일순 낮게 가라앉은 목소리가 들려왔다. 고개를 드니 녀석이 거짓말하지 말라는 눈으로 나를 응시하고 있었다.

"혜주! 혜주랑 점심 먹기로 했어."

돌연 있지도 않은 약속을 만들어 냈다. 내 말에 자리를 뜨던 혜주가 무표정하게 돌아보았다.

"혜주야, 맞지? 나 오늘 너랑 점심 먹기로 했지?"

누가 들어도 이상한 질문이었다. 상황이 다급해서 두서없는 말이 튀어나왔다. 혜주는 특유의 무심한 얼굴로 나와 서희도를 물끄러미 번갈아 보더니, 짧게 대답했다.

"응. 너 오늘 나랑 점심 먹기로 했어."

혜주의 대답이 떨어지자마자 서희도의 손을 거칠게 빼내었다. 무언가에 쫓기는 사람처럼 황급히 혜주에게 달려갔다. 그러다 문득 뒤통수가 따가운 느낌에 뒤돌아보니, 나무처럼 우두커니 서 있는 서희도가 보였다.

녀석은 점점 멀어지는 나를 빤히 응시하고 있었다. 멀리서도 선연한 서희도의 눈빛은 꼭 내게 이렇게 말하고 있는 것 같았다.

어디 한번 계속 그렇게 피해 봐.

"⋯⋯고마워."

소박한 반찬이 담긴 식판을 받아 오며 한숨 섞인 말을 내뱉었다. 혜주는 나를 쳐다보지도 않고 차갑게 물었다.

"서희도랑 친하니?"

나는 대답하지 못하고 입을 다물었다. 이렇게 대답하면 웃기려나.

친한 건 아닌데 그 애의 집에 갔어. 샤워를 했고, 키스를 했고, 속옷을 벗었어.

내가 생각해도 이상했다.

"아니. 멘토링인지 뭔지 때문에 얽힌 거야. 별다른 건 없어."

"그래?"

"그건 왜 물어?"

"그냥. 너는 아니라고 하는데 왠지 가까워 보여서."

표정 없는 창백한 얼굴을 흘긋 바라보았다. 예전부터 느낀 거지만 혜주는 눈치가 참 빨랐다. 눈치도 빠르고 직설적이고 차가웠다. 그래서 말 많고 수다 떨기 좋아하는 동기 여자애들이 싫어했던 걸까.

"나는 서희도가 싫어. 같은 조 된 것도 싫고."

혜주의 입에서 나온 말에 숟가락질을 멈췄다. 여태껏 포커페이스를 유지하던 그녀의 얼굴이 다소 붉게 상기되어 있었다.

"왜? 이유가 궁금하다. 말해 줘."

혜주만큼은 아니지만 나도 꽤 직설적인 편이었다. 그래서 동기 여자애들은 혜주 다음으로 나를 싫어했지. 혜주는 그제야 고개를 들고 나를 쳐다보았다. 일자로 다물어져 있던 그녀의 입술이 천천히, 서늘하게 열렸다.

"서희도 때문에 우스워진 애들이 한둘이 아니거든."

혜주의 입에서 나온 말에 늘어뜨렸던 상체를 꼿꼿하게 세웠다. 이건 곧 내 미래가 될 이야기이기도 했다.

"서희도는 다른 남자애들이랑 달라. 여자를 대하는 태도도, 스킨십도 지나치게 자연스럽잖아. 그래서 서희도가 자기를 좋아하는 거라고 착각한 애들이 많았어. 고백했다가 다들 우습게 차였지만."

직접 본 적도 없고, 대화를 나눠 본 적도 없지만 그 여자들의 마음을 대충은 알 것 같았다. 내가 그 사람에게 특별한 여자가 아니라는 걸 알면서도 하릴없이 끌려가는 그 마음. 그런 마음이 지속되면 감정적인 합리화를 하게 된다.

나는 다른 여자들과 다를지 몰라. 나는 그 사람에게 특별할 거야. 나는 그 사람의 결핍된 부분을 보듬어 줄 수 있어.

오만에서 비롯된 관계는 결국 추하게 끝나 버린다. 그 사람에게 나는 수많은 여자들 중 한 명이었다는 잔인한 진실을 마주한 채.

"그런 애랑 같은 조가 된 것도 싫어. 아마 다들 싫어할걸."

"내가 듣기론 인기 많다고 하던데. 송치호 무리랑도 친한 것 같고."

내 말에 혜주는 작게 코웃음을 쳤다.

"남자 선배들 거의 다 서희도 싫어해. 제일 앞장서서 욕하는 사람이 송치호인 거 알아? 앞에서만 실실 쪼개지, 뒤에서는 외모 믿고 나댄다고 욕하더라. 가끔 얼굴마담 필요할 때만 부르는 거야."

"뭐? 그래도 여자애들은……."

"여자애들도 다 똑같아. 그냥 한 번 사귀어 보고 싶은 거지. 서희도 데리고 다니면 면이 서니까. 우리 과 사람들한테 서희도는 그냥 액세서리 같은 거야."

충격적인 말을 조곤조곤 쏟아 낸 혜주는 아무렇지 않게 밥을 뜨기 시작했다. 나도 그녀를 따라 다시 숟가락을 들었다.

한술 뜨고 내려놓고 다시 한술 뜨고. 그렇게 한참 동안 대화도 없이 묵묵히 밥만 먹었다. 밥 먹는 시간이 이토록 무겁고 길게 느껴지기는 처음이었다.

어느새 밥을 다 먹은 혜주가 먼저 일어섰다. 나는 조금 더 있다가 가겠노라 말했다. 오늘 고마웠다는 말도 잊지 않았다. 혜주는 처음으로 희미하게 웃어 보이더니 다음 시간에 보자는 말을 남기고 자리를 떴다.

혜주가 떠난 뒤, 맑은 뭇국을 멀거니 내려다보며 방금 들은 말을 가만히 곱씹었다.

액세서리.

그 말이 목구멍에 막혀 내려가지 않았다.

"밥 맛있게 먹었어요?"

수업이 끝나고 강의실에서 나오는 길이었다. 서희도가 벽에 비스듬히 기대어 선 채 말을 걸었다.

부드러운 목소리였지만 분명히 비꼬는 투였다. 나는 아무 대답도 없이 가방을 고쳐 메고 녀석을 지나쳤다. 하지만 얼마 가지도 못하고 서희도의 손에 붙잡혀 버렸다.

"또 왜……!"

신경질적으로 돌아보는 순간, 녀석이 한 걸음 성큼 다가왔다. 생각보다 가까운 거리에 흠칫했지만, 일부러 고개를 꼿꼿하게 쳐들었다.

"자료 조사, 그냥 나 혼자 할게. 너는 네 친구들이랑 짝짜꿍하면서 재미있게 놀아."

내가 어린아이 다루듯이 말하자 서희도의 얼굴에서 미소가 가셨다. 녀석은 이제껏 본 적 없는 싸늘한 표정으로 나를 내려다보았다.

"왜 그렇게 봐? 내가 혼자서 다 하겠다고. 좋지 않아?"

"왜 나 피해요?"

서희도가 웃음기를 싹 지운 얼굴로 물었다. 반듯한 눈썹이 신경질적으로 올라가 있었다. 그 모습에 나도 모르게 바짝 긴장이 됐다. 몸에 힘이 들어가고 입술이 미세하게 떨렸다.

"나만 피했어? 너도 피했잖아. 아무 일도 없던 것처럼 인사하고 지나갔잖아."

생각과 다르게 흘러나온 말이었다. 이게 아닌데. 그렇다고 친한 척할 수도 없잖아. 나는 지금 왜 이런 말을 하는 거지.

서희도를 보는 순간 박유라의 머리카락을 만지작거리던 모습이 떠올라 괜스레 심통이 났다.

미치겠다. 빨리 이 자리를 벗어나고 싶다. 누가 볼까 봐 두렵다. 아니, 차라리 들켜 버리는 게 낫겠어. 뭐? 아니야. 그건 안 돼. 모순된 마음이 뒤죽박죽 섞였다.

"그러면. 다 보는 데서 손이라도 잡을까?"

서희도의 입술이 비틀려 올라갔다.

"그건 또 싫어할 거잖아. 아까 남들 몰래 잡을 때도 벌벌 떨지 않았나?"

점점 격앙되는 녀석의 목소리에 심장이 오그라들었다. 강의실에서 나오는 학생들의 시선이 우리에게 집중되기 시작했다.

"그거야……!"

입술을 꾹 깨문 채 서희도를 노려봤다. 무슨 말이라도 해야겠는데 생각과 달리 입은 쉽게 떨어지지 않는다.

"그런데 너, 왜 반말이야?"

할 말이 많았지만 차마 꺼낼 수 없었다. 여기서 더 대화를 했다간 과 사람들에게는 물론, 이 건물을 쓰는 모든 학생들의 구경거리가 될 게 뻔했다. 또다시 그런 구경거리가 되고 싶진 않았다.

"나, 네 선배야. 예의 지켜."

유치한 말을 내뱉곤 평소보다 잰걸음으로 건물을 빠져나갔다. 건물을 나오자마자 거칠게 불어오는 건들바람이 얼굴을 사정없이 때렸다.

머리카락이 바람에 흩날려 얼굴 위로 쏟아졌다. 교재를 꽉 끌어안고 언덕을 내려가며 생각을 정리했다.

나는 그 녀석에게 무엇을 바라는 걸까. 단순한 일탈 아니었나. 나도 가볍게 즐기기만 하면 되는 것 아닌가. 그렇게 즐기다가 학교에서는 다시 평소처럼 행동하면 되는 건데.

나도 다른 여자들과 별반 다르지 않나 보다. 특별해지길 원하고, 나만 만져 줬으면 하는 생각이 드는 걸 보면.

"선배."

뒤에서 낮은 목소리가 등을 울렸다. 걸음을 더 재촉했다. 속마음을 들켜 버린 기분이었다.

"잠깐만 서 봐요."

사실은 멈추고 싶지만 자존심이 허락하질 않는다. 나이를 먹을수록 늘어나는 건 쓸데없는 자존심과 똥고집뿐.

"도망치는 사람치곤 걸음이 너무 느린데."

어느새 내 앞을 가로막은 서희도가 작게 웃었다. 나는 가쁜 호흡을 몰아쉬며 녀석을 바라보았다. 서희도는 모르는 척 넘어가 주는 법이 없었다.

"반말한 건 미안해요. 그래도 과제는 해야죠."

"됐어. 나 혼자 다 할 거야."

"알았어요. 선배 혼자 하게 해 줄게요. 대신 우리 집으로 가요."

이건 또 무슨 해괴망측한 소리야.

"선배 집은 너무 멀잖아요. 우리 집에서 해요."

녀석이 나를 달래듯 빙긋 웃어 보였다. 조금 전에 정색하던 사람과는 전혀 다른 사람 같았다.

저 미소에 넘어가기엔 집에 가자는 속내가 너무 훤히 보인다. 바보 천치가 아닌 이상 다 알 수 있을 정도로.

"응? 우리 집으로 가요, 선배."

그런데 나는 왜 서희도 앞에만 서면 거절을 못 하는 걸까.

어쩌면 나는 거절을 못 하는 게 아니라, 거절하기 싫은 건지도 모른다.

"집에 가서 또 뭘 하려고?"

"당연히 과제해야죠. 뭐 다른 거 하려고 했어요?"

서희도가 내 얼굴을 보며 골려 댔다. 그러고는 내 귓가에 대고 작게 속삭였다.

"오늘은 검은색으로 입고 왔죠?"

짓궂은 웃음소리가 목덜미를 타고 흘렀다.

강의동 옆의 느티나무는 그런 나를 비웃기라도 하듯 바람에 너붓너붓 흔들리고 있었다.

Chapter 5

뒤늦게야 비로소 보이는 풍경들이 있다.

이를 테면 학교로 향하는 길의 블록 사이에 가닥가닥 자라나 있는 민들레라든지, 누군가 전 남자 친구의 불행을 빌며 버스 정류장에 써 놓은 낙서 같은 것들 말이다.

무심코 지나쳤던 이런 것들은 어느 순간, 햇볕이 평소보다 따뜻하여 마음이 울렁거리는 그런 날, 평범한 일상에 작은 풍경으로 새겨진다.

서희도의 방도 그랬다.

처음 왔을 때는 보이지 않았던 방 안의 풍경들이 이제야 하나둘씩 내 눈에 들어오고 있었다.

"……너 진짜 철학이 좋아서 철학과에 왔구나."

그때는 뜨거운 키스에 정신이 혼미해져 발견하지 못했는데, 녀석의 책장에는 다양한 철학 서적과 문학책들이 빼곡하게 꽂혀 있었다.

"철학이 좋아서 왔다기보다는."

서희도가 운을 떼며 내 옆에 섰다. 세수를 하고 나온 녀석에게서 옅은 비누 냄새가 풍겼다.

"그냥 있어 보이잖아요."

책장에서 낡은 책 한 권을 뽑아 건네며 해맑게 웃는다. 웃고 있지만 속을 가늠할 수 없는 얼굴. 그 얼굴을 물끄러미 쳐다보다가 녀석이 내민 책으로 시선을 옮겼다.

"어쩌라고?"

"읽어 줘요."

"나 여기서도 낭독해야 되니?"

"과제하려면 어차피 읽어야 돼요."

얄궂게 웃는 서희도를 송곳눈으로 흘기곤 책을 받아 들었다.

이름만 들어도 지겨운 자크 라캉의 책, '욕망 이론' 이었다.

욕망

"이리 와서 읽어요."

서희도가 침대 위에 느른하게 앉은 자세로 말했다. 제 허벅지를 툭 툭 두드리면서.

"그냥 여기서 읽을게."

나는 침대와 멀찍이 떨어진 바닥에 앉아 있었다. 심장이 요동치고 동공이 흔들렸다. 눈은 활자를 훑고 있었지만, 내용은 조금도 머리에 들어오지 않았다. 책 너머로 나를 빤히 응시하는 시선이 느껴져서 집중하기가 어려웠다.

흰 건 좋이요, 검은 건 글자로다.

책을 크게 펼쳐서 얼굴을 가리고, 등을 곧추세워 벽면에 찰싹 붙였다. 아직은 너에게 가까이 가지 않겠다는 일념을 보여 주기라도 하듯이.

"그럼 내가 가지, 뭐."

하지만 서희도에게 내 의사 따위는 상관없었다. 녀석은 침대에서 일어나 성큼성큼 걸어오더니 내 옆에 바짝 붙어 앉았다. 내가 엉덩이를 움직여 슬금슬금 옆으로 피하자 손목을 단번에 잡아챈다.

이제 더 이상 피할 곳도 없었다. 사방은 단단한 벽과 굳게 닫힌 문으로 막혀 있었다.

"솔직히 말해 봐요. 선배도 그때 아쉬웠죠?"

점점 웅크리는 나를 잡아끌며 녀석이 물었다. 나는 어느 때보다도 빠르게 고개를 저었다. 맥박이 주체할 수 없이 빨라졌다. 심장이 얼굴에 달려 있는 느낌이었다.

"거짓말."

나도 안다. 달아오른 내 얼굴이 진심을 말해 주고 있다는 걸.

"비켜. 과제해야 돼."

의미 없는 핑계를 대 보았다. 그래도 녀석은 내 욕망을 알아챌 것이므로.

"응. 과제해요."

서희도는 태연하게 대답하면서 내 겨드랑이 사이에 손을 꼈다. 그러고는 나를 번쩍 안아 들어 제 허벅지 위에 앉혔다.

녀석의 갑작스런 행동에 발끝에 힘이 들어가고 엉덩이가 들렸다. 몸을 일으키기도 전에 서희도가 먼저 허리를 잡아당겼다. 벗어나려 손을 허우적대고 몸을 비틀어도 보았지만 속수무책이었다. 그럴수록 서희도는 두 팔로 내 배를 단단히 둘러 안고는 몸을 바짝 밀착시켰다. 그의 딱딱한 가슴이 잔뜩 경직된 내 등에 맞닿았다.

"서희도. 꼭 이러고 해야겠어?"

"싫어요?"

어깨에 뜨거운 얼굴을 묻으며 녀석이 아이처럼 물었다. 나는 길게 뻗은 녀석의 다리와 힘줄이 불거진 발등을 응시하며 입술을 꾹 깨물었다.

싫지 않았다. 오히려 무서울 만큼 좋다.

피부에 닿는 녀석의 온기도, 손의 촉감도.

"아니. 이러고 있자."

그래. 아무것도 생각하지 말고 욕망에만 충실해 보자. 내 안의 바닥을 볼 때까지.

"타자의 욕망과 자신의 욕망이 일치하리라고 믿는 연인은…… 이렇게 묻는다."

간신히 한 문장을 읽어 내며 입술을 잘근 깨물었다. 서희도의 팔이 티셔츠 속으로 들어온 탓이었다. 슬그머니 들어온 녀석의 손은 납작한 배를 부드럽게 쓰다듬기 시작했다.

"계속 읽어요."

두 눈을 질끈 감았다. 서희도가 귓불을 살짝살짝 깨물 때마다 어깨가 움찔움찔 떨렸다.

"잠깐만. 이럴 거면."

이럴 거면 차라리 마주 보고 싶은데. 고개를 틀려고 하자 서희도가 허리를 더 강하게 당겨 안았다. 녀석의 가슴이 등에 더 밀착되면서 고개를 돌릴 공간조차 사라져 버렸다.

"가만히 있어요. 얼굴 보면 못 참을 것 같아서 그래."

낮게 잠긴 목소리가 귓가에 스며들었다. 책을 쥔 손에 힘이 들어가고 땀이 배겼다. 낡아서 누렇게 바랜 종이가 바스락 소리를 내며 구겨졌다.

"침을 생길이…… 있긴 한 거야?"

"일단 오늘은."

"왜. 콘돔이 없나 보지?"

나도 모르게 불퉁스러운 목소리가 흘러나왔다. 누가 들으면 내가 더 원하는 줄 알겠어. 녀석은 간지럽게 웃더니, 내 머리칼을 한쪽으로 넘기곤 훤히 드러난 목덜미에 입술을 묻었다.

"자고 나면 선배는 나를 투명 인간 취급할 거잖아. 나를 모른 척하거나, 여기서 있었던 일을 잊은 척하겠지. 내 말이 틀려요?"

입술을 움직일 때마다 흘러나오는 낮은 목소리가 내 몸을 울렸다. 나는 물음에 대답하지 못하고 입을 다물었다. 서희도는 나라는 사람을 꽤 정확히 꿰뚫고 있었다.

"선배. 그거 알아요?"

"몰라."

"들어 보지도 않고."

"뭔데."

퉁명스럽게 받아치자 서희도가 내 배를 부드럽게 문질렀다. 쓱쓱, 살결을 스치는 소리가 외설스러우면서도 이상하게 싱그럽다.

"나는요. 오는 여자 안 막아요."

"그건 이미 알고 있어."

"가는 여자도 안 잡아."

"그것도…… 알아."

말을 뱉는 순간 귀밑이 시큰거렸다. 이 관계에도 끝이 있을 테고, 관계의 끝에서 나는 결국 너를 떠나겠지. 가는 여자 잡지 않는다는 너는 나 또한 잡지 않을 거다. 잡으려는 시늉조차 하지 않을 거고.

끝이 너무나 뻔히 보이는 관계. 생각할수록 마음이 가라앉았다.

한동안 어색한 침묵이 흘렀다. 서희도는 무슨 생각을 하는지 내 목에 입술을 누른 채 한참이나 나를 끌어안고 있었다. 오랜 침묵을 깨트린 건 내 입에서 나온 약한 신음 소리였다.

"……아."

커다란 손이 어느새 가슴 부근으로 올라왔다. 머뭇거리는 기색도 없이 가슴으로 다가온 손은 구렁이 담 넘듯 브래지어를 밀어냈다.

속옷 사이로 딱딱하게 부푼 가슴이 불쑥 튀어나왔다. 서희도는 그 틈을 놓치지 않고 한쪽 가슴을 부드럽게 감쌌다. 나머지 한 손으로는 움찔거리는 배를 살살 쓰다듬으면서.

"선배가 나를 어떻게 알아. 나도 나를 모르는데."

가슴을 쥔 서희도의 손에 살짝 힘이 들어갔다. 나는 입술을 꾹 깨물며 허리를 꼿꼿이 세웠다. 저절로 고개가 젖혀졌다.

"이상하게 선배는 잡아 두고 싶어. 선배가 나를 피하면 화가 나."

"너는…… 나를 좋아하는 게 아니잖아. 그냥 즐기고 싶은 거잖아."

새어 나오는 신음 소리를 꾹 삼키며 간신히 입을 열었다. 서희도는 내 말을 부정하듯 손에 담긴 가슴을 더 세게 움켜쥐었다. 읏, 참아 낼 겨를도 없이 소리가 입 밖으로 터져 나왔다.

"처음엔 그랬어요. 신선했거든. 송치호한테 욕을 내뱉고, 담배를 피우고, 섹스 얘기를 꺼내고. 그래 놓고는 내 앞에서 아이처럼 울어 버리고."

서희도는 기다란 손가락 사이에 도도록 솟은 정점을 끼우고 살살 돌리기 시작했다. 엄지와 검지를 이용해 살며시 꼬집다가 놓아 주더니, 손바닥에 힘을 주어 가슴 전체를 아플 정도로 움켜쥐었다.

가슴을 뒤덮은 서늘한 감촉에 몸이 흠칫흠칫 떨렸다. 녀석의 손가락이 돌기를 살짝살짝 튕길 때마다 발끝이 찌르르 울렸다.

입안이 비릿할 정도로 입술을 꽉 깨물었다. 손으로 바닥을 짚기도 하고, 몸을 비틀기도 하며 참아 봤다. 조금만 방심하면 들키기 싫은 소리가 터져 나올 것 같았다. 어느새 의지와는 다르게 꽉 다문 입술 새로 얕은 신음 소리가 새어 나오고 있었다.

"흐읏……."

나는 결국 녀석의 팔목을 붙잡고 도리질을 쳤다.

"……아파."

"참아 봐요."

아프다는 내 말에도 서희도는 눈 하나 꿈쩍 하지 않는다. 조금만 약하게 해 주면 좋겠는데.

"선배는 강한 척하면서 약하고, 솔직하지 못한 척하면서 솔직해."

귓가에 내려앉은 서희도의 목소리가 아득하게 멀어졌다. 반쯤 벌어진 입에서는 더운 숨이 흩어졌다.

문득 시선을 내려다보니 티셔츠 속에서 쉼 없이 꿈틀거리는 팔뚝이 보였다. 핏줄이 잔뜩 불거진, 근육의 움직임이 적나라하게 보이는 팔. 그 팔을 보니 몸이 더 뜨겁게 달아올랐다.

가슴을 지분거리는 손길에 온 신경을 쏟아붓던 사이, 나머지 한 손이 느릿하게 움직이기 시작했다. 배를 살살 문지르던 손이었다. 녀석은 그 손을 점점 아래로 내리더니 청바지의 단추를 톡, 풀었다. 단추가 열리자마자 녀석의 손이 헐거워진 바지 안으로 미끄러지듯 들어왔다. 그제야 정신을 차리고 반쯤 감았던 눈을 번쩍 떴다.

"안 돼, 거긴."

바지 속으로 들어온 팔목을 꽉 움켜잡으며 다급하게 말하자,

"왜요?"

행동과 달리 참 순진한 목소리로 묻는다.

"……창피하니까."

들키기 싫다. 너 때문에 뜨겁게 젖어 가는 나를.

"그렇다고 멈추는 건 싫잖아요?"

서희도가 짓궂게 웃었다.

"하지 말라고 하니까 더 하고 싶어지네."

맞다. 서희도는 하지 말라고 해서 안 하는 놈이 아니었다. 그는 내 손을 쉽게 뿌리치곤 바지 속으로 손을 밀어 넣기 시작했다. 내가 다시 녀석의 손을 막으려 하니, 그런 나를 혼내기라도 하듯 부푼 가슴을 더 꽉 움켜쥔다.

위아래로 동시에 들어오는 자극에 허리가 크게 휘었다. 온몸의 힘이 풀리는 기분이었다. 그사이 녀석의 커다란 손이 젖은 속옷 위를 덮었다.

"봐. 이렇게 솔직하잖아."

축축하게 젖은 속옷 위를 손가락으로 긁듯이 만지며 녀석이 태연하게 말했다. 발끝이 바짝 서고 눈앞이 하얗게 멀어졌다. 남은 힘을 끌어모아 서희도의 팔목을 움켜잡았다. 바르르 떨리는 몸을 지탱할 만한, 내가 잡을 만한 무언가가 필요했다.

"선배. 나 갑자기 궁금한 게 생겼는데."

속옷 위를 배회하던 손이 불쑥 들어왔다. 두 눈을 꼭 감고 서희도의 가슴에 등을 더 바짝 붙였다. 녀석은 내 머리에 다정히 입 맞추더니, 붉게 물든 목덜미에 얼굴을 묻으며 숨을 깊게 들이쉬었다.

"강신우랑 어디까지 갔어요?"

녀석이 도톰하게 부푼 정점을 손가락으로 빙글빙글 돌리며 물었다. 나는 대답 대신 밭은 숨소리만 흘렸다.

"처음에는 강신우랑 헤어진 이유가 궁금했는데, 이제는 다른 게 궁금해."

정점을 꾹 짓누르기도 하고 원을 그리며 문지르기도 한다. 콩알만 하던 그곳이 점점 부푸는 게 느껴졌다.

"하, 서희도. 그만……."

"아직 대답 안 했잖아요."

정점을 희롱하던 손이 점점 아래로 내려왔다. 습기 머금은 거웃을 배회하더니 축축하게 젖은 입구를 톡톡 두드린다. 어깨가 움찔움찔 떨렸다. 녀석이 한껏 찌푸려진 내 얼굴을 보며 낮게 웃었다.

그가 기다란 손가락을 세워 뜨거운 살 속으로 부드럽게 집어넣었다. 아래를 파고드는 느낌에 온몸이 비틀렸다. 오금이 저리고 아랫배가 뭉근했다.

"강신우랑 잤어요?"

"그런 건…… 왜 물어."

안에서 느릿하게 움직이는 손가락을 느끼며 서서히 눈을 떴다. 붉은 기운을 담은 햇빛이 창문으로 새어 들어오고 있었다.

벌써 해가 지는 시간인가. 주황빛으로 이지러지는 방 안 풍경을 눈에 담으며 생각했다.

신우와의 관계는 지금과 정반대였다. 그와는 밥을 먼저 먹었고, 커피를 마셨고, 영화를 봤다. 그런 다음에 키스를 했고 여행을 갔다. 비록 주변의 시기와 험담이 있었지만, 우리는 남녀 관계가 발전할 수 있는 일반적인 일들을 하나하나 밟아 나갔다. 그리고 그 단계의 끝에서, 서로를 향한 감정이 가장 컸을 때에 몸을 섞었다.

그에 비하면 서희도와의 관계는 무척 혼란스러웠다. 커피도, 영화도, 여행도 없이 키스를 했고 애무를 했다. 이러다 곧 몸을 섞겠지. 서희도는 내가 20년 넘도록 쌓아 온 남녀 관계의 상식을 단번에 무너트렸다.

나를, 내 일상을, 내 가치관을 송두리째 흔들고 있다.

"……잤다고 하면?"

거친 숨을 몰아쉬며 물었다. 뜨거운 내벽을 긁던 서희도의 손가락이 일순 멈췄다. 녀석은 가슴을 만지던 손으로 내 턱을 부드럽게 움켜잡았다. 내 얼굴을 뒤로 돌리더니, 흐릿하게 풀린 눈을 집요하게 응시했다.

"선배. 나는 남의 거엔 욕심이 없어요, 애초에 내 것이 아니었으니까. 그런데요."

말을 멈춘 서희도의 입술이 다가왔다. 동시에 아래를 만지던 손이 조금 전보다 빠르게 움직이기 시작했다. 손가락이 들어왔다 나갈 때마다 찌걱거리는 야한 소리가 방 안에 울려 퍼졌다.

"가지고 싶은 거엔 욕심이 많아요. 나도 내가 무서울 만큼."

말을 끝내자마자 서희도의 입술이 내 입술을 덮었다. 윗입술과 아랫입술을 아프게 깨물고 당기더니 달래듯 놓아준다. 입술이 떨어진 사이, 녀석은 내 눈과 코, 그리고 입술을 샅샅이 훑어 내렸다. 나도 그 틈을 타 참았던 숨을 몰아쉬었다. 숨을 다 고르기도 전에 녀석의 입술이 다시 커다랗게 덮쳐 왔다.

반쯤 벌어진 입술 사이로 뜨거운 혀가 불쑥 침입했다. 서희도는 길 잃은 내 혀를 부드럽게 감고 빨며 숨 막히는 키스를 이어 갔다. 꾹 눌린 내 신음 소리와 낮고 축축한 녀석의 숨소리가 한데 섞여 방 안을 울렸다.

시간이 지날수록 온몸에 힘이 빠지고, 정신이 몽롱해졌다. 허물어지는 몸을 가눌 길이 없어, 팔을 뒤로 뻗어 서희도의 목을 감았다. 녀석은 내 손길에 잠시 움찔하더니, 이내 입술을 더 깊게 빨아들이며 아래에 묻은 손가락을 움직이기 시작했다.

그의 손가락이 깊숙이 들어올 때마다, 움직임이 빨라질 때마다 조금씩 새어 나오던 액이 올칵올칵 흘러나왔다. 불현듯 서희도의 손을 적시는 내 안의 욕망이 수치스러웠다. 잠시 입술을 떼고 녀석의 눈을 빤히 응시했다. 거친 호흡에 어깨가 들썩거렸다. 덩달아 녀석의 가슴도 크게 부풀었다 가라앉았다.

"괜찮아요. 참지 마."

내 마음을 읽기라도 한 듯 서희도가 부드러운 목소리로 말했다. 달래듯 바라보는 눈동자. 내 욕망이 무엇인지 다 알고 있다는 너의 그 눈동자. 나는 녀석의 갈색 동공을 물끄러미 바라보다가 이내 조용히 입을 맞추었다. 서희도는 그런 내게 화답하듯이 입술을 간지럽게 깨물었다. 동시에 아래에 동그랗게 부푼 정점을 문지르고 어루만졌다.

"으응……."

미칠 것 같다. 깊은 곳에서 꿈틀거리는 무언가가 가득 차오른다. 말캉하게 닿는 입술이, 축축하고 은밀한 곳을 어루만지는 손길이 미칠 만큼 좋다. 나도 내가 무서울 만큼.

"나…… 무서워."

"나도 그래요."

서희도가 눈가에 맺힌 눈물을 혀끝으로 핥으며 대꾸했다. 그러고는 이마와 눈, 볼에 차례차례 입을 맞추더니 다시 입술로 돌아와 내려앉았다.

그때였다. 넘칠 듯 넘치지 않으며 남실남실 출렁거리던 그것은, 녀석이 내 입술을 세게 깨무는 순간, 그리고 녀석의 손가락이 내벽 어딘가를 스치는 순간, 허벅지 아래로 울컥 흘러내렸다.

"하아……!"

"괜찮아요?"

떨림의 여운이 가시지 않은 내 몸을 꽉 끌어안으며 서희도가 물었다. 나는 녀석의 가슴께에 두 팔을 오그려 모은 채 고개를 살짝 끄덕였다. 그의 품에서 나는 짙은 머스크 향에 다시금 정신이 아득해졌다.

"한숨 잘래요?"

등을 토닥이는 손길에 피식 웃어 버렸다. 어린아이가 된 기분이다.

"하긴. 힘쓴 사람은 나지. 봉사하느라 힘들었어요."

한숨을 푹 쉬며 능청맞게 말하는 서희도를 매섭게 흘겨보았다. 그러다 문득 스치는 생각에 시선을 아래로 옮겼다.

역시나. 엉덩이에 닿는 무언가가 깃대처럼 꼿꼿하게 서 있었다.

"왜요. 선배가 해 주려고?"

내 허리를 바짝 끌어안으며 녀석이 짓궂게 물었다. 나는 재빨리 고개를 저었다.

"너 원래 성적 취향이 이런 거야, 아니면 인내심이 엄청난 거야?"

"말했잖아요. 선배가 나 투명 인간 취급할까 봐 늦추는 거라고."

"참으면 참아져?"

"어느 정도는. 그러니까 자극하지 마요. 그런 얼굴로 쳐다보면 덮치고 싶잖아."

말과 다르게 씩 웃는 얼굴이 지나치게 여유롭다. 장난 좀 쳐 볼까.

"이렇게 하면?"

슬며시 손을 내려 서희도의 아랫배를 만졌다. 그러자 내내 평온하던 녀석의 얼굴이 일순 딱딱하게 굳었다. 매끈한 이마에 굵은 핏줄이 툭 불거지고 반듯했던 미간은 순식간에 구겨졌다.

"하지 마요."

꽉 깨문 입술 새로 거친 목소리가 흘러나왔다. 나는 녀석의 가슴에 얼굴을 묻으며 픕, 웃었다.

"하지 마?"

짓궂게 물으며 손을 디 이레로 내렸다. 슬금슬금 내려가던 손이 꼿꼿하게 솟은 남성에 닿기 직전, 녀석이 손을 잡아채더니 몸을 빙글 굴려 내 위에 올라탔다. 나는 꿀 먹은 벙어리처럼 두 눈을 깜빡이며 녀석을 바라보았다.

눈가가 딱딱해진, 핏줄이 붉거진 얼굴을 보니 갑자기 가슴이 뛰었다. 새삼 깨닫는다. 후배이기 전에 남자라는 거.

"진짜…… 하지 마요. 간신히 참고 있으니까."

녀석의 입에서 거친 쇳소리가 흘러나왔다. 나는 금세 기가 죽어 고개를 끄덕였다. 강한 악력에 양 손목이 찌릿찌릿 아려 왔다.

"아파. 장난 안 칠 테니까 놔 줘."

서희도는 그제야 내 팔을 잡아끌었다. 다시 다리 위에 나를 앉히더니 숨이 막힐 정도로 끌어안는다. 나는 그의 가슴에 얼굴을 묻은 채 천천히 운을 뗐다.

"있잖아. 나도 궁금한 게 있는데."

녀석의 옅은 갈색 눈동자를 빤히 응시하며 조심스레 말을 이었다.

"너, 송치호랑 친해?"

낮에 혜주에게 들었던 말이 머릿속을 떠나지 않았다. 특히 액세서리라는 말은 낮에 먹은 밥과 뒤섞여 위장을 꽉 틀어막고 있는 기분이었다. 녀석의 입으로 무슨 말이라도 듣기 전에는 도통 소화가 될 것 같지 않았다.

결국 먼저 말을 꺼내 버렸다. 서희도는 싱겁다는 듯 웃더니 내 머리카락을 부드럽게 어루만졌다.

"친해 보여요?"

"응."

"잘못 봤어요."

서희도는 놀란 내 얼굴을 지그시 쳐다보며 덧붙였다.

"송치호는 나 싫어해요. 열등감으로 똘똘 뭉친 인간이라."

"알면서 왜 상대해?"

"긁어 부스럼 만들기 싫어서요. 대충 상대해 주면 되니까."

"그럼 박유라는?"

마치 이 질문의 궁극적인 목적은 박유라였다는 듯, 내 입에서 그녀의 이름이 반사적으로 튀어나왔다. 사뭇 적개심이 서린 내 목소리에 서희도의 눈이 가늘어졌다.

"질투해요?"

"미쳤니? 질투는 무슨."

고개를 홱 돌려 버렸다. 녀석은 나지막하게 웃으며 나를 끌어안았다.

"박유라도 똑같아. 그냥 맞장구쳐 주는 거예요. 안 그러면 엄청 귀찮게 굴거든."

이제야 궁금증이 하나둘 풀리기 시작했다. 서희도는 애초에 과 사람들을 진심으로 대한 적이 없었다. 적당한 상대와 적당한 맞장구였을 뿐. 혹은 더 귀찮아지고 싶지 않아서 조금 덜 귀찮은 짓을 감수했을 뿐이었다.

그렇다면 나는?

너에게 나는 어떤 존재일까.

나도 그저, 적당히 상대해 주는 것뿐일까?

"……나는?"

무겁게 흘러나온 내 물음에 녀석의 웃음이 서서히 잦아들었다. 창문 밖으로 어느새 어두워진 쪽빛 하늘이 보였다. 방 안에는 따뜻하면서도 서늘한 공기가 혼재했다. 오랫동안 숨 막히는 정적이 이어졌다.

빠르게 뛰는 내 심장 소리와 서희도의 간헐적인 숨소리만이 방 안을 가득 메우던 순간. 부드러운 손길로 내 등을 쓰다듬던 녀석이 한참 후에야 입을 뗐다.

"호기심."

호기심. 그 말에 허탈한 웃음이 흘러나왔다. 어떤 대답을 기대했던 걸까. 서희도에게 나는 그 이상도, 이하도 아님을 잘 알면서.

　예상했던 대답이지만 기분이 좋지 않았다. 녀석의 팔을 풀어내고 몸을 일으켰다. 하지만 서희도가 먼저 내 팔을 잡아끌었다. 나는 다시 주저앉으며 얼굴을 마주했다.

　"그리고."

　서희도는 차게 식은 내 눈을 보며 낮고 축축한 목소리를 내뱉었다. 뜨거운 손이 얼굴로 다가왔다. 그 손은 뺨을 스치고 귓불을 지나 목에 닿았다.

　"욕심."

　녀석이 뻣뻣하게 굳은 내 뒷목을 끌어당기며 낮게 읊조렸다.

　"자꾸 욕심이 나, 선배를 보면."

　바깥의 어둠이 방 안을 어둑어둑하게 물들이고 있었다.

　나는 그 어둠에, 그리고 서희도의 입술에 조용히 잠식당했다.

Chapter 6

마음은 몸에 비해 한없이 유약하다. 몸에 난 상처는 언젠가 새살이 돋기 마련이지만 마음에 난 상처는 쉽게 아물지 않는다. 항체도, 면역도 없다. 더디게 흐르는 시간만이 유일한 처방일 뿐이다.

신우는 신입생 때부터 인기가 많았다. 깔끔한 외모에 누구에게나 친절하고 다정했으니, 철학과 여자들 대부분이 신우에게 흑심을 품었다고 해도 과언이 아닐 것이다. 그 인기는 동기 여자애들 사이에서도 예외는 아니었다.

신입생 오리엔테이션 때 우연히 같은 조에 속하게 되어 반강제적으로 어울리던 동기들은 나와 성격, 취향, 심지어 집의 방향까지 어느 하나 일치하는 게 없었다.

그 애들은 틈만 나면 남북 관계를 논하는 투의 심각한 어조로 어떤 브랜드의 화장품이 좋은지를 논했고, 우리 과에서 어느 남자가 가장 괜찮은지 순위를 정했으며, 본인들 비위에 조금이라도 거슬리는 동기를 서슴없이 비난했다.

나는 매일 아침 머리를 말리면서 그 애들과 계속 어울려야 하는지를 고민했다. 고민이라고 해 봤자 머리가 마르는 10분 정도의 짧은 시간이었지만, 인간관계에 무심했던 내게도 그녀들과의 무리 생활이란 꽤나 신경 쓰이는 일이었다.

고민 끝에 내린 결론은 간단했다. 비즈니스 관계처럼 생각하자는 거였다. 같이 수업을 듣고, 밥을 먹고, 과제에 관한 정보를 교환하며 필요에 의해서만 찾는 관계. 그런 관계라고 생각하면 어려울 게 없었다.

그러던 어느 날이었다. 그 애들의 목소리가 평소보다 두 옥타브 높아진 때가 있었다. 목소리의 톤이 달라지니 나도 모르게 그녀들의 이야기에 귀 기울이게 됐다.

이야기의 전말은 이러했다. 무리 중에서 가장 여성스럽고 예뻐서 인기가 많은 보영이가 신우를 마음에 두고 있다는 내용이었다. 그러니 보영이와 신우가 잘 되도록 밀어 주자고.

대화를 마치며 무리 중 리더 역할을 하던 초희가 내게 물었다.

"수연아. 너도 도와줄 거지?"

그녀의 말투는 항상 적정한 거리를 두던 나를 포섭하려는 느낌이기도 했고, 경계하는 느낌 같기도 했다. 나는 책을 읽으며 짧게 대답했다.

"필요하다면."

그리고 뒷말을 삼켰다. '어차피 우린 필요에 의해 만나는 관계니까'라는 말을.

문제는 그 약속 같지 않은 약속을 한 이후로, 우연히 신우와 부딪히는 일이 많아졌다는 거다.

신우는 내가 아르바이트를 하는 서점의 단골손님이었고, 내가 구매하려고 찜해 둔 소설책의 재고를 애타게 찾고 있었다.

그 소설이 내 손에 들어왔다는 사실을 알고 나선 시도 때도 없이 나를 쫓아다녔다.

일하는 서점에 매일같이 찾아오는 건 약과였고, 수업 시간에도 늘 내 옆에 앉아 교재 귀퉁이에 '책 빌려줘'라는 말을 써서 보여 줬다.

심지어는 우리 집으로 가는 버스에 같이 올라타 집에 가는 내내 나를 끈덕지게 괴롭혀 댔다.

참다 못한 내가 결국 신우에게 책을 던져 주며 말했다.

"이거 먹고 떨어져."

신우는 웃을 듯 말 듯한 표정으로 책을 가방에 넣으며 말했다.

"밥 사 줄까?"

지금 와서 생각해 보면 의문이 든다.

이 세상에 서점이 그 서점 하나였던 것도 아니고, 충분히 구할 수 있는 책이었음에도 굳이 내 책을 고집했던 강신우.

'밥 사 줄까?'라는 너의 호의를 거절하지 못했던 나.

우리는 서로에게 끌렸던 것이다.

처음에는 동기들과의 약속 같지도 않은 약속 때문에 신우를 부정하려 했다. 그런데 이상하게도 그 애를 떨어트리려 할수록 그 애가 눈에 들어오고, 그 애의 목소리가 귀에 스며들었다. 그 애의 웃음이 가슴에 박혔다.

짐작하긴 했지만, 며칠 후에 신우가 내게 좋아한다고 **고백했다**. 사귀어 보자고 말했다.

나는 그러자고 했다. 타인의 행복을 위해 내 마음까지 억누르고 싶진 않았다. 그 약속은 보영이를 위한 배려였을 뿐, 의무는 아니라고 생각했다.

나는 떳떳했다. 적어도 과 생활의 잔인함을 알기 전까지는.

빤한 결말이지만 나는 천하의 둘도 없는 배신자로 **낙인찍혔다**. 초희는 앞장서서 나를 따돌리기 시작했고, 보영이는 천사 같은 얼굴로 초희를 말리는 척, 선배들 앞에서 닭똥 같은 눈물을 뚝뚝 흘리며 나를 의리없는 쌍년으로 만들었다.

우스웠다. 우리 사이에 의리가 있긴 있었나. 의리라고 할 만한 교감이 있었나.

어떻게 보면 한바탕 해프닝으로 흘려보낼 일이었다. 다행히 신우는 나를 더 감싸 주었고 변함없이 다정했다. 그 애는 되도록이면 좋게 넘어가자며 나를 다독였다.

문제는 그 다정함에 있었다.

신우는 이런 일로 동기들과 멀어지는 건 옳지 않다며 초희와 보영이에게도 다정하게 대했다. 선후배 사이를 무시할 수 없다며 나를 욕하던 놈들에게도 예의 바르게 인사했다.

그 애는 다정하고, 다정했으며, 또 다정했다.

더러운 소문을 떠벌리고 다니던 송치호에게도, 그 소문을 퍼 나르던 박유라에게도. 그 다정함이 결국 나를 지치게 만들었다.

상처는 아직 아물지 않았다. 여전히 내 마음에는 항체도, 면역도 없다. 이런 상태에서 그때와 같은 일이 반복된다면, 생각만 해도 아찔하다.

그러니 애초에 차단해야 한다. 네가 내 마음에 들어오지 못하도록, 상처가 덧나고 곪지 않도록 벽을 쳐야 한다.

하지만 두렵다.

나는 이미 너에게 끌리고 있는 것이다. 그때보다 더 강렬하게.

상처

발표는 순조롭게 진행됐다. 혜주는 하루 전날 건네받은 자료로 최상의 피피티를 만들어 냈고, 석현 선배는 당일에 열어 본 피피티를 말끔하게 숙지해 화려한 발표 능력을 뽐냈다.

"……그래서 사랑의 갈구는 충족되지 않은 채로 남게 되고, 그 잔여물이 욕망인 겁니다."

석현 선배의 마지막 발언과 함께 발표는 끝이 났다. 형식적인 박수갈채가 쏟아지고 교수님의 질문이 이어졌다. 그사이 나는 고개를 돌려 뒷자리를 바라보았다.

오늘도 서희도는 맨 뒷자리에 앉아 있었다. 마치 혼자만 다른 세상에 있는 사람처럼, 눈앞의 광경을 유유자적 관조하는 눈을 하고선.

그러고 보니 그날도 이 자리에서 서희도를 처음 봤다.

건방지고 오만해서 가까이하고 싶지 않았던 너를. 그때는 네가 참 싫었는데.

생각에 잠긴 사이, 서희도의 시선이 내게로 향했다. 그때처럼 눈이 마주쳤고, 서희도는 또 그때처럼 묘한 웃음을 지었다.

모든 게 그때와 같았다.

내가 앉은 자리도, 서희도가 앉은 자리도, 눈이 마주친 시점도, 내게 짓는 서희도의 미소도.

하지만 나는 그때와 같지 않다.

나는 이제, 네가 싫지 않다.

"언니, 그새 희도랑 많이 친해졌나 봐요? 수업 끝나고 둘이 얘기하는 거 봤어요."

화장실에서 손을 씻고 있을 때였다. 유라가 내 옆으로 다가오며 넌지시 물었다.

"친하든 안 친하든, 그게 너랑 무슨 상관인데?"

수도꼭지를 신경질적으로 잠그곤 고개를 들었다. 거울 속에 비스듬히 웃고 있는 유라의 얼굴이 비쳤다. 코랄 빛을 머금은 그녀의 입술이 얄밉게 올라가 있었다.

"참 신기해. 언니한테는 왜 자꾸 남자가 꼬일까?"

"무슨 말이 하고 싶은 거야?"

"그냥 궁금해서요. 언니한테 도대체 무슨 매력이 있는 건지."

"말 돌리는 건 여전하네. 네 속에 있는 본심, 내가 대신 말해 줘?"

유라는 어디 한번 해 보라는 식으로 고개를 치켜들었다. 여유로운 척 웃고 있지만 입가에는 자질한 경련이 일고 있다.

"너는 자존심이 상하는 거야. 빡세게 화장하고 꾸몄는데도 정작 관심 있는 놈은 너를 거들떠도 안 보고, 너보다 아래라고 생각했던 나한테 밀리니까. 안 그래?"

순식간에 미소를 지운 유라가 입술을 꾹 깨물었다. 눈꼬리에 길게 뺀 아이라인이 꼭 독침이 되어 내게 날아올 것만 같았다.

"솔직히 말해 봐. 너 강신우 좋아했지?"

어렴풋이 짐작은 했지만 지금에서야 확신이 든다.

박유라가 두 눈에 쌍심지를 켠 채 나를 욕하고 다녔던 이유. 겉으로는 보영이를 두둔하는 척했지만, 사실은 박유라도 신우를 좋아했던 게 아닐까 생각했다.

아니나 다를까. 박유라는 얼굴을 새빨갛게 붉히며 지나치게 당황한 기색이 역력한 채 말했다.

"누, 누가 그래요? 나 참, 어이가 없어서. 언니, 진짜 웃긴다!"

"아님 말고. 왜 그렇게 당황해?"

"어, 어, 어이가 없어서 그래요!"

"어, 어, 어이가 없어?"

"따라 하지 마요!"

안쓰러워라. 나는 양 눈썹을 아래로 늘어트리며 안타깝다는 미소를 지었다.

"유라야. 내가 누구랑 친하든 말든 신경 꺼. 그리고 좋아하는 사람이 있으면 용기 내서 고백해. 뒤에서 애꿎은 사람 욕하고 다니지 말고."

화장실에 들어온 학생들이 우리를 흘끔흘끔 바라봤다. 나는 말을 마치자마자 성큼성큼 화장실을 빠져나왔다. 또다시 구경거리가 되기는 싫었다.

박유라가 내 뒤를 황급히 따라 나오며 날 선 목소리로 외쳤다.

"언니, 진짜 웃긴 거 알아요? 보영 언니 물먹여 가면서 신우 오빠랑 사귀더니 결국 언니가 오빠 찼잖아요. 그게 뭐 하는 짓이에요?"

뒤통수를 울린 그녀의 말에, 가만히 잠자고 있던 신경이 쭈뼛 곤두섰다.

"신우 오빠, 캐나다에서 돌아온 건 알아요?"

걸음을 멈췄다. 눈을 감고 숨을 고른 다음 천천히 눈을 떴다.

"관심 없어."

다시 발을 뗐다. 걸음의 보폭을 넓히며 뛰는 가슴을 진정시켜 보았다. 가슴 부근이 뻐근하게 쑤시고 숨이 찼다. 머릿속에 수많은 단어가 뒤섞여 흐른다.

과거. 지나간 일. 추억. 상처. 두려움. 아무것도. 우스운.

미친 듯이 걸었다. 내 편은 아무도 없는 캠퍼스를 휘적휘적 걸어 나갔다.

나를 아는 사람이 보이지 않을 때까지. 도려내고 싶은 기억들만 가득한 이곳을 벗어날 때까지.

그렇게 목적지도 없이 한참을 걸었을 때였다.

숨이 차서 더 이상 걸을 수 없다고 생각할 무렵 걸음을 멈추고 무릎을 짚었다.

헉헉대며 분한 마음을 잔뜩 토해 내고 있을 때, 웅크린 몸 위로 커다란 그림자가 드리웠다.

"선배. 무슨 일 있어요?"

서희도였다.

─────────

"안아 줄까요?"

서희도가 머리칼을 만지작거리며 물었다. 나는 아무 말 없이 녀석의 어깨에 머리를 기댔다.

녀석이 또 묻는다.

"키스할래요?"

어이가 없다. 정말 어이가 없는데, 이상하게 웃음이 나온다.

"키스도 아니면……."

녀석이 말끝을 흐리더니 내 귓가에 속삭였다.

"그거?"

그럼 그렇지.

"넌 머릿속에 들은 거라곤 그거 밖에 없지?"

"선배가 아쉬워했잖아요. 콘돔 한 박스 사다 놨는데, 집으로 갈까요?"

뻔뻔하게 말하는 서희도의 허벅지를 세게 꼬집었다. 녀석은 꿈쩍도 않고 내 허리를 바짝 끌어안았다.

"우울해 보여서 그래요. 괜찮아요?"

"괜찮아. 그냥 기분이 좀 이상해서 그래."

서희도는 나를 흘긋 내려다보더니 그 흔한 '왜요?' 라는 질문도 꺼내지 않고 어깨를 감싸 안았다. 묻지 않으니 오히려 위안이 된다. 때때로 침묵은 한마디 말보다 더 따뜻하다.

"그거 알아요? 이 강의실, 항상 빈 강의실인 이유."

나는 고개를 저으며 녀석의 가슴에 얼굴을 묻었다. 서희도는 내 어깨를 힘주어 안으면서 천천히 말을 이었다.

"예전에 휴대폰을 놓고 와서 이 강의실에 다시 온 적이 있어요. 수업이 다 끝난 밤이라서 강의실이 어두웠는데, 문을 열자마자 급하게 바스락거리는 소리가 들리는 거예요. 불을 켜니까 누가 있었는지 알아요?"

말을 꺼내고 숨을 들이쉴 때마다 녀석의 가슴팍이 느리게 올라갔다가 내려왔다.

왼쪽 가슴에서는 심장 소리가 쿵쿵, 하고 나른하게 울렸다. 느릿한 가슴의 움직임과 간헐적인 심장 소리. 긴장이 풀리는 느낌이었다.

서희도의 품에서 한숨 달게 자고 싶다. 이대로, 편안하게.

"우리 과 교수랑 조교가 있었어요. 한 명은 바지를 올리고, 한 명은 블라우스를 여미면서."

눈을 감은 채 작게 웃었다. 늙은 서 교수와 유부녀 조교의 불륜은 알 만한 사람은 다 아는, 너무 우려먹은 이야기라 술자리 안줏거리로도 가치가 떨어진 낡은 소문이었다.

"그때 이후로 이 강의실에서는 수업을 안 해요."

녀석의 말끝에 나지막한 웃음이 흘렀다.

"사람 발길이 끊겨서 그런지 학생들도 안 와요. 이제 여긴 내 아지트나 마찬가지예요."

서희도는 내 등을 토닥이고 쓰다듬으며 말을 이었다. 나는 그 손길이 좋아 천천히 눈을 떴다. 살며시 고개를 들고 쳐다보자 녀석도 나를 내려다본다.

"비밀이에요. 선배한테만 알려 주는 거니까."

녀석이 이마로 흘러내린 머리칼을 넘겨 주면서 천진난만하게 웃었다. 그 웃음을 보자 일순 마음이 울렁거렸다. 가식적인 미소가 아니라 진심으로 즐거운 얼굴. 한순간 스쳐 지나간 녀석의 모습에 마음 한구석이 비틀렸다.

"있잖아."

나는 재빨리 서희노의 품에서 빠져나와 상체를 똑바로 세웠다. 엷은 갈색 눈동자가 깨끗한 계곡물처럼 내 얼굴을 여과 없이 비추었다.

"나는 너를 깊이 알고 싶지 않아."

너를 구성하는 사소한 풍경들을 알고 싶지 않아. 네가 어떤 사람인지, 가식적인 미소 뒤에 어떤 웃음을 가지고 있는 지, 너의 상처는 어떤 모양인지. 그런 것들에 약해지고 싶지 않아.

나는 내 상처를 치료하기에도 벅차고, 또 같은 상처를 받을까 두려워. 그러니까 너와는 딱 여기까지만. 가볍게 즐기며 일탈하는 관계까지만. 너를 알아 버리면, 더 깊숙이 들어가 버리면 돌이킬 수 없을까 봐.

"나는 선배를 더 알고 싶은데."

서희도가 내 눈을 집요하게 쳐다보며 말했다.

"선배의 깊은 곳까지 다 알고 싶어요. 너무 큰 욕심이에요?"

다가오는 서희도의 입술을 피해 얼굴을 돌렸다. 피하기가 무섭게 다시 고개가 돌아갔다. 서희도는 내 턱을 움켜잡더니 입술 위로 제 입술을 가볍게 갖다 대었다.

"선배는 뭐가 그렇게 두려워요?"

입술을 떼지 않은 채 묻는다.

"내가, 내가 두려워."

알면서도 끌려가고, 똑같은 상처에 무력해질 내가 두려워.

"선배는 알면 알수록 겁이 많아. 그게 매력이지만."

그가 아랫입술을 부드럽게 깨물었다. 반사적으로 고개를 빼자 다시 가까이 끌어당겨 입 맞춘다.

당기듯 물다가 놓아 주고, 이를 세워 간지럽게 깨물다가 놓아 주고, 조금 더 아프게 깨물기를 몇 번. 입술을 뗀 녀석이 나를 번쩍 들어 허벅지에 앉혔다.

"그거 알아요?"

그거 알아요?

서희도가 입버릇처럼 내뱉는 말. 나는 서희도의 어깨를 잡으며 고개를 저었다. 녀석은 나를 지그시 응시하며 낮은 음성을 내뱉었다.

"나도 내가 무서워요. 자꾸만 선배를 찾게 되는 내가."

강의실 안에 무거운 침묵이 내려앉았다. 반쯤 열린 커튼 사이로 새어 들어온 햇빛이 주인 없는 책상을 비추었다.

나는 돌연 얼굴을 내려 서희도의 입술에 내려앉았다. 이유도, 목적도 모르는 입맞춤이었다.

늘 어른과 소년 사이를 오가던 서희도가 문득 미성숙한 어린아이처럼 느껴졌기 때문일까, 아니면 갑작스레 밀려온 갈증 때문일까.

그것도 아니면, 이제 우리 대화의 끝은 이 아찔하고도 달콤한 키스로 굳어졌기 때문일까.

가만히 머물러 있던 서희도의 입술이 조심스레 움직이기 시작했다. 그 움직임은 이내 내 목을 움켜잡는 악력만큼이나 깊어졌다. 깊게 빨아들이는 입술에, 깨물다가 놓아주는 리듬에, 이따금씩 서로의 입술 새로 옮겨 가는 숨결에 정신이 혼미해졌다.

붉은 햇살이 눈꺼풀 위에서 어지럽게 이지러지는, 그런 오후였다.

우리는 약속이라도 한 듯 서희도의 집으로 향했다. 녀석의 스쿠터 대신 버스를 탔고, 맨 뒷좌석에 나란히 앉아 깍지를 꼈다.

열린 차창 사이로 바람이 들어왔다. 바람에 서희도의 머리칼이 흩날릴 때마다, 그 애의 옷자락이 너붓거릴 때마다 취할 것 같은 향기가 코를 찔렀다.

"선배한테서는 무화과 향이 나요."

"나한테서?"

눈을 동그랗게 뜨고 녀석을 바라보았다. 서희도는 깍지 낀 손을 입술로 가져다 대더니 손가락 하나하나에 자근자근 입 맞추었다.

"그래서 가끔은 좀 힘들어. 참기가."

담담한 말투에 심장이 쿵쾅거렸다. 정작 마음을 흔들어 놓은 사람은 대수롭지 않은 일이라는 듯 웃고 있지만.

"이제 안 참을 건데. 괜찮죠?"

녀석은 양해를 구하는 척 통보를 한다. 이 무례함이 싫지 않다. 우습게도 조금은 특별해지는 기분이라서.

그러니 너는 앞으로도 그렇게 무례하고 건방졌으면 좋겠다. 다른 이에게 다정할 너라면 나에게는 오만했으면 좋겠다.

서희도는 차창에 쏟아지는 붉은 햇빛을 등지며 내 쪽으로 몸을 틀었다. 얼굴을 내려 내 이마에 살며시 입 맞추었다가 천천히 입술을 뗀다.

나는 감았던 눈을 뜨고 녀석을 바라보았다. 옅게 웃는 서희도의 얼굴로 일몰하는 태양빛이 부서져 내렸다.

버스는 막 붉은빛이 깨져서 산산이 부서지는 강변을 지나고 있었다.

누가 먼저랄 것도 없었다.

현관에 들어서자마자 진한 키스가 이어졌고, 우리는 서로의 입술을 머금은 채 방으로 향했다. 방문이 묵직한 소리를 내며 닫혔다. 관계의 시작을 알리는 소리였다.

서희도는 내가 입은 셔츠의 단추를 풀어내며 나를 벽으로 몰았다. 톡, 톡. 단추를 여는 기다란 손가락을 물끄러미 바라보았다. 손등에 불거진 핏줄을 바라보았고, 가파르게 오르내리는 어깨를 보았다. 유하면서도 고집스러운 턱을 눈에 담았고, 짙어진 눈동자를 마주했다.

처음에는 너를 몰라서 두려웠다. 네가 어떤 사람인지도 모르면서 너에게 끌리는 내가 두려웠다.

이제는 다른 게 두렵다. 진짜 너를 알아 버릴까 봐. 너의 사소한 것들을 눈에 담게 될까 봐.

"선배."

"응."

"생각이 너무 많아 보여요."

서희도가 손으로 내 얼굴을 쓸며 말했다.

"나한테 집중해요."

나른하게 갈라진 목소리가 귓가에 내려앉았다. 나는 그 말에 화답하기라도 하듯 녀석의 목에 팔을 감고 까치발을 들었다. 그리고 서희도의 입술을 찾았다.

뜨거운 숨결이 새어 나오고 짙은 향기가 배어 나오는 곳. 내 욕망을 자극하는 그곳을 찾아 본능적으로 입을 맞추었다.

녀석의 입에서 묵직하고도 낮은 숨소리가 흘러나왔던 것 같다. 그 후에는 생각이란 걸 할 겨를도 없이 시간이 흘렀다.

어깨 부근에 걸려 있던 셔츠가 허리까지 끌어 내려졌고, 순식간에 브래지어가 풀렸다. 꽉 막혀 있던 가슴에 차가운 공기가 닿았다. 뒤늦게 밀려오는 민망함에 가슴을 가리려 하자 녀석이 내 손을 잡아챘다.

"가리지 마."

명령 같은 부탁. 서희도는 꼿꼿하게 곤두 선 가슴을 한참이나 내려다보았다. 그러다 돌연 두 손으로 부푼 가슴을 감쌌다. 차갑던 가슴이 일순 뜨거워졌다.

"이런 느낌이었구나, 선배 가슴."

"무슨 느낌인데?"

녀석은 대답 대신 피식 웃더니 엄지와 검지 사이에 돌기를 끼곤 빙글빙글 돌렸다. 힘주어 움켜잡다가 살살 비틀고, 또다시 움켜잡으며 달래듯 놓아 준다.

그 손짓이 아프면서도 짜릿했다. 생리 전이라 단단하게 뭉친 가슴이 더 예민하게 반응했다.

"구름을 만지는 기분이에요. 하얗고, 말랑하고, 예쁜 구름."

서희도가 젖꼭지를 살짝 꼬집으며 말했다. 등을 타고 흐르는 날 선 느낌에 녀석의 목을 더 세게 끌어안았다. 반쯤 벌어진 입술 새로 가느다란 신음 소리가 흘러나왔다.

"아파요?"

잠시 손을 떼고 묻는 그에게 나는 조용히 고개를 가로저었다. 아픈데 좋아. 이 말을 차마 꺼낼 수 없었다.

"아프면 말해요. 아프게 하긴 싫어."

녀석이 투정부리듯 말하며 목덜미에 입술을 묻었다. 그리고 쇄골을 깊게 빨아들이던 입술은 점점 아래로 내려와 꼿꼿하게 서 있는 젖가슴에 닿았다.

녀석은 입을 반쯤 벌리고 물 것 같은 시늉만 할 뿐, 가슴 주변을 한참이나 배회하기 시작했다. 서희도가 움직일 때마다 바짝 곤두선 돌기가 녀석의 코끝에 걸리고 매끈한 볼을 스쳤다.

"서, 서희도. 장난 그만해."

내 말에 녀석은 그제야 만족스러운 미소를 그리더니, 한쪽 가슴을 덥석 베어 물었다.

"……읏!"

한쪽 가슴은 손안에 가득 움켜쥔 채, 다른 쪽 가슴을 입안에 머금고 혀로 굴린다. 꼭 제 것을 빼앗기지 않으려는 어린아이처럼.

따뜻하면서 서늘한 느낌에 발끝이 바짝 섰다. 한없이 비틀리는 몸을 가눌 길이 없어 서희도의 어깨만 죽어라 움켜쥐었다. 그럴수록 가슴을 물고 빨아들이는 녀석의 행위는 더 농밀해졌다.

"그만."

온몸이 간질거려 참기가 힘들다.

"그만, 그만해."

그만하라는 말에도 서희도는 쉽게 가슴을 놔주지 않았다. 결국 힘을 주어 서희도의 어깨를 밀어냈다.

녀석은 그제야 떨어져 나가며 작게 웃었다. 손등으로 입을 슥 닦는 모습이 지나치게 야했다. 붉게 물든 가슴은 녀석의 타액으로 번들거렸다.

"벌써 그만하라고 하면 어떡해요."

"가슴…… 말고."

"가슴 말고?"

고작 가슴 하나에 무너지긴 싫다. 더 깊은 곳을 만져 주면 좋겠어.

"아, 가슴 말고."

뒤늦게 알아들은 서희도가 얄궂은 미소를 그리며 내가 입은 바지로 손을 가져다 댔다. 거추장스러운 바지 단추를 단번에 풀더니, 순식간에 허벅지 아래로 끌어내린다.

"여기?"

팬티 속으로 손을 집어넣으며 녀석이 물었다. 서희도의 손은 습기 머금은 거웃을 지나 축축하게 젖어 가는 은밀한 곳으로 향했다.

"여기예요?"

입구에서 손가락을 빙빙 돌리며 재차 묻는다. 다 알면서 놀리는 거다.

"여기 맞아요? 말해 봐요."

서희도가 모르는 척 갸웃거리며 손가락을 빙글빙글 돌려 댔다. 축축이 젖은 입구 부근을 맴돌다가 윗부분으로 올라와 도톰하게 부푼 정점을 툭 건드린다.

내가 입술을 꽉 깨물며 인상을 찌푸리자, 녀석은 낮게 웃으며 다시 입구를 배회하기 시작했다.

"……거기 맞아."

참다 못한 내가 힘겹게 입을 열었다.

"잘 안 들려요."

나쁜 놈.

"거기라고."

"아. 여기 맞구나."

마치 큰 깨달음이라도 얻은 듯, 작위적인 감탄사와 함께 서희도의 손가락이 미끈하게 들어왔다.

동시에 나는 녀석의 어깨에 손톱을 세우고 고개를 젖혔다. 입에서는 한숨 같은 신음이 흘러나왔다.

"하아……."

"선배."

"……."

"있잖아요."

"응……."

"나, 가벼운 애 아니에요."

좁고 뜨거운 곳을 들락거리는 손가락의 움직임에 정신이 혼미해진 사이, 서희도가 뜻 모를 말을 읊조렸다. 그 말에 감았던 눈을 서서히 떴다.

흐릿한 시야가 선명해지며 서희도의 얼굴이 들어온다.

늘 나를 집요하게 응시하는 갈색 눈동자. 욕망과 서늘함이 뒤섞인

113

눈빛. 녀석의 그 눈빛이 나를 옴짝달싹 못하게 만든다.

"선배가 오해하는 것 같아서."

서희도의 얼굴에 일순 쓴 미소가 번졌다.

"그러니까 자주 와요. 맨날 하자고는 안 할게."

마음이 좋지 않다. 꼭 혼자 웃고 있는 사람 같잖아. 차라리 네가 가벼운 애였으면 좋겠어. 처음 봤을 때처럼.

"하……으윽."

서희도의 손가락이 내벽 어딘가를 긁고 지나가는 순간, 허리가 휘고 몸이 퍼들퍼들 떨렸다. 머릿속이 하얘지고 온몸에서 힘이 빠졌다.

할 수 있는 일이라곤, 녀석의 단단한 팔을 움켜쥔 채 밀려오는 쾌감을 애써 참는 것뿐이었다.

쾌감의 여진이 어느 정도 잦아들었을 즈음, 서희도는 나를 안아 들고 침대에 내려놓았다. 그리고 느릿한 손길로 옷을 벗기 시작했다.

흰색 티셔츠가 벗겨져 나가자 뼈대가 탄탄한 몸이 드러났다. 자잘한 근육들이 여기저기 배어 있는, 한눈에 봐도 단단한 몸이었다. 떨리는 숨을 몰아쉬며 녀석을 물끄러미 바라보았다. 녀석도 옷을 벗는 내내 내게서 시선을 떼지 않았다.

옷을 입고 있을 때는 몰랐는데, 이렇게 맨몸으로 마주하니 이제야 서희도에게 끌렸던 이유를 알 것 같다.

나는 이 넓고 단단한 품에 안기고 싶었나 보다. 서희도가 후배가 아닌 남자로 되어 나를 안아 주면, 그 밑에서 한없이 무력해지길 원했나 보다.

녀석은 하의와 속옷까지 단번에 벗어 내고 한 박스 샀다는 콘돔까지 착용한 후, 침대로 올라와 커다란 몸 아래 나를 가두었다. 내 이마와 콧잔등, 입술에 낙인을 찍듯 입을 맞추고는 무릎을 세워 자세를 잡는다.

어스름한 어둠 속에서 빛나는 서희도의 얼굴은 다소 위험해 보였다. 그 얼굴을 마주하기가 두려워, 고개를 모로 틀었다.

"얼굴 보고 싶은데."

"그냥 해."

그가 피식 웃더니 양손으로 허벅지를 잡고 다리를 벌렸다. 이내 아랫배를 마주하며 가까이 다가왔다. 산봉우리처럼 봉긋 솟은 가슴이 녀석의 딱딱한 가슴에 뭉근하게 짓눌렸다.

두 눈을 질끈 감았다. 처음은 아니지만 처음만큼이나 떨렸다. 마음보다 몸이 먼저 이끌린 관계라서 그런지 왠지 모르게 죄짓는 느낌이었다.

잡다한 생각에 잠긴 사이, 어느 순간 뜨겁고 단단한 무언가가 입구에 닿았다. 미간을 잔뜩 찌푸리며 준비를 했다.

곧 들어올 것이다. 곧······.

"선배. 내가 했던 말 기억나요?"

눈을 떴다. 두 팔로 시트를 짚은 서희도가 상체를 세운 채 나를 내려다보고 있었다. 축축하게 젖은 그곳은 여전히 허전했다.

나는 서희도의 팔 안에 죄수처럼 갇힌 채 두려운 눈으로 녀석을 바라보았다.

"선배가 솔직해지는 모습을 꼭 보고 말겠다는 말."

녀석은 짓궂게 웃더니 젖은 입구에 남성을 문지르기 시작했다. 위아래로, 좌우로 스치듯이 비벼 댄다.

"선배 입으로 말해 봐요. 들어오라고."

서희도는 힘없이 벌어진 내 입술을 손가락으로 쓸었다. 협박 아닌 협박이었다. 나는 벌겋게 달아오른 얼굴로 서희도의 손가락을 꾸욱 깨물었다. 이 정도로 대답이 됐으면 했다. 하지만 그는 장난을 멈추지 않

115

았다.

"하기 싫어요?"

"도대체…… 어쩌란 말이야."

"한 번만 솔직해져요. 그러면 돼."

그렇게 말해 놓곤 다정하게 입을 맞춘다. 닫힌 몸을 다 열어 버리라는 듯이. 아니, 어쩌면 마음일지도.

"……들어와."

울 것 같은 얼굴로 작게 아름거렸다. 다리가 꼬이고 발가락에 힘이 들어가서 미칠 것 같았다.

"들어와 줘."

서희도의 목에 팔을 감으며 애원했다. 서툰 솜씨로 서희도의 입술을 파고들며 목을 끌어당겼다. 녀석의 어깨가 움찔 떨리는 게 느껴졌다. 그리고 그 순간. 얄밉게 입구를 맴돌던 남성이 좁은 살을 가르며 들어왔다.

"흡……!"

맞댄 입술 새로 억눌린 신음 소리가 흘러나왔다. 서희도는 신음 소리마저 집어삼킬 듯 내 입술을 깊게 빨아들였다.

"아파요?"

녀석이 원을 그리듯 허리를 부드럽게 돌리며 물었다. 깊게 놀리다가 얕게 놀리고, 다시 얕게 놀리다가 깊게 놀린다.

뭉근하게 비벼 대는 탓에 맞닿은 허리가 이리저리 흔들렸다. 오금이 저리고 애가 댔지만 딕분에 아프지는 잃있다.

"……괜찮아."

"나는 힘들어요. 지금도 간신히, 참고 있는 거야."

뚝뚝 끊기는 말. 탁한 목소리. 흐릿한 눈으로 서희도를 바라보았다.

입술을 꽉 깨문 얼굴이 보인다. 잔뜩 구겨진 미간. 핏줄이 불거진 관자놀이. 땀 맺힌 이마.

서희도의 이런 얼굴이 좋다. 욕구를 참을 때마다 일그러지는 모습이.

"선배."

"……응."

"그냥 불러 봤어요."

서희도는 싱거운 말을 내뱉곤 피식 웃었다. 나는 천천히 손을 들어 그의 이마에 맺힌 땀방울을 닦아 주었다.

그러자 허리를 빙글빙글 돌리던 서희도의 움직임이 뚝 멈췄다. 녀석은 한층 짙어진 눈으로 나를 바라보더니, 내 허리를 단단히 부여잡았다.

"더 참으려고 했는데."

그의 입에서 거친 쇳소리가 흘러나왔다. 무슨 말이냐고 묻기도 전에 부푼 남성이 거칠게 밀려 들어왔다.

"아!"

입이 저절로 벌어지고 다디단 숨이 턱 끝까지 차올랐다. 서희도는 내 몸에서 완전히 빠져나가는 듯하더니, 끝 부분만 입구에 살짝 걸쳐 놓은 채로 다시 강하게 밀고 들어왔다.

빠르게 밀고 들어왔다가 느리게 나가고, 느리게 끝까지 밀고 들어왔다가 빠르게 나간다. 나도 모르게 아랫배에 힘을 주면, 숨을 고르며 빠져나가기를 멈추다가 다시 거칠게 파고들기도 했다.

철썩철썩 거리는 소리가 야릇하게 울려 퍼졌다. 격한 움직임에 몸이 침대 헤드로 밀려 올라갈 때마다 서희도는 내 허리를 잡고 다시 아래로 끌어당기며 속도를 높였다.

녀석은 빠르게 움직이는 와중에도 입술과 목덜미, 가슴과 아랫배에 입 맞추기를 멈추지 않았다.

"읏······!"

신음 소리를 내지 않으려 두 손으로 입을 막았다. 내일이면 쇄골에 붉은 흔적이 남을 것이다. 가슴에도, 아랫배에도 빨고 깨문 흔적들이 낭자하게 퍼져 있겠지.

"천천히, 천천히 해 줘. 응?"

서희도의 팔을 잡아 뜯을 듯 움켜쥐며 애원했다. 녀석은 그제야 거친 숨을 뱉으며 움직임을 늦췄다.

"이리 와요."

이리 오라니. 더 이상 가까워질 수 없을 정도로 닿아 있는데.

숨을 고르며 멀거니 바라보기만 하자 서희도가 내 어깨를 그러쥐고 상체를 일으켰다. 허벅지 위에 나를 앉히더니 내 가슴 사이에 얼굴을 묻는다.

"선배 냄새가 좋아."

서희도가 아이처럼 중얼거렸다. 조심스레 손을 뻗어 그의 머리칼을 만졌다. 부스스하면서도 부드러운 머리카락. 한 번쯤 만져 보고 싶었다.

"너는 왜 꼭 선배라고 불러?"

"그럼 누나라고 불러요?"

서희도가 내 등을 부드럽게 쓸며 되물었다. 그러고 보니 서희도가 누나라고 부르는 모습은 상상이 가지 않는다. 나는 고개를 저으며 녀석의 어깨에 얼굴을 묻었다. 안에 묻어 둔 남성이 다시금 꿈틀거리는 게 느껴졌다.

"난 선배라는 말이 더 좋아요. 적당히 죄짓는 기분도 들고."

참 서희도다운 발상이었다. 녀석은 작게 웃고는 다시 허리를 움직이기 시작했다.

엉덩이를 살짝살짝 치올리며 은근한 자극을 준다. 느릿하게 치고 올라오는 움직임에 몸이 들썩거렸다.

조금 전보다 더 깊숙이 찌르는 느낌. 단단한 남성이 내벽 어딘가를 건드릴 때마다 몸이 움찔움찔 떨렸다. 본능적으로 아랫배에 힘을 꽉 주고 녀석의 등을 끌어안았다. 서희도는 작게 웃더니 내 엉덩이를 양손으로 움켜잡았다.

"선배가 도와줘요. 응?"

뭘 도와 달란 얘기야? 묻는 대신 얼굴을 뚫어져라 쳐다보니, 녀석이 내 목에 입술을 묻으며 움직임을 유도했다.

엉덩이를 잡고 몸을 앞뒤로 살살 움직이게 하더니, 위아래로 들었다 내리기도 한다.

살이 맞닿을 때마다 들려오는 찰박, 찰박 소리에 얼굴이 붉어졌다. 한 치의 틈도 없이 연결된 아랫부분은 홧홧하게 아려 왔다. 그제야 도와 달라는 말의 의미를 알 것 같았다.

"못…… 참겠어."

너른 어깨에 이를 박으며 간신히 한마디를 꺼냈다. 둑이 터질 듯 밀려오는 쾌감에 몸이 흠칫흠칫 떨렸다.

등을 쓸어내리는 작은 손길에도 발끝이 바짝 섰다. 저번처럼 먼저 무너지는 모습을 보이기는 싫은데, 억울하게도 몸이 머리보다 먼저 반응하고 있었다.

서희도는 내 허리를 꽉 잡고 들었다 내리꽂으며 나지막이 읊조렸다.

"참지 마요. 나는 선배가 무너지는 게 좋더라."

그 목소리는 꼭 최음제 같았다.

"더 세게 하고 싶은데. 그래도 돼요?"

다시 나를 아래에 가두며 녀석이 물었다. 어차피 허락 없이도 할 거면서.

"아프게 하지 마."

"아프게는 안 해요. 그냥 조금, 참을 수 없을 정도로만."

녀석이 씩 웃었다. 그게 도대체 무슨 차이인지는 모르겠지만, 나는 또 바보처럼 설득당해 버렸다.

그리고 그 말 뒤로 서희도의 움직임은 점점 빨라졌다. 가속도가 붙은 자동차가 내리막길을 내달리듯 가파르게 빨라졌다.

"아……!"

녀석이 내 엉덩이를 꽉 잡고 허리를 튕기기 시작했다. 그마저도 부족한지 내 한쪽 다리를 들고 더 깊숙이 찔러 대기 시작했다. 그러다 돌연 양다리를 어깨에 걸친 녀석은 더 이상 깊게 들어올 수 없을 만큼 안을 파고들었다.

정신없이 밀려드는 움직임에 온몸이 흔들리고 침대가 삐걱거렸다. 양손에 시트를 말아 쥐며 아랫배에 힘을 꽉 주었다.

참자. 참아 보자.

"힘 빼요."

녀석의 미간이 꿈틀거렸다. 서희도는 억눌린 신음 소리를 내뱉더니 별안간 내 몸을 뒤집었다.

"미안. 아까 한 말 취소할게요."

"하……. 무, 무슨 말?"

"아프게 안 한다는 말."

순식간에 풍경이 바뀌고 세상이 뒤집혔다. 보이는 건 하얀 벽과 침대 시트뿐. 무슨 일이 벌어지는 건지 판단할 겨를도 없이, 단단하게 부푼 남성이 뒤에서 치고 들어왔다. 저절로 무릎이 꺾이고 허리가 들렸다.

녀석이 몸을 뺐다가 다시 들어올 때마다 몸이 앞으로 고꾸라졌다. 입에서는 윽, 소리가 연신 터져 나왔다.

서희도는 한 팔로 내 허리를 꽉 둘러 안고, 다른 한 손으로는 흔들리는 가슴을 움켜잡으며 속도를 올렸다.

"그, 그만!"

"안 돼요."

거칠게 갈라진 목소리가 목덜미에 내려앉았다. 녀석은 갈증이 해소되지 않은 사람처럼 성마르게 움직였다.

"아파. 그만······."

"······아직."

보지 않아도 알 수 있었다. 서희도 또한 한계에 다다르고 있다는 걸.

하지만.

하지만 이건 너무 뜨겁고, 아프고.

미칠 것 같아.

"그만, 희도야! 그만······."

여유도 없이 밀고 들어오던 움직임이 뚝 멈췄다. 나는 호흡을 거칠게 몰아쉬며 뒤를 돌아보았다.

"방금 뭐라고 했어요?"

딱딱하게 굳은 얼굴의 서희도가 받은 숨을 내뱉으며 물었다.

"그만······ 하라고 했어."

"그거 말고."

설마 '희도야'라고 부른 걸 말하는 건가. 물어볼 기운도 없어서 숨만 몰아쉬었다. 그러자 녀석이 내 팔을 잡아 일으켰다. 앞을 보고 무릎을 꿇은 자세 그대로 상체가 들렸다.

서희도가 뒤에서 남성을 묻은 채 낮게 읊조렸다.

"다시 불러 줘요. 응?"

딱딱하게 뭉친 가슴을 만지면서 애절한 목소리로 부탁한다.

네가 그런 목소리로 말하면, 나는.

"……도야."

"안 들려."

"희도야."

"다시."

"희도……."

그를 부르는 내 목소리는 기폭제가 되었다. 멈췄던 움직임이 다시 빨라지기 시작했고, 눈앞에 펼쳐진 풍경이 산산이 부서지며 어지럽게 흩어졌다.

상체가 꺾이고 목이 고꾸라졌다. 입에서는 '그만'이라는 애원이 신음 소리보다 더 많이 흘러나왔다. 몸이 수십 번도 더 허물어졌다. 그럴 때마다 서희도의 팔이 다시 내 몸을 들어 올렸다. 끝이 아니라는 듯이 허리를 받쳐 안았다.

탁, 탁, 탁. 울려 퍼지는 소리에 정신이 아득해진다. 꽉 깨문 입술 새로 비릿한 피 맛이 나는 것 같다.

아니, 달콤한 설탕 맛인가. 아픈데 좋다. 복잡한 머리와 달리 몸은 단순하게 흘러간다. 이러면 안 되는 걸 알면서도 계속 느끼고 싶다.

이건 마치, 중독 같은 행복이라서.

"하아……, 흐윽."

서희도의 움직임이 더 이상 빨라질 수 없다고 느낄 즈음, 작게 밀려오던 무언가는 파도가 되어 내 몸을 덮쳤다. 몸이 바르르 떨리며 침대 위로 축 늘어졌다. 퍼들퍼들 수축하는 아랫배가 남성을 쉴 새 없이 조였다. 부푼 남성은 여전히 단단했다.

끝이 아닌가. 돌아보는 순간, 서희도가 내 허리를 강하게 당기며 남성을 깊이 묻었다. 꽉 다물어져 있던 서희도의 입에서 짙은 숨소리가 흘러나왔다.

그리고 얼마 후, 무너진 내 몸 위로 서희도의 몸도 함께 부서져 내렸다.

그날 이후 몸살이 났다. 조금 달뜬 열이었다.

학교에서는 웬만하면 서희도와 마주치지 않으려 했다. 그럴수록 서희도는 더 노골적으로 내게 다가왔다.

내 자리에 몰래 커피를 놓고 간다든가, 수업이 끝난 후 나를 끌고 아지트로 데려간다든가, 생리통이 심한 날에는 어떻게 귀신같이 알아채곤 진통제와 초콜릿을 손에 쥐여 주고 간다든가 하는 것들.

그래도 녀석은 일정한 선을 넘지 않았다. 아마도 과 사람들의 입방아에 오르내리고 싶지 않은 내 마음을 눈치챘기 때문일 것이다.

"선배. 오늘도 안 올 거예요?"

그렇지만 나는 여전히 힘겹다. 네가 이렇게 진지한 얼굴로 물어올 때면.

"생리 중이야."

사실 생리는 며칠 전에 끝났다.

다만 두렵다. 단순한 관계로 끝내려던 우리 사이가 점점 깊어질까 봐.

나는 이렇게나 이기적이고 비겁하다.

"왜 그런 식으로 말해요."

"뭐가."

"내가 언제 섹스하자고 했어요?"

서희도는 꼭 화가 나면 적나라한 단어를 내뱉는다. 잔뜩 시린 눈을 하고선.

"미안해요. 그냥 같이 맛있는 거 먹고 영화 보려고 그래요."

그러다가도 내 표정이 어두워지면 다시 초조한 얼굴로 말하곤 했다.

"오늘은……."

"야, 수연이 저기 있네. 가서 인사해 봐. 너 한국 오자마자 계속 찾았 잖아."

생각해 놓은 핑계거리를 꺼내려던 찰나였다. 뒤에서 송치호의 목소 리가 들려왔다.

한국 오자마자.

그 말을 듣는 순간 신우의 얼굴이 머릿속을 스쳐 가고 온몸이 뻣뻣 하게 굳었다.

"가요, 빨리."

내가 멍하니 서 있는 사이 서희도가 먼저 손목을 잡아챘다. 녀석은 멍하니 굳어 있는 나를 데리고 복도를 가로질러 걸어가기 시작했다.

그 순간 많은 생각이 스쳤다.

정말로 그 애가 돌아온 걸까.

서희도는 내게 무슨 마음일까.

나는 서희도에게 무슨 마음일까.

그리고 우리는…… 지금 어디로 기고 있는 걸까.

"수연아."

익숙한 목소리가 등을 울렸다. 신우의 목소리였다.

그 순간 나도 모르게 서희도의 손을 뿌리쳤다. 녀석에게서 한 걸음

물러나며 거리를 두었다.

　허공에서 길 잃은 손을 멀거니 바라보던 서희도의 눈은 버림받은 강아지의 눈처럼 어둡게 가라앉아 있었다.

Chapter 7

"잘 지냈어?"

몇 년 만에 재회한 신우는 진부하고 의미 없는 말을 건넸다.

"응. 너도 좋아 보인다."

내 대답도 진부하긴 마찬가지였다. 대답 뒤로 어색한 침묵이 흘렀다. 늦은 오후의 강의동 건물 뒤편에는 사람이 별로 없었다. 바람에 흔들리는 나뭇잎 소리만이 고요하게 울려 퍼지고 있었다.

"수연아."

"학교에는 왜 온 거야?"

나는 일부러 화제를 돌렸다. 수연아, 하고 부르는 목소리 뒤에 이어질 말을 듣고 싶지 않았다.

"대학원 때문에 교수님 뵐 일이 있어서."

"그래? 일 끝났으면 이제 가 봐."

신우를 마주하자 지우고 싶은 일들이 조각조각 떠오르기 시작했다.

열등감, 수치스러운 소문, 배신감.

그리고.

"사실 너 보려고 온 거야."

끝까지 솔직하지 못했던 나.

"수연아. 그땐 내가 많이 어렸어. 나한테 서운했지?"

신우의 말에 들릴 듯 말듯 한숨을 내쉬었다.

서운했냐고? 그런 말로 덮어 버리기엔 그때의 일이 내게 너무 큰 트라우마로 남았다.

당시 나와 신우는 철학과의 가장 뜨거운 화제였다. 강신우는 과 사람들 사이에서 평판 좋고 모두가 좋아하는 아이였고, 반면에 나는 별 존재감도 없는 학생이었으니까. 그래서인지 우리의 연애는 늘 과 사람들의 술자리에 안줏거리로 떠돌았다.

나와 신우가 도마 위에 오를 때마다 과 사람들이 하는 말은 똑같았다.

신우가 아깝다. 최수연은 너무 싸가지가 없다.

나는 그런 소문을 듣고도 꾸역꾸역 참아 냈다. 보영이의 마음을 알면서도 신우와 사귄 대가를 욕으로 치르는 거라고 생각했다.

문제는 날이 갈수록 그 수위가 높아진다는 거였다. 다른 소문은 다 참아도 여자로서 모욕적인 소문들은 도저히 참기가 힘들었다.

나를 두고 벌이는 성적인 농담, 잤을까, 안 잤을까를 두고 벌어지는 내기 같은 것들. 예상하긴 했지만, 그런 소문의 원흉은 송치호였다.

"야. 신우가 왜 보영이를 두고 수연이랑 사귀겠냐. 그렇게 목석같은 애를. 우리가 모르는 다른 게 있으니까 계속 사귀는 거야. 그게 뭐겠냐? 이거지, 이거."

송치호가 두 손을 맞대고 외설스러운 동작을 취했다. 손에서 나는 북북 소리에 강의실에 모여 있던 남자들이 동시에 웃음을 터트렸다. 강의실 문이 열려 있는 건 아무도 눈치채지 못한 모양이었다.

"그년이 허리를 잘 놀리는 게 분명해. 애가 좀 싸늘하긴 해도 왠지 모르게 색기가 있잖아. 원래 그런 애들이 더 조이는 맛이 있거든. 나한테 톡톡 쏠 때마다 한 대 치고 싶다가도, 한 번 따먹고 싶기도 하단 말이지. 피부도 허여멀건 한 게 벗기면 장난 아닐 것 같아. 최수연이 신음 소리 낸다고 생각해 봐라. 상상이 가냐? 뭔가 꼴린단 말이야."

살면서 그렇게 끔찍한 모욕은 처음이었다. 마음 같아선 당장 문을 열고 들어가 그 자리를 뒤엎고 싶었다. 욕을 하고 송치호의 뺨을 때리고 사람들이 보는 앞에서 망신을 주고 싶었다.

그런데 이상하게도 몸을 움직일 수가 없었다. 수치스러운 감정에 손이 달달 떨리고 심장이 빠르게 뛸 뿐, 내가 할 수 있는 일이라곤 그저 멍하니 강의실 앞에 서 있는 것이 다였다.

그날, 나는 결국 아무것도 하지 못하고 도망치듯 건물을 빠져나왔다. 구석에 숨어서 참았던 숨을 토해 내며 깨달았다.

나는 약해 빠진 사람이라는 걸. 강한 척 굴던 모습은 내 안의 약함을 감추려던 방어막이었다는 것을.

그 일을 겪은 후, 신우에게 되도록이면 송치호와 어울리지 말라고 말했다. 신우가 이유를 물었지만 차마 그 일을 털어놓을 수 없었다. 내 입으로 그런 얘기를 꺼내기도 비참했고, 나 하나 때문에 신우의 인간관계를 흐트러트리고 싶지 않았다. 분하지만 이번 한 번만 묻어 두자 생각했다.

그런데 사건은 예상치 못한 곳에서 터졌다. 송치호의 입에서 나온 말을 멀리멀리 퍼 나른 박유라 때문이었다. 박유라는 송치호의 말을 부풀리면서 그 소문이 사실인 양 떠들고 다녔다.

"최수연이 그렇게 명기라며. 허리 놀림이 장난이 아니래. 은근히 다 대 주나 봐. 시니컬한 척은 혼자 다해 놓고 진짜 여우가 따로 없어. 보영 언니 배신 때리고 신우 오빠 가로채더니 잡아 둘 구실이 몸밖에 없었나 보지? 솔직히 신우 오빠랑 사귀는 사이 아니었으면 그런 년이랑 같은 과 인지도 몰랐을 거야. 과 생활을 열심히 하는 것도 아니고 공부를 뛰어나게 잘하는 것도 아니고 눈에 띄게 예쁜 것도 아니고. 내가 시험 족보 있냐고 물어보니까 개무시하더라? 선배만 아니었어도 진짜. 하여튼 신우 오빠가 훨씬 아까워. 잘생겼지, 성격 좋지, 집안도 좋지. 어휴."

더 이상 참을 수가 없었다. 참자는 생각이 들기도 전에 손은 이미 박유라의 머리채를 쥐어 잡고 있었다.

학생들이 우글거리는 복도 한가운데에 박유라를 패대기쳤다. 박유라가 눈물을 그렁거리며 언니가 뭔데 이러냐고 바락바락 소리를 질러 댔다.

지나가던 학생들이 순식간에 우리에게로 몰려들었다. 그들은 동물원에 구경 온 사람들처럼 흥미로운 얼굴로 두 여자의 싸움을 구경하기 시작했다.

"언니가 뭔데, 대체 언니가 뭔데……!"

박유라가 씩씩대며 나를 노려봤다. 어깨를 들썩이던 그 애의 눈에서 닭똥 같은 눈물이 뚝뚝 흘러나왔다. 한 명이 울기 시작하자 학생들이 크게 웅성거리기 시작했다. 대부분 나를 욕하는 소리였다. 박유라에 비해 나는 지나치게 초연하고 차분했으니까.

그때 내 바람은 오직 하나였다. 강신우. 신우가 보고 싶었다. 다른 사람은 다 필요 없으니, 신우가 와서 나를 감싸 줬으면 했다.

"최수연. 너 이게 무슨 짓이야."

그런 나의 바람은 허망하게 무너졌다. 소식을 듣고 뒤늦게 찾아온 신우는 내 편이 아니었다. 언제나 다정하고 정의로웠던 그 애는 아프게 우는 사람의 편이었다. 비록 때린 이가 자신의 여자 친구일지라도.

"유라한테 사과해. 무슨 일인지는 몰라도 폭력을 쓰는 건 아니야."

말문이 막히고 기막힌 웃음만 흘러나왔다. 물론 내 잘못도 있었다. 이유를 말하지 않고 알아주길 바랐던 미련함 때문이었겠지. 내가 이러해서 이러했고 저러해서 저러했다고 구구절절 이유를 말했다면, 합리적인 강신우는 나를 이해해 줬을지 모른다.

하지만 나는 그때 모든 의욕을 상실했다. 한순간에 질려 버렸던 것 같다. 잘나고 잘난 강신우에게도, 과 사람들에게도, 끝끝내 솔직하지 못했던 나에게도.

"수연아. 네가 그랬던 것도 다 이유가 있었을 텐데 그땐 몰랐어. 너 갑자기 휴학해 버리고 나도 게니디 기면서 말할 시간이 없었어. 이제리도 오해 풀고 싶다."

하도 곱씹다 보니 이제는 헷갈릴 지경이다. 그 사람들이 나빴던 건지, 내가 못났던 건지.

괴로워하는 내게 나의 오랜 친구는 이렇게 말했다.

둘 다지, 뭐.

"아니. 넌 네 식대로 최선을 다했어. 나와는 안 맞았을 뿐이야."

신우가 지금 와서 이런다고 달라질 건 없다. 그는 앞으로도 주변 사람들과의 평화를 도모하며 합리적으로 살아갈 테고, 나는 앞으로도 은둔형 외톨이처럼 사람들과 벽을 쌓아 가며 살아갈 테니까.

우리는 서로에게 끌렸지만 살아가는 방식이 맞지는 않았던 거다. 그렇게 인정하면 편해진다.

"강신우. 너는 내가 강해서 좋다고 했지? 다른 여자애들처럼 의지하지 않아서 좋다고 했잖아."

"수연아……."

"아직도 그렇게 생각해?"

신우는 대답하지 못했다.

"맞아. 나는 그런 애야. 그러니까 신경 쓰지 말고 그만 가 봐. 학교에서 마주쳐도 모른 척 지나가자."

다시 한번 다짐한다.

또다시 이런 어리석은 끌림에 넘어가지 말자고. 마음의 문을 꽉꽉 닫아 버리자고.

거짓말

신우와 헤어진 뒤 인적이 드문 강의동으로 향했다.

높게 솟은 두 건물 사이에는 사람 한두 명만이 지나갈 수 있는 좁은 틈이 있었다. 아무도 없는 것을 확인하고는 그 속으로 깊숙이 들어갔다.

차가운 시멘트 벽에 등을 기댄 채 담배 한 개비를 꺼내 물었다. 불을 붙이고 연기를 깊게 들이마시자 그제야 떨리는 가슴이 진정되기 시작했다.

희뿌연 연기를 따라 고개를 들었다. 높고 푸른 가을 하늘이 보인다. 건물 사이에 갇힌 직사각형의 하늘.

답답하다, 참을 수 없이.

"얘기 다 했어요?"

담배 한 개비를 더 태우고 또 하나를 꺼내 물던 때였다. 커다란 손이 불쑥 나타나더니 입에 문 담배를 쓱 채 갔다. 서희도였다. 녀석은 내가 물었던 담배를 자연스럽게 입에 물며 불을 붙였다. 미간을 구기면서 깊이 빨고, 딱딱하게 굳은 얼굴로 길게 내뱉는다.

"생각보다 별로던데, 강신우."

녀석이 맞은편 건물에 등을 기대며 픽 웃었다.

"나랑 있는 게 창피했어요?"

비틀려 올라가는 입술. 평소보다 더 낮게 가라앉은 목소리.

"아니면, 미련인가?"

서희도는 분명 화가 나 있다.

"먼저 가 볼게. 너랑 얘기할 기분 아니야."

"아직도 미련이 남았으니까 그렇게 울 것 같은 얼굴인 거잖아. 안 그래요?"

서희도가 담배를 발로 느리게 지져 끄며 이죽거렸다. 심장이 기분 나쁘게 뛰고 머리가 쥐가 날 듯 아파 왔다. 하필이면 지금 서희도와 이런 얘기를 나누고 싶지는 않았다.

가방을 고쳐 메고 서둘러 자리를 뜨려는데 서희도가 먼저 내 손목을 잡아챘다. 나를 강하게 끌어당겨 벽으로 밀치더니 도망가지 못하게 가로막는다.

잡힌 손목이, 벽에 부딪힌 등이 싸하게 아려 왔다. 서희도의 커다란 몸이 처음으로 무섭게 느껴졌다.

"왜 이래."

"선배야말로 왜 이래요. 언제까지 피할 건데."

"비켜."

"강신우 하나 때문에 평생 독수공방하면서 살 거야?"

"아무것도 모르면서 끼어들지 마."

"선배가 나한테 알려 준 적은 있어요? 알려고 다가가면 도망쳤잖아."

"나를 알고 싶다고? 아니. 너는 나를 알고 싶은 게 아니라, 나랑 자고 싶은 것뿐이야. 처음부터 네 목적은 나랑 자는 거였잖아. 내 말이 틀려?"

이럴까 봐 피하려고 했던 거다. 이렇게 서로 할퀴기만 할까 봐. 다정하게 웃는 너를 볼 때마다, 그런 너에게 마음이 동할 때마다 세뇌하듯 되뇌었다.

너와 나는 얕은 관계, 몸을 빼면 아무것도 아닌 관계라고.

"맞아. 처음부터 자고 싶었어. 그게 나빠요?"

서희도가 내 손목을 아프게 움켜쥐었다.

"키스하고 싶어서 키스했고, 자고 싶어서 잤어. 그러다 계속 보고 싶어졌고, 알고 싶어졌어. 그게 뭐 어때서."

손목을 쥔 서희도의 손에 점점 힘이 들어갔다. 차마 서희도의 얼굴을 똑바로 볼 수가 없어 고개를 돌려 버렸다.

"나는 너랑 더 이상 깊어질 생각 없어. 너를 더 알고 싶은 마음도 없어. 그냥 너무 답답해서 잠깐 미쳤던 것뿐이야. 그러니까 여기까지만. 더 깊이 알려고 하지 말자, 우리."

눈을 질끈 감은 채 숨도 쉬지 않고 말했다. 폭풍처럼 쏟아 낸 말끝에 싸늘한 정적이 흘렀다.

꽤 오랜 침묵을 깬 건, 서희도의 입에서 흘러나온 허탈한 웃음이었다.

"그러니까 선배 말은, 나랑 잠만 자겠다?"

차가운 목소리에 천천히 눈을 떴다. 서늘하게 식은 녀석의 눈이 보인다. 꽉 다문 입술에 걸린 비틀린 웃음도.

"그래. 가볍게 즐기기만 할 게 아니라면 차라리 다 없던 일로 하자."

"상상 이상이네. 내 생각보다 훨씬 대단해요, 선배."

서희도가 냉랭하게 웃으며 비아냥댔다.

"그래요, 그럼. 잠만 자요. 우리. 나야 아쉬울 거 없지."

"알았어. 자고 싶을 때 연락해."

담담한 척 말하며 돌아섰지만 서희도는 나를 순순히 보내 주지 않았다. 내 팔을 잡아끌더니 다시 벽으로 밀어붙였다.

"지금 해요. 난 지금 하고 싶어."

서희도의 두 눈이 어둡게 가라앉았다. 당장이라도 나를 삼켜 버릴 것 같은 눈이었다.

처음 보는 눈빛에, 낮게 잠긴 목소리에 겁이 났다. 하지만 괜찮다. 나는 거짓에 능숙하니까. 늘 그래 왔듯, 지금도 그렇게 대하면 된다.

"마음대로 해."

내 말에 서희도의 얼굴이 일순 꿈틀거렸다.

"다른 남자들한테도 이랬어요? 이렇게 쉽게 대 줬어?"

서희도는 비틀린 웃음마저 남김없이 지우고 나를 내려다보았다. 그 말에 목구멍 어딘가가 울컥거렸다. 아프라고 하는 말인 줄 알면서도, 다 내가 자초한 일인데도 마음이 무방비하게 베였다.

하고 싶은 말들이 밀려온다.

아니야. 이렇게 속수무책으로 끌린 남자는 네가 처음이었어. 몸을 먼저 섞어 버렸다는 혼란도 잠시, 정신을 차렸을 땐 너를 찾게 되는 내 마음이 주체할 수 없을 만큼 커져 있었어.

끝내 이런 말들은 내 안에서만 삭일 것이다. 절대 너에게 들키지 않을 거야.

서희도의 손이 불쑥 티셔츠 안으로 들어왔다. 갑작스레 파고드는 손길에 몸이 움찔 떨렸다. 순식간에 브래지어 속으로 들어온 손은 가슴을 있는 힘껏 움켜쥐었다.

날카로운 통증에 입술이 벌어졌다. 그 틈을 타 서희도가 내리 누르듯 거칠게 입을 맞추었다. 이를 세워 입술을 깨물며 움켜쥔 가슴을 비틀어 댄다.

짓눌린 비명이 흘러나왔지만 그 소리는 고스란히 그의 입속에 갇혔다.

건물 사이로 들어오는 바람에, 시멘트 벽에서 느껴지는 한기에, 평소보다 더 차가운 서희도의 체온에 신경이 곤두섰다. 등골이 지르르 아려왔다. 입안에서는 비릿한 피 맛이 났다. 부드러웠던 입맞춤은 떠오르지도 않을 만큼 아프고 거친 키스였다.

맞댄 입술 새로 억눌린 신음이 흘러나왔다. 귀밑이 시큰거렸다. 가슴이 비틀리는 고통보다, 숨을 쉴 수 없는 답답함보다, 울컥울컥 치미는 이유 모를 설움에 더 아팠다.

숨이 막힐 정도로 파고드는 입맞춤에 결국 참지 못하고 눈물을 쏟아냈다. 뺨을 타고 흘러내린 눈물이 맞닿은 입술을 적셨다. 서희도는 그제야 입술을 떼고 티셔츠 속에서 꿈틀거리던 손을 빼내었다.

"왜 울어요. 마음대로 하라며."

서희도가 가쁜 호흡을 몰아쉬며 차갑게 말했다.

"다시는 내 앞에서 강한 척하지 마요."

날 선 목소리가 마음 한구석을 찌르고, 감추고 싶었던 치부에 꽂힌다.

나도 안다.

나는 상처 받기 싫어서 상처 주는 사람, 약함을 감추려 강한 척하는 사람이다.

나는, 너에게 끌리는 마음을 뿌리칠 수가 없어서.

그래서 잠만 자겠다는 구차한 빌미로 너를 붙잡아 보려는 사람이다.

"선배는 약하고 비겁하니까."

저벅저벅 멀어져 가는 그 애의 발걸음 소리가 들렸다.

그 소리는 곧 학생들의 시끄러운 웃음소리에 묻혀 버렸고, 나는 조용히 눈을 감았다.

다음 날에도, 그 다음 날에도, 또 그 다음 날에도 나는 서희도와 매일 마주쳤다.

서희도는 평소와 다름없이 잘 웃었고, 여자들과 짓궂은 농담 따먹기를 했으며, 수업 시간에는 늘 뒷자리에 앉아 태연한 얼굴로 강의를 들었다.

달라진 게 있다면 딱 하나.

내게 눈길 한 번 주지 않는다는 것.

내 옆을 지나면서도, 사물함 앞에 나란히 서서 교재를 꺼내면서도 서희도는 절대로 나를 쳐다보지 않았다. 물론 나도 그 애를 보지 않았다. 가끔 코끝을 스치는 익숙한 향기만이 그 애와 나의 거리를 알려 줄 뿐이었다.

교수의 목소리를 들으며 창밖으로 고개를 돌렸다. 늘 그렇듯이 오후의 수업은 지루하다. 뭉게뭉게 피어 있는 구름도 오후의 나른함처럼 붉게 물들고 있었다.

노을 지는 하늘을 멀거니 올려다보며 서희도와 함께 집으로 향하던 날을 떠올렸다.

일몰하는 태양 빛을 맞으며 강변을 달리던 버스. 그 안에서 손을 꼭 잡고 입 맞추던 너. 코끝에 맴도는 향기만으로도 남우세스럽게 설레던 나. 그때는 우습게도 첫사랑에 달뜬 소녀가 된 기분이었다.

잠만 자는 가벼운 사이. 그게 아니라면 아무것도 없었던 사이.

둘 중 하나를 선택하라는 내 말에 서희도는 후자를 선택한 것 같았다. 우리는 마치 처음부터 모르는 사이였던 것처럼 서로를 철저히 무시하고 있으니까.

"자, 그러면 다들 고깃집으로 이동하자고. 조교가 다 예약해 뒀다고 하네."

정신을 놓고 있던 사이 수업이 끝났다. 김 교수의 말에 멍하니 두 눈을 깜박였다.

"뭐 하나? 다들 일어나지 않고."

김 교수는 학생들에게 얼른 일어나라는 듯이 손짓했다. 그러자 학생들이 침울한 얼굴로 가방을 싸기 시작했다. 뒤에서는 몇몇 남학생들의 조용한 욕지거리가 들려왔다.

"아, 수업 끝나자마자 피방 가려고 했는데. 오늘 이벤트 있어서 경험치 두 배나 준다고. 망했네."

"하여튼 저 교수는 쓸데없이 낭만적이라니까. 존나 민폐야."

덜커덩거리며 책걸상을 정리하는 소리가 강의실 안에 울려 퍼지더니, 학생들이 강의실 밖으로 우르르 몰려 나가는 소리가 이어졌다.

그때까지도 나는 영문을 모른 채 오도카니 서 있었다. 그러자 지나가던 누군가가 어깨를 톡톡 쳤다.

"안 가니? 두 번째 과제라는데."

혜주였다. 내가 무슨 말인지 모르겠다는 얼굴로 쳐다보자 혜주가 특유의 무심한 톤으로 넛붙었나.

"고기 먹으며 인생 논하기."

김 교수의 쓸데없는 낭만은 고기에서 끝난 게 아니었다. 각 테이블마다 학생들을 네 명씩 짝지어 앉히곤 억지로 인생을 논하게 만든 김 교수는, 죽상이 된 학생들을 이끌고 술집으로 향했다.

학생들이 개인 사정을 이유로 빠지려고 할라치면 김 교수는 인자한 얼굴로 웃으며 이렇게 말했다.

"가는 건 본인 마음이지만 점수는 내 마음이라네. 내 손에 출석부가 있어요."

그 말을 듣고도 자리를 뜨는 학생은 그리 많지 않았다.

김 교수의 협박 아닌 협박에 우리는 술집에서도 인생을 논해야만 했다. 시간이 지나고 하나둘씩 취하기 시작하면서 분위기가 흐트러졌다.

심지어 교수님마저 거나하게 취해서는 옹기종기 모여 있던 신입생들에게 끝없는 인생 수업을 하기 시작했다. 덕분에 고학년들은 자유롭게 술을 마실 수 있었다.

나는 분위기가 흐트러진 틈을 타 가방을 챙기고 조용히 일어섰다. 다른 학생들도 이때다 싶어 슬그머니 탈출을 시도했다.

김 교수는 나가려는 학생들을 귀신같이 발견하곤 어허. 어딜 가나, 하며 분위기를 가라앉혔다. 결국 우리는 도둑질을 들킨 도둑의 심정으로 다시 자리에 앉아야 했다.

"나 어떡하냐. 오늘 여자 친구랑 3주년인데. 하, 미치겠다."

맞은편에 앉은 석현 선배가 거의 울 것 같은 얼굴로 칭얼거렸다. 딱히 해 줄 말이 없어서 마른안주만 질겅질겅 씹어 댔다. 나라면 학점을 포기하고 갈 테지만 석현 선배는 장학금을 놓친 적이 없는 사람이니 난감할 수도 있겠다고 생각했다.

"아, 맞다. 여자 친구 얘기하니까 생각난 건데 신우 한국 왔다며? 요즘 학교도 자주 온다던데, 혹시 만났어?"

석현 선배의 난데없는 말에 하마터면 땅콩을 그냥 삼킬 뻔했다.

여자 친구 얘기를 하다가 왜 강신우를 떠올리는지. 하여튼 머리는 좋은데 눈치는 오지게 없는 사람이었다.

나는 대답 대신 선배를 살짝 흘겨보았다.

그래도 뭐가 문제인지 모르는 석현 선배는 두 눈만 동그랗게 뜬 채 내 대답을 기다리고 있었다.

그때, 옆에 있던 혜주가 조심스레 입을 열었다.

"괜찮아? 너 휴학한 것도 그 일 때문이잖아."

무심한 목소리와 달리 따뜻한 말투였다. 불현듯 그런 생각이 들었다. 신입생 때 더 가까이 지냈더라면 우리는 꽤 많이 친해졌을지도 모르겠다고.

"괜찮지 않을 이유가 뭐 있어."

쓰게 웃으며 고개를 돌리던 순간이었다. 대각선 맞은편에 앉아 있는 서희도와 두 눈이 마주쳤다. 무방비한 상태에서 부딪힌 시선에 가슴이 쿵 가라앉았다. 녀석의 적막한 눈길에 간신히 잠재운 마음이 다시 요동치기 시작했다.

보지 말자. 고개 돌리자.

마음과 달리, 술이 들어가서 그런지 시선이 쉽게 떨어지지 않았다.

왜 나를 보고 있는 걸까. 지독할 만큼 나를 무시하던 녀석 아니었나. 혹시 내 착각인가. 두 눈을 씻고 다시 보았다.

아니다. 착각이 아니었다. 서희도는 조용히 술을 들이키면서 나를 뻔히, 지그시 응시하고 있었다.

얼마나 오랫동안 서로를 바라보고 있었을까. 어느 순간 서희도가 먼저 시선을 거두었다. 반면에 나는 서희도에게서 시선을 떼지 못했다.

머리는 이제 그만 보라고 수없이 명령하는데, 두 눈은 미련할 만큼 녀석에게만 머물렀다.

잔에 담긴 술을 벌컥벌컥 들이켜는 모습, 술이 넘어갈 때마다 일렁이는 목울대, 빈 잔을 내려놓고 젖은 입술을 닦는 손길. 행동 하나하나를 두 눈에 담았다.

"서희도! 왜 혼자 마셔."

어디선가 불쑥 나타난 박유라가 서희도의 옆자리를 비집고 들어갔다. 나는 그제야 정신을 차리고 재빨리 시선을 거두었다.

"너 요즘 뭐 안 좋은 일 있냐? 분위기가 달라졌어."

"내가? 설마."

"너…… 여자 생겼지?"

시끄러운 소음 속에서도 왜인지 서희도와 박유라의 대화는 선명하게 들려왔다. 서희도는 대답 대신 작게 웃기만 했다.

"그나저나 집에는 언제 초대해 줄 거야? 아직도 공사 안 끝났어?"

"내일 올래?"

"진짜? 공사 끝났어?"

그 순간 귓가를 메우던 시끌벅적한 소음들이 일순 지워졌다. 시간이 멈춘 것처럼 귓가가 멍멍하게 울렸다. 들리는 건 오직 서희도의 목소리뿐.

"응."

주위가 페이드아웃 된 상태로 침묵이 흘렀다.

짧지만 숨 막히는 침묵, 그 침묵의 끝에서 담담한 목소리가 흘러나왔다.

"다 끝났어."

서희도의 대답을 듣자마자 멀어졌던 소음들이 시끄럽게 살아나기 시작했다.

　나는 끊임없이 술을 마셨다. 석현 선배가 학점을 포기하고 여자 친구를 만나러 갈 때까지. 혜주가 더러워서 못해 먹겠네, 나지막하게 읊조리며 자리를 뜰 때까지.
　그리고.
　"최수연. 그만 마셔."
　강신우가 온 걸 알아차릴 때까지.
　"강신우……?"
　"너 많이 취했어. 가자. 데려다줄게."
　"와, 진짜 강신우네. 네가 여길 왜 왔어?"
　"수연아."
　"웃겨, 진짜."
　정신은 멀쩡한데 혀가 꼬여서 발음이 샜다. 입에서는 자꾸만 실없는 웃음이 피식피식 새어 나왔다.
　"일어나."
　"놔. 난 강한 애라 혼자 갈 수 있어. 나 누구한테 기대는 애 아닌 거 알잖아."
　신우는 낮은 한숨을 뱉으며 내 앞에 앉았다. 그러고는 내가 마시려 채워 놓은 술을 제 입으로 흘려 넣었다.
　"한 잔 따라 줄래?"
　신우가 난숨에 술을 들이켜곤 내게 빈 잔을 내밀었다. 나는 신우를 빤히 보다가 다시 잔을 밀어 버렸다.
　"네가 따라 마셔."
　"수연아. 내 말 좀……."

"제가 따라 드릴게요."

신우의 목소리 위로 불쑥 낮고 까끌까끌한 목소리가 겹쳤다. 그 목소리를 듣는 순간 온몸이 차갑게 굳었다.

"누구? 아, 그때 봤던."

"서희도입니다. 여기 앉아도 되죠?"

서희도는 신우의 대답을 듣지도 않고 자리에 앉았다. 그리고 비어 있는 잔에 술이 넘칠 정도로 따라 신우에게 내밀었다. 신우는 술이 한가득 넘실거리는 잔을 멀거니 바라보다가 곧 딱딱한 미소를 지어 보였다.

"희도라고 했나? 내가 지금은 수연이랑 단둘이 할 말이 있어서 그런데……."

"하세요. 그 말이 궁금해서 온 거니까."

입술을 잘근 깨물었다. 꽉 쥔 손에 땀이 배어 났다.

"제가 수연 선배한테 관심이 좀 많아요. 제 멘토거든요."

서희도의 웃음기 배인 목소리가 귓가를 간질였다. 보지 않아도 알 수 있었다. 얼마나 나를 비웃고 있을지.

"멘토라니?"

"선후배 간에 친해지라고 생긴 프로그램이에요. 같이 수업도 듣고 밥도 먹고. 또……."

서희도가 말끝을 흐리더니 내 앞의 테이블을 톡톡 두드렸다. 그 소리에 숙였던 고개를 들었다. 그러자 조금 전처럼 서희도와 눈이 마주쳤다. 이번에는 피할 수도 없이, 단단히 붙들렸다.

"우리 또 뭐 했죠, 선배?"

빙긋 웃으며 묻는다. 차게 식은 눈으로 나를 집요하게 응시하면서.

"글쎄. 기억이 잘 안 나는데."

애써 담담한 척 대답하였다. 물론 거짓말이었다. 우리는 키스를 했고, 애무를 했고, 섹스를 했다.

그리고 나는 그 시간들을 또렷하게 기억하고 있다. 지워 버리고 싶어도 지워지지 않는, 아프면서도 좋고 서늘하면서도 뜨거웠던 그 시간들을 선명히 기억하고 있다.

"아. 기억이 안 나요?"

서희도가 고개를 들며 비스듬히 웃었다.

"나는 하나하나 다 기억하는데. 우리가 뭘 했는지."

서희도는 나를 보며 한 어절씩 씹어 뱉듯 말했다. 일순 찬물을 끼얹은 듯 싸한 정적이 흘렀다. 서희도는 작정하고 상처 주려는 눈으로 나를 보고 있었다.

"……나 먼저 갈게."

더 이상 버틸 수가 없었다. 가방을 챙길 정신도 없이 자리에서 일어나 건물 밖으로 도망치듯 뛰어나갔다. 그리고 무작정 걷기 시작했다.

서희도가 있는 곳과 반대 방향으로, 사람들이 북적거리는 번화가로부터 떨어진 곳으로.

잰걸음에 숨이 차올랐다. 폐부를 파고드는 밤바람이 칼날처럼 날카로웠다. 사람이 없는 곳을 찾아 한참을 걷다가 어두운 골목으로 들어가 벽에 몸을 기댔다.

술기운 때문인가. 갑자기 설움이 북받쳐 오른다. 울지 말자. 내가 선택한 일인데 왜 서러워하는 거야.

"가방 기저기요."

익숙한 목소리와 함께 발밑으로 가방이 툭 떨어졌다. 머스크 향과 술 냄새가 섞인 오묘한 향이 코를 찔렀다. 가방을 주워 들고 골목 깊숙한 곳으로 빠르게 걸어갔다. 저벅저벅 뒤따라오는 서희도를 애써 외면

했다.

건물 사이는 좁고 골목은 길었다. 한참을 걸은 후에야 막다른 골목이었다는 걸 깨닫고 우두커니 멈춰 섰다. 떨리는 숨을 뱉으며 천천히 뒤돌아섰다. 커다란 형체가 캄캄한 어둠 속에서 주머니에 손을 꽂은 채 우뚝 서 있었다.

"그렇게 무서웠어요? 강신우한테 들킬까 봐?"

서희도가 가까이 다가오며 입을 열었다. 가로등 불빛이 녀석의 그늘진 얼굴을 비추었다.

"……지겨워."

"지겨워? 뭐가 지겨운데요."

"그래. 솔직히 말할게. 나도 너랑 자고 싶었어. 너한테 끌렸던 것도 맞아. 하지만 그 이상은 아니야. 너는 나 아니어도 되잖아. 너한테 나는 지나가는 수많은 여자들 중 한 명일뿐이잖아."

폭풍처럼 쏟아 낸 말. 그 말에 서희도의 입에서 작은 실소가 터져 나왔다. 웃음 섞인 숨결에서 짙은 술 냄새가 풍겼다.

"그렇게 멋대로 단정 지으면, 마음이 편해?"

서희도의 눈이 일순 어둡게 가라앉았다.

"그거 알아? 너는 나를 쓰레기로 만들고 싶어서 안달 난 사람 같아."

그가 한 걸음 더 가까이 다가오며 읊조렸다. 녀석이 내게 너라고 한 건 처음이었다.

"그래야 면이 설 테니까. 나를 짐승만도 못한 새끼로 만들어야 내 밑에서 할딱이던 너를 합리화할 수 있을 테니까."

녀석의 목소리가 점점 격해졌다. 그늘진 얼굴은 참기 힘겨운 듯 일그러졌고, 꽉 다문 턱이 툭 불거졌다.

"그만해. 너 취했어."

"아니. 안 취했어. 아, 그래 취했어. 취했다고 해야 이해해 주겠지. 맨정신이라고 하면 미친놈 취급할 거잖아."

떨리는 입술을 꽉 깨물었다. 간신히 참아 냈는데 다시금 목이 울컥거렸다. 잡아 두었던 마음이 속절없이 무너지고 있었다.

"학교에서 선배를 볼 때마다 미칠 것 같았어. 선배 말대로 가벼운 사이로 남아 볼까 생각도 했는데 난 그럴 자신이 없거든. 키스하면 안고 싶고, 안고 나면 계속 보고 싶어지니까. 자꾸 욕심이 날까 봐 일부러 피한 거야. 그러면 선배가 한 번쯤은 못 이기는 척 연락할 줄 알았어."

위태로운 목소리가 허공에서 산산이 부서졌다.

서늘한 눈을 피해 고개를 돌렸지만 서희도의 손이 내 턱을 아프게 움켜쥐었다.

"그렇게 나를 무시해 놓고 보란 듯이 강신우랑 얘기하는 선배를 보면서 내 기분이 어땠는지 알아요? 피가 거꾸로 솟는 기분이었어."

이런 얼굴, 이런 표정, 이런 목소리는 처음이었다. 서희도의 얼굴을 똑바로 마주하기가 겁이나 고개를 틀었지만 소용없었다. 그의 손에 다시 고개가 돌아갔다.

"피하지 말고 말해요. 선배한테 나는 뭔지."

지친 눈으로 녀석을 응시했다. 허탈한 웃음이 흘러나왔다.

"일탈."

알아. 네가 원하는 건 이런 대답이 아니라는 거.

"잠자리 상대. 그뿐이야."

"그게 선배 대답이에요?"

더 이상은 상처도, 지긋지긋한 감정 소모도 하고 싶지 않아. 가벼운 관계를 핑계로 무책임하게 돌아서고 싶어. 아무 일도 없었던 것처럼. 다시 일상으로 돌아가듯.

"알겠어요. 선배가 원하는 거, 질릴 때까지 해 줄게."

낮게 잠긴 목소리가 귓가에 내려앉았다. 동시에 강한 악력이 내 손목을 끌었다.

서희도에게 붙잡힌 채 사람들이 북적이는 대로변을 지나며 생각했다.

이 거짓말에 끝이 있을까.

Chapter 8

기억이 나지 않는다. 어떻게 서희도의 집까지 왔는지.

사람들이 복작거리는 대로변을 걸었고 택시를 탔던 것 같은데. 그 후의 기억은 까마득하다. 정신을 차렸을 땐 이미 어두컴컴한 집 안이었다.

현관에 들어서자마자 서희도가 나를 벽으로 밀었다. 센서 등이 켜지며 서희도의 얼굴이 들어왔다. 주황빛으로 물든 녀석의 얼굴은 어둡게 그늘져 있었다.

"싫으면 지금 말해요. 나중에 후회하지 말고."

셔츠 안으로 불쑥 들어온 손이 브래지어 위를 꽉 움켜잡았다. 갑작스런 악력에 등골이 찌릿했다.

"어떻게 할까. 계속 해?"

녀석이 움켜진 가슴을 비틀며 이죽거렸다. 캄캄한 어둠 속에서 들려오는 서희도의 목소리가 온 감각을 찔렀다.

"계속 해."

서희도는 입을 꽉 다문 채 나를 바라보았다. 그리고 잠시 후, 내 어깨를 세게 움켜잡으며 갈라진 목소리를 뱉어 냈다.

"중간에 그만두라고 하지 마. 네가 선택한 거야."

말이 끝남과 동시에 몸이 돌아갔다. 서희도는 내 몸을 뒤에서 바짝 둘러 안더니 순식간에 바지를 끌어 내렸다. 서늘한 손이 팬티 속으로 불쑥 침입했다. 갈라진 부분을 훑어 내리던 손가락이 조금의 예고도 없이 깊은 곳을 파고들었다.

뻑뻑한 통증에 상체가 앞으로 꺾였다. 휘청거리는 몸을 지탱하려 신발장을 짚었다. 꺼졌던 센서 등이 다시 환하게 켜지며 거울 속의 모습이 적나라하게 들어왔다. 주황빛이 맴도는 거울 속에서 시선이 뒤엉켰다.

서희도는 흐트러진 내 얼굴을 화난 듯이 쳐다보고 있었다. 차게 굳은 표정, 팬티 속에서 꿈틀거리는 손, 팔 근육의 움직임, 배를 감싼 팔에 도드라진 힘줄. 거울 속의 서희도는 꼭 다른 사람처럼 낯설었다.

은밀한 곳을 드나들던 손가락이 빠져나가고 팬티가 허벅지 아래로 내려갔다. 지익. 지퍼 내려가는 소리가 들리더니 굵은 남성이 입구에 닿았다. 숨 돌릴 틈도 없이, 뒤에서 단단한 그의 것이 밀려들어 왔다.

"아······!"

허리가 저절로 꺾였다. 엉덩이가 위로 들리고 목이 아래로 고꾸라졌다. 중심을 잡아 주는 건 간신히 바닥에 닿아 있는 내 발끝과 골반을 움켜잡은 서희도의 두 손이 전부였다.

탁. 탁탁.

살 부딪히는 소리가 현관을 울렸다. 달뜬 신음 소리도, 축축한 숨소리도 섞이지 않은 메마른 소리였다.

아팠다. 숨이 턱 끝까지 차오르고 아랫배가 아렸다.

그 어떤 전희도 없는 관계. 부드러운 입맞춤도, 애무도 없는 섹스.

짐승 같은 본능만 남은 관계가 이렇게나 서글픈 일이라는 걸, 나는 지금에서야 깨닫고 있었다.

욕심 같아서는 몇 번이고 서희도에게 애원하고 싶었다. 예전처럼 다시 입 맞춰 달라고, 가슴을 만져 달라고, 충분히 젖을 때까지 부드럽게 애무해 달라고 매달리고 싶었다. 하지만 그럴 수 없었다. 그렇게 하면 꼭, 사랑해야 할 것 같아서.

"원래 이렇게 독한 사람이었어요?"

움직임을 멈춘 서희도가 탁한 숨소리를 뱉어 냈다. 나도 그 틈을 타 거친 숨을 몰아쉬었다. 신발장을 짚은 손은 하얗게 질려 있었다.

"성공했네."

서희도가 자조적으로 웃었다.

"나 지금 진짜 쓰레기가 된 기분이거든."

거울 속에서 시선이 얽히며 다시 움직임이 시작됐다. 서희도는 조금 전보다 더 강하게 치고 들어왔고, 나는 거친 움직임을 따라 영혼 없는 종이인형처럼 흔들렸다.

신음을 삼키고 숨소리마저 죽이던 행위는 끝없이 이어졌다.

감정 없는 섹스 끝에 내가 몇 번이나 허물어지고, 아직 끝이 아니라는 듯 밀려오는 남성을 받아 내길 수차례. 어디선가 익숙한 벨소리가 울렸다. 바닥에 떨어진 내 휴대폰이었다.

움직임을 멈춘 서희도가 휴대폰을 집어 들곤 내 눈앞에 내밀었다.

"받아요."

액정 위로 이름 없는 민호가 떠 있었다. 끝자리를 보니 신우인 게 분명했다.

"싫어."

"왜. 받으면 안 될 사람인가?"

비릿한 목소리가 귀를 찔렀다. 연이은 정사에 말을 내뱉기도 힘든 상태라는 걸 알면서 일부러 그러는 게 분명했다. 발목까지 내려간 팬티를 올리고 서희도를 밀어냈다.

　　녀석이 나를 다시 잡아끌었다. 허리를 더 단단히 둘러 안더니 움직이지 못하도록 바짝 당겨 안는다.

　　"그럼 내가 받을게요."

　　"하지 마."

　　휴대폰을 빼앗으려 했지만 서희도가 먼저 통화 버튼을 눌렀다. 곧이어 휴대폰 너머로 들려오는 신우의 목소리가 적막한 침묵을 깨트렸다.

　　―여보세요? 수연아, 나야. 지금 어디야?

　　"선배 지금 자고 있는데."

　　서희도의 목소리에는 웃음기가 배어 있었다. 눈앞이 하얘지고 머릿속이 캄캄해졌다.

　　"아, 저 서희도입니다. 뭐 하실 말씀 있으세요?"

　　허리를 꽉 안고 있던 서희도의 손이 점점 아래로 내려왔다. 대충 걸쳐 입은 속옷을 다시 끌어내리더니 쉼 없이 수축하는 입구를 살살 어루만지기 시작했다.

　　"수연 선배요? 너무 곤히 자고 있어서 깨우기 싫은데."

　　신우의 목소리가 작게 들려왔지만 무어라고 하는지는 알 수 없었다. 부푼 정점을 꾹 누르는 서희도의 손길에 온 신경이 쏠린 탓이었다.

　　"아. 왜, 제가 받는지 궁금하세요?"

　　서희도가 한마디씩 힘주어 물었다. 동시에 정점을 훑던 손가락에도 힘을 주었다.

　　그 손짓에 내 몸도 움찔 떨렸다. 조금만 더 자극하면 간신히 참고 있는 신음이 터져 버릴 것 같았다.

"그건 선배한테 직접 물어보세요. 나랑 무슨 사이인지."

꾹 누르고 있던 정점을 세게 튕기는 순간, 나도 모르게 얕은 신음이 흘러나왔다. 작게 흘러나왔던 소리는 점점 짙어졌고, 한 번 오른 쾌감은 쉽게 가라앉지 않았다.

"하……."

더 이상 주체할 수 없었다. 애써 눌러 두었던 신음 소리가 연신 터져 나오기 시작했다. 참아 보려 했지만 의지 밖이었다. 몸이 잘게 떨리고 다리에 힘이 풀렸다.

이러다가는 신우에게 다 들켜 버릴 것 같아서 팔뚝이라도 깨물려던 찰나, 서희도의 손이 먼저 내 입을 막았다. 봇물처럼 터져 나오던 소리는 녀석의 손안에서 부서졌다.

"이만 끊겠습니다."

그는 전화를 끊자마자 휴대폰을 외투 위로 던지고 축 늘어진 내 몸을 어깨에 걸쳤다. 그러고는 방으로 향하면서 내가 걸치고 있던 셔츠마저 남김없이 벗겨 냈다. 이제 내 몸을 가리는 건 외설스럽게 밀려 올라간 브래지어, 허벅지에 걸린 속옷이 전부였다.

불현듯 애정 없는 섹스에 흥분해 버린 몸이 수치스러웠다. 쓰레기가 된 기분이라던 서희도의 말을 이해할 수 있을 것 같았다.

"그거 알아요? 선배는 내가 싫다면서 금방 젖어. 몸 따로 마음 따로, 참 편리해."

서희도가 침대 위에 나를 던지듯 내려놓으며 비아냥댔다. 나는 그 말에 변명도 할 수 없었다. 반쯤 벌어진 입술 새로 뜨거운 숨결만 하릴없이 흩어졌다.

"선배가 원한 게 이런 거였어요?"

오므린 다리를 잡아 벌리며 녀석이 물었다. 벌어진 허벅지 사이로 찬 공기가 스며들었다. 동시에 단단하게 솟은 남성이 입구에 닿았다. 숨 고를 새도 없이 좁은 살을 가르는 통증에 허리가 휘었다.

"나는 이런 걸 원한 게 아니었어요. 선배는 만족해요? 섹스만 하는 이런 관계."

그가 허리를 움직일 때마다 상체가 허공으로 들렸다. 몸을 지탱하기가 힘들었지만 녀석의 팔을 잡을 수도, 목을 감을 수도 없었다. 그저 하얀 시트만 꼭 움켜쥘 뿐이었다.

"나는 기분이 더러워요. 선배를 안을수록 기분이 가라앉아."

그의 입가에 비틀린 조소가 걸렸다. 동시에 움직임은 점점 거칠어졌다.

"그래도 선배가 원한다면 계속 할게요. 말했잖아. 나는 가지고 싶은 거엔 욕심이 많다고. 마음 주기 싫으면 몸이라도 줘요."

뿌리 끝까지 파고드는 움직임에 온몸이 속절없이 흔들렸다.

시트를 말아 쥐고, 입술을 깨물고, 눈을 감고, 마른침을 삼키며 참아 봤지만 속수무책이었다. 밀려오는 고통과 쾌감에 몸이 바르르 떨리며 축 늘어졌다.

그는 움직임을 멈추지 않았다. 쓰러져 있는 내 몸을 뒤집으며 더 깊고 강하게 허리를 놀렸다. 방 안에는 삐걱대는 침대 소리만 묵직하게 울려 퍼졌다.

그렇게 몇 번의 관계가 더 이어지고 숨소리조차 희미해질 무렵, 서희도가 짙은 날숨을 뱉으며 미간을 구겼다. 동시에 허벅지 아래로 끈적이는 액체가 흘러내렸다.

서희도는 두 팔로 시트를 짚고 상체를 세운 채 떨림을 버텨 냈다. 마치 내 몸에 닿지 않으려는 필사의 노력 같았다.

"생각할수록 화가 나."

떨림이 조금씩 잦아들 즈음이었다. 서희도가 나지막하게 입을 열었다.

"나는 왜 안 돼요? 강신우한테는 몸도 마음도 다 줬잖아. 나한테는 왜 안 되는데?"

녀석이 내 턱을 움켜잡았다. 무슨 말이라도 해 보라는 듯 집요한 눈으로 바라보면서.

내가 끝내 아무런 대답도 못하자 차갑게 굳어 있던 서희도의 얼굴이 불에 녹은 쇠처럼 허물어졌다.

곡선을 그리며 아래로 휘어지는 기다란 눈매, 금방이라도 울 것 같은 얼굴. 무너진 얼굴 위로 상처 받은 소년의 얼굴이 겹쳤다.

"……미치겠어. 내가 너무 병신 같잖아."

서희도가 내 목덜미에 얼굴을 묻으며 힘겹게 읊조렸다. 뜨겁고 축축한 숨결이 고스란히 피부에 스며들었다.

미치도록 원하지만 한편으론 도려내고 싶은 관계.

문득 서희도를 처음 만난 날이 떠오른다.

햇빛이 스며드는 창가에 앉아 눈이 마주치던 시간. 귓가에서 멀어지던 김 교수의 몽롱한 목소리.

그때는 어이없는 웃음으로 넘겼던 김 교수의 말을 나는 이제야 깨닫는다.

이제야, 손톱만큼 이해한다.

"우리는 사랑하는 동시에 죽어 가고 있다네. 사랑하는 일이란 죽음을 맛보는 일인 거지."

에로스와 타나토스

몇 번의 지독한 관계가 끝났을 때는 이미 새벽이었다. 커튼이 말려 올라간 창틈으로 푸른빛을 머금은 어스름한 어둠이 새어 들어왔다.

발가벗겨진 몸으로 침대에 누워 숨을 골랐다. 호흡이 쉽게 진정되지 않았다. 온몸이 뜨겁고 다리가 욱신거렸다. 서희도가 남긴 흔적은 조금 전의 일을 말해 주듯 허벅지 사이에 적나라하게 말라붙어 있었다.

상체를 가까스로 일으켰다. 허벅지만이라도 씻어야 할 것 같았다. 그런데 다리가 움직이질 않았다. 고작 몇 시간이었을 뿐인데, 며칠 몸살에 시달린 사람처럼 온몸이 쑤시고 뻐근했다.

서희도는 침대와 떨어진 곳에서 한참을 말없이 앉아 있었다. 동이 틀 때 즈음 녀석은 천천히 일어나 창문으로 향했다. 굳게 닫힌 창문을 열고 담배를 빼어 물었다.

열린 창틈 새로 쌀쌀한 바람이 새어 들어왔다. 동시에 쌉싸래한 담배 냄새가 코끝을 찔렀다.

"선배가 나를 어떻게 생각했는지 알아. 가볍고 진심 따위 없는 놈이라고 생각했겠지. 나도 처음엔 그랬으니까."

그가 담배 연기를 길게 내뱉으며 입을 열었다. 타오르는 담뱃불이 서희도의 얼굴을 붉게 비추었다.

"그래서 하나하나 알려 주고 싶었어요. 내가 어떤 놈인지, 뭘 좋아하는지, 뭘 싫어하는지."

나는 너를 알고 싶지 않았다. 네가 어떤 사람인지, 무엇을 좋아하는지, 무엇을 싫어하는지. 알아 버리면 정말로 헤어날 수 없을까 봐 두려웠다.

"틈날 때마다 생각했어. 왜 하필 선배였을까. 왜 선배 같은 여자한테 마음이 간 걸까."

나도 틈날 때마다 생각했다. 왜 하필 너였을까. 가장 힘들었던 시간에, 단단히 벽을 쌓던 시간에, 왜 그 시간에 네가 다가왔을까.

그리고 나는 왜 너를 피하지 않았을까.

"이제야 알겠어. 나는 선배가 외로워 보여서 좋았던 거야."

그 말을 듣는 순간 이상하게 눈물이 나왔다. 흘러나온 눈물은 관자놀이를 지나 침대 시트를 적셨다.

"나도 외로웠거든. 선배처럼."

건조한 목소리와 함께 다 타들어 간 담뱃재가 바닥에 떨어져 내렸다.

몸이 진정되자마자 서희도의 집을 나왔다. 아무 일 없었다는 듯 학교에 갔고, 수업을 들었고, 밥을 먹었다.

서희도는 나와 함께 듣는 모든 수업에 출석하지 않았다. 후배들의 대화를 엿들어 보니 아예 학교에 나오지 않은 것 같았다.

다들 서희도가 수업에 들어오지 않은 이유를 궁금해했지만 딱히 걱정하는 사람은 없어 보였다.

또 술 마셨겠지. 걔가 무슨 일 있을 애냐. 대개 그런 반응이었다.

"알려 주고 싶었어요. 내가 어떤 놈인지. 뭘 좋아하는지. 뭘 싫어하는지."

수업을 듣는 내내 서희도가 한 말이 머릿속을 맴돌았다.

누군가를 아는 것. 그 사람을 구성하는 사소한 것들, 그 사람의 사소한 풍경을 담는 일. 그건 곧 내가 두려워한 일이었다.

책임을 지는 게 싫었다. 사랑을 받는 것도 부담스러웠다.

상대방의 마음이 나와 같지 않다고 느낄 때 밀려오는 불안감이 끔찍했다. 신우와의 연애 이후로 사람의 감정이 얼마나 날카로운지 깨달았다.

그래서 훗날 새로운 사람을 만나게 되더라도 깊은 관계로 발전하고 싶지 않았다. 가볍게 좋아하고 가볍게 즐기다가 무책임하게 돌아서고 싶었다.

연애는 싫고 설렘만 좋아하는 사람들처럼. 혹은 육체적 관계만 좋아서 가벼운 파트너로 지내는 어떤 이들처럼.

하지만 나는 많이 아팠다. 서희도에게 감정 없이 안기던 시간들이 많이 아프고 서러웠다.

막상 내가 원하는 가벼운 관계가 되었을 때, 나는 그 관계에서 또다시 상처 받고 있었다.

혹시 어쩌면.

어쩌면 나는.

"혜주야. 잠깐 시간 좀 내 줄 수 있어?"

너에게 사랑을 바라고 있었나.

혜주와 학교 근처 카페로 향했다. 커피를 시키고 나서도 한동안 우리 사이에는 아무런 대화도 오가지 않았다. 혜주는 내가 말을 꺼낼 때까지 묵묵히 커피를 마셨고, 나는 뜨거운 커피 잔에 찬 손만 녹이고 있었다.

"할 말 있으면 해."

결국 혜주가 먼저 말을 꺼냈다. 뭐부터 얘기해야 할까. 잡다한 안부부터 물어볼까. 한참 동안 머리를 굴리다가 다 때려치우고 입을 열었다.

"저번에 네가 말한 거. 서희도에 관한 얘기, 더 해 줄 수 있어?"

"왜?"

"내가…… 지금 서희도 때문에 많이 혼란스럽거든. 너는 나보다 그 애를 잘 아는 것 같아서."

혜주는 입을 굳게 다물고 나를 쳐다보았다. 느릿하게 깜빡이는 눈동자에는 미동도 없었다. 나는 떨리는 손을 테이블 아래로 감추며 빠르게 말을 이었다.

"미안해. 별로 친하지도 않은데 이런 걸 물어봐서. 그래도 꼭 알고 싶어서 그래. 너는 왠지 모르게 믿음이 가기도 하고."

한참 동안 나를 묵묵히 바라보던 혜주가 천천히 입을 뗐다.

"뭐가 궁금하니?"

나는 마른침을 꼴깍 삼키며 입을 열었다.

"네가 그랬잖아. 서희도는 모든 여자들한테 오해할 여지를 준다고. 가볍고 진심 따윈 없다고."

"응."

"그런데 내가 본 서희도는 네 말이랑 다르거든. 가볍지만 가볍지 않고, 진심 따윈 없는 것 같지만 진심이고. 무슨 말인지 모르겠지? 나도 모르겠어. 그냥, 네가 아는 서희도를 전부 얘기해 줬으면 해."

혜주는 횡설수설하는 나를 빤히 바라보았다.

"역시 그런 거였구나."

"그런 거라니?"

"예상하긴 했지만……."

"어?"

"사실 그때 조금 심술이 났었어. 서희도가 너를 대하는 태도가 다른 여자들 대하는 태도랑 달라서."

도통 혜주의 말을 이해할 수 없었다. 서희도의 태도가 달랐다는 것도, 그 모습에 심술이 났다는 말도.

"그게 무슨 말이야? 네가 왜……."

"나, 그 애 좋아했거든."

순간 망치로 뒤통수를 두들겨 맞은 기분이 들었다. 머릿속에 온갖 상상이 판치기 시작했다.

서희도가 내게 한 행동들은 특별한 게 아니었을까. 혜주한테도 나한테 한 행동들을 똑같이 했을까. 가슴이 불안하게 뛰고 손에 진땀이 배겼다.

아무 말도 못하고 멍하니 있자 혜주가 작게 웃으며 덧붙였다.

"그 애는 몰라. 나 혼자 좋아하고, 나 혼자 접은 거야."

그제야 머릿속을 휘젓던 의구심들이 가라앉았다. 나는 커피를 물처럼 들이켜며 간신히 입을 뗐다.

"자세히 좀 말해 줘."

혜주는 테이블 위를 물끄러미 내려다보며 나지막이 말을 이었다.

"작년에 너 휴학 중일 때, 난 그때 복학했잖아. 매일매일 혼자 수업 들었어. 너도 알다시피 난 철학과 공식 아웃사이더니까."

혜주의 입가에 쓴 미소가 걸렸다.

"서희도랑 같이 듣는 수업이 하나 있었어. 그 수업 기말고사 과제로 조별 과제가 있었는데 교수가 알아서 조를 짜라고 하더라. 예상했지만 결국 나 혼자만 남았지. 아무도 나를 끼워 주려고 하지 않았어. 난 원래 그런 일에 신경 쓰는 편이 아닌데, 이상하게 그때는 좀 창피하고 서럽더라. 교수님이랑 선후배들 다 있는 앞에서 그런 일 당하니까."

알고 있다. 우리 과의 단합이 잘 되는 모습 이면에는 심한 배척과 따돌림이 있다는 걸. 유라와 다투고 신우와 헤어지면서 나도 톡톡히 겪었기 때문에 아주 잘 안다. 그건 당해 본 사람만이 아는 설움이었다.

"그때 서희도가 나랑 같은 조를 하겠다고 했어. 말 한 번 섞어 보지도 않은 사이였는데."

의외의 얘기에 눈을 크게 뜨고 귀를 세웠다.

"송치호는 서희도가 이제 왕따한테까지 작업 건다며 비웃었어. 그런 말에도 서희도는 끝까지 나랑 같은 조를 하겠다고 했어. 특별한 건 없었어. 정말 도서관에서 같이 과제만 하고 헤어졌거든."

불현듯 서희도의 집에 갔던 날이 떠올랐다. 집에 가서 과제를 하자며 빙긋 웃던 녀석. 과제는 나를 끌어들이기 위한 빌미라는 걸 알면서도 모른 척 넘어갔었다. 그리고 우리는 그곳에서 둘만 아는 비밀을 만들었다.

내색하지 못했지만 깊은 곳을 들락거리던 서희도의 손가락이 좋았다. 그 애의 능숙한 손길에 속절없이 무너지던 내 모습도 싫지 않았다.

혜주의 말에 내심 안도감이 들면서 동시에 비릿한 우월감이 들었다. 서희도가 내게만 특별했구나, 하는 우월감이었다. 그러자 불현듯 얼굴이 뜨거워졌다. 혜주를 앞에 두고 이런 생각을 하는 내가 치졸하게 느껴졌다.

"물론 동정이었겠지. 나도 알아. 그런데 있잖아. 나 같은 사람한테는 그런 호의가 얼마나 따뜻한지 너는 모를 거야. 수연이 너는 네가 아웃사이더를 자처했지만, 나는 어쩔 수 없이 아웃사이더가 된 사람이니까."

생각해 보면 혜주는 신입생 때부터 선배들에게 예쁨을 받지 못했다. 잘 웃지 않는 인상, 조용조용한 성격 때문이었을까. 붙임성 좋은 아이들 사이에서 나와 혜주처럼 애교가 없는 후배들은 선배들과도 서먹서먹하기 일쑤였다. 다행인지 불행인지 신우와의 연애가 그나마 내 존재감을 높여 준 일이었다.

"그 애한테 표현한 적은 없지만, 그 뒤로 내 눈은 매일 그 애를 쫓았어. 큰맘 먹고 고백해 볼까 생각도 했지. 그런데 나보다 예쁜 애들도 줄줄이 차이는 걸 보면서, 또 그 애가 나한테 선후배 사이로만 선 긋는 걸 느끼면서 용기가 안 나더라. 그 애한테 나는 그냥 불쌍해서 도와주고 싶었던 선배, 딱 그 정도였던 거야."

"선배. 나, 가벼운 애 아니에요."

문득 서희도가 작게 읊조렸던 말이 귓가를 스치고 지나갔다.

"그런데 왜 그랬어? 왜 나한테는 서희도가 가볍고 쉬운 애인 것처럼 말했니?"

"말했잖아. 그땐 심통이 났다고. 서희도가 너한테는 너무 달랐으니까."

"도대체 뭐가 달랐다는 거야?"

사람들의 시선이 많을 때는 부자연스러울 만큼 멀리했었다. 다가오면 피하고 말 걸면 돌아서지 않았나. 손을 잡고 끌어안고 키스를 할 때는 사람이 없는 공간이거나 서희도의 집이었다.

그런데 도대체 뭐가 달랐다는 걸까. 아주 작은 차이가 혜주 눈에는 보였던 걸까.

"너한테는 매번 먼저 말을 걸고, 먼저 밥 먹자고도 했잖아. 기억 안 나? 네가 나한테 밥 먹자고 했던 날. 그날도 그 애는 너만 보고 있었어."

야외 수업을 했던 날, 몰래 깍지를 낀 채 밥을 먹자고 조르던 서희도를 피해 혜주에게 도움을 청했었다.

그러고 보니 서희도가 다른 여자들한테 먼저 다가가는 모습을 본 적이 없었다. 녀석은 넉살 좋은 사람처럼 웃으면서도 절대 틈을 내주지 않았다.

"거짓말해서 미안해. 마음을 접는 게 쉬운 일이 아니더라."

혜주 잘못이 아니다. 어쩌면 나는 서희도가 가벼운 애가 아니라는 걸 알고 있으면서 일부러 모른 척했는지 모른다.

책임지고 싶지 않아서, 회피하고 싶어서, 외면하고 싶어서 그 애를 가벼운 남자라고 치부해 버렸는지 모른다.

"너는 뭐가 걱정인 거니?"

"나는…… 겁이 나."

내 말에 혜주는 대수롭지 않다는 듯 웃었다.

"해 보지도 않고 상처 받느니, 부딪혀 보고 상처 받는 게 낫지 않을까."

내가 물끄러미 바라보자 혜주가 자리에서 일어나며 덧붙였다.

"너무 사치스러운 고민 같다. 혼자 좋아하고, 혼자 접고, 혼자 상처 받는 나한테는."

그 말을 마지막으로 혜주는 조용한 걸음으로 카페를 나갔다.

166

혜주가 나간 뒤 딸랑거리는 방울 소리가 작은 카페 안을 고요하게 울렸다.

———

수업이 끝난 뒤 집으로 가는 버스를 탔다. 서희도의 집으로 향하는 버스였다.

서희도의 집에 도착하자마자 벨을 눌렀다. 반응이 없었다. 문을 두드려도 보았지만 역시나 반응이 없었다. 혹시 자고 있나 싶어서 더 세게 쾅쾅 두드렸다.

끝내 안에서는 아무 소리도 들려오지 않았다. 이 정도면 집에 없는 게 확실했다.

휴대폰을 꺼내 전화를 걸어 볼까 하다가 그만두었다. 목소리를 들으면 나도 모르게 도망가 버릴 것 같았다. 목구멍까지 차오른 이 많은 말들은 서희도를 직접 마주한 채 말하고 싶었다.

문 앞에 쪼그려 앉은 채 녀석에게 할 말을 생각했다.

무슨 말부터 해야 할까. 학교에는 왜 안 왔냐고 퉁퉁대 볼까. 어제 너 때문에 많이 아팠다고 원망해 볼까. 아니야. 그러다가 정말 정떨어지면 어떡해.

머릿속이 어지러웠다. 얼굴을 봐야 말이 나올 것 같았다.

무릎에 얼굴을 묻은 채 녀석을 한참이나 기다렸다. 건물 안의 한기는 점점 짙어졌고 계단을 오가는 사람들이 경계심 가득한 눈길로 나를 힐끔거렸다.

휴대폰을 꺼내 시간을 확인했다. 밤 아홉시. 벌써 세 시간이 지나 있었다.

이쯤에서 전화를 걸어 볼까. 주소록에 입력된 녀석의 이름을 보며 입술을 잘근잘근 깨물었다.

전화 한 번 하는 게 뭐라고 마음에 갈등이 인다. 서희도가 전화를 수차례 받지 않거나, 전화를 받고도 차가울까 봐 지레 겁이 나는 거다.

"너 언제 이렇게 약해졌어."

아니지. 넌 원래 약했어.

"……한심하다."

"최수연?"

"응."

무심결에 대답했다가 깜짝 놀라 고개를 들었다. 후드를 뒤집어쓴 채 검은 봉지를 들고 있는 남자가 내 앞에 서 있었다. 서희도였다.

"어? 아……. 어, 언제 왔어?"

헛소리가 튀어나왔다. 누가 보면 내 집인 줄 알겠다.

"아, 나는, 내가 왜 왔냐면……."

"왜 왔는데?"

"어, 그게……."

할 말이 참 많았는데 막상 녀석을 마주치니 말이 나오지 않았다.

"잘됐네."

서희도가 주머니를 뒤적거리더니 무언가를 꺼냈다. 약봉지였다. 잔뜩 구겨진 약봉지를 내 손에 턱, 쥐여 주며 녀석이 덧붙였다.

"근육 이완제랑 진통제예요. 아, 그리고."

잠시 말을 끊고 나를 지그시 쳐다보는 그의 내리깐 눈동자가 왠지 모르게 냉랭했다.

"병원 가서 피임약 받아요."

정신없이 이어진 정사에 피임할 겨를도 없었다.

"더 할 말 있어요?"

그가 양 눈썹을 치켜올리며 물었다. 지독하게 차가운 태도에 입이 열리지 않았다.

"없으면 들어가 볼게요."

"학교는 왜 안 왔어?"

등에 대고 대뜸 소리쳤다. 문으로 향하던 서희도의 걸음이 뚝 멈췄다.

녀석은 고개를 뒤로 젖히더니 짙은 한숨을 내뱉었다. 치밀어 오르는 화를 억누르는 느낌이었다. 그 모습에 심장이 오그라들었다.

"내가 학교에 가든 말든 선배랑 무슨 상관인데."

낮게 가라앉은 목소리가 복도를 날카롭게 울렸다.

"나…… 때문에 그래?"

입은 늘 머리와 다르게 움직인다. 내가 생각해도 우스운 질문이었다.

"착각하지 마요. 나한테 선배가 그 정도로 중요한 사람은 아니니까."

비틀려 올라간 녀석의 입에서 냉랭한 실소가 흘러나왔다.

"몸살 나서 안 갔어. 됐어요?"

다시 등을 돌린 서희도는 도어 록 번호를 신경질적으로 눌렀다. 문을 벌컥 열어젖히더니 저벅저벅 걸어 들어간다.

열린 문이 스르륵 닫히던 찰나의 시간. 또 시 마음속에 갈등이 일었다. 문을 잡을까, 말까. 따라 들어갈까, 아니면 돌아갈까.

손에 쥔 약봉지가 땀에 절어 꼬깃꼬깃 구겨졌다. 갈등이 고조될수록 심장이 빠르게 뛰고 머리가 뜨거워졌다.

결국 서희도의 뒷모습이 점점 가려지며 문이 거의 닫히기 직전.

"잠깐만."

좁은 틈 사이로 손을 넣어 문을 덥석 잡았다.

"할 말이 있어."

목소리가 추하게 떨렸다. 살면서 이렇게 떨린 적은 처음이었다.

"나 들어가도 돼?"

서희도가 나를 돌아보았다. 식탁에 놓인 물을 조용히 들이켜며 물끄러미 바라본다.

곧은 시선에 목이 탔다. 나는 녀석이 물을 다 마시고 컵을 내려놓을 때까지 마른침을 삼키며 대답을 기다렸다.

그렇게 얼마나 서로를 바라보며 서 있었을까.

한참 후에야 서희도의 입이 열렸다.

"들어와요."

Chapter 9

신발도 벗지 못하고 현관에 멀거니 서 있는 내게 서희도가 다가왔다.

"할 말 있으면 해 봐요."

내려다보는 시선이 날카롭다. 어디 한번 들어나 보자는 말투다.

"여기서 말해?"

"안으로 들어오고 싶어요?"

나는 바로 대답하지 못하고 머뭇거렸다.

서희도의 질문은 꼭 다른 뜻 같았다. 들어올 테면 마음의 준비를 단단히 하라는 뜻 같기도 했고, 후회하지 않겠냐는 무언의 압박 같기도 했다.

눈을 감고 마음을 진정시킨 뒤 다시 눈을 떴다. 그리고 대답했다.

"들어가고 싶어."

"나랑 섹스만 하고 싶다면서. 왜, 어제 한 걸로는 부족해요?"

신발을 벗고 집 안으로 들어서자마자 서희도가 비아냥댔다. 녀석은 나와 몇 걸음 떨어진 거리에서 벽에 기댄 채 서 있었다.

"알고 싶어서 왔어."

"뭐를?"

"너를."

짧은 대답에 서희도의 얼굴이 굳었다. 예상치 못한 대답이었는지 말문이 막힌 표정이었다.

"알려 줘. 너를."

그 애, 서희도

서희도에게 한 걸음 다가가며 말했다.

"그래. 처음에는 너랑 가벼운 관계만 이어 가고 싶었어. 상처 받기 싫었으니까."

또 한 걸음 다가갔다. 서희도는 점점 가까이 다가가는 나를 물끄러미 응시했다.

"뒤늦게 깨달았어. 그건 나를 지키는 방법이 아니었어. 오히려 내가 다치는 일이었어."

제멋대로라고 생각하겠지. 내가 생각해도 제멋대로다. 이기적이고 비겁해. 서희도의 감정 따윈 신경 쓰지 않고 내가 아프다는 이유로 다시 찾아왔다.

"이제라도…… 나는 너를 더 알고 싶어."

그의 앞에서 멈춰 섰다. 코끝이 닿을 만한 거리에서 녀석을 올려다보았다.

이건 고백이었다. 좋아한다는 흔한 말은 하지 않지만, 서희도에게 다가가려는 용기였다. 심장이 방망이질하듯 뛰었다. 살면서 누군가에게 먼저 손을 내민 적은 처음이었다.

"나한테 너를 알려 줘."

서희도는 아무런 대답도 하지 않았다. 팔짱을 낀 채 나를 물끄러미 내려다볼 뿐, 굳게 닫힌 입술은 움직일 기미도 보이지 않았다. 정적 속에서 째깍거리는 초침 소리만 귀에 박혔다.

"선배는 내가 쉬워 보여요?"

영겁 같은 시간이 흐른 후에야 녀석의 입이 열렸다. 나는 고개를 저었다. 이런 반응일 줄은 알았지만, 막상 들으니 가슴이 답답했다.

"하루아침에 태도가 바뀌니까 못 믿겠어. 선배는 본인이 아픈 게 싫어서 이러는 거야. 아니에요?"

아니야. 부정해야 하는데 말이 나오질 않는다.

"선배는 또 도망칠 거잖아. 상처 받기 싫다는 핑계로 벽 칠 거잖아."

바보처럼 눈물이 울컥 차올랐다. 입술을 꽉 깨문 채 고개를 좌우로 흔들었다.

"아니야?"

야속하게 되묻는다. 이 와중에 목소리는 또 왜 이렇게 다정한지. 다정하니까 더 서러워서 눈물이 난다. 나는 두 눈에 눈물을 그렁그렁 달고선 세차게 고개를 끄덕였다.

"그럼 더 솔직해져요."

어떻게 하라고, 도대체. 묻고 싶었지만 입을 여는 순간 눈물이 왈칵 쏟아져 나올 것 같아서 서희도를 원망스레 쳐다만 보았다. 녀석은 눈꼬리에 맺힌 내 눈물을 부드럽게 닦아 주며 타이르듯 말했다.

"왜 나를 알고 싶은지, 선배의 감정을 솔직히 말해."

그야, 좋으니까.

네가 좋아졌으니까.

내가 너를 좋아하니까.

"네가 좋⋯⋯."

입을 떼자마자 눈물이 터져 나왔다. 이럴 줄 알았어. 서희도는 끝까지 져 주는 법이 없다.

"울지 말고 얘기해 봐요. 제대로 들어야겠어."

"좋아⋯⋯."

"안 들려. 무슨 말인지 모르겠어요."

진짜 못된 놈. 말을 맺지 못하고 주저앉았다. 왜 눈물이 나는지 나조차도 모르겠다. 이상하게도 서희도 앞에만 서면 감정이 격해진다. 녀석은 내가 꼭꼭 숨겨 놓은 약점을 찾아내서 기어이 밖으로 꺼내 버린다.

"나는 선배가 좋아요. 선배는요? 선배 마음을 알려 줘."

녀석이 나를 잡아 일으켰다. 눈물범벅이 된 내 얼굴을 닦아 주더니 커다란 손으로 양 볼을 감쌌다. 따뜻한 손길에 나는 결국 어린아이처럼 엉엉 울며 소리쳤다.

"좋아해! 좋아한다고! 좋아하니까 이러는 거잖아! 알면서 왜⋯⋯."

말이 끝나기도 전에 커다란 품이 밀려들었다. 단단하면서도 포근한 몸이었다. 그제야 마음이 놓이고 긴장이 풀렸다. 나는 녀석의 가슴팍에 얼굴을 묻고 서럽게 울기 시작했다.

뭐가 서러운지 모르겠지만, 그냥 서러웠다. 그간 열병처럼 앓아 오던 시간들이 주마등처럼 스치면서 서글픈 감정이 끝도 없이 올라왔다.

"몰라. 선배가 말 안 하면 모른다고. 나는 선배가 자꾸만 좋아져서 미치겠는데, 선배는 나를 피하기만 했잖아."

서희도는 들썩이는 내 등을 부드럽게 쓰다듬으며 나지막이 말을 이었다.

"나도 미안해요. 어제 아팠지? 미안해. 울지 마. 내가 심했어."

녀석이 내 등을 살살 토닥였다. 그래도 눈물이 멈추지 않자 이마와 눈두덩이, 볼에 연신 입을 맞추며 달래 주었다. 등을 쓸어내리는 손길이 부드러웠다. 이따금씩 볼에 닿는 촉촉한 입술이 따뜻했다.

그렇게 서로를 끌어안고 있길 한참. 내가 어느 정도 진정됐을 때, 그가 나를 살짝 떼어 냈다. 훌쩍거리는 나를 지그시 바라보며 빙그레 웃는다. 그 모습이 얄미워서 퍽, 주먹으로 가슴팍을 때렸다.

"나 몸살 났다니까요. 때리지 마."

"넌 진짜…… 진짜 못됐어."

"그거 알아요? 선배 울 때 되게 못생긴 거."

"그게 지금 할 말이야?"

큭큭 대며 웃는 서희도를 노려보았다. 녀석은 그제야 분위기가 싸해진 걸 감지하고 웃음을 멈췄다. 그러고는 괜스레 목을 큼큼 가다듬더니 등 돌린 나를 다시 끌어안았다.

"못된 건 내가 아니라, 선배지. 내가 몇 년 동안 아파 본 적이 없는 놈인데 선배 때문에 병났잖아. 책임져요."

서희도가 피식 웃으며 내 어깨에 얼굴을 묻었다. 뜨거운 숨결이 피부에 고스란히 스며들었다.

"……진짜 아파? 열나는 것 같은데?"

"그럼 거짓말인 줄 알았어요? 머리도 아프고 목도 아프고 온몸이 다 아파."

"밥은 먹었어? 밥을 먹어야 약을 먹지."

"입맛 없어서 안 먹었어. 아, 몰라. 지금은 이러고 있을래."

어린애처럼 부둥켜안는 녀석을 떼어 냈다. 일단 뭐라도 해 먹여야 될 것 같았다. 서희도는 떨어진 게 못내 서운한지 부루퉁한 얼굴이었다.

"죽이라도 먹어. 내가 해 줄게."

팔을 걷어붙이며 부엌으로 들어섰다. 녀석은 그제야 얼굴을 활짝 피더니 내 옆으로 쪼르르 다가왔다.

"죽 끓일 줄 알아요?"

서희도가 눈을 동그랗게 뜨며 물었다. 나는 묵묵히 선반을 열어 냄비를 꺼냈다.

"잘 먹을게요."

"……."

"괜찮아. 냄비는 새로 사면 돼요. 집 안 태운 게 어디야."

서희도는 풉, 웃더니 김이 모락모락 나는 죽을 입에 후루룩 넣었다. 집 안에는 온통 탄내가 진동하고 있었다.

"나 원래 잘하거든? 그런데 죽 끓인 지가 너무 오래돼서 그래. 오래돼서. 진짜야."

"못해도 돼. 내가 요리 잘하거든."

녀석이 대수롭지 않게 말하며 생긋 웃었다. 제 딴에는 배려한다고 하는 말일 텐데 왜 이렇게 창피할까.

당당히 죽을 끓여 주겠다고 나서 놓고선 제대로 한 게 없었다. 쌀을 충분히 불리지 않아서 익히는 데 오래 걸렸고, 물을 너무 많이 부었으며, 그 물을 끓이겠다고 센 불에 두었다가 냄비를 다 태워 먹었다.

결국 보다 못한 서희도가 나섰다. 녀석은 새로운 냄비를 꺼내더니 능숙하게 죽을 끓이기 시작했다. 내가 할 땐 옆에서 신기한 듯 지켜보기에 못하는 줄 알았건만.

서희도는 이 세상 어머니들 저리 가라는 실력으로 먹음직스러운 죽을 만들어 냈다.

내가 민망할까 봐 그랬는지 '이건 선배가 만든 거예요'라는 말도 빼먹지 않았다. 그 말이 더 비참했다.

"너 원래 요리 잘해?"

괜스레 화제를 돌렸다. 녀석은 죽을 우물거리며 고개를 끄덕였다.

"요리가 취미야?"

죽을 얹은 숟가락 위에 밑반찬을 놓아 주며 은근슬쩍 물었다. 서희도는 죽을 꿀꺽 삼키며 픽 웃었다.

"아니. 자취를 오래했거든요."

"언제부터 했는데?"

"중학생 때부터."

놀란 눈으로 서희도를 바라보았다. 당연히 대학생 때부터 자취를 시작한 줄 알았는데.

이유를 묻고 싶었지만 왠지 물으면 안 될 것 같아서 입을 다물었다. 내가 괜히 젓가락으로 밑반찬을 깨작거리자 녀석이 먼저 말을 꺼냈다.

"왜 안 물어봐요? 나에 대해 알고 싶다며."

천성일까, 아니면 그럴 수밖에 없는 환경에서 자란 걸까. 서희도는 눈치가 빠르다.

"왜…… 그렇게 자취를 일찍 시작했어?"

눈도 마주치지 못하고 묻자 서희도가 작게 웃으며 대답했다.

"나 중학생 때 가족들이 다 제주도로 갔어요. 형이 거기 있거든요."

"형? 형이 있었어?"

"응. 나보다 세 살 많은 형 있어요."

새삼 깨닫는다. 나는 이 애에 대해 아는 게 정말 없구나.

"형은 제주도에서 학교 다녔어?"

"아니. 요양 병원에 있어요. 투병 중이라."

말문이 막혀 입을 다물었다. 그런 말을 하는 사람치고 서희도의 목소리는 너무 담담했다. 내가 아무 말도 하지 않자 녀석이 고개를 들었다.

"인상 풀어요. 우리 형 아픈 게 선배 잘못이야?"

"아니, 그게 아니라. 그럼 부모님은 두 분 다 병원에 계시는 거야? 형 간병하려고?"

"간병도 하고 일도 하고. 둘 다 의사예요."

서희도의 말을 듣자 문득 그런 생각이 스쳤다.

부모님이 바쁘신 분들이구나. 형까지 아프니 너한테 신경 쓸 겨를이 없으셨겠지. 너는 많이 외로웠겠구나. 짧은 순간 스친 내 생각을 읽었는지 녀석이 덤덤하게 덧붙였다.

"괜찮아. 난 혼자 사는 게 좋아요. 뭐 엄마가 밥 챙겨 주는 사람도 아니었고 가끔 해 줘도 맛이 더럽게 없었거든."

아무렇지 않은 척해도 서희도는 아마 많이 외로웠을 거다. 부모의 손길이 필요한 시기에 제대로 보살핌 받지 못하는 게 얼마나 서러운 일인지 나는 잘 알고 있다. 그건 시간이 지나도 두고두고 원망으로 남는 기억이다.

늘 오빠만 우선으로 챙기는 엄마와 사업 때문에 가정은 나 몰라라 하는 아빠 사이에서 나는 항상 혼자였다.

처음에는 외로웠고 나중에는 화가 났다. 싸우기도 참 많이 싸웠다. 나 좀 봐 달라고, 나한테도 애정을 쏟아 달라고 하루에 몇 번이나 엄마와 말다툼을 하고 방에 틀어박혀 울었다.

그래도 차라리 싸울 때가 나았다. 그때는 관계를 회복하고 싶은 의지도 있었고, 희망도 있었을 때니까.

나이를 먹으면서 싸우는 것도 지쳐 갔다. 점점 말수가 줄어들었고, 기대를 하지 않게 됐고, 그러다 결국엔 체념했다.

그때 이후로 나는 좀 변했다. 세상일에 무관심해지고 인간관계에 큰 기대를 걸지 않았다. 어차피 또 혼자가 될 거라고. 그러니 애초에 정을 주지 말자고 독하게 다짐했다.

그때부터였나. 누군가 나를 좋아한다고 하면 의심부터 들기 시작한 때가.

이 사람은 왜 아무 조건도 없이 나를 좋아하는 걸까. 부모조차 사랑하지 않는 나를 도대체 왜?

혹시 다른 꿍꿍이가 있는 건 아닐까. 나도 모르게 이 사람이 많이 좋아지면 어떡하지. 내가 이 사람에게 빠져서 헤어 나오지 못하게 됐을 때, 이 사람이 나를 떠나면 어떡하지.

일어나지도 않은 일에 대한 걱정과 불안이 정신을 갉아먹었다. 신우와 사귈 때가 그 시작이었고, 서희도를 만났을 때가 정점이었다.

"나는…… 왜 이럴까."

가족 일은 웬만하면 잊어버리려고 애썼다. 그래야 일상생활이 가능하니까.

그런데 가끔, 이렇게 예상치도 못하게 비집고 나올 때는 막을 도리가 없다.

"우리 오빠는 아픈 사람도 아닌데 엄마는 왜 오빠만 사랑하는지 모르겠어. 나는 왜…… 이유도 없이 혼자가 된 거지."

한 번도 내색한 적 없었지만, 나는 늘 사랑받고 싶었다.

"선배."

서희도가 나지막한 목소리로 나를 불렀다.

"부모가 주는 사랑, 그게 인생에서 제일 중요한 건 아니에요. 살아 보니까 그렇더라고."

웃음이 나온다. 살면 뭐 얼마나 살았다고. 그런데 지금은 녀석의 건방진 말투가 이상하게 위로가 된다.

"부모한테 못 받은 사랑은 다른 데서 채우면 돼."

담담하지만 따뜻한 목소리에 가슴 한구석이 저릿했다.

"그러니까 이리 와요."

서희도가 눈썹을 찡긋 올리며 제 허벅지를 툭툭 쳤다.

주춤주춤 다가가자 녀석이 내 팔을 끌어 제 몸 위에 앉혔다. 끈적이는 내 눈물을 손등으로 닦아 내곤 조용히 입술을 포갰다.

머리카락 사이로 들어오는 손. 뻣뻣하게 굳은 목을 감싸는 악력. 정신이 아득해질 만큼 짙은 키스. 몸이 녹아 버릴 것처럼 뜨거운 체온. 모든 게 서희도다웠다.

서희도. 서희도. 서희도.

몇 번이고 부르고 싶지만 남발하고 싶지 않은 이름.

부르다 보면 언젠가 너도 내게 와서 한 송이 꽃이 되려나.

서희도.

하지만 금방 시들어 버릴 꽃은 싫어.

그러니 너는 가시가 되어 내 안에 깊숙이 박혀 줘.

몸살이 났다. 설상가상으로 감기까지 겹쳤다. 계속 재채기가 나오고 콧물이 찔끔찔끔 흘러나와 휴지를 한 움큼 챙겨 왔다.

몽롱한 정신으로 교수님의 목소리를 듣다가 옆으로 고개를 돌렸다.

그러자 구석 뒷자리에 앉은 서희도와 눈이 마주쳤다. 며칠 전까지만 해도 열이 펄펄 나던 서희도는 이제 멀쩡해 보였다. 녀석은 붉게 달아오른 내 얼굴을 보며 소리 죽여 웃었다.

수업이 끝나자마자 급하게 강의실로 들어온 학생회장이 칠판에 무어라 크게 적기 시작했다.

가을 MT. 장소는 강원도 속초. 재학 중인 학과생 전원 참석 요망.

"교수님들도 몇 분 가실 예정이에요. 그리고 우리 과 졸업한 선배님들이 오셔서 취업 멘토링도 해 줄 예정이니까 특별한 사정이 없는 이상 다들 참석해 주세요. 지난 학기에 못 간 거 이번 학기에 가는 거니까 꼭 좀 부탁드려요."

학생회장이 정중하게 말했다. 그러자 앞에 있던 송치호 무리가 낄낄대며 거들먹거렸다.

"야, 고학년들 경비 제외해 주는 혜택 같은 거 없냐? 선배들 모시려면 그 정도는 해야지."

"그래. 인마. 회장이라는 놈이 유도리가 없어."

강의실 내 학생들의 표정이 일제히 굳었다. 애써 웃는 학생회장은 얼굴에는 자잘한 경련이 일고 있었다.

"아쉽게도 그런 혜택은……. 어, 다음 수업도 있으니까 짧게 전달하고 갈게요. 참석 못하시는 분들은 제 번호로 문자 주세요. 따로 연락 없으면 참석하는 걸로 알고 있겠습니다."

회장의 말이 끝나자마자 학생들이 가방을 싸들고 일어났다. 나도 다음 수업을 위해 자리에서 일어나 강의실 문으로 향했다.

뒤에서 덜컹, 하고 책상이 흔들리는 소리가 났다. 의자를 드륵 밀고 일어나는 소리도 들렸다.

저벅저벅 나를 따라오는 발걸음 소리를 들으며 강의실을 나왔다. 달칵. 문 닫히는 소리를 듣곤 몇 걸음 더 걸었다. 뒤돌아보는 대신 그 애의 인기척을 느꼈다.

따라오는 걸음이 점점 빨라지는가 싶더니 옅은 숨소리가 등에 닿았다. 소음이 멀어지고 인적이 드문 곳에 다다른 순간, 커다란 손이 파도처럼 내 손을 덮었다.

서희도가 나를 데려간 곳은 녀석의 아지트였다. 아무도 오지 않는, 사람 냄새보다 쇠 냄새가 더 짙게 풍기는 강의실.

"몸은 좀 괜찮아요?"

그가 내 어깨를 잡으며 물었다. 다가오는 녀석을 피해 뒷걸음질 치다가 어쩔 수 없이 멈춰 섰다. 문에 막혀 더 이상 물러날 곳이 없었다.

"너 때문에 옮았잖아."

"그럼 나한테 또 옮겨요."

녀석이 능글맞게 웃으며 얼굴을 들이댔다. 순간 나도 모르게 고개가 돌아갔다. 서희도가 싫어서 그런 게 아니었다. 그날 이후로 서희도의 얼굴만 보면 가슴이 미친 듯이 뛰었다. 그 전에는 더한 스킨십을 해도 이렇게 두근거리지 않았는데, 도대체 왜. 왜 이제야 심장이 콩닥거리는 걸까.

"왜 피해요."

서희도가 낮게 칭얼대며 얼굴을 잡아 돌렸다. 꼼짝없이 녀석의 얼굴을 정면으로 마주했다.

옅은 갈색 눈동자가 나를 옴짝달싹 못하게 만든다. 얼굴이 많이 붉어졌을 것 같은데. 차라리 열이 나서 다행이다. 핑계라도 댈 수 있으니까.

"피하지 마. 더 하고 싶잖아."

녀석의 입술이 점점 가까워지더니 따뜻한 숨결이 코끝에 닿았다. 이대로 입술이 닿는가 싶어 두 눈을 질끈 감았다.

그런데 한참 후에도 아무 느낌이 없었다. 감았던 눈을 천천히 떴다. 금방이라도 입을 맞출 듯 다가오던 녀석의 입술은 닿을락 말락 한 거리에서 멈춰 있었다.

"그런데요. 나는 선배가 아픈 게 좋아."

코앞에서 멈춘 서희도의 입술이 느릿하게 움직였다.

"얼굴 빨개진 것도 귀엽고, 자꾸만 놀리고 싶어."

붉고 말랑해 보이는 입술에 미소가 걸렸다.

"내 앞에서 우는 것도 좋아. 나는 선배가 많이 울면 좋겠어. 울면서 소리치면 더 좋고."

"너 혹시 이상한 취향 같은 거라도 있어?"

"아니. 뭐랄까. 그런 모습은 나한테만 보여 주는 것 같아서요."

좁은 공간에서 간신히 손을 뻗어 서희도의 얼굴을 만졌다. 매끈한 이마와 부드러운 볼을 지나 끈적이는 입술을 손가락으로 쓸었다.

나를 달뜨게 하는 입술. 나를 우왕좌왕하게 만드는, 너의 입술.

"저번에 네가 하자고 한 거. 오늘 할까?"

내 말에 서희도가 고개를 갸웃했다. 그 와중에도 머리칼을 다정히 쓸어 넘기는 손길은 멈추지 않았다.

"그, 영화 보는 거. 아니면 맛있는 거 먹거나."

영화 보러 가자고 한마디 하면 될 걸. 이 쉬운 말을 어렵사리 아름거렸다. 서희도는 뒤늦게야 아. 그거, 하고 웃었다.

"뭐 보고 싶은 거 있어요? 먹고 싶은 거나."

"아무……."

"아무거나 말고. 선배가 하고 싶은 거."

정말 아무거나 상관없는데. 사실 영화보다는 서희도와 함께 무언가를 하고 싶은 게 더 컸다. 내가 물끄러미 바라보자 녀석은 피식 웃으며 나를 끌어안았다.

"알았어요. 내가 다 알아서 할게. 선배는 고민하지 마요. 내가 하나부터 열까지 다 생각할 테니까, 선배는 선택만 해."

녀석이 커다란 손으로 등허리를 쓱쓱 문지르며 낮게 읊조렸다. 기분이 나쁘지 않다.

이럴 때 보면 서희도는 꼭 듬직한 연상 같아서 되레 내가 어린애가 된 기분이었다. 하나부터 열까지 챙김 받는 기분. 사랑받는 기분이란 게 이런 걸까.

"아, 침대에서도 선배는 아무 생각 하지 마요."

"그게 무슨 말이야?"

"선배가 좋아하는 체위, 선배가 좋아하는 애무, 선배가 느끼는 성감대. 그런 것도 다 내가 생각할게. 선배는 버티기만 해요."

녀석이 짓궂게 웃으며 내 목덜미에 입술을 묻었다.

그럼 그렇지. 웬일로 진지하나 했어. 가자미눈으로 서희도를 흘기며 밀어냈다. 서희도는 아랑곳하지 않고 나를 더 세게 끌어안았다. 그 사이 등허리를 쓰다듬던 손이 슬그머니 옷 속으로 들어왔다.

"여기 학교야."

"응. 학교예요."

하여튼 대답은 잘해.

"여기서 이러지 말고."

점점 올라오는 손을 막아 냈다. 그러자 서희도가 잔뜩 상기된 얼굴로 고개를 들었다. 간절하게 애원하는 눈빛으로 집요하게 바라본다. 까끌까끌한 숨소리와 색기 가득한 눈빛에 아랫배가 뭉근해졌다.

녀석의 눈빛에 문득 여기서 하면 어떤 기분일까, 하는 생각이 스쳤지만 곧 정신을 차렸다.

"하려면 집 가서……."

민망해서 말끝을 흐렸다. 내 말에 녀석이 눈을 가늘게 떴다. 입가에는 짓궂은 미소가 걸려 있었다. 그제야 실수했다는 걸 깨달았다.

"해요? 뭘? 선배 나랑 뭐 하려고 했어요?"

"……나가자. 덥다."

"말해 봐요. 뭐 하려고 했는데? 궁금해요. 집 가서 뭐요?"

빙그레 웃으며 놀리는 서희도를 등지고 서둘러 강의실을 뛰쳐나왔다.

마지막 수업을 듣고 있을 때 문자가 왔다. 서희도가 보낸 문자였다.

〈학교 앞에서 기다릴게요. 끝나면 정문으로 와요.〉

먼저 수업을 마친 서희도는 근처 카페에서 시간을 때우기로 했다. 볼만한 영화와 맛집 리스트를 뽑아 놓고 있겠단다.

결의에 찬 녀석의 말투에 피식피식 웃음이 새어 나오다가도 문득문득 불안감이 엄습했다. 남들은 취업하는 시기에 이러고 있어도 되는 건가, 하는 걱정이었다.

그런 생각을 하니 가슴이 답답해졌다. 수업을 한 귀로 듣고 한 귀로 흘리며 창밖을 바라보았다. 하늘이 맑고 가을 햇빛이 쨍했다.

아무렴 어떤가 싶다. 이렇게 맑은 날이 앞으로 얼마나 올지 모르는데.

예정보다 수업이 늦게 끝났다. 부랴부랴 가방을 싸서 걸음을 옮겼다. 정문이 가까워질 즈음에는 뛰다시피 했다. 휴대폰을 꺼내 전화를 걸었다.

"나 거의 다 왔어. 어디야?"

휴대폰 너머로 웃음기 섞인 목소리가 들려왔다.

"옆에 있잖아요."

고개를 돌렸다. 서희도가 정문에 비스듬히 기대어 서 있었다. 조금 전에 봐 놓고 오랜만에 만난 사람처럼 반가워서 웃음이 번졌다. 그러다 불현듯 창피함이 밀려와 빠르게 얼굴을 굳혔다.

"뛰어왔어요?"

"어? 아니."

"아니긴. 뛰어왔네."

녀석이 씩 웃는다. 가쁜 숨이 흘러나와 감출 수가 없다.

"잡을래요?"

서희도가 손을 내밀며 물었다. 대답을 기다리는 녀석의 손을 보자 우리 관계가 새삼 실감이 난다. 우리는 아직 학교에서는 마음껏 손을 잡기가 조심스러운, 들키면 머리만 아파지는 그런 관계라는 걸.

"……응."

그렇지만 우리는 이제 조금씩 가까워지는 관계.

그러니 복잡하고 머리 아픈 고민일랑 잠시 넣어 두자.

"잡을래. 잡아 줘."

투정 같은 내 말에 서희도가 어른처럼 미소 지었다. 기대고 싶게 만드는 사람. 너는 그런 사람이라는 걸 알고 있을까.

녀석은 내 손을 잡고 당연하다는 듯 깍지를 낀다. 손이 왜 이렇게 차갑냐고, 냉혈한이라서 손도 차가운가 보다고 늙은이처럼 잔소리도 한다. 내가 다시 손을 빼려고 하면 그제야 다급하게 농담이라고 둘러댄다.

못 이기는 척 녀석에게 손을 다시 내준다. 그러면 녀석은 싱그러운 소년처럼 웃으며 맞잡은 손을 주머니 안으로 넣는다.

나는 따뜻한 주머니 속에서 녀석의 손을 더 힘주어 잡는다. 그리고 생각한다.

이 관계의 끝이 무엇이든, 아무렴 어떠냐고.

Chapter 10

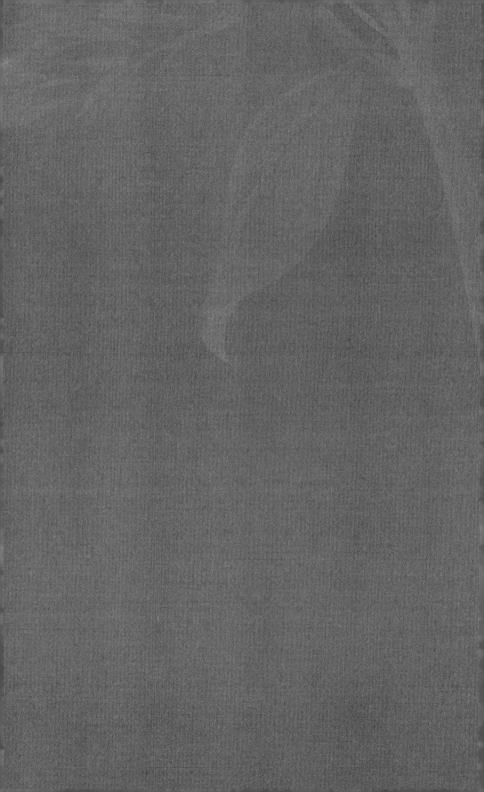

수업을 마치고 강의실을 나올 때였다. 박유라 무리가 문 앞에서 대놓고 나를 훑으며 지들끼리 무어라 수군댔다. 무시하고 지나치려는데 박유라의 목소리가 발목을 잡았다.

　"언니. 엊그제 영화관 갔었죠?"

　걸음을 멈추고 돌아봤다. 박유라를 필두로 몇몇 후배들이 나를 노려보고 있었다.

　"그건 왜 물어?"

　"영화관에서 언니 본 사람이 있다고 해서요."

　"어. 영화 보러 갔어. 그게 왜?"

　박유라의 얼굴이 움찔 떨렸다. 나를 봤다면 그 녀석도 봤을 거다. 하지만 박유라는 서희도의 이름을 절대 입 밖에 내지 않았다. 마치 나와 서희도가 같이 있었다는 사실을 인정할 수 없다는 듯이.

　"엠티 갈 거예요?"

　박유라가 한쪽 입매를 비틀며 말을 돌렸다. 이건 또 무슨 꿍꿍인지. 대답 대신 박유라의 얼굴을 빤히 쳐다보았다.

사실 엠티는 안 가려고 했다. 얼굴도 모르는 후배들만 드글대는 엠티에 나 같은 고학년이 가서 무슨 재미를 보겠다고. 무엇보다도 송치호, 박유라와 한자리에서 술 게임을 하고 다음 날 함께 라면으로 해장하는 장면을 만들고 싶지 않았다. 박유라는 대답 없는 나를 보며 기분 나쁘게 미소 지었다.

"희도도 이번 엠티 안 간다고 하던데."

"서희도 안 가는 거랑 나랑 무슨 상관이야?"

"그냥 말한 거예요. 늘 가던 애가 안 간다고 하니까. 왜 발끈하고 그래요?"

박유라의 말에 무리들이 소리 죽여 쿡쿡 웃어 댔다. 참다 못한 내가 도끼눈으로 쏘아보자 금세 표정을 굳힌다.

"너야말로 왜 넘겨짚고 그래? 내가 언제 엠티 안 간다고 한 적 있어?"

"그럼 갈 거예요?"

"갈 거야. 대학 생활 마지막 엠티잖아."

밀려오는 화를 억누르며 다시 걸음을 옮기려는 찰나, 박유라가 또 입을 열었다.

"신우 오빠도 김 교수님 따라서 간대요."

참자. 한 살이라도 더 먹은 내가 참자.

"그래서?"

박유라의 얼굴에 의미심장한 미소가 번졌다.

"재밌겠어요. 이번 엠티."

질투 혹은 분노 (1)

오늘도 어김없이 서희도의 집으로 갔다. 수업이 끝난 뒤 녀석의 집으로 향하는 일은 이제 거의 일상이었다.

우리는 간단한 저녁을 먹고 담배까지 태운 뒤 방으로 들어와 나란히 침대에 누웠다. 서희도는 내 머리칼을 만지작거리며 책을 읽었고, 나는 두 눈을 느리게 깜박이며 멍하니 천장만 바라봤다.

박유라 때문에 찝찝한 기분이 종일 가시지 않았다 .이상한 낌새를 눈치챘는지 서희도가 나를 흘긋 보았다.

"무슨 일 있어요? 기분 안 좋아 보여."

녀석이 읽던 책을 내려놓고 나를 바짝 당겨 안았다.

"있잖아. 엠티 안 간다고 했어?"

"응. 선배도 안 간다고 했잖아요."

서희도는 당연하다는 듯 대답했다. 생글생글 웃고 있는 녀석을 가만 바라보다가 어렵게 입을 뗐다.

"난…… 가려고. 박유라가 긁는 바람에 홧김에 간다고 해 버렸어."

서희도와 화해하고 난 뒤, 나는 과거에 있었던 일들을 녀석에게 모두 털어놓았다.

신우와 사귀면서 동기들과 멀어지게 된 일, 송치호에게 들었던 수치스러운 모욕, 박유라와 치고 박으며 싸웠던 일까지. 애써 대수롭지 않은 척 짧게 이야기해 주었다.

물론 그때 당시에는 무척이나 대수롭고 아팠던 일들이지만, 이제 와서 굳이 동정을 얻고 싶진 않았다. 건조한 내 말을 묵묵히 들어 준 녀석은 딱 한마디를 남겼다.

"선배, 힘들었겠다."

그러고는 구구절절한 위로 없이 안아 주었다. 서희도는 나와 같은 마음이라고 했다. 남들 입에 오르내리는 건 딱 질색이라고, 그러니 이번엔 숨길 수 있을 때까지 숨겨 보자는 거였다.

진지하게 말하던 녀석은 곧 본래 모습으로 돌아와 짓궂게 덧붙였다.

"몰래 하는 게 더 스릴 있잖아요. 난 자극적인 게 좋거든."

장난스러운 말투였지만 녀석이 나를 배려해서 하는 말이라는 걸 알수 있었다. 딱 서희도다운 방식이었다.

"그럼 나도 갈래요."

그가 내 목에 입술을 묻으며 칭얼댔다. 뜨거운 입술과 부드러운 머리칼이 목덜미를 간질였다. 몸이 배배 꼬이고 더운 숨이 흩어졌다.

"선배를 어떻게 혼자 보내. 송치호가 무슨 짓을 할 줄 알고."

무방비하게 드러난 목을 부드럽게 빨아들인 서희도의 입술이 쇄골에 머물렀다. 그러더니 녀석은 내가 입은 티셔츠를 단숨에 밀어 올렸다.

"무슨 짓은 네가 할 것 같거든?"

"나는 해도 되잖아. 아니에요?"

녀석이 싱긋 웃으며 브래지어 후크를 톡 풀었다. 서희도는 분명 꼬리가 아홉 개 달린 여우다. 어린애처럼 굴다가도 급작스럽게 남자로 변해서 사람 정신을 쏙 빼놓는 요물.

"……해도 돼."

서희도는 그제야 만족스러운 미소를 그리며 헐거워진 속옷을 위로 밀어냈다. 속옷이 벗겨지자 갑갑하게 죄어 있던 가슴이 출렁이며 아래로 흘러내렸다. 녀석은 그 틈을 놓치지 않고 한쪽 가슴을 덥석 베어 물었다.

동시에 다른 쪽 가슴을 손 한가득 움켜쥔 채 꼿꼿하게 선 돌기를 빙글빙글 돌려 댔다. 서늘한 손가락이 곤두선 가슴을 스칠 때마다 온몸이 찌릿했다.

"아……."

서희도의 머리칼을 꽉 움켜잡고 고개를 젖혔다. 녀석은 내 몸을 너무 잘 알고 있다. 가슴을 물어 주면, 살살 만져 주면 빠르게 달아오른다는 걸.

"그만."

"싫어요."

그만하라는 말에도 녀석은 가슴을 한참이나 빨고 깨문 후에야 천천히 고개를 들었다. 붉게 열이 오른 얼굴로 씩 웃으며 손등으로 입술을 훔친다.

그 모습이 지나치게 색스러워 나도 모르게 얕은 신음 소리를 흘렸다.

"그거 알아요? 선배 가슴은 찹쌀떡 같아."

서희도가 내 팬티를 아래로 끌어내리며 말했다. 딱딱하게 뭉친 가슴이 서희도의 타액으로 번들거렸다.

"참, 찹쌀떡?"

"크기는 좀 작아도 하얗고 말랑말랑해요."

이게 칭찬이야, 욕이야. 무슨 말인가 싶어 인상을 찌푸리자 녀석이 작게 웃으며 덧붙였다.

"그리고 맛있어."

맛있다고 말하면서 제 아랫입술을 혀로 살짝 적신다. 순간 말문이 막히고 머리가 멍해졌다. 온몸의 피가 얼굴로 모이는 기분이었다.

"여기도 맛있을 것 같은데."

녀석이 짓궂게 웃으며 내 다리를 잡아 벌렸다. 그리고 조금의 망설임도 없이 다리 사이에 얼굴을 묻었다.

"거, 거긴 하지 마!"

그간 서희도와 별의별 짓은 다 해 봤지만 이런 짓은 해 본 적 없었다. 가장 은밀한 곳을 녀석의 눈앞에 보여 주는 짓, 상상도 해 보지 않았다.

기겁하며 서희도의 어깨를 잡아끌었다. 양 볼을 짓이기듯 부여잡고 억지로 얼굴을 마주하니, 녀석이 부루퉁한 표정으로 입을 삐죽댄다.

"왜 하지 마? 하게 해 줘."

"……싫어. 창피해."

"뭐가 창피해. 젖어서 그래요?"

서희도가 입구를 살살 어루만지며 물었다. 기다란 손가락이 부푼 정점과 입구 사이를 왔다 갔다 할 때마다 찔꺽이는 소리가 야릇하게 퍼졌다. 그제야 내가 많이 젖어 있다는 걸 깨달았다.

"몰라. 그냥, 거긴 내 몸이지만 내 몸이 아닌 것 같단 말이야. 다른 뭔가가 살고 있는 것 같아."

"그게 뭐야."

"하여튼 하지 마. 가까이서 보지도 마. 이상해."

내 말에 짧은 침묵이 흘렀다. 서희도는 손가락을 넣을 듯 말 듯 애태우며 나를 빤히 바라보다가 나지막하게 입을 뗐다.

"생각해 보니 선배 말이 맞네. 이거 선배 거 아니에요."

내가 무슨 말이냐는 듯 쳐다보자 녀석이 입꼬리를 얄궂게 말아 올렸다.

"내 거지."

야릇한 목소리가 귓가에 내려앉았다. 동시에 녀석의 세 번째 손가락이 젖은 입구 안으로 부드럽게 파고들었다.

"여긴 나만 만질 수 있어요. 아무도 못 만져."

녀석은 팔베개를 하듯 내 어깨를 단단히 둘러 안고는 축축한 입구를 애무하기 시작했다. 입구를 들락거리는 손가락의 움직임에, 부푼 정점을 꾹 누르다가 튕기는 손길에 몸이 움찔움찔 떨렸다. 팔을 들어 서희도의 목을 감았다.

아랫배가 끊임없이 뭉치고 수축했다. 조금만 더 건드리면 터질 것 같았다. 꽉 감은 두 눈 사이로 이유 모를 눈물이 찔끔 맺혔다.

"울지 마요. 난 선배가 울면 더 놀리고 싶단 말이야."

녀석이 눈꼬리에 맺힌 내 눈물을 혀로 핥으며 말했다. 다정하면서도 얄미운 말투였다.

"많이 젖었네."

서희도가 깊숙이 손가락을 넣으며 작게 웃었다. 낮게 잠긴 녀석의 목소리에 아랫배에 고여 있는 무언가가 금방이라도 터질 듯 넘실거렸다. 더 이상 참을 수가 없었다.

이제, 그만. 이제는.

"……그만해."

"싫다니까."

"그만하고 이제."

"싫……."

"해 줘."

거친 숨을 삼키며 간신히 한마디를 뱉었다. 그 순간 장난기 가득하던 서희도의 눈빛이 순식간에 짙어졌다.

"이제…… 해 줘."

"이리 와요."

녀석은 나를 번쩍 들어 제 허벅지 위에 앉혔다. 그리고 협탁 위를 급하게 더듬어 콘돔을 집어 들었다. 나는 서희도의 어깨를 붙든 채 콘돔 씌우는 모습을 물끄러미 바라보았다. 차분하면서도 다급한 손길이었다. 나도 모르게 웃음이 나왔다.

"웃지 마요. 나는 괴로우니까."

녀석이 한쪽 눈을 찡그리며 투덜댔다.

"천천히 앉아 봐요."

서희도는 콘돔을 다 씌우자마자 빠르게 자세를 잡았다. 시키는 대로 천천히 엉덩이를 내리자 깃대처럼 솟은 남성이 입구에 닿았다.

"조금 더."

그가 애원하듯 말했다. 녀석의 어깨를 지지대처럼 붙잡은 채 엉덩이를 내렸다.

허벅지에 힘이 들어가서 끙끙 소리가 절로 나왔다. 부푼 남성이 젖은 입구 주변에서 들어올 듯 말 듯 미끈하게 맴돌았다.

내가 자세를 잡지 못하고 자꾸만 미끄러지자 녀석이 직접 남성을 잡고 입구에 맞췄다. 이윽고 굵은 남성이 좁은 길목에 걸쳐진 순간.

"홋······!"

녀석이 내 허리를 잡고 강하게 끌어당겼다. 단단한 남성이 순식간에 뜨거운 곳을 가득 채웠다.

"힘 빼요."

서희도의 입에서 억눌린 목소리가 새어 나왔다. 무언가를 꾹 참는 목소리였다.

"이번엔 선배가 움직여 볼래요? 허리 잡아 줄게."

"이, 이렇게?"

말 타듯이 허리를 앞뒤로 살짝살짝 흔들었다. 부드럽게 움직여 보려고 했지만 온몸에 힘이 들어가서 부자연스러웠다. 그러자 녀석이 미간을 좁히며 낮은 신음을 흘렸다.

"힘주지 말고."

이번엔 더 낮게 잠긴 목소리였다. 가뭄처럼 갈라진 목소리에 겁이 나서 움직임을 뚝 멈췄다.

"너 혹시 아······파?"

녀석이 눈을 동그랗게 떴다.

"지금 나한테 아프냐고 물은 거예요?"

"힘 빼라며."

"아니, 아픈 게 아니라."

서희도는 말을 멈추고 작게 웃었다. 뭐가 그리 웃긴지 얼굴을 쓸어내리며 웃어 댄다.

한참 후에야 웃음을 멈춘 녀석은 내 입술을 혀끝으로 핥으며 살짝 깨물었다.

"너무 조여서 그래."

얼굴이 화르륵 달아올랐다. 어떻게 이런 말을 아무렇지 않게 할 수 있지. 가만 보면 서희도는 저질스러운 말도 저질스럽지 않게 하는 재주가 있다.

"이 자세는 아직 안 되겠다. 나중에 가르쳐 줄게요."

뭘 가르쳐 준다는 거야. 생각할 겨를도 없이 자세가 뒤바뀌었다.

위에 올라가 있던 나는 어느새 서희도의 밑에 깔려 있었다. 그리고 녀석은 전광석화 같은 움직임으로 내 다리 사이를 파고들었다.

강한 악력에 다리가 넓게 벌어졌다. 상체가 허공으로 들리는가 싶더니 굵은 남성이 깊숙하게 파고들었다.

"아흑……!"

고개가 뒤로 꺾이며 달뜬 숨소리가 흩어졌다. 녀석의 팔을 꽉 붙잡고 손톱을 세웠다. 근육에 손톱이 박히면 꽤 아플 텐데. 걱정이 스쳤지만 다시금 거칠게 파고드는 남성 때문에 이내 머릿속이 하얘졌다.

"아파요?"

서희도가 걱정스러운 얼굴로 물었다. 나는 입술을 꾹 깨문 채 고개를 저었다. 녀석은 그제야 안심하듯 웃더니 다리를 들어 올려 어깨에 걸쳤다.

단단하게 부푼 남성이 끝을 모를 만큼 더욱 깊숙이 파고들면서 아픔인지 쾌감인지 모를 찌릿한 느낌이 온몸을 관통했다.

그를 향해 팔을 벌렸다. 안아 달라는 뜻이었다. 녀석은 잠시 움직임을 멈추고 내 팔을 잡아끌었다. 깊은 곳에서 꿈틀대는 남성을 느끼며 단단한 몸을 꼭 끌어안았다.

녀석도 들썩이는 내 몸을 힘껏 안아 주었다. 떨리는 어깨를, 움찔대는 등을 품안 가득히 안아 준다. 조금의 틈도 없이, 서로의 가슴이 맞닿아 뭉근하게 짓눌릴 만큼.

어느 순간, 가만히 머물러 있던 남성이 꿈틀거리더니 서희도가 다시 허리를 움직이기 시작했다. 빨라지는 움직임 속에서 몇 번이나 서희도의 어깨를 깨물었다.

그리고 절정에 다다라 하얗게 부서질 때까지, 몇 번이나 그 애의 이름을 불렀던 것 같다.

———————

엠티 날이 왔다. 예상하긴 했지만 역시, 4학년 여자는 나 혼자였다.

버스가 출발하기 전, 굳이 내 옆에 앉겠다고 떼를 쓰는 서희도를 떼어 내느라 진땀을 뺐다. 나란히 앉아서 가면 과 사람들이 우리를 미심쩍은 눈으로 바라볼 게 뻔했다. 또다시 말도 안 되는 소문의 주인공이 되고 싶지 않았다.

눈치가 빠른 서희도는 내 생각을 알아채고 더 이상 채근하지 않았다. 대신 남들 몰래 나를 지켜볼 수 있는 자리에 앉겠다고 했다.

결국 그가 선택한 자리는 내가 앉은 자리의 대각선 뒷자리였다. 그 자리가 나를 가장 잘 볼 수 있는 자리란다.

처음에는 그냥 웃어넘겼다. 입 발린 말이겠거니 생각했다. 그런데 서희도는 정말 틈만 나면 나를 쳐다보았다. 옆에서 제 동기가 말을 걸건 말건 녀석의 시선은 항시 나를 향해 있었고, 뒤통수가 따가워 고개를 돌리면 어김없이 눈이 마주쳤다.

그럴 때마다 녀석은 붉은 입매를 얄궂게 올리며 씩 웃었다. 나는 괜스레 민망해져 큼큼, 헛기침을 하곤 창밖으로 고개를 돌렸다. 귀가 불에 덴 듯 화끈거렸다.

"언니, 귀가 왜 이렇게 빨개요?"

뒤에서 비아냥거리는 목소리가 들려왔다. 그랬다. 대각선 뒷자리에는 서희도가 앉아 있었고, 내 바로 뒷자리에는 박유라와 그녀의 친구가 앉아 있었다.

"뭐 설레는 일 있나 봐. 연애라도 하시나."

박유라와 친구들이 다 들리도록 킥킥댔다. 대꾸할 가치도 없어서 창밖만 멀거니 응시하는데 이번엔 다른 목소리가 끼어들었다.

"뭐가 그렇게 재밌어?"

서희도였다. 나도 모르게 고개가 돌아갔다. 서희도는 옅은 미소를 띤 채 유라를 빤히 바라보고 있었다.

"좀 재밌는 일이 있거든. 왜, 너도 알고 싶어?"

유라가 의미심장하게 웃었다. 박유라의 친구도 무언가를 알고 있다는 듯 따라 웃었다. 두 사람 사이에 짧은 침묵이 흘렀다. 보는 나까지 숨 막히게 하는 무언의 신경전이었다.

다행히 서희도는 박유라의 기에 전혀 눌리지 않는 기색이었다. 입가에 띠운 미소를 끝까지 잃지 않고 박유라를 바라보던 녀석은 기다란 눈매를 반으로 접으며 싱긋 웃었다.

"아니. 네 웃음소리가 너무 시끄러워서."

그 말에 박유라의 얼굴이 붉게 달아올랐다. 박유라는 부들거리는 입술을 꾹 깨물며 서희도를 노려보았다.

"그런데 너, 왜 나 집에 안 데려가? 공사 끝났다며."

"응. 끝났어."

"그럼 이제 아무 때나 너희 집 놀러 가도 되는 거지?"

꼭 나 들으라는 듯 큰 목소리로 묻는다. 오죽하면 각자 떠들던 사람들이 일제히 유라 쪽으로 고개를 돌릴 정도였다.

모두의 시선 속에서 짧은 침묵이 흘렀다. 입술을 꾹 다문 채 유라를 물끄러미 응시하던 서희도가 천천히 입을 뗐다.

"어떡하지. 우리 집 고양이가 싫어해서."

녀석은 진심으로 안타까워하는 얼굴이었다. 웃음이 나오려는 걸 간신히 참아 냈다.

"그게 또 뭔 소리야? 너 고양이 키워?"

"응. 엄청 앙칼져. 여자만 보면 할퀴고 물거든. 못생긴 여자는 더 물어."

"뭐? 너 지금 나보고 못생겼다는 거야?"

"난 너 못생겼다고 한 적 없는데."

서희도는 순진무구한 목소리로 대답하곤 태연하게 이어폰을 귀에 꽂았다. 나는 자꾸만 새어 나오는 웃음을 꾹꾹 눌러 담으며 차창 밖으로 시선을 돌렸다.

지금쯤 박유라는 얼굴이 붉으락푸르락 단풍잎이 되어 있을 거다.

저기 서 있는 저 단풍나무처럼.

속초에 도착하자마자 숙소에 짐을 풀고 해변으로 나왔다. 회장한테 스케줄을 물어보니 저녁이 될 때까지 미니 체육 대회를 한다고 했다.

학생회 임원들이 바삐 움직이면서 해변에 커다란 선을 긋기 시작했다. 나는 멀찍이 떨어진 곳에 움츠려 앉아 모래 위에 새겨지는 선을 물끄러미 구경했다. 바닷바람이 생각보다 차가웠다.

"입어요."

옆에서 들려오는 목소리에 고개를 들었다. 서희도였다. 녀석은 둥그렇게 웅크린 내 어깨 위에 외투를 덮어 주었다.

"괜찮아. 안 벗어 줘도 돼."

"춥잖아요. 입고 있어."

혹시나 하는 마음에 주변을 휙휙 둘러보았다. 다행히 우리를 주시하고 있는 사람은 없었다. 다들 오랜만에 보는 바다에 들떠서 해변의 모래를 밟느라 정신없어 보였다.

"걱정 마요. 남들 볼 때는 티 안 낼게."

내가 불안해하는 걸 눈치챘는지 녀석이 먼저 말을 꺼냈다. 희미하게 웃는 모습이 어쩐지 씁쓸해 보여서 문득 미안한 마음이 들었다.

절대 싫어서 그러는 건 아닌데. 그냥, 예전처럼 남들 때문에 망치기 싫어서 그러는 건데. 소심한 말들이 입안에 맴돌았지만 쉽게 입 밖으로 나오지 않았다.

"잘한 것 같아."

부표가 떠다니는 수평선 너머를 응시하며 서희도가 말했다. 평소보다 진지한 목소리였다.

"뭐가?"

"엠티 온 거요. 선배랑 여행 온 기분이거든."

녀석이 나를 내려다보며 해사하게 웃었다. 느리게 불어오는 바닷바람이 서희도의 머리칼을 흩트려 놓았다. 그 사이로 언뜻언뜻 연갈색 눈동자가 스쳤다.

"선배는 안 그래요?"

서희도가 고개를 갸웃하며 물었다. 나는 녀석을 오랫동안 바라보다가 천천히 입을 열었다. 벌어진 입술 새로 짭짤한 바다 내음이 스며들었다.

"……나도."

작게 아름거리는 나를 보며 서희도가 맑게 웃었다. 해무 같은 미소였다.

"다들 이리로 모이세요! 곧 시작합니다!"

멀리서 학생회장의 목소리가 들려왔다. 준비가 끝난 모양이었다. 서희도가 내게 고갯짓을 하곤 앞장섰다. 나는 녀석의 뒤를 따르며 걸음을 느리게 옮겼다.

한 걸음 옮길 때마다 모래사장 위에 발자국이 푹푹 패였다. 서희도의 발자국 뒤에 나란히 찍히는 내 발자국을 보면서 나도 모르게 설핏 미소 지었다.

첫 게임은 짝 피구였다. 게임을 시작하기 전에 학생회장이 짝 피구의 룰을 간단히 설명해 주었다. 남녀가 짝이 돼서 움직여야 하고, 여자가 공에 맞아야만 아웃으로 인정되니 남자가 방패 역할을 해야 한다는 룰이었다.

몇 년간 반복되는 지겨운 게임. 고학년들은 시큰둥한 얼굴로 회장의 설명을 들었다.

반면에 신입생들은 기대감에 부푼 얼굴이었다. 하긴. 이성 간에 손가락만 스쳐도 설레는 스무 살이니까 그러려니 했다.

그런데 이 지겨운 게임에 예상치 못한 문제가 있었다. 바로 그 '짝'이었다. 늘 그래 왔듯, 즉석에서 짝을 정할 거라는 내 예상은 빗나갔다. 회장은 준비해 온 종이쪽지를 꺼내더니 미리 정해 온 짝을 읊어 주기 시작했다.

그 순간 나는 송치호와 박유라 사이에 오가는 눈빛을 보았다. 두 사람은 흥미로운 모략이라도 꾸민 듯 음흉하게 웃으며 시선을 주고받고 있었다. 예감이 불길했다.

"어……, 희도는 유라랑 짝이야."

회장이 께름칙한 표정으로 서희도와 박유라를 손가락으로 가리켰다. 유라가 방긋 웃으며 서희도에게 달려가더니 녀석의 허리춤을 덥석 움켜잡았다. 서희도는 그런 박유라를 무심하게 쳐다볼 뿐이었다.

"다 불러드렸죠? 혹시 이름 안 불린 분 있어요?"

"나는?"

손을 번쩍 들었다. 선후배들이 일제히 나를 쳐다보았다.

"제가 수연 누나 이름 안 불렀어요? 잠시만요."

눈을 가늘게 뜨고 내 이름을 찾던 회장이 흠칫 놀라며 고개를 들었다. 난감하다는 얼굴로 송치호를 쳐다본다.

설마 송치호랑 짝인가. 하지만 송치호는 이미 우리 과에서 제일 예쁘다는 후배와 짝이 되어 있었다.

"어, 수연 누나는⋯⋯."

"누군데?"

"⋯⋯신우 형이요."

당황한 얼굴로 서희도를 바라보았다. 반사적으로 튀어나온 반응이었다. 방금 전까지만 해도 무표정하던 서희도의 얼굴이 조금씩, 천천히 식었다.

이내 싸늘해진 눈빛이 내게 꽂혔다. 강신우가 오는 걸 알고 있었느냐는 눈빛이었다.

나는 조용히 입술만 깨물었다. 내 반응에 서희도가 작게 미소 지었다. 눈은 웃지 않고 입만 웃는 전형적인 미소. 알고 있었네, 하고 말하는 미소였다.

"어, 그런데 신우 형은, 그러니까, 김 교수님이랑 후발대로 온다고 해서 아직 도착 안 했어요. 어떡하죠?"

회장이 잔뜩 당황해서 버벅댔다. 그러자 이때를 기다렸다는 듯 박유라가 힘차게 소리쳤다.

"신우 오빠 10분 뒤에 도착한대! 아까 연락했거든. 조금만 기다리자.

게임은 다 같이 해야 재밌잖아."

그녀의 옆에 있던 친구들이 박유라의 말이 맞다고 과장되게 동조했다. 멀리 떨어져 있던 송치호까지 나와 강신우가 빠지면 팥 없는 호빵을 먹는 거나 마찬가지라는 말도 안 되는 말을 지껄이면서 거들었다.

그 말을 듣는 순간 왜 이런 상황이 만들어졌는지 알 것 같았다.

박유라와 송치호는 자극적인 이벤트를 만들고 싶었던 거다. 그러니까 나와 강신우, 그리고 서희도는 저 두 사람의 같잖은 재미를 위해 희생된 거였다.

"그래요. 기다려요."

그런데 왜 너까지 이러는 거니.

서희도의 차분한 목소리에 머릿속이 어지럽게 뒤엉켰다.

"그래요. 기다려요."

그 말을 내뱉은 서희도의 저의는 게임이 시작되자마자 드러났다.

"잡아. 게임 안 할 거야?"

뒤늦게 도착한 신우가 나를 돌아보며 나지막하게 다그쳤다.

나는 결국 신우의 옷자락을 엉거주춤 붙잡으며 반대편에 있는 서희도를 흘끗 바라보았다. 선 하나를 두고 상대팀 필드에 들어가 있는 녀석은 어마어마한 독기에 휩싸여 있었다.

그 독기는 곧 살기로 변했다. 공을 잡은 서희도의 눈빛이 신우에게로 향했다. 숨 고를 틈도 없이 공격을 퍼부어 댔다. 얼마나 세게 던지는지 신우가 공에 맞는 소리만으로도 내 뼛속까지 아픈 느낌이었다.

"야, 서희도. 그래 봤자 소용없어. 여자 맞춰야 돼."

"그래. 인마. 그리고 공 좀 넘기면서 해라."

상대편 남자들이 녀석을 제지했지만 소용없었다. 서희도는 그럴 때만 고개를 끄덕일 뿐, 공을 잡기만 하면 무조건 신우에게 내던졌다.

신우는 팔과 몸, 다리로 공을 막아 내면서 나를 지키려 안간힘을 썼다. 그럴 때마다 서희도의 공격은 더 거세졌다. 누구 하나 죽어 나갈 때까지 던질 모양이었다.

"너, 너무 센데……."

"저 새끼 왜 저래."

상대편 수비들이 수군거리는 소리가 들려왔다. 결국 참다 못한 신우가 손을 들었다.

"잠깐만."

게임이 잠시 중단됐다. 그 와중에도 서희도는 공을 놓지 않고 있었다.

"룰대로 하지 그래?"

신우가 서희도에게 다가가며 말했다. 간신히 화를 억누르는 목소리였다. 그러자 서희도는 특유의 해맑은 미소를 지었다.

"룰대로 하고 있는데요. 혹시 아프세요?"

"게임은 그냥 게임이야. 죽자고 달려들지 마."

웃고 있던 서희도의 얼굴이 일순 굳었다. 하지만 녀석은 곧 활짝 웃으며 알겠다고 대답했다. 물론 말뿐인 대답이었다.

다시 신우와 멀어지면서 눈빛은 전보다 더 차가워졌다. 녀석의 눈빛만 봐도 알 수 있었다. 평온해 보이는 얼굴 너머로 이를 아득바득 갈고 있을 속내를.

문득 부아가 치밀었다. 제 감정을 주체하지 못하는 서희도에게도, 이 모든 광경을 흥미롭게 지켜보고 있는 박유라에게도, 그리고 멍청하게 박유라의 수작에 휘말려 버린 나에게도.

회장이 두 사람의 눈치를 보다가 다시 게임 시작을 알리는 호루라기를 불었다.

이번에는 다른 사람들이 공을 많이 잡은 덕에 잠시나마 평화로운 게임을 할 수 있었다. 물론 아주 짧은 시간이었다.

공이 다시 서희도에게 돌아가자마자 애들 장난은 순식간에 끝났다. 녀석은 한번 제 손에 들어온 공은 절대 놓치지 않았다. 온 힘을 끌어 모아 어김없이, 강신우에게만 내던졌다.

신우가 공을 가까스로 막아 내면 서희도가 다시 잡았고 녀석은 또 거칠게 던졌다. 던지고 튕겨져 나오고 또 던지는 일이 반복되길 수차례. 공이 오가면서 강도가 점점 높아졌다.

시간이 흐르면서 분위기가 싸늘해졌다. 과 사람들은 모두 할 말을 잃은 얼굴로 서희도를 바라보고 있었다. 여기서 멈추지 않으면 더 아찔한 일이 벌어질 것 같았다.

결국 보다 못한 내가 신우의 옷을 놓아 버렸다. 짝 피구에서 짝이 떨어져 나가면 그건 아웃이나 다름없었다.

회장이 나를 보더니 손을 들고 게임 종료를 알리는 호루라기를 입에 물었다. 하지만 회장이 호루라기를 불기도 전에 서희도가 또다시 신우에게 공을 던졌다.

"……."

퍽, 하는 소리와 함께 어색한 침묵이 흘렀다. 모두가 기겁한 얼굴로 나를 쳐다보았다.

신우가 아니라 내 팔을 때린 공은, 몇 번 통통 소리를 내다가 모래 속에 박혀 버렸다.

212

"이제 끝났지?"

서희도를 보며 물었다. 그러자 녀석의 갈색 동공이 커다랗게 번졌다.

"네가 이겼어."

그제야 팔이 얼얼하게 아려 오기 시작했다.

Chapter 11

내가 공에 맞고 우리 팀에 남아 있던 나머지 생존자들도 깡그리 아웃되면서 게임은 서희도 팀의 승리로 끝났다. 서희도 팀은 와, 소리를 지르며 좋아했지만 그 환호성은 오래가지 못했다. 환호성이 사라진 자리에는 곧 불편하고 어색한 분위기가 감돌았다.

사람들은 서희도와 강신우를 힐끔힐끔 곁눈질했다. 서희도는 가쁜 숨을 고르며 제자리에 가만 서 있었고, 신우는 불쾌한 얼굴로 서희도를 바라보고 있었다. 눈치를 안드로메다로 귀양 보낸 바보 천치가 아닌 이상, 누구든 두 사람 사이에 흐르는 묘한 분위기를 감지했을 터였다.

"우, 우와! 우리가 이겼다! 진 팀이 저녁 준비하는 거 알죠?"

서희도의 동기 동현이가 과장된 목소리로 호들갑을 떨며 소리쳤다. 분위기를 바꾸려는 심산 같았다. 그제야 과 사람들도 하나둘씩 입을 열기 시작했다.

"아, 아쉬워라. 희도가 너무 공격적으로 해서 우리가 졌잖아."

"그러게. 하하하. 그래 뭐, 게임에 선후배가 어디 있냐? 이런 게 페어플레이 아니겠어! 하하하!"

하하하. 커다란 웃음소리 뒤로 공허한 메아리가 울렸다. 또다시 이어지는 침묵. 해변에는 파도 소리만 요란하게 철썩거렸다.

조용히 숨만 몰아쉬던 서희도가 천천히 고개를 들어 나를 바라보았다. 정확히는 공에 맞은 내 팔뚝을 뚫어져라 쳐다보았다. 녀석의 입술이 살짝 달싹거렸다. 무언가 할 말이 있는 눈치였다.

나는 녀석의 눈빛을 읽고 학생회장에게 부러 큰 소리로 물었다.

"숙소에 파스 있어? 팔이 얼얼해서."

호루라기를 입에 문 채 멍하니 서 있던 회장은 한참 뒤에야 고개를 주억거렸다.

"숙소에 파란색 가방 있거든요? 그거 열어 보면 비상 약통 있어요. 거기에 스프레이 파스 있으니까 뿌리세요. 많이 아프면 진통제라도 드시고요."

"진통제 먹을 정도는 아니야. 고마워."

회장에게 작게 웃어 보이곤 서희도를 흘긋 보았다. 녀석은 눈치가 빠른 놈이니 내가 보낸 신호를 단번에 알아챘을 것이다.

질투 혹은 분노 (2)

숙소에는 파란색 가방들이 많았다. 파란색, 하늘색, 푸르댕댕한 색, 청록색, 민트색. 바다 간다고 깔맞춤이라도 한 건지. 하나하나 열어 보는 것도 힘들었다. 혼자 낑낑대며 미친 사람처럼 가방을 뒤적거리는데, 문이 달칵 열리며 누군가 들어오는 발소리가 났다. 돌아보지 않아도 그 사람이 누군지 알 수 있었다.

"챙겨 달라고 시위하는 거예요?"

서희도가 내 옆으로 오더니 가장 커다랗고 색감이 쨍한 파란색 가방을 열었다. 그 안에 내가 찾던 스프레이 파스가 있었다.

"이리 줘. 누구 때문에 아파 죽겠으니까."

"팔 내 봐요."

"내가 뿌릴게."

"말 좀 들어."

녀석이 미간을 구기며 팔을 잡아끌었다. 진심으로 짜증 난 기색이었다. 나도 모르게 움찔해서 입을 다물었다. 평소에 잘 웃는 남자가 정색을 하면 무섭다. 특히 서희도는.

"거기서 갑자기 튀어나오면 어떡해."

그 모습이 싫지만은 않았다. 오히려 서희도가 얼굴을 굳히고 화를 낼 때마다 녀석도 남자임을 여실히 깨닫곤 했다.

"아파요?"

내 팔을 걷어 올리며 그가 퉁명스레 물었다. 나는 고개만 절레절레 저었다.

"그러게 누가……."

녀석은 말을 꺼내려다 입을 꾹 다물었다. 그러고는 스프레이 파스를 두어 번 흔들어 내 팔에 칙칙 뿌렸다. 팔을 보니 공에 맞은 부분이 붉게 물들어 있었다.

"왜 그렇게 세게 던졌어? 그냥 게임이잖아. 머리나 배에 맞으면 어쩌려고……."

"선배."

서희도가 신경질적으로 양 눈썹을 치켜올렸다.

"지금 내 앞에서 강신우 걱정하는 거야?"

그가 날선 목소리로 물었다. 나는 할 말을 잃고 그를 빤히 바라봤다. 지금 서희도 귀에는 이상한 필터가 있다. 내가 하는 말마다 꼬아듣는 필터.

"그게 아니라……."

"그게 아니면?"

"아냐, 됐어. 너 지금 너무 흥분했다."

"말 끊지 말고 계속해요."

서희도가 팔을 세게 잡아챘다. 점점 조여 오는 악력에 팔이 저려 왔다. 나는 깊은 한숨을 내쉬며 말을 이었다.

"아까 상황은 누가 봐도 이상하잖아. 과 사람들이 바보야? 네가 그렇게 대놓고 신우만 공격하는데 눈치 못 챌 리가 있어?"

"화가 나서 그랬어. 선배는 강신우가 엠티 오는 거 알고 있었으면서 나한테 말 안 했잖아. 그것만으로도 열 받는데 둘이 붙어 있는 모습 보니까 참기 힘들었어요. 아니, 참기 싫었어. 왜 말 안 했어요? 내가 안 따라왔으면 어쩌려고 했는데?"

서희도는 빠른 속도로 말을 쏟아 내고 숨을 몰아쉬었다. 단단히 화가 난 얼굴이었다. 나는 기가 막힌 표정으로 그를 쳐다보았다.

"왜 말 안 했냐고? 말할 필요가 없었으니까. 너한테 말할 만큼 중요한 일이 아니라고 생각했으니까. 됐어?"

신우가 엠티에 오는 건, 정말로 내게 그리 중요한 일이 아니었다. 나는 이제 신우에게 추호의 감정도 남아 있지 않았다. 설령 서희도가 엠티에 오지 않았다 해도 신우와 나 사이에는 그 어떤 일도 일어나지 않았을 거다. 녀석에게 미리 말해 봤자 신경만 쓰일 것 같아서 말을 안 했을 뿐이었다.

"너는, 너 없으면 내가 신우랑 다시 잘해 보기라도 할 줄 알았어? 너한테는 내가 그 정도야?"

내 말에 서희도의 얼굴이 점차 누그러졌다. 팔을 꽉 움켜잡고 있던 녀석의 손에서 힘이 풀렸다. 나는 잡힌 팔을 거칠게 빼내곤 옷소매를 끌어내렸다.

"어리광 부리는 것도 정도껏 해."

우두커니 서 있는 녀석에게서 등을 돌리고 여자들 방으로 향했다. 더 대화를 했다간 싸움만 커질 게 뻔했다. 그때, 갑자기 목덜미에 뜨거운 숨결이 훅 스며들었다.

"……미안해요. 내 생각이 짧았어."

서희도가 나를 뒤에서 끌어안고 낮게 읊조렸다. 갑작스런 포옹에 온

몸이 굳었다.

"잠깐 눈이 뒤집혔었나 봐. 나 선배 의심한 적 없어요. 그냥 선배가 강신우랑 붙어 있는 게 싫어서 그랬어."

어떻게 반응해야 할지 몰라서 눈앞에 보이는 풍경만 멀거니 응시했다. 통나무로 겹겹이 쌓아 올려진 벽과 아늑하게 퍼지는 전등 빛, 벽에 걸린 오래된 괘종시계, 구석에 놓인 라면 박스들을 차례차례 훑었다.

심장이 시계 초침 소리를 따라 빠르게 뛰었다. 이런 상황에서는 어떻게 반응해야 하는 걸까. 이렇게 금방 미안하다고 하면, 내가 더 미안해지잖아.

"나도…… 말 안 한 건 미안해."

괜히 손가락을 꼼지락대며 중얼거렸다. 허리를 감은 녀석의 팔에 힘이 들어갔다.

"그리고 너만큼이나 나도 싫어. 나도 박유라가 너한테 들이대는 거 싫다고."

"정말요?"

서희도가 내 어깨를 잡아 돌리며 물었다. 나는 입을 꾹 다문 채 고개를 끄덕였다. 박유라를 떠올리자 꾸역꾸역 삼켰던 감정이 울컥 치밀어 올랐다.

박유라는 엠티에 오기 전부터 나를 엿 먹이려고 작정한 게 분명했다. 도착해서도 나와 서희도의 사이를 알면서 일부러 모르는 척, 내 심기를 건드리고 있었다. 그래서 더 오기가 생겼다. 나를 도발하려는 걸 알기 때문에 더더욱 피하고 싶지 않았다.

"진짜? 진짜 싫었어요?"

"그럼 진짜지, 가짜겠어? 왜 자꾸 물어, 창피하게."

서희도의 얼굴에 미소가 번졌다. 녀석은 고개를 숙여 눈을 맞추더니 붉어진 내 얼굴을 집요하게 바라보았다.

"왜 그렇게 봐?"

"귀여워서요."

녀석이 빙그레 웃었다. 낯간지러운 말에 얼굴이 터질 듯 달아올랐다.

"선배는 질투 같은 거 못하는 줄 알았거든."

"아니, 이건 질투가 아니라……!"

"걱정 마요. 박유라는 못생겼잖아."

서희도가 나를 달래듯 품 안으로 끌어당겼다. 정말 유치한 말인데. 왜 입에서는 실없는 웃음이 새어 나올까.

"이제 티 안 낼게. 열 받아도 참을게요."

녀석이 등을 쓸어내리며 읊조렸다. 그 말에 무어라 대꾸해야 할지 몰라서 느릿느릿 팔을 들었다. 그리고 머뭇머뭇 서희도의 등을 안았다. 아니, 안았다는 말보다 그냥 대고 있다는 표현이 맞겠다. 그러자 녀석이 작게 웃었다.

"더 세게 안아도 돼."

녀석의 말에 팔이 흠칫 떨렸다. 가만 보면 꼭, 무당 같다.

"꽉 안아 줘. 얼른."

부탁인지 명령인지 모르겠지만 안아 달라니까 안아 줘야지. 못 이기는 척 서희도의 등을 힘주어 안자 녀석이 품, 웃음 참는 소리를 냈다.

"은근히 소심하다니까. 그게 매력이지만."

"……닥쳐."

"소심한 선배를 위해서 내가 참을게. 대신 내 주변에만 있어요. 강신우랑 투 샷 잡히는 거 진짜."

녀석이 말을 끊고 나를 내려다봤다. 양 미간을 모으더니 느릿하게 입을 연다.

"짜증 나니까."

짧은 침묵이 흘렀다. 목소리에는 진심 어린 짜증이 담겨 있었다. 나는 대답 대신 너른 등을 세게 끌어안았다. 서희도는 그제야 조그맣게 웃으며 내 목에 얼굴을 묻었다.

대부분의 여학생들은 짝 피구가 끝난 뒤 바로 숙소로 돌아왔다. 나와 박유라 무리, 그리고 몇몇 학생회 임원들을 제외한 나머지 여학생들은 보기만 해도 파릇파릇한 신입생들이었다.

그녀들의 뽀얀 얼굴에는 '아무것도 몰라요'의 순진함과 '모르니까 가르쳐 주세요'의 묘한 설렘이 뒤섞여 있었다. 남자 선배들의 의미 없는 장난에도 얼굴이 홍당무처럼 붉어지는 신입생들을 보며 나는 슬며시 입꼬리를 올렸다.

마음 같아선 그 애들에게 다가가 '신입생 때는 절대 아무나 사귀지 마. 특히 갓 전역한 복학생들 조심해. 나이 처먹은 영감들, 송치호 같은 영감은 더더욱 조심해야 한다'라고 단단히 일러 주고 싶었지만, 그러지 않기로 했다. 아직 대학 생활의 로망이 가득한 나이였다. 그녀들의 핑크빛 로망을 잿빛으로 물들이고 싶지 않았다.

혈기 왕성한 남자들은 해변에서 족구를 하고 차가운 바닷물에까지 뛰어든 후에야 숙소로 돌아왔다. 그들은 젖은 옷에 자잘한 모래를 한가득 묻힌 채로 숙소 안에 발을 들였다. 덕분에 깨끗하던 숙소 바닥은 순식간에 척척한 발자국으로 더럽혀졌다.

여자들이 제발 발이라도 씻고 오라며 고래고래 고함을 질러 댔지만, 남자들은 여자들의 말을 귓등으로도 듣지 않았다. 수건 한 장을 여럿이서 돌려쓰며 해맑은 얼굴로 밥을 찾을 뿐이었다.

쟤네는 도대체 왜 저러는 걸까. 물이 뚝뚝 떨어지는 바지를 입고 팔자걸음으로 걸어 다니는 그들을 보며 고개를 절레절레 저었다. 서희도는 저 추잡한 인간들과 다르겠지, 하고 생각했다.

하지만 녀석도 어쩔 수 없었다.

"배고프다."

서희도가 젖은 머리를 수건으로 탈탈 털며 내 옆에 섰다. 티셔츠 밑단에서는 짠 내 가득한 바닷물이 뚝뚝 떨어지고 있었다. 나는 가방을 정리하다 말고 경악하며 녀석을 올려다보았다.

"저기. 내 가방에 물 떨어지거든?"

"아, 배고파 죽겠어."

서희도는 허공에 대고 배고프단 말만 반복했다. 티 내지 않겠다는 약속 때문인지 녀석은 절대로 나와 눈을 마주치지 않았다.

"조금만 참아. 학생회 애들이 삼겹살 가지러 갔어."

나도 녀석과 눈을 마주치지 않았다. 그리고 잽싸게 가방을 뒤져 마른 수건을 건넸다. 서희도가 쓰고 있는 수건은 여러 명이 돌려 쓴 탓에 너무 축축하게 젖어 있었다.

"고마워요."

녀석이 작게 웃으며 수건을 받았다. 손끝이 살짝 스치는 순간, 서희도는 그 틈을 놓치지 않고 내 손을 힘주어 잡았다.

은근한 악력에 나도 모르게 고개를 들었다. 녀석은 살며시 눈웃음을 치더니 내가 건넨 수건을 머리에 감쌌다. 수건을 넓게 펴서 머리의 물기를 꾹 짠 다음 다시 길게 말아서 머리를 털어 낸다.

나는 그런 서희도를 물끄러미 쳐다보았다. 물에 젖은 생쥐 꼴인데도 꽤나 봐 줄 만했다.

뭐랄까. 꼭 여름을 배경으로 한 영화에 나오는 싱그러운 소년 같았다.

두 눈을 가늘게 뜨고 서희도를 흘겼다. 아무것도 모르는 녀석은 수건에 코를 박고 냄새를 킁킁 맡더니, 나를 보며 활짝 웃는다. 참, 쓸데없이 맑게도 웃는다.

"그거 알아요? 수건에서 선배 냄새 나."

그가 수건을 돌려주며 귓가에 속삭였다. 문득 녀석에게서 바다 내음이 풍기는 듯했다.

***

서희도가 말한 '티 내지 않기'란 이런 식이었다.

"파절이, 네가 한 거야?"

"네? 아, 네."

내 옆에 앉은 후배에게 다가와 말을 거는 척 자연스레 내 옆자리를 차지하거나,

"쌈장은? 난 기름장보다 쌈장이 좋은데."

"저, 저기 있는데……."

"너무 멀다. 네가 가져다주라."

코앞에 있는 쌈장을 못 본 척, 특유의 눈웃음을 무기로 후배를 멀리 보내 버리거나,

"어어, 기름 튄다."

약불에서 지글지글 잘만 구워지고 있는 삼겹살을 보고도 호들갑을 떨며 내 옆에 찰싹 붙거나,

"아, 미안해요. 손이 미끄러져서."

실수로 흘린 것처럼 내 앞 접시에 잘 구워진 고기를 떨어트리는 식이었다.

나는 결국 젓가락을 내려놓고 한숨을 쉬었다.

"지금 내 접시에 떨어진 고기만 열 점이 넘어."

"그래요? 손이 열 번 미끄러졌나 봐요."

서희도가 빙그레 웃으며 상추쌈을 입에 넣었다. 꼭꼭 씹어서 야무지게도 먹는다. 녀석은 이 상황을 즐기고 있는 게 분명했다.

나도 이제 포기 상태였다. 짝 피구 이후로 우리를 보는 시선들이 심상치 않지만, 맞은편에 앉은 박유라가 내 발등을 찍어 버릴 것 같은 도끼눈으로 나를 쳐다보고 있지만, 그녀의 옆에 앉은 무리들이 수군대며 웃고 있지만 이제는 나도 될 대로 되라는 식이었다.

무엇보다도 이런 기분, 나쁘지 않았다. 서희도가 젓가락질을 하거나 몸을 움직일 때마다 팔이 뭉근하게 닿는 느낌이, 왠지 포근하고 든든했다.

"맛있어요?"

서희도가 고기를 뒤집으며 물었다. 녀석의 시선은 불판에 고정되어 있었다.

"응. 맛있어."

나도 쌈 싸는 데만 열중하며 무심하게 대답했다. 그러자 녀석이 조그맣게 웃었다.

"선배도요."

지나가는 말처럼 가벼운 말이었다. 어느 순간, 그 말뜻을 깨달았을 때, 나는 젓가락을 떨어뜨리고 말았다. 녀석은 당황한 내 모습이 재밌는지 피식 웃으며 나직하게 덧붙였다.

"선배도 맛있어."

미쳤어.

옆에서 '선배님, 얼굴이 너무 빨개요! 더우세요?' 라는 신입생의 걱정스런 목소리가 들려왔다. 나는 불판이 가까워서 그런 것 같다고 어색하게 웃으며 손을 휘휘 저었다.

"자자, 다들 술잔을 채우십시오. 밤은 깊었고 하늘의 별은 총명하게 빛나고 있습니다. 들립니까? 우리에게 인사하는 저 바다의 소리 말입니다. 마치 우리의 미래를 축복해 주는 느낌이군요. 자, 우리 철학과의 아름다운 미래를 위해서 축배를 듭시다!"

김 교수는 19세기 연극 대사에나 나올 법한 건배사를 외치며 잔을 들었다. 기분이 좋으신지 오페라에 나오는 '축배의 노래'까지 부르셨다. 성악가 같은 제스처가 다소 민망하긴 했지만, 교수님의 낮고 묵직한 목소리는 나름대로 낭만적이었다.

노래가 끝난 후에는 어김없이 인생 수업이 이어졌다. 우리는 약 한 시간 동안 김 교수의 인생철학에 대해 들어야만 했다.

'나는 생각한다. 고로 존재한다'라는 데카르트의 존재론부터 '신은 죽었다'라는 니체의 지긋지긋한 실존주의. '내리쬐는 햇볕이 너무도 강렬해서 총을 갈겼다'는 카뮈의 부조리한 현실 인식까지.

김 교수는 열정적으로 침을 튀기며 철학적인 설교를 해 댔다. 긴긴 인생 수업이 끝나고 우리에게 자유가 찾아왔을 때는, 또다시 불쌍한 신입생들이 김 교수의 인질로 잡힌 다음이었다.

누가 딱히 의도한 건 아니었지만 술자리는 자연스레 고학년과 저학년의 모임으로 나뉘었다. 신우를 포함한 송치호와 박유라 무리들은 바닷가가 보이는 창가의 명당자리를 차지하여 둥그렇게 모여 앉았고, 나머지 저학년들은 한기가 스며드는 구석 자리에 옹기종기 모여 앉아 담소를 나누었다.

물론 나는 어느 그룹에도 속하지 못했다. 멀찍이 떨어진 벽에 붙어 앉아 맥주를 홀짝거릴 뿐이었다.

고개를 두리번거리며 서희도를 찾았다. 밖에 나갔는지 아까부터 보이지 않는다. 조금 전까지만 해도 그림자처럼 찰싹 달라붙어 있던 놈이 꼭 이럴 때는 없다. 한참 동안 녀석을 찾다가 포기하고 맥주 한 캔을 새로 땄다.

푸쉬, 소리와 함께 하얀 거품이 올라왔다. 거품이 넘칠세라 입으로 훔치는데 문득 모든 것들이 낯설게 느껴졌다. 북적거리는 이런 자리, 이런 자리에 있는 나, 그리고 이런 자리에서 서희도를 찾는 최수연. 나를 둘러싼 이 모든 것들에 위화감이 들었다.

내가 언제부터 서희도에게 의지하게 된 걸까. 나는 원래 이런 사람이 아니었다. 함께보다 혼자가 익숙한 사람이었다.

그러던 내가 어쩌다가.

"선배."

어쩌다가 이 목소리를 기다리게 된 걸까. 최수연 너, 어쩌다가.

"따라와요. 좋은 데 찾아 놨어."

어느새 옆으로 다가온 서희도가 작게 속삭였다. 내가 고개를 들고 멍하니 쳐다보자 녀석이 눈을 찡긋했다.

"내가 먼저 나갈게. 선배는 조금 있다가 나와요."

서희도는 말을 마치자마자 숙소를 빠져나갔다. 나는 녀석의 뒷모습이 사라지고 나서야 살며시 몸을 일으켰다. 다행히 다들 게임을 하느라 정신이 없어 보였다. 빈 맥주 캔을 손에 꼭 쥔 채 조용히 걸음을 옮겼다. 그리고 문 앞에 놓인 운동화를 찾아 신던 찰나였다.

"언니. 어디 가요?"

박유라의 목소리가 뒤통수를 세게 때렸다.

"이리 와서 같이 술 마셔요."

그 말에 차마 신발을 신지 못하고 우뚝 멈춰 섰다. 내게서 아무런 대답이 없자 유라가 피식 웃었다.

"달맞이라도 가려고 그래요? 그런 건 보통 새내기 때 하지 않나."

나는 얕은 한숨과 함께 뒤돌아섰다. 박유라 무리와 송치호 무리, 그리고 그 가운데서 무표정한 얼굴로 앉아 있는 신우가 보였다.

"답답해서 바람 쐬러 나가려고."

"와, 타이밍 죽인다. 방금 누구도 나가던데."

"박유라. 넌 나한테 왜 그렇게 관심이 많아?"

"뭐 딱히 언니한테 관심이 있는 건 아니고요. 싫음 말아요. 언니가 피하고 싶어 하는데 어쩌겠어."

박유라 무리들이 깔깔거리며 웃어 댔다. 몇몇 눈치 없는 남자들이 누구가 누군데? 하고 박유라에게 물었다. 박유라는 몰라도 된다고 대답하며 소리 죽여 웃었다. 나도 모르게 손에 힘이 들어갔다. 빈 맥주 캔이 손안에서 종잇장처럼 구겨졌다.

"그래. 같이 마시자. 내가 너를 왜 피하겠어."

이러면 안 되는데. 자꾸만 못난 오기가 생긴다.

내가 제일 싫어하는 왕 게임이 시작됐다. 왕이 시키는 대로 하지 않으면 벌주를 마시는 게임이었다.

"2번이랑 5번 러브샷 3단계!"

"남남이잖아, 개새끼야. 뒈지기 싫으면 번호 똑바로 골라라?"

송치호가 왕이 된 학생회장에게 욕지거리를 퍼부으며 술잔을 들었다. 송치호의 러브샷 상대는 서희도의 동기, 동현이었다. 동현이의 표정이 똥 씹은 사람처럼 굳었다.

"저는 그냥 벌주 마시겠습니다."

동현이가 진지하게 말하며 술을 벌컥벌컥 들이켰다. 음료수 잔에 한 가득 담긴 소주였다. 술을 마시고 안주를 씹는 동현이의 표정이 고통스럽게 일그러졌다. 지켜보는 나까지 속이 뒤틀리는 느낌이었다.

"그럼 이제 제가 번호 고를게요."

동현이가 번호를 고민하는 동안 은근슬쩍 휴대폰을 꺼냈다. 밖에서 기다리고 있을 서희도에게 문자를 보낼 참이었다.

"뭐 해요? 언니가 1번 같은데."

문자를 쓰는데 정신이 팔려 있던 사이, 맞은편에 앉아 있던 박유라가 젓가락으로 내 앞을 톡톡 쳤다. 그 말에 미처 문자를 보내지 못하고 고개를 들었다. 모두가 흥미로운 눈길로 나를 쳐다보고 있었다.

"1번이랑 7번 러브샷이래요."

어쩐지 분위기가 싸했다. 설마. 빠르게 고개를 돌려 신우를 쳐다보았다. 다른 사람들과 달리 신우의 얼굴은 딱딱하게 굳어 있었다. 박유라가 웃음을 참는 목소리로 덧붙였다.

"7번은 신우 오빠예요."

일순 어색한 침묵이 맴돌았다. 다들 아무 말이 없었지만 충분히 알 만했다. 과 사람들은 이 상황이 어떻게 흘러갈지 기대하고 있었다. 그들의 입가에 슬며시 배어 있는 미소가 그걸 말해 주고 있었다.

"이런 상황이 온 김에 하는 말인데요. 언니, 신우 오빠랑 다시 잘해 보는 거 어때요?"

"무슨 소리야?"

"괜히 주변 사람들 때문에 헤어진 것 같아서요. 저도 한몫했지만."

유라가 진심으로 안타깝다는 표정을 지으며 말했다. 나는 조용한 눈길로 유라를 쏘아보았다. 뻔뻔한 것도 능력인가.

"알면 입 다물지? 네가 할 말은 아닌 것 같은데."

내 말에 불편한 침묵이 맴돌았다. 모두들 나와 유라, 신우의 눈치를 보고 있었다. 송치호는 과자를 우적우적 씹어 먹으며 동물원의 원숭이들을 구경하듯 우리를 쳐다보았다.

"언닌 항상 왜 그렇게 날카로워요? 그땐 내가 미안했다니까요? 다 풀고 신우 오빠랑 다시 잘해 봐요. 오빠는 아직 마음 있는 것 같은데."

박유라의 속셈은 뻔했다. 나와 신우를 다시 엮어서라도, 서희도에게서 나를 떼어 놓고 싶은 거다. 어이가 없어도 너무 없어서 기막힌 웃음만 흘러나왔다. 그렇다고 또 사람들이 보는 데서 싸울 수는 없었다.

이걸 어떻게 해야 하나, 이를 아득바득 갈던 때였다. 멀리서 묵묵히 술만 마시던 신우가 나직하게 입을 뗐다.

"박유라, 그만해. 선을 지킬 줄 알아야지. 도가 지나치잖아."

차분하고 낮은 목소리였지만 다분히 화가 난 목소리였다. 신우는 말을 마치자마자 앞에 놓인 벌주를 벌컥벌컥 들이켰다. 과 사람들이 모두 놀란 눈으로 신우를 쳐다보았다. 늘 좋은 소리만 하던 신우가 대놓고 후배를 꾸짖은 적은 처음이었다.

유라도 내심 놀랐는지 조잘대던 입을 다물었다. 웃음기 가득하던 유라의 얼굴이 붉으락푸르락 변했다. 툭 건드리면 울어 버릴 것 같은 얼굴이었다.

"아, 아하하. 제가 참 번호 선정 센스가 이렇게 없어요. 수, 수연 누나도 벌주 드셔요."

동현이가 일부러 크게 웃으며 벌주를 내밀었다. 내가 어두워진 얼굴로 찰랑이는 술잔을 바라보자 동현이가 안절부절못하며 다시 호탕하게 웃었다.

"흐, 흑기사! 제가 흑기사 할게요, 누나! 제가 또 엄청난 말술입니다."

"아니야. 그냥 내가……."

동현이에게서 벌주를 빼앗아 마시려던 때였다. 뒤에서 불쑥 끼어든 손이 음료수 잔을 쓱 채 갔다. 손목에 채워진 짙은 가죽 시계. 손등에 유독 튀어나온 핏줄. 나와 동현이의 고개가 동시에 들렸다. 술잔을 가져간 사람은 예상대로 서희도였다.

"내가 마실게요."

녀석이 옅게 웃으며 말했다. 웃는 얼굴 위에는 어두운 그늘이 깔려 있었다.

"오, 서희도! 흑기사 하려고 숨어 있었냐?"

눈치 없는 동현이가 빙글빙글 웃으며 깐족댔다. 동현이의 말에 사람들의 시선이 서희도에게로 쏠렸다. 대부분 수상하다는 눈길로 나와 서희도를 번갈아 보고 있었다. 녀석은 그런 시선에도 아랑곳 않고 내 옆자리에 풀썩 앉았다.

"이것만 마시면 돼?"

서희도가 유라를 똑바로 쳐다보며 물었다. 유라는 대답을 못하고 입술만 꾹 깨물었다. 그러자 몇 자리 떨어진 곳에서 걸걸한 목소리가 들려왔다.

"야. 너 아까부터 수상하다? 피구할 때는 신우만 공격하더니 이번엔 수연이 흑기사? 둘이 뭐냐?"

송치호가 낄낄거리며 새끼손가락을 딸랑딸랑 흔들었다. 그 말에 얼굴이 확 달아올랐다. 그런 나와 달리, 서희도는 차분했다.

"수연 선배가 제 멘토잖아요. 멘티가 흑기사 하겠다는데 그게 이상해요?"

녀석의 말에는 딱히 반박의 여지가 없었다. 서희도는 태연하게 웃더니 음료수 잔에 담긴 소주를 단숨에 들이켰다. 술이 넘어갈 때마다 툭 튀어나온 목울대가 위아래로 일렁거렸다.

조용히, 그리고 빠르게 술잔을 비운 녀석은 빈 잔을 내려놓으며 손등으로 젖은 입술을 닦았다. 과 사람들은 그 모습을 쥐 죽은 듯이 지켜보았다. 서희도가 술을 마시는 모습은 어쩐지 위압적이었다.

"나도 게임할래. 끼워 줘요."

녀석이 싱긋 웃으며 말했다. 그 많은 술을 마셔 놓고도 녀석의 얼굴색은 하나도 변하지 않았다.

"안 해요?"

서희도가 순진무구한 얼굴로 물었다. 과 사람들은 그제야 정신을 차리고 다시 술잔을 채웠다.

그가 술자리에 끼고 난 뒤, 게임은 더 자극적으로 변했다.

"3번, 5번 뽀뽀."

"3번 나. 5번 누구냐?"

"……접니다."

"이런 썅! 또 윤동현이야?"

송치호는 번호가 적힌 나무젓가락을 신경질적으로 내동댕이쳤다. 동현이의 얼굴은 창백하다 못해 새파랗게 질려 있었다.

"벌, 벌주 마실게요."

동현이가 덜덜 떨리는 손으로 벌주를 들었다. 저러다 진짜 큰일 날텐데. 걱정스런 눈길로 동현이를 주시하던 찰나였다.

"흑기사."

서희도가 씩 웃으며 동현이의 잔을 가져갔다. 동현이는 생명의 은인이라도 만난 사람처럼 감격한 얼굴이었다.

"아, 뭐야. 서희도. 너 게임 이딴 식으로 재미없게 할래?"

송치호가 잔뜩 짜증이 난 표정으로 서희도를 쏘아봤다. 산만 한 덩치에 걸걸한 목소리로 투덜대는 모습이 꼭 산속에서 마주친 멧돼지처럼 위협적이었다. 그럼에도 서희도는 절대 기죽는 법이 없었다.

"나도 걸리고 싶어요. 왜 내 번호는 안 부르지?"

서희도가 긴 눈매를 반으로 접으며 술을 벌컥벌컥 들이켰다. 다시 게임은 계속됐다.

"4번, 2번 무릎 위에 앉아서 러브샷."

유라가 대충대충 말하곤 젓가락을 툭 내던졌다. 지 마음대로 풀리지 않자 게임에 흥미를 잃은 모양이었다. 그도 그럴 것이, 박유라와 서희도는 단 한 번도 함께 걸린 적이 없었다.

"나 4번인데, 2번 누구냐. 또 윤동현은 아니겠지?"

송치호가 지친 얼굴로 젓가락을 흔들었다. 나는 두 눈을 질끈 감았다. 2번이었다.

"벌주……."

"흑기사요."

내가 말을 다 꺼내기도 전에 서희도가 술잔을 가져갔다. 녀석은 말릴 틈도 없이 술잔을 비워 냈다.

"저 새끼가 진짜……."

송치호가 이를 꽉 깨물었다. 평소에는 한량 같은 인간이지만 술 게임을 할 때만큼은 철저한 원칙주의자가 되는 송치호였다.

"야, 이제 흑기사 없어. 하지 마. 하기만 해 봐. 뒤진다, 진짜. 저 밑 빠진 독 같은 새끼."

송치호가 이를 아득바득 갈았다. 그러고는 빈 종이컵에 가래침을 카악, 퉤 뱉었다. 송치호의 옆에 앉은 후배가 불쾌한 얼굴로 그를 흘겼다.

"뽑아."

송치호가 젓가락 통을 흔들며 내밀었다. 모두들 신중하고 진지한 얼굴로 젓가락을 가져갔다. 나는 마지막에 남은 하나를 꺼냈다. 박유라가 젓가락 번호를 흘끔 보곤 서희도를 흘깃했다. 이번엔 촉이 좋은지 지 혼자 풋, 웃는다. 그 모습을 보니 이유 모를 짜증이 솟구쳤다.

"이번엔 센 걸로 간다. 못하면 벌주 두 잔씩 마셔라."

이럴 때만 열정이 타오르는 인간. 송치호는 낄낄 웃으며 음료수 잔 네 개를 소주로 꽉꽉 채웠다. 바닥에는 빈 소주병이 스무 개도 넘게 나 뒹굴고 있었다.

데굴데굴 굴러다니는 소주병들을 보자 불현듯 회의감이 들었다. 내 가 왜 이 게임을 하고 있는지, 왜 이 사람들과 함께 있는지, 왜 엠티에 왔는지. 회의감은 점점 시간을 거슬러 올라갔다.

"2번, 3번."

얕은 한숨을 쉬며 서희도의 젓가락을 슬쩍 보았다. 녀석은 2번이었 다.

그리고 나는.

"키스해."

고개가 들렸다. 박유라와 눈이 마주쳤다. 박유라가 잘 다듬어진 눈썹을 치켜올리며 나를 보았다. 박유라의 입술 끝이 경련을 일으키듯 떨렸다.

"2번, 3번 누구야? 키스할 거야, 벌주 마실 거야? 엉?"

젓가락을 힘없이 떨어트렸다.

2번은 서희도였고, 3번은.

"아니! 수연이랑 희도네? 와, 이런 우연이."

나였다.

송치호가 어깨를 으쓱 들어 올리며 몸을 과장되게 떨었다. 박유라 무리들이 눈을 크게 뜨고 우리를 주시했다. 신우는 적막한 눈으로 나를 빤히 응시하고 있었다.

"벌주 마실……."

당연했다. 벌주를 마시는 건 당연한 일이었다. 굳이 나와 서희도가 아니더라도, 게임 때문에 과 사람들끼리 키스를 하는 건 상식적으로 말이 안 되는 일이었다. 모두들 그렇게 생각했을 것이고, 나 또한 그렇게 생각했다.

그런데.

서희도가 돌연 내 뒷목을 잡아끌었다. 그리고 양손으로 내 얼굴을 붙잡았다. 순식간에 녀석의 얼굴이 코앞까지 가까워졌다. 짙은 술 냄새가 훅 풍겨 오는 동시에 숨이 멎었다. 온몸이 돌처럼 뻣뻣하게 굳었다. 움직일 수도 없었고, 목소리조차 흘러나오지 않았다.

놀란 건 나뿐만이 아니었다. 당연히 벌주를 마실 거라 생각했던 과 사람들은 서희도의 돌발 행동에 입을 쩍 벌렸다. 여기저기서 헉, 소리가 흘러나왔다. 어느 후배의 입에서는 날카로운 돌고래 소리까지 새어 나왔다.

서로의 코끝이 닿은 채로 짧고도 긴 정적이 흘렀다. 정지된 영상처럼 모든 장면이 멈춰 있었다. 술을 마시던 사람들도, 시끄럽게 떠들던 사람들도 일순 움직임을 멈춘 채 우리를 바라봤다.

시간이 멈춘 것 같았다. 나와 서희도의 시간을 제외한, 모든 시간들이.

"벌주가 너무 심하잖아. 안 그래요?"

오랜 침묵 끝에서, 서희도가 내 입술을 지그시 응시하며 읊조렸다. 조금만 움직이면 입술이 닿을 거리였다. 나는 속절없이 흔들리는 눈으로 녀석을 바라보았다.

짧은 순간 많은 생각이 밀려왔다. 여기서 입을 맞추면 벌어질 일들. 그 일들에 대한 걱정. 동시에 박유라에게 보란 듯이 입 맞추고 싶은 마음. 온갖 감정들이 뒤섞여 흘렀다. 내 표정을 읽었는지 녀석이 조그맣게 웃으며 나를 놓아 주었다.

"장난이었어요."

서희도는 넉 잔이나 되는 벌주를 연신 벌컥벌컥 들이켰다. 과 사람들은 그제야 놀란 가슴을 쓸어내리며 녀석에게 온갖 욕지거리를 퍼부었다. 서희도는 게임이 너무 루즈해져서 그랬다고 웃으며 받아쳤다.

그 뒤에도 몇 번의 게임이 계속됐지만, 나는 더 이상 게임을 하지 못하고 조용히 일어나 숙소를 나왔다. 사람이 없는 숙소 뒤편으로 터덜터덜 걸음을 옮기는 내내 서희도의 얼굴이 눈앞에 아른거렸다.

기분 탓일까. 나를 놓아 주며 웃는 녀석의 얼굴이, 어쩐지 조금 씁쓸해 보였다.

"왜 여기서 이러고 있어요?"

숙소 뒤편에 있는 컨테이너 건물에 기대어 앉아 있을 때였다. 서희도가 비틀대며 걸어왔다. 이제야 취기가 오르는지 얼굴이 붉었다.

"괜찮아?"

"괜찮아."

"그러게 왜 흑기사 노릇을 해서는……. 기다려. 숙취 해소제 가져올게."

내가 몸을 일으키자 서희도가 팔을 잡아챘다. 그러고는 아무 말 없이 고개를 젓는다. 아이처럼 도리도리. 나는 다시 건물에 등을 기대며 서희도의 얼굴을 빤히 바라보았다.

"아까는 미안해요. 화난 거 아니죠?"

숙소에서 새어 나오는 빛이 서희도의 얼굴을 비추었다. 낮에 피구를 할 때는 한 마리 짐승 같더니, 지금은 꼭 한 마리 강아지 같다. 혼날까 봐 전전긍긍하는 강아지.

"화 안 났어. 네가 왜 미안해."

내가 작게 웃자 그제야 서희도의 얼굴에서 긴장이 가셨다. 녀석은 금세 짓궂은 미소를 띠며 나를 벽으로 밀었다. 그리고 두 팔 안에 내 몸을 가두었다.

"참느라 힘들었어."

서희도의 몸이 점점 가까워졌다. 축축한 숨결에서는 알싸한 술 냄새가 났고, 숨소리는 다소 거칠었다.

"사실은 확 해 버리고 싶었어요. 그런데 참았어. 그러면 안 될 것 같아서."

녀석이 쓰게 웃었다. 조금 전에 본 그 미소였다. 미소가 사라진 자리에는 곧 어두운 그늘이 내려앉았다. 나는 몸이 밀착된 좁은 공간에서 힘겹게 손을 뻗어 딱딱하게 굳은 녀석의 얼굴을 손가락으로 가만 쓸었다.

"선배."

"······응."

"최수연 선배님."

"왜."

서희도는 나를 실없이 불러 대더니 혼자 피식 웃었다. 혀가 반쯤 꼬여 있었다.

"최수연."

"아, 왜. 불렀으면 말을······."

"수연아."

이번에는 또렷한 음성이었다. 그러나 나는 녀석의 부름에 대답하지 못했다. 서희도가 나를 수연아, 하고 불렀기 때문이었다. 수연아, 하고.

그 나지막한 부름이 작은 파동으로 번졌다.

"어떻게 할까. 2번, 3번 키스하라는데."

서희도가 능글맞은 미소를 띠었다. 그 말에 떨리던 가슴이 금세 식었다. 하여튼 여운을 느끼려고 할라치면 감동을 와장창 깨 버린다.

"아까 벌주 마셨잖아. 그걸로 퉁이지."

"벌주는 내가 마셨잖아. 흑기사 해 준 대가가 있어야지."

"그래서 뭐, 뭘 원하는데?"

서희도는 옅은 갈색 눈으로 내 얼굴을 샅샅이 훑으며 씩 웃었다. 그러다 이내 조금의 예고도 없이 내 입술을 덮쳤다.

봄바람 같은 입맞춤이었다. 움직임도 없이 가만히 머물러 있는 입맞춤. 서로의 체온과 숨소리를 느끼듯이 잔잔한, 그런 입맞춤.

간지러운 입맞춤에 몸속의 피가 이리저리 움직이던 찰나였다. 끈적이고 말캉한 입술이 천천히 떨어졌다. 평소와 다른 입맞춤에 어쩐지 아쉬운 마음이 들었다.

나는 바로 눈을 뜨지 못하고 아주 느리게, 서서히, 눈을 떴다.

"아쉬워요?"

눈을 뜨니, 어김없이 서희도가 보인다.

녀석이 숨을 고르며 내 얼굴을 쳐다보고 있다. 불규칙한 호흡을 고르며, 들숨과 날숨이 헷갈릴 만큼, 가까이서 한참 동안.

가쁜 숨소리가 조금씩 가라앉을 때였다. 내가 먼저 까치발을 들고 녀석의 목에 팔을 감았다. 그리고 다시 입을 맞추었다. 조금 전보다 더 깊고, 더 진하게.

머리를 파고드는 녀석의 단단한 손길에, 허리를 끄는 강한 완력에 저절로 입술이 벌어졌다. 뜨거운 혀가 입술 사이를 파고들어 방황하는 혀를 옭아맸다. 도망가지 말라는 듯, 혹은 어떤 질투처럼.

녀석의 혀끝에서는 쌉싸래한 술맛이 났다.

Chapter 12

서희도와 손을 잡고 숙소 뒤편의 해안 산책로를 걸었다.

인적이 드문 산책로에는 소나무가 울창하게 우거져 있었다. 나뭇가지가 스치며 내는 소리는 꼭 난데없이 쏟아지는 빗소리 같기도 했고, 잘게 부서지는 파도 소리 같기도 했다.

바람이 지나간 자리에는 습기를 머금은 공기가 남았다. 가을의 밤바다에서만 느낄 수 있는 서늘하고 상쾌한 공기였다.

"다 왔어요."

서희도의 목소리에 걸음을 멈췄다. 눈앞에는 '쉼터'라는 팻말이 걸린 작은 오두막집이 있었다.

"여기가 어디야?"

"쉼터."

그걸 누가 몰라서 묻나.

내가 빤히 바라보자 녀석이 빙그레 웃으며 덧붙였다.

"잠깐 쉬다 갈까요?"

쏴아아. 녀석의 해사한 미소 뒤로 검푸른 파도 소리가 밀려왔다.

Kiss Me

쉼터 안은 휑했다. 그 안에는 나무로 만들어진 낡은 테이블 하나와 간이 의자 두 개, 벼룩 왕국이 존재할 것만 같은 지저분한 담요, 바닥에 굴러다니는 나무젓가락 몇 개를 빼곤 '쉼터'라는 팻말을 붙일 그 어떤 것도 구비되어 있지 않았다.

심지어 틈이 벌어진 통나무 벽 사이로 싸늘한 바람이 새어 들어오고 있었다. 아마도 쉼터의 기능은 진작 잃어버린, 처치 곤란으로 방치된 오두막인 듯했다.

"쉬다가 입 돌아가겠다."

시린 한기에 몸이 오들오들 떨렸다. 서희도는 다 부서져 가는 문을 꼭 닫으며 작게 웃었다.

"그래도 풍경이 예쁘잖아."

녀석이 커다랗게 나 있는 창문을 가리켰다. 김이 뿌옇게 서린 창문 너머로 검은색 밤바다가 펼쳐져 있었다.

"……예쁘긴 하네."

구시렁대며 창문으로 다가갔다. 창문에 서린 김을 외투로 대충 닦아 내니 밤바다의 풍경이 더 선명하게 들어왔다. 파도 위로 부서지는 환한 달빛이 아름다웠다.

"아까 사람 없는 곳 찾다가 발견했어요. 선배랑 오고 싶었어."

서희도가 내 뒤로 다가와서 말했다. 녀석이 덜 닦인 창문을 소매로 쓱쓱 닦아 내자 흐릿하던 풍경이 한층 또렷해졌다.

"봐요. 밤바다."

낮은 목소리와 함께 따뜻한 숨결이 목덜미에 내려앉았다. 나는 가슴께에 두 팔을 오그려 모은 채 몸을 잔뜩 웅크렸다. 서희도의 몸이 내 등에 너무 바짝 붙어 있었다.

"예쁘지?"

"……응."

"선배도요."

"어?"

선배도요. 이제 알아들을 때도 됐건만. 아직 이런 말을 듣는 게 익숙지 않아서 반사적으로 되묻게 된다.

"선배도 예쁘다고."

녀석은 피식 웃곤 내 허리를 끌어안았다. 허리를 감은 팔에서 은근한 완력이 느껴지자 심장이 빠르게 뛰고 얼굴이 달아올랐다.

"너, 그런 말 다 진심이야?"

"무슨 말?"

"그, 예쁘다거나, 맛……."

"맛있다는 거?"

녀석이 대신 말을 이었다. 나는 고개만 살짝 끄덕였다. 서희도는 조그맣게 웃더니 내 목덜미에 입술을 묻고 중얼거렸다.

"선배는 나를 너무 못 믿어."

244

"너를 못 믿는 게 아니라……."

"선배한테 자신이 없어요?"

녀석이 고개를 갸웃거리며 물었다. 나는 조금 더 세차게 고개를 끄덕였다.

"난 그런 말이 아직 낯설어. 그런데 너는…… 그런 말을 너무 쉽게 하니까."

"쉽게 하는 거 아니야."

서희도의 목소리가 일순 진지해졌다. 녀석의 팔에는 점점 힘이 들어가고 있었다.

"난 그냥 솔직한 거예요. 매순간 내가 느끼는 대로, 보는 대로 말하는 거야."

녀석의 말 뒤로 침묵이 흘렀다. 옆모습을 빤히 바라보는 시선에 목이 탔다. 자기 감정에 솔직하고 표현하는 데 거침없는 서희도를 보면 내가 한심하게 느껴진다. 나를 예쁘다고 말해 주는 남자 앞에서 왜 한없이 움츠러드는지.

"있잖아. 나 뭐 하나만 물어봐도 돼?"

"뭔데요?"

"너는 왜…… 내가 좋아?"

내가 말하고도 민망해서 얼굴이 달아올랐다. 마른침을 꼴깍 삼키는 소리가 고요한 정적을 울렸다. 녀석은 낮게 웃더니 내 볼에 살며시 입맞추었다.

"선배 예쁘잖아. 그리고 알면 알수록 사랑스럽거든. 놀리면 빨개지는 얼굴도 예쁘고, 찹쌀떡 같은 가슴도 귀엽고, 소심한 것도 매력적이야."

서희도가 머리칼을 귀에 꽂아 주며 부드럽게 속삭였다. 귓가에 스며드는 목소리가 간지러워 어깨를 움츠리자, 녀석이 짓궂게 웃으며 귓불을 살짝 깨물었다.

"처음 봤을 때부터 끌렸어요. 외로워 보여서."

외로워 보여서 끌렸다는 말은 도대체 뭘까. 서희도와 싸웠던 날에도 녀석은 내게 그런 말을 했었다. 선배가 외로워 보여서 좋았다고.

"외로워 보이는 게 왜?"

내 물음에 서희도는 음, 하고 한참을 생각하다가 입을 열었다.

"사실 난 사람들이랑 어울리는 거 별로 안 좋아해요. 뭐든 남들이랑 공유하는 건 더더욱 싫고."

녀석은 느릿하고 나지막하게 말을 이었다. 낮고 축축한 목소리가 냉한 오두막을 나른하고 아늑한 공간으로 만들었다.

"선배도 그런 사람인 것 같았어요. 그래서 욕심이 났어."

"욕심?"

서희도가 내 몸을 돌려 세웠다. 마주 본 녀석의 얼굴 위로 희미한 달빛이 내려앉았다.

"같이 고립되고 싶은 욕심, 뭐 그런 거."

녀석이 붉은 입매를 올리며 읊조렸다. 그리고 커다란 손으로 내 뺨을 부드럽게 쓸었다.

"선배 안에는 나만 들어갈 거야."

"그 말, 왠지 중의적으로 들리는데."

"응. 선배가 생각하는 게 맞아. 그러니까 내 앞에서만 무너져요. 아무한테도 보여 주지 마."

서희도는 짙은 눈으로 나를 응시하며 내 입술을 손가락으로 꾸욱 눌렀다. 녀석의 얼굴에는 조금의 장난기도 없었다.

"내 방식대로 선배를 바꿀 거야. 예쁘다는 말에도 당황하지 않게 길

들일 거야."

결의에 찬 말투. 나는 어색한 미소만 지었다.

"섹스할 때도 내 몸에 익숙하게 만들 거예요. 선배가 내 몸만 찾도록."

녀석의 목소리는 적장에 던지는 선전포고처럼 비장했다. 그러자 불현듯 무서워졌다.

"저기, 꼭 그걸 그 단어로 말해야 할까? 너무 적나라하잖아."

"그럼 섹스를 섹스라고 하지, 뭐라고 해?"

서희도는 너무 당연하다는 듯 반문했다. 그게 틀린 말은 아니라서 딱히 대꾸할 거리가 없었다. 사실 '섹스'라는 단어 자체가 야한 건 아니었다. 철학과 수업을 듣다 보면 필히 일주일에 한두 번은 듣게 되는 단어였고, 하도 듣다 보니 선정적인 느낌보다는 학문적인 느낌이 강했다.

하지만 서희도의 입에서 나오는 섹스는 달랐다. 눈웃음치는 얼굴과 다르게 낮고 축축한 목소리 때문인지 녀석이 말하는 섹스는 굉장히 선정적으로 들렸다.

"선배."

"응."

"키스해도 돼요?"

나는 얼이 빠진 얼굴로 녀석을 올려다보았다. '키스해도 돼요?'를 묻는 목소리는 '배고프다'를 말할 때만큼이나 어조가 없었다.

내게서 아무 대답이 없자 녀석이 돌연 허리를 잡아 끌었다. 순식간에 몸이 가까워지고 가슴이 맞닿았다.

"응? 키스해도 돼?"

이번엔 더 애절한 목소리로 묻는다. 평소에는 묻지도 않고 잘만 하면서.

"너 원래 묻고 하는 스타일 아니잖아. 아까도 마음대로 해 놓고는."

"지금 키스하면 자제가 안 될 것 같아서 그래."

"그게 무슨……."

그러니까, '키스해도 돼?'라는 질문은 '거기까지 가도 돼?'라는 질문인 건가. 두려운 눈길로 녀석을 바라보았다. 사실 피임은 문제가 되지 않는다. 엠티와 생리 기간이 겹친 탓에 피임약을 먹고 있으니까.

문제는 장소였다. 집 아닌 곳에서 해 본 적도 없을뿐더러 여기는 너무.

너무…… 춥다.

"자제가 안 되면 어디까지 갈 생각인데? 너 콘돔도 없잖아."

녀석을 슬쩍 떠보았다. 서희도는 무언가를 고민하는가 싶더니 곧 얼굴을 쓸어내리며 작게 웃었다.

"미안해요. 내 생각만 했어."

녀석의 얼굴에 쓸쓸함과 미안한 감정이 교차했다. 그 얼굴을 보는 내 마음은 더 쓸쓸해졌다. 그래도 한 번은 더 물어볼 줄 알았는데. 너무 빠른 포기에 어쩐지 마음이 조급해진다.

나는 입술을 잘근잘근 깨물며 오두막 안을 둘러보았다. 여기는 꽤 춥고 좁은 곳이지만 창문 너머로 아름다운 바다가 펼쳐져 있다. 게다가 오늘은 날이 맑다. 덕분에 밤하늘의 별도 선명히 보인다. 철썩거리는 파도 소리도 몽환적이고, 둘이만 있는 이런 분위기도 아늑하다.

그리고 무엇보다.

"키스해 줘."

서희도만큼이나 나도, 하고 싶으니까.

녀석이 휘둥그레진 눈으로 나를 바라보았다. 믿기 어렵다는 얼굴이었다. 나는 서희도의 시선을 피하며 작게 우물거렸다.

"피, 피임약 먹고 왔거든. 오해하지 마. 너 때문이 아니라 생리 때문에⋯⋯."

말이 끝나기도 전에 서희도의 말캉한 입술이 내 입술을 덮쳤다. 숨 쉴 겨를도 없이 입술이 벌어지고 혀가 들어왔다. 갑작스런 돌진에 내 머리가 벽에 부딪히자 녀석이 손을 뻗어 뒤통수를 받쳐 주었다.

그러고는 숨 막히는 키스를 이어 나가기 시작했다. 아랫입술을 핥다가 윗입술을 깨물고, 혀를 옭아맨다. 그것도 부족한지 치열과 입천장을 쓸다시피하며 입안을 휘젓는다. 잠시도 입술을 떼지 않는 키스. 서희도와 여러 번 키스를 해 보았지만, 이렇게 밀어붙이기만 하는 진한 키스는 처음이었다.

"자, 잠깐⋯⋯."

"참아 줘. 응?"

한 손으론 뜨거워진 내 이마를 짚고, 다른 한 손으로 허리를 강하게 끌어당기면서 서희도가 붉게 상기된 얼굴로 애원했다. 맞닿은 아랫배에서 뭉툭하고 딱딱한 무언가가 느껴졌다. 내가 흠칫하며 고개를 뒤로 빼자 녀석이 몸을 밀착시키며 속삭였다.

"네가 유혹했잖아. 그러니까 참아."

'네가'라니. 난데없는 반말에 당황하던 찰나 서희도의 입술이 턱 끝에 닿았다. 턱을 빨아 당기듯 쪽쪽거리더니 다시 올라와 입술 사이를 파고든다.

조금 전보다는 부드러운, 하지만 더 농밀한 키스의 시작이었다.

"들려요? 파도 소리."

서희도가 창문을 반쯤 열며 물었다. 나는 입술을 꾹 깨문 채 힘겹게 고개를 끄덕였다. 김 서린 창문 위에는 야릇한 손자국이 덕지덕지 찍혀 있었다.

"철썩거리는 소리가 꼭 이 소리 같아."

작게 웃으며 그가 허리를 위로 튕겼다. 짧지만 강한 움직임이었다. 나는 흘러나오는 신음을 간신히 삼키며 창문을 짚었다.

"눈 감지 말고 앞에 봐요. 선배랑 같이 보고 싶어."

서희도가 손을 뻗어 내 얼굴을 들어 올렸다. 그제야 눈앞의 풍경이 눈에 들어오기 시작했다. 창문 너머로 어둠에 검게 물든 밤바다가 철썩거리고 있었다.

철썩, 철썩. 그 소리를 계속 듣고 있으니 기분이 묘해졌다. 서희도의 말대로 파도 소리는 꼭 살과 살이 부딪히는 소리 같았다.

"하……. 너는 진짜……."

왜 이렇게 야한지. 마지막 말을 삼키고 서희도의 어깨에 머리를 기댔다. 녀석은 나를 뒤에서 끌어안은 채 남성을 깊게 묻고 허리를 천천히 놀렸다. 느릿느릿, 애태우듯.

"낭만적이지 않아요? 바다 보면서 섹스하는 거."

제발 그 섹스라는 단어 좀 그만 말하면 좋겠다. 안 그래도 달아오른 얼굴이 더 뜨거워지니까.

"힘들어요?"

"다리가…… 후들거려."

뒤에서 들어오는 걸 받아 내기도 힘든데 서 있는 자세로 버티려니 배로 힘들었다. 서희도가 허리를 튕길 때마다 창문이나 벽을 짚으며 간신히 몸을 지탱했지만 역부족이었다.

"그래도 참아. 나도 참고 있으니까."

녀석이 허리를 빙글빙글 돌리며 능글맞게 말했다. 얄미워서 허벅지를 꼬집어 주려다가 말았다. 그럴 힘도 없거니와, 내 몸은 서희도를 원망하기엔 이미 너무 젖어 있었다.

"좋다. 이런 거."

서희도는 작게 웃으며 아랫배를 세게 잡아당겼다. 그러자 부푼 남성이 더 깊숙이 파고들면서 느긋하던 움직임이 빨라졌다.

"훗. 으응⋯⋯."

나도 모르게 외설스러운 신음 소리가 흘러나왔다. 깜짝 놀라서 입을 막으려는데 서희도가 먼저 내 턱을 잡아 돌렸다. 노골적인 시선으로 잔뜩 허물어졌을 얼굴을 훑는다.

"그런 소리는 참지 마."

녀석이 피식 웃으며 내 입술을 살짝 깨물었다.

"더 세게 해도 돼?"

이미 세게 하고 있으면서. 내 입에서 흘러나올 대답도 알고 있으면서.

대답을 하는 대신 고개를 살짝 끄덕였다. 서희도는 만족스럽게 미소 짓더니, 내 허리에 둘러 놓은 외투를 더 단단히 매 주었다. 내가 추울까 봐 녀석이 벗어 준 외투였다.

"다리 조금 더 벌려 봐요."

"이, 이렇게?"

엉거주춤 선 자세에서 다리를 반쯤 벌렸다. 그러자 상체가 앞으로 기울어지고 엉덩이만 들린 우스꽝스런 모양새가 됐다.

"더 벌려야 할 것 같은데."

낮게 웃는 목소리에 불현듯 민망함이 밀려왔다. 다시 다리를 오므리려고 했지만, 서희도가 제 허벅지를 들이민 탓에 다리를 움직일 수 없었다. 결국 나는 녀석의 힘에 못 이겨 음탕한 여자처럼 다리를 활짝 벌리고 말았다.

"많이 발전했네."

서희도가 작게 속삭이며 허리를 단단히 움켜잡았다. 그러고는 조금 전보다 더 빠르고 강하게 허리를 움직이기 시작했다. 완전히 빠져나가는가 싶더니 다시 밀고 들어오고, 뿌리 끝까지 묻어 놓았는가 싶더니 더 깊숙하게 치올린다.

녀석이 밀고 들어올 때마다 입이 벌어지고 고개가 아래로 꺾였다. 그럴 때마다 서희도는 내 고개를 들어 올려 앞을 바라보게 했다. 하지만 더 이상 창밖 풍경은 눈에 들어오지 않았다. 이제 내 눈에 보이는 건 창에 비친 서희도의 얼굴뿐이었다.

미간을 잔뜩 구긴 채 입을 꽉 다물고 있는, 세상에서 제일 야한 얼굴.

"하, 아웃……!"

"아파?"

"으응, 아, 아파……."

"어쩔 수 없어요. 참아."

이럴 거면 왜 물어보는지. 창문이 덜컹덜컹 흔들렸다. 서희도는 허리를 빠르게 움직이며 내 눈꼬리에 찔끔 맺힌 눈물을 혀로 핥았다.

"나도 살살 하고 싶어. 그런데 네가 너무 조이니까……."

녀석은 말끝을 삼키더니 아랫배를 강하게 끌어당겼다. 굵은 남성이 질 속 어딘가를 건드리는 순간, 내 입에서 높은 신음 소리가 흘러나왔다. 참아 낼 겨를도 없이 터져 나온, 내 입에서 나온 소리라곤 믿기지 않을 만큼 간드러지는 목소리였다.

"하윽……! 응!"

내가 몸을 흠칫흠칫 떨고 있는 사이, 서희도의 손이 아래로 내려왔다. 연결된 부분을 더듬더니 동그랗게 부푼 정점을 찾아 꾹 짓누른다. 뒤에서 파고드는 남성에, 앞에서 빙글빙글 돌려 대는 손길에 정신이 혼미해졌다.

"그거 알아? 너는 여기를 건드리면 젖어."

이럴 때일수록 정신을 차려야 해. 아득해지는 정신을 간신히 붙들고 힘겹게 입을 열었다.

"그런데 너, 아까부터 왜, 하아……. 반말이야?"

내 말에 서희도는 풋, 웃었다. 그 와중에도 아래에서 위로 허리를 치올리는 움직임은 멈추지 않았다.

"흥분해서 그래. 싫어요?"

아니. 싫지 않아. 네가 그렇게 불러 줄 때마다 오롯이 여자가 되는 기분이라서.

"……불러 줘."

"응? 뭐라고 했어요?"

"내 이름, 불러 줘."

거칠던 움직임이 일순 멈췄다. 서희도는 깊이 묻어 둔 남성을 빼더니 돌연 내 몸을 앞으로 돌려 세웠다.

"최수연."

성숙한 남자의 눈으로 나를 본다. 밭은 호흡에 녀석의 가슴이 위아래로 들썩거렸다.

"……그거 말고. 이름."

"수연아."

서희도는 나를 집요하게 바라보며 다가오더니, 별안간 내 몸을 번쩍들어 벽에 붙였다. 내 엉덩이를 꽉 움켜잡은 채 남성을 깊숙이 들이밀었다. 발 디딜 곳이 없어진 다리가 공중에서 휘청거렸다.

"훗……."

다시금 찰박거리는 소리가 울려 퍼지기 시작했다. 창틈 새로 들어오는 파도가 철썩이는 소리와 오두막 안의 찰박 소리가 한데 섞여 무엇이 파도 소리이고 무엇이 살 부딪히는 소리인지 구분하기가 어려웠다.

"천, 천천히……."

"싫어."

서희도는 내 말을 단번에 무시하곤 엉덩이를 꽉 부여잡았다. 그러고는 보란 듯이 남성을 더 빠르게 들이밀기 시작했다. 가속도가 붙은 자동차처럼, 내리막길을 빠르게 굴러가는 공처럼 성마르게. 수연아, 수연아. 끊임없이 부르면서.

"최수연."

또렷하면서도 거칠게 갈라진 목소리가 귓가를 메웠다. 감았던 눈을 떴다. 서희도가 보인다. 딱딱하게 굳은 얼굴 여기저기에 굵은 핏대가 서 있는, 서희도의 얼굴이.

"수연아."

서희도는 나를 불러 놓고 한참 동안 말이 없었다. 눈을 맞춘 채 천천히 허리를 움직일 뿐, 더 이상 입을 열지 않았다. 고요한 움직임 속에서 서로의 시선이 어지럽게 얽혔다. 그러자 문득 조금 전에 서희도가 한 말이 스쳐 갔다.

"욕심이 났어. 같이 고립되고 싶은 욕심, 뭐 그런 거."

"더, 더 해 줘."

서희도의 목을 끌어안고 힘껏 매달리며 말했다. 관계를 가질 때마다 그만하라거나 아프다는 말만 하던 내가 더 해 달라고 애원한 건 처음이었다. 내 말에 녀석은 느릿하게 놀리던 움직임을 뚝 멈췄다. 그것도 잠시, 다시 빠르게 허리를 튕기기 시작했다.

"아! 희도야……."

"계속 불러요. 내 이름."

"희도……."

절정을 향해 점점 빨라지는 움직임에 오금이 저려 왔다. 굵은 남성이 들어왔다 나갈 때마다 부푼 정점이 쓸려 등골이 찌릿했다. 입에서는 자꾸만 낯선 신음 소리가 흘러나왔고, 나는 그 소리가 창피해 녀석의 어깨에 입술을 묻었다.

"흐윽……."

쉴 새 없이 이어지는 섹스에 서희도의 허리를 감은 다리가 몇 번이나 허물어졌다. 녀석은 아랑곳 않고 다시 내 다리를 들어 올렸다.

"하아……."

파도처럼 밀려오는 남성에 속절없이 무너지길 수차례, 교태 어린 소리를 흘리고, 녀석의 등에 손톱을 세우던 순간.

"수연아."

서희도가 움직임을 멈추고 나를 불렀다.

"키스해 줘."

녀석이 축축하게 젖은 눈으로 애원했다. 내 입술을 지그시 응시하면서.

나는 녀석의 눈을 오랫동안 바라보았다. 욕망으로 물든 눈동자. 어떤 때는 애처로워 보이기도 하고, 어떤 때는 나를 삼켜 버릴 것 같기도 한 오묘한 눈동자.

그 눈을 가만 바라보다가 서희도의 목을 꼭 끌어안았다. 자석에 이끌리듯, 녀석의 입술에 조용히 입 맞추었다.

그 순간, 서희도의 몸이 움찔 떨리며 작게 진동했다.

"이야, 역시 해장에는 컵라면만 한 게 없어요. 특히 이 육개장 컵라
면은 큰사발 말고 작은 사발 육개장이 진리다, 진리!"

늦은 아침에 깨어난 동현이는 컵라면 국물을 후루룩 들이켜더니 과
장된 극찬을 했다. 머리에는 까마귀 한 마리가 앉아도 모를 법한 커다
란 새집이 지어져 있었다.

"그렇지 않냐? 이상하게 작은 사발이 더 맛있더라, 나는."

동현이가 옆에 있던 서희도를 툭 치며 공감을 구걸했다. 서희도는
옅게 웃으며 고개를 끄덕였다.

"맞아. 작은 사발이 더 맛있어."

"그치? 너도 그렇지? 그리고 컵라면은 음주와 운동 후에 먹는 게 제
일 맛난 것 같아."

음주와 운동. 귀가 후끈거렸다. 나는 붉어진 얼굴을 들키지 않으려
컵라면을 이마까지 추켜들었다.

"그러게. 어제 운동을 격하게 했더니 더 맛있다."

웃음기 배인 서희도의 목소리가 들려왔다. 목소리만 듣고도 녀석의
표정이 그려졌다.

"운동? 뭔 운동? 어제 술 먹고 바로 뻗지 않았냐, 너?"

동현이가 순진하게 되물었다. 나는 반이나 더 남은 컵라면을 내려놓
고 벌떡 일어섰다. 얼굴이 더 달아오르기 전에 자리를 뜰 참이었다. 서
희도는 나를 물끄러미 응시하며 느릿하게 말을 이었다.

"잠이 안 와서 운동 좀 했어."

녀석의 입가에 짓궂은 미소가 걸렸다. 그 미소를 보자 어젯밤 일이 스멀스멀 떠오르기 시작했다.

오두막의 차가운 공기마저 뜨겁게 만들던 몸짓, 끊어질듯 끊이지 않던 키스, 몇 번이나 애절하게 내 이름을 부르던 목소리.

숙소로 돌아와 잠을 청할 때까지만 해도 생생했던 그 순간들이, 자고 일어난 지금은 비현실적으로 느껴진다.

꼭 꿈만 같다. 어제 일어났던 모든 일들이.

"수연 누나!"

동현이가 갑자기 나를 불러 세웠다. 나는 화들짝 놀라 그 자리에 얼어붙었다. 허겁지겁 컵라면을 먹어 대던 과 사람들이 일제히 나를 돌아보았다.

"왜?"

"누나, 설마……."

설마라니. 마른침을 꿀꺽 삼켰다. 예상치 못한 상황에 서희도 긴장한 기색이었다. 동현이는 눈을 끔뻑거리며 한참이나 나를 쳐다보더니 믿을 수 없다는 얼굴로 물었다.

"라면 남기는 거예요?"

짧은 침묵이 흘렀다. 과 사람들은 그제야 시선을 거두고 다시 라면 먹는 일에 집중했다. 내가 뻣뻣하게 고개를 끄덕이자 동현이가 해맑게 웃었다.

"그럼 이거 제가 먹을게요."

동현이가 흥겨운 콧소리를 내며 내가 남긴 라면을 가져갔다. 그 순간 서희도의 입에서 들릴 듯 말 듯한 한숨이 흘러나왔다. 그 한숨의 의미를 아는 사람은 오직 나뿐이었다.

아침을 컵라면으로 때우고 방에 쌓여 있는 온갖 쓰레기를 버리러 밖으로 나왔을 때였다. 숙소 뒤에서 담배를 태우고 있는 신우와 마주쳤다. 신우는 구름 한 점 없는 하늘을 올려다보며 조용히 담배 연기를 내뿜고 있었다.

나는 신우를 본체만체하며 쓰레기 더미를 봉투 안에 집어넣었다. 봉투 옆에는 이미 다 태워진 담배꽁초 몇 개비가 떨어져 있었다. 버리기엔 아까운 장초들이었다. 버려진 담배꽁초를 보니 과거의 내 모습이 떠올랐다.

신우와 사귈 때 나는 흡연 사실을 최대한 숨기려고 했었다. 신우는 욕하는 여자, 담배 피우는 여자를 제일 싫어했으니까. 그것도 오래 지나지 않아, 결국에는 들켜 버렸고, 그 후로는 신우를 만날 때마다 담배 끊으라는 잔소리를 들어야 했다.

그때의 나는 늘 가면을 쓰고 있었다. 내보일 수 있는 것보다 감춰야 하는 것들이 더 많았고, 매일매일 연극 무대에 서서 어설픈 연기를 해야 했다.

언젠가.

답답한 가면을 벗어 던지고 싶었던 그 언젠가.

신우를 향해 '나는 네 생각처럼 강하지도 않고, 욕도 잘하고, 담배도 피우고, 자존감이 높지도 않아. 이런 나라도 좋아?'라고 외치고 싶었던 적이 있었다. 그러나 나는 끝내 가면을 벗지 못했다. 신우가 발가벗겨진 내 모습 또한 좋아해 줄 거라는 확신이 없었다.

"그 애랑 사귀는 사이야?"

신우가 담배를 지져 끄며 물었다. 나는 손을 탈탈 털며 신우를 쳐다보았다. 문득 강신우와 담배는 어울리는 조합이 아니라는 생각이 들었다. 아무렴 이제 나와 상관없는 일이다.

"그건 왜 물어?"

"너 술집에서 그렇게 나갔던 날. 너한테 전화했는데 그 남자애가 받더라. 너 자고 있다고."

"얘기 들었어."

신우의 눈동자가 미세하게 흔들렸다. 내가 조금이라도 당황할 줄 알았나 보다. 그가 한쪽 눈을 찡그리며 한숨을 내뱉더니 나직하게 말을 꺼냈다.

"내가 상관할 일은 아닌 것 같지만 그 애, 좋은 애는 아닌 것 같다."

신우의 목소리는 차분하고 부드러워서 어떤 말을 해도 신뢰가 가는 목소리였다. 그래서 동기와 선후배들, 교수님들까지 신우를 전적으로 믿었다. 실제로 신우는 그 신뢰를 배신하지 않고 바른 행동을 하는 사람이었다.

물론 나도 신우의 그런 점이 좋았다. 하지만 이제 나는 신우의 그런 점이 무섭다. 진실이 아닌 일을 진실처럼 만들어 버리는 신우의 목소리가.

"네 생각이야, 아님 다른 사람한테 들은 거야?"

"둘 다야."

"송치호가 그래? 서희도, 좋은 애 아니라고?"

"누가 말했는지가 중요해? 남자는 남자가 보면 알아. 서희도 그 애, 진지한 애는 아니야."

웃음이 흘러나왔다. 지금 신우의 모습은 예전의 내 모습이었다. 제대로 겪어 보지도 않고 소문과 첫 인상만으로 그 애를 판단했던 처음의 나. 그렇게 생각하니 가슴이 싸해지고 귀밑이 시큰해졌다.

"강신우. 너는 아직도 송치호 말을 믿니?"

"형이 한 말만 듣고 이러는 거 아니야. 내가 보기에도 그러니까."

"그래? 남자는 남자가 보면 안다고 했지? 그럼 송치호가 쓰레기 저질이라는 것도 알겠네?"

신우의 눈이 가늘어졌다. 무슨 말인지 모르겠다는 얼굴이었다. 그럴 만도 했다. 신우는 유라와 나 사이에 있었던 일만 알고 있을 뿐, 송치호가 떠벌린 소문들은 알지 못했다. 송치호는 신우처럼 성격도 좋고 학점도 뛰어나고 집안까지 빵빵해 누구에게나 인기가 많은 사람 앞에서는 찍소리도 못하고 설설 기어 댔으니까 말이다.

"이제 너랑 상관없는 사이니까 말할게. 내가 너한테 송치호랑 어울리지 말라고 했던 거, 기억 나? 그때도 너는 대수롭지 않게 넘겼었지. 너 없는 술자리에서, 남자 선배들 모인 자리에서 송치호가 뭐라고 지껄였는지 알아? 강신우가 왜 최수연이랑 사귀겠냐. 허리를 잘 놀리니까 사귀겠지. 한번 따먹어 보고 싶지 않냐."

말투고 격해지고 목구멍이 욱신거렸다. 송치호의 말을 내 입으로 옮기는 것도 역겨웠다.

"그때 내가 왜 아무 말 안 했는지 알아? 나 때문에 네 인간관계가 흐트러질까 봐 그랬어. 나는, 나는 어차피 그 사람들이랑 친하지 않으니까 상관없었어. 오로지 너 때문에 말 안 한 거야."

신우는 내 말에 충격을 받은 얼굴이었지만 분노하는 얼굴은 아니었다.

"그런데 지금 네 반응 보니까 좀 후회되네. 그냥 말할 걸 그랬다. 그때 말했어도 너는 화를 내기는커녕 아주 평화적으로 넘어갔을 테니까."

허탈한 웃음이 흘러나왔다. 강신우는 참 여러모로 대단한 남자였다. 어쩜 이렇게 차분할 수가 있을까.

"너, 이제 와서 나한테 이러는 이유가 뭔데? 설마 박유라 말처럼 나랑 다시 잘해 보고 싶어서 이래?"

"수연아. 나는 너랑 오해를 풀고 싶었어. 네가 그런 일을 겪었으리라 곤 생각도……"

"그만해. 너는 네가 나쁜 놈으로 남는 게 싫어서 이러는 거야. 나한 테 미안한 마음, 그거 떨치고 싶어서 이러는 거잖아."

무거운 정적이 흘렀다. 신우는 무슨 말을 하려는 듯 입술을 달싹이 다가 이내 입을 다물었다.

"그래. 나 서희도랑 그런 관계야. 가벼운 애 아니니까 쓸데없는 걱정 하지 마. 그리고."

정원에서 시끌벅적한 소리가 들려왔다. 과 사람들이 숙소 밖으로 나 오는 소리였다. 깔깔대는 웃음소리가 점점 가까워지고 여기저기서 사 진을 찍는 소리가 들려왔다. 나는 재빨리 신우에게서 등을 돌리고 마지 막 말을 내뱉었다.

"나, 네 생각처럼 강한 사람 아니야. 나는…… 의지할 사람이 필요 해."

"단체 사진 한번 찍고 갑시다!"

학생회장이 삼각대에 카메라를 설치하고 크게 소리쳤다. 멀리서 학 생회 임원들이 'Philosophy'가 적힌 커다란 깃발을 들고 뛰어왔다. 그 와중에도 과 사람들은 여기저기 흩어져서 사진을 찍어 대는데 여념이 없었다.

"다들 모여 주세요, 단체 사진 먼저 찍읍시다! 네?"

회장이 신경질적으로 목소리를 높였다. 사람들은 그제야 휴대폰을 집어넣고 모이기 시작했다.

"날씨가 아주 맑군요."

"맑은 날씨라고 하니까 마르크스가 생각나네요. 이것 참, 직업병인가 봅니다."

"카뮈가 총을 쏠 것 같은 날이지요. 하하하."

엠티에 따라온 교수님들은 그런 학생들을 흐뭇하게 바라보며 대화를 나누셨다.

"선배. 우리도 사진 찍으러 가요."

교수님들보다 더 멀찍이 떨어져 있던 내 뒤로 서희도가 다가왔다. 내가 머뭇대자 스치듯 작은 목소리로 속삭인다. 빨리 가요. 얼른.

앞서 걷는 녀석을 따라 나도 걸음을 옮겼다. 수많은 선후배들이 카메라 앞에 얼기설기 뒤섞여 서 있었다. 맨 앞줄에는 제일 나대는 송치호 무리가 누운 자세로 포즈를 잡고 있었고, 그 뒷줄에는 신입생들이, 바로 그 뒷줄에는 박유라 무리들이 있었다.

우리는 나란히 맨 뒷줄에 섰다. 박유라는 누군가를 찾는 듯 주위를 두리번거리고 있었다. 아마 서희도를 찾는 모양이었다. 너도 참 징하다, 생각하던 찰나에 회장이 카메라 셔터를 누르고 달려왔다.

"찍습니다!"

깜빡. 깜빡. 깜빡.

카메라가 붉은 불빛을 깜빡이자 학생들이 제각기 포즈를 잡기 시작했다. 나는 어떤 포즈를 취해야 할지 몰라서 뻣뻣한 차렷 자세를 취했고, 서희도는 오른손을 들어 브이 자를 그렸다. 어제 나를 잡아먹을 것 같던 모습과는 사뭇 다른 풋풋한 모습이었다. 그 모습이 귀여워 나도 모르게 웃음을 흘렸다.

그 순간.

찰칵.

붉게 점멸하던 카메라가 일순 밝은 빛을 뿜었다.

"수고하셨습니다!"

"아! 뭐야, 눈 감았는데! 한 번 더 찍어! 누구 나 립 좀 빌려줄 사람!"

"한 번 더 찍는다고 못생긴 얼굴이 변하진 않아."

"뭐? 너 죽을래?"

서희도를 보며 피식 웃는 얼굴이 찍혔을 것 같다.

그리고 서희도와 몰래 맞잡은 손은, 찍히지 않았을 것이다.

Chapter 13

"지금 생각하면 현실감이 없어. 그때의 내가."

순백의 웨딩드레스를 입은 혜주는 맑고 예뻤다. 사랑하는 사람을 만났기 때문인지, 결혼식을 앞둔 신부의 모습이 원래 그러하기 때문인지, 아니면 몇 년이라는 세월이 그녀를 바꿔 놓았기 때문인지 대학생 때보다 훨씬 밝아진 느낌이었다.

"왜 그렇게 겁이 많았을까. 친구를 만들고 싶으면 다가가면 되는 거였고, 좋아하는 사람이 있으면 좋아한다고 말하면 되는 거였는데. 그때는 모든 게 어렵고 힘들었어. 지금 생각하면 별일 아닌 일들이 그때는 참 별일이었지."

혜주가 가을처럼 쓸쓸한 미소를 띠며 말했다. 나는 혜주의 말을 들으며 신부 대기실의 풍경을 훑었다. 북적거리진 않지만 외롭지도 않은 풍경이었다.

"불꽃같은 사랑은 아니었어. 처음에는 좋아하는 감정도 없었거든. 그런데 어느 날 정신을 차려 보니 그 사람이 내 옆에 있더라. 그 사람이랑 있으면 늘 편안했어. 심장이 쿵쾅거린다거나 미친 듯이 설레지는 않앉지만.”

혜주는 확실히 달라져 있었다. 무엇이 그녀를 변하게 만들었을까. 5년이라는 시간 속, 그 어떤 무엇이.

“살면서 종종 아쉬움은 남겠지. 불꽃처럼 뜨겁고, 헤어날 수 없을 것처럼 무서운, 그런 사랑을 못 해 본 회한 같은 거.”

불꽃처럼 뜨겁고, 헤어날 수 없을 것처럼 무서운.

“그래서 나는 수연이, 네가 부럽다. 그런 기억 하나쯤 있는 인생, 꽤 낭만적이잖아.”

그런, 사랑.

중독

여느 때와 다름없는 날이었다.

우리는 평소처럼 무료한 수업을 들은 뒤 학교 쪽문에서 몰래 만나 녀석의 집으로 향했다. 저녁은 동현이가 극찬하던 육개장 컵라면 작은 사발로 때웠다. 그리고 베란다에 나가 아무 대화도 없이 맞담배를 피웠다.

방 안으로 들어와 그의 어깨에 기대어 눈을 감고 있던 때였다, 서희도가 천장을 물끄러미 바라보며 입을 열었다.

"선배. 나랑 같이 살래요?"

억양도 없이 가벼운 말투였다. 나는 감았던 눈을 천천히 떴다.

"왔다 갔다 하려면 교통비 많이 들잖아."

졸음이 밀려와 정신이 몽롱했다. 그래서인지 서희도가 하는 말은 현실감이 없었다.

"날도 점점 추워지고……."

녀석이 말꼬리를 흐렸다. 나는 눈을 깜빡거리며 생각했다. 날이 추워진다고 이 집에 오는 일이 줄어들까.

"그냥, 선배가 가고 나면 우울해요."

사실 교통비나 날씨 따위는 핑계에 불과하다는 듯 그가 담담한 말투로 툭 내뱉었다.

"현관문만 보면서 멍하니 앉아 있어. 나사 하나 빠진 놈처럼."

그러고는 자조적으로 피식 웃더니 무릎에 포개어져 있는 내 손을 부드럽게 감쌌다.

"같이 살아요. 내가 맛있는 거 많이 해 줄게. 응?"

나는 느리게 고개를 들어 서희도의 얼굴을 보았다. 여유로운 목소리와 달리 얼굴에는 긴장감이 서려 있었다. 내게서 아무런 대답이 없자 서희도가 낮은 목소리에 힘을 주며 말했다.

"같이 살자, 우리."

같이 살자.

그 말이 머릿속에서 메아리처럼 울렸다.

왜일까. 살면서 들었던 그 어떤 말보다 기분 좋은 말이었다.

"그래서. 동거하기로 했다고?"

미호가 담배를 태우며 시큰둥하게 물었다. 나는 대답 대신 고개만 살짝 끄덕였다.

카페의 흡연실 구석에는 조금 전 집에서 챙겨 온 짐들이 놓여 있었다. 옷이 담긴 커다란 배낭 하나와 여러 잡동사니가 담긴 크로스백 하나, 그게 전부였다.

"꽤 파격적인데? 너 은근히 꼰대잖아."

딱히 틀린 말은 아니어서 조용히 담배를 꺼내 물었다. 미호는 그런 내 모습을 보며 씩 웃었다.

"이미 결정했으면 그 남자애 집에 들어가서 짐이나 풀 것이지, 나는 왜 불러냈냐? 솔직히 말해 봐. 너 불안하지?"

오랜만에 만난 나의 오랜 친구는 조금도 달라진 게 없었다. 내가 쿨한 척하는 소심한 인간이라면, 미호는 정말로 뼛속까지 시린 인간이었다.

"알면서 뭘 물어."

"아이고, 우리 겁쟁이. 너의 선택이 옳았다는 말을 듣고 싶었어요? 잘했어. 친구라곤 나밖에 없는데 내가 들어 줘야지."

미호가 어린아이 다루는 듯 말하며 빙글빙글 웃어 댔다. 중학생 때부터 10년이 넘도록 가깝게 지내 온 미호는 나보다 더 내 속을 잘 알아챘다. 눈치는 또 어찌나 빠른지. 전문대를 졸업하자마자 디자인 회사에 입사해 지금까지 살아남은 그녀는 곧잘 사람의 속내를 잘 파악하곤 했다.

그리고 나는, 그런 미호에게 가장 쉽게 간파되는 인간이었다.

"좀 복잡해. 그 애랑 같이 살고 싶은 마음도 들고, 내 처지에 이래도 되는 건가 싶기도 하고."

"네가 같이 살고 싶으면 사는 거지. 인생 뭐 있어? 언제까지 이래도 되는 건가, 하고 고민할래? 그런 생각은 나이 먹고 애새끼 다 키운 다음에 관 속에 들어가는 순간까지 들 거다. 왜 그 외국 소설가 할아버지 묘비명이 그거잖아. 우물쭈물하다 내 이럴 줄 알았지."

"조지 버나드 쇼."

"오, 역시. 하여튼 다른 건 필요 없고 피임이나 잘 하서. 우리 나이에 애 가지면 골치 아프다, 너. 내 주위에만 속도 위반으로 결혼한 애들이 벌써 셋이야. 애 생겼다고 엉겁결에 결혼하는 거, 나는 좀 아니라고 본다."

미호가 담배 연기를 길게 뿜으며 투덜댔다. 꼭 인생의 모진 풍파를 다 겪은 중년 여성의 말투 같았다. 게다가 머리 스타일까지 짧은 커트 머리여서 그런지, 자유를 만끽하는 돌싱녀의 느낌도 들었다.

나는 오늘따라 성숙해 보이는 미호를 빤히 바라보다가 피식 웃어 버렸다. 이래서 미호를 불러냈나 보다. 인생은 무상하다는 투의 무심하면서도 낙천적인 대답을 듣고 싶어서.

"그나저나 부모님은 뭐라고 하셔? 설마 말 안 하고 나온 건 아니지?"

미호가 재떨이에 담배를 비벼 끄며 물었다. 그 말에 조금 전 집을 나오다가 마주친 엄마의 표정이 머릿속을 스쳐 갔다.

엄마의 얼굴에는 지친 기색이 가득했다. 집에 가면 곧장 방으로 들어가기 바빠 몰랐는데, 엄마는 많이 늙어 있었다. 여기저기 주름이 진, 세월에 찌든 얼굴. 엄마의 그런 얼굴을 보니 난생 처음 연민이 생겼다. 엄마가 아닌, 여자로서.

엄마는 짐을 싸들고 나가는 내게 어디를 가느냐고 묻지 않았다. 다만 무기력한 얼굴로 내 손에 들린 짐을 바라볼 뿐이었다.

집을 들어오는 엄마와 집을 나가려는 딸 사이에 흐르던 기나긴 정적. 결국 먼저 입을 연 사람은 나였다.

"당분간 친구 집에 있을게."

누가 들어도 거짓인 말이었다. 하지만 엄마는 의심의 눈초리를 보내지 않았다. 모른 척한 건지, 정말 몰랐던 건지는 모르겠다. 엄마는 그저 이유 모를 한숨만 푹 내쉬며 힘없이 대답했다.

"그래. 그렇게 해."

그렇게 말하곤 내 등 뒤로 무심하게 덧붙였다.

"밥 좀 잘 챙겨 먹어. 여자애가 거죽밖에 없어선."

"대충 둘러댔어. 그렇게 하래."
"다행이네. 그런데 그 남자애 말이야."
"응. 서희도."
"이름이 서희도야?"
미호가 미간을 찌푸리며 되물었다. 특이하거나 신기한 것을 접할 때마다 짓는 표정이었다. 나는 테이블에 턱을 괸 채 고개를 짧게 끄덕였다.
"서희도라는 애. 어떤 애냐?"
미호의 물음에 뒤통수를 얻어맞은 듯 머릿속이 멍해졌다. 간단하면서도 어려운 질문이었다. 미호는 여유로운 표정으로 담배를 새로 꺼내어 물 뿐, 대답을 채근하지 않았다.
나는 담배 연기가 모락모락 피어나는 허공을 응시하며 한참을 생각했다.
서희도. 너는 어떤 사람일까.
사실 수없이 생각했었다. 서희도는 어떤 사람일까. 서희도는 내게 어떤 의미일까.
아무리 생각해 봐도 서희도를 설명할 마땅한 단어가 떠오르지 않았다.
이런 고민을 할 때마다 그는 이 세상의 수많은 수식어들을 무용지물로 만들곤 했다.

결국 그 애를 설명할 수 있는 단어는 하나였다.

단순하고 원초적인 그 느낌.

"……무서워."

미호는 느른하게 늘어트렸던 상체를 앞으로 기울였다. 나는 흐릿한 천장을 바라보며 천천히 말을 이었다.

"그 애랑 있으면 모든 게 부질없어져. 미래 걱정도 쓸 데 없는 일처럼 느껴지거든. 세상이 온통 뿌옇고 현실이 아닌 것 같아. 그냥 그 순간에만 빠지게 돼. 내일이 없는 사람처럼."

매 순간이 꿈처럼 아득하여 자꾸만 붙들고 싶어진다.

"그래서 무서워. 헤어날 수 없을까 봐."

마치 다 키운 딸을 보듯 흐뭇한 표정을 지으며 미호가 말했다.

"너, 사랑을 하고 있네."

───

"왜 이렇게 늦었어요. 마음 바뀐 줄 알고 조마조마했잖아."

벌써 10분째였다. 엉거주춤한 자세로 서희도의 품에 안겨 있던 시간이.

내가 현관에 들어서자마자 녀석은 주인을 기다리던 강아지처럼 달려와선 내 몸을 와락 끌어안았고, 덕분에 나는 신발도 벗지 못한 채 현관에 서 있었다.

"이제 그만 놔 줘."

"아, 미안해요. 나도 모르게."

짓눌린 목소리에 서희도가 머쓱하게 웃으며 나를 놓아 주었다. 그것도 잠시, 녀석은 곧 나를 데리고 신난 아이처럼 집 안을 활보하기 시작했다.

"뭐부터 할래요? 밥부터 먹을까?"

식기가 깔끔하게 정리된 부엌으로 데려갔다가,

"선배랑 볼 영화도 이것저것 골라 놨는데."

영화 DVD가 빼곡하게 꽂혀 있는 거실 수납장에 데려갔다가,

"만화책은 좋아해요? 소설도 있어."

방에 있는 책장 앞에 나를 세워 놓는다.

"저기, 희도야."

"선배는 어느 작가 좋아해요? 난 투르게네프 좋아해요. 선배는?"

정신이 없었다. 나는 아직도 머릿속이 어지러워 죽겠는데, 서희도는 뭐가 그리 신이 나는지 숨 돌릴 틈도 없이 말을 뱉어 냈다. 이러다 화장실까지 구경 갈 판이었다.

"희도야, 잠깐만. 일단 짐부터 풀자. 응?"

"맞다. 짐 풀어야지."

서희도는 그제야 내 손에 들린 짐을 보고 작게 웃었다.

"서랍 비워 놨어요. 거기에 선배 옷 넣고 행거에 외투 걸어요."

녀석이 서랍 문을 활짝 열어젖혔다. 서랍 네 칸 중 두 칸이 비워져 있었다. 내가 오기 전에 미리 정리를 해 둔 모양이었다.

이제 이 공간이 내 옷들로 채워질 거라 생각하니 불현듯 부끄러움이 밀려왔다.

"도와줄까요?"

"아니! 괜찮아. 내가 할게."

서희도의 손에서 황급히 크로스백을 낚아챘다. 그 안에는 화장품과 속옷, 그리고 생리대가 들어 있었다.

"왜? 힘들잖아."

"아냐. 하나도 안 힘들어. 내가 다 할 테니까……."

말을 하다 말고 마른침을 꿀꺽 삼켰다. 별것도 아닌데 이마에 식은 땀이 맺혔다. 생리대까지 보여 주는 건 왠지 민망하기도 했고, 사실 그 안에는 생리대보다 더 민망한 것이 들어 있기 때문이었다.

바로 서희도에게 한 번도 보여 주지 않은 검은색 시스루 속옷이었다. 속옷 가게 앞을 지나가다가 무언가에 홀린 듯 충동적으로 사 버렸는데, 지금 와서 생각해 보니 내가 미쳤었나 싶다.

그때 나는 아마 카드를 긁으면서 '서희도가 좋아할 만한 속옷이네' 라는 생각 따위를 했을 것이다. 아까워서 가져오긴 했는데 차마 보여 줄 용기가 나지 않는다.

"선배, 혹시."

서희도가 눈을 가늘게 뜨며 운을 뗐다. 말하지 않아도 다 안다는 눈 빛이었다.

"그런 거 가져왔어요?"

"그, 그런 거라니?"

당황해서 말을 더듬었다. 녀석은 한쪽 입매를 얄밉게 올리더니 작게 속삭였다.

"가터벨트라든지 망사 속옷, 채찍. 뭐 그런 거."

망사 속옷은 비슷하다 쳐도 가터벨트는 뭐고 채찍은 또 뭐야. 싸늘한 눈으로 녀석을 흘겼다.

"예전부터 의심스러웠는데 말이야. 너 이상한 취향 있지?"

"이상한 취향?"

서희도가 고개를 갸웃하며 되물었다. 녀석은 못 알아듣는 척 눈동자를 굴리더니, 이내 특유의 짓궂은 미소를 띠며 한 걸음씩 다가왔다.

"아, 이상한 취향. 하나 있긴 하다. 그게 뭐냐면."

서희도는 말끝을 삼키고 돌연 나를 침대 위에 쓰러트렸다. 한 손으로 내 양 팔목을 잡아 머리 위로 결박한 뒤, 단단한 두 허벅지 사이에 내 몸을 가두었다.

"방심할 때 덮치는 거."

야릇하게 웃어 보이더니 나른한 눈동자로 내 얼굴을 쓸었다. 얼굴이 가까워지고 코끝이 아슬아슬하게 닿았다.

급격히 달라진 분위기에 침을 꿀꺽 삼켰다. 심장이 입 밖으로 튀어나올 것 같았다.

"너 이러려고 같이 살자고 한 거지?"

떨리는 목소리를 가다듬으며 일부러 태연한 척 굴어 보았다.

"응. 하루 종일 선배랑 섹스하고 싶어요."

하지만 저 뻔뻔함은 이길 수가 없다.

"선배는 싫어요?"

녀석이 축축한 목소리로 묻는다. 사냥한 먹이를 갖고 놀듯이 목덜미를 할짝할짝 핥고 깨물면서.

"바, 밥은 언제 먹고, 영화는 언제 보고, 책은 언제 읽으려고?"

민망함을 감추려 괜스레 투덜대 보았다.

"설마 밥 먹으면서도 하려고 했어요?"

아무런 소용도 없었다. 이미 서희도는 내 머리 꼭대기에 앉아 있다.

"가만 보면 선배가 나보다 더 음란하다니까."

"그야, 네가 나를 음란하게 만들잖아!"

"정말? 나 때문에 음란해지는 거야?"

속삭임과 동시에 서희도가 손을 슬금슬금 아래로 내렸다. 그러더니 손바닥 전체로 청바지 위를 쓱쓱 문질러 댄다. 생경한 감촉에 아랫배가 움찔 떨렸다.

"말해 봐요. 선배도 날 보면 흥분돼? 응?"

연갈색 눈동자가 얼굴을 노골적으로 훑는다. 빤한 시선이 부담스러워 고개를 모로 틀었다. 녀석은 뭐가 그리 웃긴지 내 목에 얼굴을 묻은 채 한참을 웃고 나서야 나를 놓아 주었다.

"오늘은 여기까지. 앞으로 힘쓸 일 많으니까 아껴 둬야겠어요."

그가 몸을 일으키며 빙그레 미소 지었다. 사람을 잔뜩 흥분시켜 놓고선, 늘 이렇게 치고 빠진다.

"선배도 아껴 둬요. 기절할지도 모르니까."

무시무시한 말과 다르게 참 순수한 미소였다.

———

하루 종일 섹스를 하겠다던 서희도의 말은 빈말이 아니었다.

동거를 시작하고 일주일 간, 서희도와 나는 정말 밥 먹듯이 몸을 섞었다. 눈이 마주치면 키스를 했고, 팔이 스치면 몸이 부서지도록 끌어안았다. 시도 때도 없이, 틈만 나면.

'언제'가 중요하지 않았던 것처럼, '어디서'도 중요하지 않았다.

우리는 장소불문하고 섹스를 했다. TV를 보다가 소파에서 몸을 섞기도 했고, 학교에서 돌아오자마자 현관에서 하기도 했다. 욕실에서 함께 샤워를 하다가 섹스를 하는 것도 부지기수였고, 녀석이 밥 대신 다른 것을 먹고 싶다고 말한 날에는 식탁에서 일을 치렀다.

"이제 웬만한 곳에서는 다 해 본 것 같아."

밥을 먹다 말고 갑작스레 섹스를 했던 날, 내가 말했다. 서희도는 내 가슴을 빨며 피식 웃었다. 그 웃음의 의미는 다음 날 밝혀졌다.

수업이 없어서 느지막이 아침을 먹고 설거지를 하던 날이었다. 방으로 들어간 줄 알았던 서희도가 어느새 소리 없이 다가와 나를 뒤에서 덥석 끌어안았다.

"그거 알아요? 선배 뒷모습이 얼마나 섹시한지."

축축한 목소리가 귓가를 간질였다. 동시에 커다란 손이 헐렁한 티셔츠 안으로 부드럽게 들어왔다.

"이거 하지 말라니까. 어차피 벗길 건데."

녀석이 브래지어를 밀어내며 투덜거렸다. 그리고 귓불을 자근자근 깨물며 젖꼭지를 빙빙 돌렸다. 끈적이는 애무에 몸이 배배 꼬여서 설거지를 제대로 할 수가 없었다.

"설거지해야 되니까 좀……."

"놔 둬요. 이따 내가 할게."

"너는 어제도 그렇게 해 놓고 눈 뜨자마자 또 하고 싶어?"

"눈 뜨자마자 선배가 보이는데 어떡해."

서희도는 아이처럼 칭얼대면서 내가 입고 있던 바지를 끌어 내렸다. 팬티 속으로 불쑥 손을 넣어 콩알만 한 정점을 빙글빙글 문지르기 시작했다. 눈 뜨자마자 또 하고 싶으냐는 핀잔이 무색하게도, 나의 그곳은 눈 뜨자마자 젖어 가고 있었다.

"하지…… 마."

"거짓말. 여기는 빨리 들어오라고 난린데? 이렇게 젖었잖아."

서희도가 피식 웃으며 손가락 하나를 안으로 밀어 넣었다. 이미 몇 번이고 겪었지만, 겪을 때마다 생소한 느낌이었다. 내가 본능적으로 힘을 주자 녀석이 간지럽게 속삭였다.

"손가락만 넣었는데도 너무 조여."

"너는 정말……."

"나 이제 들어가고 싶어요. 들어가도 돼?"

들어오라고 대답했던가. 기억이 나지 않는다. 기억은 녀석이 내 안에 들어온 다음부터 이어진다.

아랫배를 힘껏 끌어당기던 손길과 부푼 남성을 뿌리 끝까지 묻던 거친 움직임. 격한 몸짓에 차마 고무장갑도 벗지 못한 채 싱크대를 잡고 버티던, 짧고도 길었던 시간.

"으응, 하······."

"그러니까 방심하지 마요. 웬만한 곳이 어디 있어."

그날 뒤로 부엌 선반에는 콘돔 한 곽이 생겨났다. 음식을 담는 깨끗한 그릇 사이에 덩그러니 놓여 있는 콘돔은 퍽 이질적인 풍경이었다.

밥 먹듯이 섹스를 하고, 어떨 때는 밥 먹는 것보다 더 많이 서로를 안던 시간들이었다.

동거를 시작하고 한 달 가량의 시간이 흐른 후에도 우리는 하루에도 몇 번씩 몸을 섞었다. 서희도는 끊임없이 나를 탐했고, 나는 그런 녀석의 욕망이 싫지 않았다.

너무 잦은 섹스로 몸이 지쳐서 힘든 날이면 우리는 주로 영화를 보거나 책을 읽었다. 사소한 다툼이 있던 그날도 영화를 보던 중이었다. 영화는 짐 캐리 주연의 '이터널 선샤인'이었다.

영화 속 남자와 여자는 아픈 이별을 한다. 그리고 기억을 지워 주는 곳을 찾아가 미치도록 사랑했던 기억을 지운다. 남자와 여자는 다시 재회하지만 기억을 지웠기 때문에 서로를 알아보지 못한다.

그들은 미련하게 또다시 서로에게 끌린다. 운명처럼, 필연적으로.

"만약 기억을 지우는 기계가 있다면 선배는 무슨 기억을 지우고 싶어요?"

영화가 절정으로 치닫고 있을 때였다. 내 머리칼을 만지작거리며 영화를 보던 서희도가 뜬금없는 질문을 던졌다. 나는 잠시 고민하다가 짧게 대답했다.

"신우랑 사귀었던 기억."

일순 무거운 침묵이 흘렀다. 동시에 머리칼을 만지던 손길도 뚝 멈췄다. 고개를 들자 녀석이 서늘한 눈길로 나를 내려다보고 있었다.

"왜 그래?"

"선배."

"응?"

"선배가 강신우를 그리워하는 꼴은 절대 보고 싶지 않지만, 미워하는 모습도 보고 싶지 않아."ㄹ

도대체 무슨 말인지 이해할 수 없었다. 내가 빤히 쳐다보자 서희도가 차갑게 덧붙였다.

"원망도 결국 미련이잖아. 나는 그렇게 생각해요."

말문이 막혔다. 결코 그런 뜻으로 말한 게 아니었다. 어쩐지 억울하고 서러웠다.

"미련 같은 거 없어. 너는 왜 신우 얘기만 나오면 민감하게 받아들여? 나는 네가 물어봤으니까 솔직하게 대답한 것뿐인데……."

"좋아하는 여자 입에서 전 남친 이름이 나오는데 민감하지 않을 놈이 어디 있어?"

서희도의 목소리가 격해졌다. 조금 전까지만 해도 내 어깨를 끌어안은 채 소파에 앉아 있던 녀석은 어느새 나와 거리를 두고 떨어져 있었다. 목소리가 높아진 것보다 내게서 멀어진 게 더 서운했다.

"그러면 내가 뭐라고 대답했어야 해? 없는 기억이라도 꾸며서 말해?"

"그 자식 이름을 안 꺼내면 되잖아. 선배는 강신우가 밉다고 하지만 어쨌든 이름을 꺼낼 때마다 떠오를 거 아냐. 나는 그게 싫다고. 선배가 잠깐이라도 옛날 기억을 떠올리는 게 싫어. 선배 앞에 강신우가 알짱대는 것만으로도 충분히 미칠 것 같으니까 선배는 그 자식 이름 입에 담지 마."

"나는 그냥……."

변명을 하려다가 그만 입을 다물었다. 문득 불공평하다는 생각이 들었다. 내 과거를 낱낱이 알고 있는 서희도와 달리, 나는 그가 어떤 여자를 사귀었고, 어떤 연애를 했는지 전혀 모르고 있었다.

나도 물론 서희도의 과거가 궁금하긴 했다. 하지만 서희도가 밖보다 집을 더 좋아하고, 풍기는 이미지와는 달리 문란한 생활과는 거리가 멀다는 걸 알면서부터 굳이 캐내려 하지 않았다. 그런데 이렇게 싸울 때마다 어쩐지 내가 손해 보는 느낌이었다.

"너는 여자 몇 명이나 만나 봤는데?"

녀석의 얼굴이 움찔 떨렸다. 짐작건대 녀석은 경험이 적지 않을 것이다. 몸을 섞을 때마다 수없이 느낀다. 서희도는 분명, 여자를 꽤 많이 안아 봤을 거라는 걸.

"그건 왜요?"

"생각할수록 억울해서 그래. 나는 다 까발려졌는데 너는 나한테 아무것도 말 안 해 줬잖아. 솔직히 말해 봐. 몇 명 사귀었어?"

"세 명. 고등학생 때 한 명, 제대하고 나서 두 명. 됐어요?"

서희도는 망설임도 없이 대답하곤 한 치의 부끄러움도 없다는 얼굴로 나를 빤히 쳐다보았다. 나는 짐짓 아무렇지 않은 척 표정 관리를 했다. 생각보다는 경험이 적지만 중요한 건 횟수가 아니었다.

제대하고 나서 두 명이라면 그리 오래전 일이 아니라는 얘기가 된다. 그리고 녀석은 내게 '선배가 이 집에 온 첫 여자는 아니지만'이라고 말했었다.

"그 두 명이랑도 잤어?"

의도한 건 아닌데 싸늘한 목소리가 흘러나왔다. 잠시 무거운 정적이 흘렀다. 서희도는 굳은 얼굴을 풀지 않은 채 차분하게 입을 뗐다.

"잤어요."

당연히 잤을 거라고 생각했다. 그런데 막상 녀석의 입을 통해 들으니 기분이 별로였다. 서희도는 점점 어두워지는 내 얼굴을 살피더니 조급하게 말을 이었다.

"선배. 내가 말하지 않았나? 나는 오는 여자 안 막고 가는 여자 안 잡는다고. 내가 먼저 다가가고 떠날까 봐 전전긍긍하면서 붙잡은 여자는 선배가 처음이야."

안다. 서희도의 말이 다 진심이라는 걸. 하지만 마음은 머리와 다르게 뒤틀린다.

"그 여자들이랑은 왜 헤어졌는데? 제대하고 만났으면 헤어진 지 얼마 안 됐겠네?"

자꾸만 유치한 질문이 쏟아져 나왔다. 서희도는 내 눈을 똑바로 응시하며 말을 이었다.

"내 겉모습만 보고 다가온 애들이었어. 나도 그걸 알고 그냥 가볍게 만났어요. 왜 헤어졌냐고? 집에서 책이나 읽는 내가 싫대. 나랑 있으면 답답하고 어둡대."

"……."

"이제 궁금증 다 풀렸어요?"

녀석의 말끝이 신경질적으로 올라갔다. 사실 궁금한 게 더 많았지만 서희도의 표정이 너무 무섭게 굳어 있어서 입을 다물어 버렸다. 녀석은 어쩐지 상처 받은 얼굴로 나를 한참 동안 쳐다보더니, 별안간 낮게 깔린 목소리로 입을 열었다.

"그런데 선배는 왜 강신우만 성 떼고 불러? 나한테는 매번 서희도라고 하잖아."

생각지도 못한 유치한 질문에 입이 벌어졌다.

"아니, 무슨 그런 걸 가지고……."

어이가 없어서 말을 얼버무리던 순간, 갑자기 서희도가 내 입술을 덮쳤다. 내가 화들짝 놀라며 입술을 떼자 녀석이 내 목을 끌어당기며 성난 짐승처럼 으르렁댔다.

"그런 거, 나한텐 중요해."

미호가 그랬던가. 싸우고 난 뒤에 하는 섹스가 진정한 섹스라고. 나는 그 말뜻을 그날 깨달았다.

우리는 말다툼을 했던 소파에서 바로 관계를 가졌다. 관계라고 하기도 민망한, 서희도가 힘으로 밀어붙인 다소 일방적인 섹스였다.

녀석은 내 몸을 타고 올라와 거친 키스를 퍼붓더니, 내가 입고 있던 옷을 몽땅 벗겨 버렸다. 그리고 내 허리를 꽉 붙든 채 아래로 얼굴을 내렸다.

"뭐, 뭐 하는 거야."

"가만히 있어요."

"거긴 하지 마. 응? 희도……, 웃……!"

말릴 새도 없었다. 적나라하게 드러난 거웃 속으로 얼굴을 파묻은 서희도는 곧 습기 머금은 곳으로 혀를 밀어 넣기 시작했다. 혀를 세워 입구 안을 맛보더니, 느리게 빠져나와 갈라진 곳을 살짝 깨물었다. 도도록 부푼 정점을 혀끝으로 슬쩍슬쩍 건드려 댔다.

"으, 흐웃……. 하아……."

신음을 참지 않고 모두 뱉어 낸 적은 처음이었다. 아니, 참을 수가 없었다. 벗어나려 발버둥 쳐 보았지만 그럴 때마다 허리를 잡은 녀석의 팔에 더욱 힘이 들어갔다.

결국 아랫배에서 불꽃이 튀며 액이 흘러나올 때까지, 나는 내 아래를 속수무책으로 그에게 맡기고 말았다.

거기서 멈추지 않았다. 손등으로 입술을 쓱 닦으며 상체를 일으킨 녀석은 내 몸을 뒤에서 바짝 당겨 안았다. 그리고 한 팔로 내 배를 둘러 안은 채 다른 한 손으로 가슴을 감쌌다.

겹쳐진 스푼처럼 같은 방향을 보고 누운 자세로 서희도가 바지를 내렸다. 쾌감 때문에 몽롱하던 와중에도 우스운 생각이 스쳤다. 설마 이런 자세에서도 가능할까.

"아……!"

모로 누운 자세에서 굵은 남성이 반쯤 들어왔다. 옆을 자극해서인지 느낌이 더 이상했다. 반사적으로 몸을 비틀자 녀석이 내 팔을 뒤로 잡아챘다.

"움직이지 마."

녀석이 내 한쪽 다리를 들어 올려 제 허벅지에 걸쳤다. 그러자 남성이 더 깊숙하게 안을 찌르며 들어왔다.

"서, 서희도. 그만……."

아프기도 했지만 부정할 수 없을 만큼 황홀했다. 자세를 조금 바꿨을 뿐인데 작은 변화가 은근한 자극을 가져왔다. 하지만 그만해 줬으면 하는 바람은 진심이었다.

미칠 것 같았다. 주체할 수 없는 쾌감에 몸이 풍선처럼 부풀다가 펑, 터져 버리는 건 아닌지 무서웠다.

"그렇게 부르지 말라고 했잖아."

낮은 목소리로 다그친 그가 내게 벌을 주듯 팔을 앞으로 뻗어 가슴을 꽉 움켜쥐었다.

"하루에도 몇 번씩 안고 싶은 여자는 선배밖에 없었어. 나도 왜 이러는지 몰라. 왜 선배만 보면 미치는지 모르겠다고."

"아, 알았으니까 이제 그만……! 흣……."

평소보다 성난 남성이 깊숙한 곳을 뭉근하게 비벼 댔다. 허리가 저절로 비틀렸다. 그럴 때마다 서희도는 내 아랫배를 세게 부여잡고 움직이지 못하도록 했다.

"아니. 선배는 몰라요. 지금 제대로 알려 줄게."

말이 끝나자마자 움직임이 빨라졌다. 어떻게 이런 자세에서 유연하게 움직일 수 있는지 감탄이 나올 정도였다. 그 사이 내 아랫배를 잡고 있던 녀석의 손이 점점 아래로 내려와 거웃 사이를 헤쳐 이미 부풀대로 부푼 정점을 찾아 꾹 짓눌렀다.

"으응, 하아……."

"선배는 내가 섹스에 미친놈처럼 보이지?"

숨이 찬지 녀석의 목소리가 뚝뚝 끊겼다. 가쁜 호흡이 섞여 다소 화난 목소리처럼 들렸다.

"나는, 섹스를 하고 싶은 게 아니라."

서희도는 말을 끊고 허리를 강하게 튕겼다. 동시에 손가락으로 도톰하게 올라온 정점을 쓸었다.

"선배랑 하고 싶은 거야."

반쯤 나갔던 남성이 다시 치고 들어왔다. 이제 신음 소리조차 흘러나오지 않았다. 벌어진 입술 사이로 뜨거운 단숨만 하릴없이 흩어졌다.

"그러니까 쓸데없이 도발하지 마."

서희도는 말을 마치자마자 내 허리를 바짝 끌어당겼다. 단단하게 굳은 남성이 내벽 가장 깊숙한 곳을 찔렀다.

"하아……."

움직임이 절정으로 치닫기 시작하던 순간, 녀석이 작게 몸을 떨었다.

동시에 거친 숨을 토해 냈다.

온몸이 바르르 떨렸다. 아랫배인지, 질 속인지, 그것도 아니면 붕 뜬 내 정신인지 모를 무언가가 쉼 없이 파들거렸다.

그를 있는 힘껏 끌어안고 싶었다. 뜨거운 목을 부여잡고, 단단한 가슴팍에 더운 숨을 토해 내고 싶었지만 등 뒤에 있어 잡을 수가 없었다. 결국 서희도의 몸을 안는 대신, 아직도 거웃 속에 머물러 있는 녀석의 손목을 꾹 부여잡았다.

그러자 그 팔뚝 위로 굵은 핏줄이 불뚝 솟아났다. 엉덩이에 맞닿아 있는 딱딱한 복근이 움찔 떨리는 것도 느껴졌다.

"또 궁금한 거 있어요?"

그가 내 목덜미에 입술을 묻으며 잠긴 목소리로 중얼거렸다. 나는 재빨리 고개를 저었다. 서희도는 그제야 작게 웃고는 느릿한 움직임을 여진처럼 오랫동안 이어 갔다.

새벽. 귓가를 간질이는 소리에 깼다. 잠결에 들은지라 정확히 기억나지는 않지만, 녀석은 대충 이런 말을 했던 것 같다. 선배는 잠이 와요?

이른 아침. 선잠을 자다가 머리에서 느껴지는 감촉에 또다시 깼다. 서희도가 내 얼굴을 빤히 내려다보며 머리칼을 넘겨 주고 있었다. 눈이 마주쳤다. 비몽사몽이라 시야가 흐릿했다. 녀석의 얼굴이 아지랑이처럼 아른거렸다.

더 자요. 다정한 목소리가 들렸다. 그 목소리가 따뜻하여 눈을 몇 번 깜빡이다가 다시 잠에 들었다.

아침 여덟시 반. 1교시 수업이 있는 날인데 늦잠을 잤다. 허겁지겁 화장실로 달려가 양치를 시작했다.

오전 수업이 없는 녀석은 얄밉게 웃으며 내 옆에 다가와 선다. 그리고 파란색 칫솔을 꺼내 양치를 한다. 내 칫솔은 빨간색이다.

파랑과 빨강. 어쩐지 단순하고 촌스러운 조화다.

거울 속에 나란히 서서 양치를 하는 남녀가 있다. 여자는 눈곱이 잔뜩 끼어 있고, 남자는 머리가 부스스하다.

남자가 양치를 하다 말고 여자를 보며 풉, 웃더니 아무렇지 않게 여자의 눈곱을 떼어 준다.

그런 남자를 보며 여자는 불현듯 두려워진다.

헤어날 수 있을까, 하고.

Chapter 14

수업이 끝나고 학교 근처의 강변으로 향했다.

강변에는 산책 나온 사람들이 많았다. 유모차를 끌고 나온 젊은 엄마들, 자전거를 타고 강변을 쌩쌩 달리는 싸이클 동호회 무리들, 머리에 코스모스 꽃잎을 꽂고 깔깔대며 지나가는 여대생들, 팔짱을 끼고 수줍게 거니는 커플들.

우리는 그 속에서 나란히 걸었다. 팔짱을 끼지도, 수줍게 웃지도 않고 묵묵하게. 이따금씩 풀 냄새를 담은 바람이 불어와 내 머리칼을 헤집고 지나갈 때면, 어김없이 서희도의 손이 다가왔다. 흩날리는 머리칼을 부드러운 손길로 넘겨 주고는 따뜻하게 웃어 주었다. 그가 그렇게 웃을 때마다 기분이 이상했다. 심장이 간질거리고 목구멍이 저렸다.

"여기 잠깐만 앉았다 가자."

걸음을 옮기다 말고 둔치 위에 앉았다. 서희도는 그런 나를 조용히 내려다보더니, 따뜻한 커피를 사 오겠노라며 걸음을 돌렸다. 나는 멀어지는 서희도의 뒷모습을 가만히 바라보다가 시선을 거두고 눈을 감았다. 불어오는 바람결이 좋았다.

"마셔요."

익숙한 향기에 눈을 떴다. 서희도가 맑게 웃으며 내 앞에 서 있었다. 나는 녀석의 얼굴을 물끄러미 바라보며 커피를 건네받았다. 불현듯 그가 낯설게 느껴졌다.

"바람이 차요."

녀석이 외투를 벗어 주곤 내 옆에 나란히 앉았다. 문득 강바람에 쓸려온 향이 코끝을 찔렀다.

물 냄새, 풀 냄새, 꽃 냄새.

그리고 서희도 냄새.

"손, 이리 줘 봐요."

녀석이 뜬금없이 손바닥을 내밀며 말했다. 머뭇거리며 내밀자 커다란 손으로 내 손을 꼭 감싼다.

"손이 왜 이렇게 차요. 여자는 손이 따뜻해야 되는데."

"누구 말대로 냉혈한이라서 그런가 보지."

괜히 이죽거리는 말에도 서희도는 어른처럼 미소 지었다.

"선배는 냉혈한도 못 돼. 약하고, 여리고, 바보 같아. 혼자 두면 불안해."

"그래? 다른 사람들은 혼자서도 잘만 살아남을 독한 년이라던데."

"선배. 그거 알아요? 나 요즘 미쳐 가는 것 같아."

서희도는 내 말을 듣지 않는 것 같았다. 녀석은 내 손을 제 뺨 위로 가져다 대곤 온기를 느끼듯 가만히 눈을 감았다.

"눈 뜨자마자 선배부터 찾아. 선배가 옆에 없으면 불안해. 선배랑 침대에 누워 있을 때는 가끔 그런 생각도 해요."

"무슨 생각?"

서희도는 감았던 눈을 천천히 떠 연한 눈동자로 나를 물끄러미 응시했다. 그 순간에는 여대생들의 깔깔대는 웃음소리도, 자전거 바퀴가 굴러가는 소리도, 가느다란 바람 소리도 들려오지 않았다.

"이대로 같이 죽어 버리고 싶다는 생각."

그 말에 숨이 멎고 정신이 멍해졌다. 서희도는 분명 웃고 있었다. 안개처럼 희미한 미소를 띤 채로. 그런데 이상하지. 서희도의 이런 얼굴을 볼 때면 두려움이 엄습하면서도 이상하게 설득이 된다.

그래. 너라면, 같이 죽어 버려도 나쁘지 않겠다고.

"무서워요? 이런 내가 싫어?"

나는 대답대신 고개를 저었다. 서희도는 그제야 안도한 듯 활짝 웃더니 아이처럼 칭얼대기 시작했다.

"나요. 완전히 구제 불능이야. 눈뜨면 선배가 사라져 있을까 봐 두려워. 선배가 나 말고 다른 남자랑 있는 건 상상도 하기 싫어."

서희도의 눈동자는 바람에 나부끼는 나뭇잎처럼 불안하고 위태로웠다. 나는 그 위태로움이 싫지 않았다. 비겁하게도 나는, 서희도의 이런 모습에서 위안을 얻곤 했다.

"선배는 안 그래요? 나만 불안한 거야? 응?"

녀석이 내 손가락 하나하나에 입을 맞추며 간절한 눈빛을 보냈다. 나는 손가락을 스치는 서희도의 입술을 느끼며 조용하게 입을 열었다.

"나도…… 그래."

짧은 침묵이 흘렀다. 그의 말간 얼굴이 시야를 가득 메웠다.

"어쩌면 너보다 더 구제 불능일지 몰라."

서희도는 아무 말 없이 내 얼굴을 응시했다.

그리고 어느 순간, 녀석은 기척도 없이 다가와 내게 입을 맞추었다.

불안

"하아……."

"이리 와요."

섹스가 끝난 뒤, 침대에 늘어져 있는 나를 녀석이 품에 안았다. 등을 쓸어내리는 손길이 부드러워 괜히 가슴에 얼굴을 묻었다.

매번 느끼지만 서희도의 심장 고동 소리는 느리고 묵직하다. 사람을 한없이 느슨하게 만드는 소리다.

"있잖아."

그래서일까.

"나 사실, 너 처음 봤을 때 진짜 재수 없는 놈이라고 생각했어."

가끔씩 이렇게 실없는 말이 나오기도 한다.

"건방지고, 무례하고, 머리에 든 것도 없는 양아치인 줄 알았거든."

무거운 정적이 흘렀다. 괜한 소리를 한 것 같아서 후회가 밀려오던 찰나, 그가 싱겁게 웃었다.

"그런 말은 하도 들어서 무뎌졌어요."

"그, 그러니까 내 말은, 첫인상이 그랬다는 거고……."

"알아. 지금은 나한테 푹 빠졌잖아."

차마 부정할 수 없는 말이었다. 달아오른 얼굴을 감추려 녀석의 넓고 단단한 품을 다시 파고들었다. 서희도는 이불 위로 드러난 내 어깨를 살살 쓰다듬으며 웃음 섞인 한숨을 뱉었다.

"좀 서운하긴 하네. 나는 선배 처음 봤을 때부터 좋았는데."

"거짓말 하지 마."

"기억 안 나요? 나 선배랑 친해지고 싶어서 미친놈처럼 굴었잖아."

기억 안 날 리가. 진짜 미친놈이라고 생각했으니까.

"처음부터 끌렸어."

서희도가 귓가에 대고 부드럽게 속삭였다. 녀석의 가슴팍에서 얼굴을 꾸물꾸물 들자 눈이 마주쳤다. 그는 그 틈을 놓치지 않고 내게 입을 맞추었다. 부드럽게 입술을 겹치고, 아랫입술을 살짝 깨문다.

"나만 아는 선배 모습이 좋아."

녀석의 말이 너무 달기만 하다. 이런 말을 들어 본 적이 없어서, 처음 맛 본 사탕처럼 달다.

"그러니까 변하지 마요. 지금처럼 계속 외롭고 고독하게 있어."

외롭고 고독하게.

그 말을 하면서 녀석은 내 이마에 짧게 키스했다.

"내 앞에서만 울고, 내 앞에서만 약해져."

서희도의 얼굴이 점점 아래로 내려 왔다. 녀석은 깊숙이 파인 쇄골 사이에 입술을 묻더니, 숨을 깊숙이 들이켰다. 일순 뜨거운 온기가 목덜미 위로 훅 퍼졌다.

"나한테서 도망가지만 마. 만약 도망가면."

서희도가 잠시 말을 멈추고 내 어깨를 깨물었다. 갑작스런 통증에 저절로 미간이 좁혀지고 입술이 벌어졌다. 하지만 녀석의 표정이 너무 진지해서 차마 아프다는 말이 나오지 않았다.

"도망가면 뭐?"

서희도는 아무 대꾸 없이 나를 바라봤다. 조금의 웃음기도 없는 얼굴이었다.

꽤 오랜 정적이 이어졌지만, 녀석은 곧 환하게 웃으며 말했다.

"……아무것도 아니에요."

서희도에 관해 알게 된 것이 하나 있다.

"선배. 내 꿈이 뭔지 알아요?"

집으로 오는 길에 사 온 녹차 아이스크림을 퍼 먹고 있을 때였다. 녀석이 뜬금없이 꿈이 뭔지 아냐고 물었다. 나는 숟가락을 입에 문 채 눈을 크게 떴다. 서희도의 입에서 '꿈'이란 단어가 나온 건 처음이었다.

"네 꿈이 뭔데?"

"마음 가는 대로 사는 거."

"네 꿈답다."

"그게 우리 형 꿈이거든."

서희도가 맑게 웃으며 말했다. 맑은 웃음 뒤로 왠지 모를 쓸쓸함이 느껴졌다.

"형의 꿈?"

"응. 우리 형 어렸을 때부터 아팠잖아. 친구도 없고 병실에서 매일 책만 읽었어요. 그래서 못 해 본 게 많아요."

"그렇겠네. 그런데 왜 형의 꿈이 네 꿈이야?"

서희도는 대답을 궁리하는 표정으로 허공을 바라보았다. 이유를 딱히 생각해 본 적 없는 얼굴이었다. 녀석은 한참을 고민한 뒤에야 대수롭지 않게 대답했다.

"모르겠어요. 그냥 그게 당연한 거였어. 형이 못한 걸 내가 해 줘야 형이 좋아했고, 형이 좋아해야 부모님이 좋아했거든. 집안의 평화가 나한테 달려 있었다고 해야 하나."

서희도는 잠시 말을 멈췄다. 아주 찰나였지만 녀석의 눈이 어둡게 빛났던 것 같다.

"잘 먹고, 잘 놀고, 잘 섹스하고, 잘 죽을 거야."

그 말을 하면서 한쪽 입매를 올렸다. 서희도답지 않은, 자조적인 미소였다. 녀석은 곧 다시 씩씩한 모습으로 돌아와 녹차 아이스크림을 한 스푼 가득 펐다.

"선배는? 선배는 꿈이 뭐예요?"

녀석이 아이스크림을 우물거리며 물었다. 꿈이란 단어를 듣자마자 사고가 멈췄다. 스푼을 쥔 손이 뚝, 멈췄다.

꿈. 나에게 꿈은 차라리 없느니만 못한 소망이었다. 이룰 수 없을 걸 알기에 절망스럽고, 그래서 사치스러운.

"없어."

"거짓말."

목구멍이 따끔했다. 거짓말이라는 걸 들켜서 창피했고, 거짓말이라는 걸 알아 줘서 내심 고맙기도 한 모순적인 기분이 들었다.

"나한테만 말해 봐요. 선배 꿈."

녀석이 상체까지 앞으로 기울인 채로 재차 물었다. 나는 괜스레 스푼으로 아이스크림을 휘적거리다, 개미만 한 목소리로 아름댔다.

"······글."

"응? 잘 안 들려요."

"글을 쓰고 싶어. 물론 그럴 만한 능력도 없고 돈부터 벌어야겠지만."

분위기가 가라앉고 정적이 흘렀다. 뒤늦게야 급격한 후회가 밀려왔다. 말하지 말걸. 가당치도 않은 꿈인데. 서희도도 분명 우습게 생각할 텐데. 온갖 생각이 뒤섞여 심장이 빠르게 뛰었다.

그런데 그 순간.

"내가 있으면 좋겠다."

서희도가 담담한 목소리로 말했다. 무슨 말인가 싶어 고개를 들자 녀석이 해사하게 웃으며 덧붙였다.

"선배의 미래에, 내가 있으면 좋겠어요."

혀끝에서 쌉쌀한 녹차 맛의 아이스크림이 녹아드는 오후였다.

또 하나. 녀석에겐 의외로 아이 같은 구석이 많았다.

"선배. 나랑 놀아요."

"청소는 해야지. 이게 사람 사는 집이야?"

서희도는 툭하면 내 등에 매달려 놀아 달라고 징징대곤 했다. 설거지를 하거나 청소기를 돌리려고 할 때면, 그림자처럼 다가와 나를 뒤에서 꼭 끌어안았다. 그러고는 내 어깨에 얼굴을 푹 묻는 것이었다.

그럴 때마다 나는 하던 일을 멈추고 큼큼, 숨을 골라야만 했다. 아무렇지 않은 척했지만, 사실 서희도가 뒤에서 껴안을 때마다 온몸이 간질거려서 참기가 힘들었다. 가슴이, 배가, 몸 구석구석의 살이 몽글몽글하게 뭉치는 기분이었다.

"나랑 있을 땐 아무것도 하지 마요. 시간 아까워."

"……핑계는."

"나 오랜만에 공강이란 말이야. 나랑 놀자. 응?"

"뭐 하고 싶은데?"

못 이기는 척 청소기를 끄고 뒤를 돌아보니, 막 잠에서 깬 녀석이 부스스한 꼴로 싱긋 웃고 있다.

"예쁘다."

참 쉽게도 하는 말. 하지만 들을 때마다 주책없이 가슴이 뛰는 말.

"너무 예뻐서 뭐 할지 까먹었어요."

"뭐야, 진짜. 청소나 마저 할래."

"아! 생각났다."

서희도는 말을 마치자마자 나를 번쩍 안아 들었다. 성큼성큼 소파로 걸어간 녀석은 마주 본 자세에서 나를 제 다리 위에 앉혔다.

"키스 놀이."

이럴 줄 알았어. 가슴을 툭툭 때렸다. 그러거나 말거나 녀석은 뻣뻣하게 굳어 있는 내 허리를 받쳐 안더니, 다른 한 손으로 내 뺨을 부드럽게 감쌌다.

"그건 대체 누가 만든 놀이야?"

"내가 만들었어요. 선배가 술래 할래?"

"술래 하면 뭐가 좋은데?"

"먼저 키스할 수 있어요."

녀석이 씩 웃으며 내 팔을 제 목에 감았다. 대형견처럼 배시시 웃으며 얼굴을 들이민다.

"우선 이마에 키스해 줘요."

내가 멀거니 바라보기만 하자 못마땅하다는 듯 미간에 주름이 졌다.

"얼른."

실소가 터져 나왔다. 정말 어이가 없는데, 어이가 없어 죽겠는데, 두 눈을 꼭 감은 채 내 키스를 기다리는 모습이 꽤 귀엽긴 하다.

나는 녀석의 얼굴을 지그시 바라보다가 반듯한 이마에 짧게 입을 맞추었다.

"됐지?"

"아니. 부족해. 여기도 해 줘."

서희도가 불만족스러운 얼굴로 제 볼을 가리켰다. 이렇게 서서히 아래로, 아래로 내려가길 유도하는 거겠지.

"네 속셈이 훤히 보인다."

"보여도 모른 척해. 나도 선배한테 당하고 싶단 말이야. 이번엔 선배가 나 좀 덮쳐 줘."

"당하긴 뭘 당해? 덮, 덮치는 건 또 뭐고?"

"그거 알아? 선배 당황하면 말 더듬는 거."

녀석이 짓궂게 웃었다. 나는 말을 삼키고 입을 꾹 다물었다.

"놀릴 맛이 난다니까. 귀여워."

"······병 주고 약 주니?"

"얼른 여기도 해 줘요. 빨리."

녀석은 내 말을 무시하곤 한쪽 뺨을 들이밀었다. 얼굴이 가까워지자 또다시 서희도의 향이 훅 풍겼다.

옷에 배인 섬유 유연제 냄새와 녀석이 뿌리는 머스크 향. 그 냄새에 홀린 건지, 아니면 사실 나도 하고 싶었던 건지는 모르겠다.

나는 서희도의 양 볼을 꽉 붙잡았고, 거칠게 녀석의 얼굴을 끌어당겼다. 거침없는 내 행동에 반달 모양으로 휘어져 있던 서희도의 눈이 보름달처럼 휘둥그레졌다.

"어차피 마지막은 입술이잖아. 중간은 생략하자."

서희도가 무슨 말을 하려는 듯 입술을 달싹거렸지만, 무시하고 녀석의 입술에 내려앉았다. 키스라기보다는 그냥 입술 도장이라는 표현이

맞을 것이다.

꾸욱, 입술을 찍어 누른 뒤 황급히 떼었다.

"끝이야?"

녀석이 무미건조한 목소리로 물었다. 내가 작게 고개를 끄덕이자 그의 표정이 오묘하게 변했다.

"선배. 일부러 이러는 거지? 응?"

서희도가 은근하게 허리를 당기며 물었다. 얼굴이 점점 가까워지고 입술이 부딪힐 듯 말 듯 거리가 좁혀졌다. 녀석의 입가에는 짓궂은 미소가 번지고 있었다.

"나 안달 나게 하려고 이러는 거면, 잘못 생각했어요."

말이 끝남과 동시에 커다란 손이 뒷머리를 파고들었다. 순식간에 얼굴이 이끌려 갔고, 말캉한 입술이 덮쳐 왔다.

녀석이 이를 세워 아랫입술을 깨물었다. 이제 그만 항복하고 입을 벌리라는 듯이.

그래도 내가 끝까지 입을 다물고 있자 커다란 손이 불쑥 티셔츠 안으로 들어왔다. 거침없는 손길이 브래지어 위를 더듬고 은근슬쩍 속옷 안을 파고든다. 온몸이 흠칫흠칫 떨리고, 꽉 다물어져 있던 입이 반쯤 벌어졌다.

반칙이야. 반칙이라고. 말을 꺼낼 틈도 없이 서희도의 혀가 부드럽게 들어왔다. 치약 맛이, 아니 사과 맛이 나는 것 같았다.

기분 좋은 키스라는 게 이런 걸까. 상쾌해지는 기분이 온몸을 휘감는다. 본능적으로 녀석의 혀를 감아올렸다.

서희도는 그제야 만족스러운 듯 미소 짓더니, 내게 화답하는 것처럼 혀끝을 몇 번 핥았다. 할짝할짝. 아이 달래는 어른처럼, 혹은 주인을 반기는 강아지처럼 핥는다.

그러던 어느 순간, 더 이상 참을 수 없다는 듯이 평소처럼 깊고 농밀한 키스를 이어 갔다.

짙은 키스는 한 시간이 지나도록 이어졌다. 도저히 끝날 기미가 보이지 않던 우리의 키스는 내가 먼저 입을 떼면서 끝이 났다. 숨 쉴 틈도 없는 키스에 목이 말랐다.

나는 서희도와 입술을 맞댄 채로 가쁜 숨을 골랐다. 맞댄 입술 사이로, 녀석의 입꼬리가 곡선을 그리는 느낌이 선연하게 전해졌다.

"왜 점점 발전할까."

"하……. 그래서 불만이야?"

"불만은 아니고."

서희도는 잠시 말을 끊고 나를 빤히 응시했다.

"불안."

불안. 그 말을 내뱉는 그의 숨소리는 다소 거칠었다.

"이런 건 나한테만 해요. 내가 가르쳐 준 거니까."

그의 시선이 내 입술에 머물렀다. 내리깐 눈꺼풀 아래로 남자치고 기다란 속눈썹이 드리워졌다.

"목에 흔적 남겨도 돼요?"

녀석이 느릿하게 물으며 내리깔았던 눈을 천천히 떴다. 연갈색 눈동자가 내 눈을 옭아맨다. 미치도록 설레면서, 가끔은 두렵기도 한 눈빛이다.

"욕심 같아선 선배 온몸을 물어뜯고 싶어. 목에도, 가슴에도, 배에도 전부 내 흔적을 남기고 싶어."

도망가지 마요. 내 앞에서만 해요. 나한테만 해요.

서희도가 요즘 들어 자주 하는 말이었다. 분명 서희도는 어떤 불안을 느끼고 있었다.

그가 아이처럼 매달리는 것도, 내게 끊임없이 애정 표현을 하는 것도 다 그런 불안에서 나오는 행동일 터였다.

도대체 너는, 뭐가 불안한 걸까.

"남겨도 된다고 해 줘. 응?"

나는 아무런 대답도 하지 못했다. 그러자 대답을 기다리는 녀석의 얼굴이 점점 어둡게 그늘졌다. 서희도는 싸늘하게 굳은 얼굴로 나를 바라보더니, 돌연 내 목에 입술을 묻었다.

"싫어도 상관없어."

그 말과 동시에 따끔한 통증이 퍼졌다.

서희도와 나의 관계는 평탄했지만, 알 수 없는 불안이 점차 우리 사이를 좀먹고 있었다.

그는 의식적으로 나를 안았다. 눈을 뜨면 키스를 했고, 시도 때도 없이 섹스를 했다. 아무리 피곤하고 지치고 힘든 날에도, 섹스보다 잠이 고픈 날에도 의무적으로 관계를 이어 갔다.

그 애의 불안이 커져 갈 때마다 내 안의 불안도 조금씩 크기를 키워 나갔다. 지나치게 달콤한 키스와 격정적인 섹스 뒤에는 늘 한 줌의 불안이 잔재로 남곤 했다.

그래도 우리는 보이지 않는 균열을 입에 담지 않았다. 애써 눈을 감았고, 좁은 방 안에만 고립되었다. 그것만이 우리가 불안을 해소하는 방법이었다.

"선배. 공부 잘 돼요?"

"아니."

시험 기간의 도서관은 학생들로 북적였다. 우리는 열람실 구석의 작은 테이블에 마주 앉아서 공부를 했다. 다가오는 마지막 시험에 전전긍긍하는 나와 달리, 그는 여유만만이었다.

"왜요. 내가 앞에 있어서 떨려요?"

"저, 전혀."

"또 말을 더듬네."

서희도는 책상에 턱을 괸 채 작게 웃었다. 나는 녀석과 눈을 마주치지 않으려 책 속에 얼굴을 파묻었다.

"너는 공부 안 하니? 왜 이렇게 태평해."

"난 그냥 소설이나 읽으려고요. 어차피 학점은 잘 나오니까."

재수 없지만 틀린 말은 아니었다. 서희도의 학점은 생각보다 꽤 높은 편이었다.

"무슨 책 읽는데?"

내가 퉁명스레 물었다. 녀석은 주변을 슬그머니 둘러보더니, 우리 주위에 아무도 없는 걸 확인하고서야 작게 속삭였다.

"……사랑하지 않을 수 없기 때문에 사랑하지 않으려 해도 사랑하지 않을 수 없는 걸요."

녀석의 말에 저절로 고개가 들렸다. '사랑'이라는 단어가 낯설었다. 그 단어는 마치 물 위에 끼얹은 기름처럼 내 몸 속 어딘가를 둥둥 부유하고 있었다.

"이 책 제목이 뭔지 알아요?"

서희도가 엷은 미소를 띤 채 물었다. 나는 조용히 고개를 저었다. 그러자 녀석이 싱긋 웃으며 대답했다.

"첫사랑."

첫사랑. 그 대답 뒤로 서희도는 담담히 말을 이었다.

"선배가 내 인생의 첫 여자는 아니지만."
문득 녀석이 했던 말이 귓가를 스쳐 간다.

"선배가 이 집에 온 첫 여자는 아니지만."

"내 첫사랑은 선배인 것 같아."

"내가 먼저 데리고 온 여자는 선배가 처음이에요."

"그냥, 그렇다고."
말을 마치고 서희도는 수줍게 웃었다.

Chapter 15

"자, 내가 자네들에게 한 가지 질문을 하겠네."

김 교수가 또렷한 목소리로 운을 뗐다. 책상을 향해 꾸벅꾸벅 졸던 학생들은 '질문'이라는 단어에 발작하듯 고개를 치켜들었다.

"어느 마을에 살인 사건이 일어났네. 죽은 여자의 배에 칼이 꽂혀 있었지. 칼에 묻은 지문 덕분에 범인은 쉽게 잡혔어. 범인은 죽은 여자의 옆집에 살던 처녀였네. 그런데 그 처녀와 죽은 여자는 원한 관계가 아니었어. 말도 제대로 섞어 보지 않은 서먹서먹한 이웃이었지. 두 사람의 관계에는 이렇다 할 특징이 없었다네. 그렇다면 처녀는 왜 여자를 죽였을까?"

김 교수가 턱을 쓸며 강단을 거닐었다. 학생들의 대답을 기다리는 모양이었다. 아무도 대답하지 못하자 그가 선심 쓰듯 웃으며 덧붙였다.

"좋아. 힌트를 하나 주지. 처녀의 얼굴에는 흉이 있었어."

맨 앞줄에 앉아 있던 석현 선배가 손을 번쩍 들었다.

"죽은 여자가 처녀의 얼굴에 흉을 남겼기 때문입니다."

"그래서 복수의 일환으로 살인을 저질렀다는 건가?"

"예."

"안타깝지만 틀렸어."

부드러우면서도 단호한 김 교수의 말에 석현 선배는 머쓱하게 웃으며 뒷목을 긁적였다.

"다르게 생각하는 사람은 없나?"

김 교수가 다시 강단을 거닐며 물었다. 그의 두 눈이 무료하게 앉아 있는 학생들을 훑었다. 누구라도 대답을 해 주길 바라는 눈치였다.

"그냥."

학생들이 고개를 숙인 채 딴청을 부리고 있을 때였다. 맨 뒷자리에 앉아 있던 서희도가 심드렁한 목소리로 운을 뗐다.

"죽이고 싶어서 죽이지 않았을까요?"

녀석이 빙그레 웃으며 말했다. 대수롭지 않다는 말투였지만 어쩐지 섬뜩한 대답이었다. 강의실 안에는 일순 싸늘한 정적이 흘렀다.

"정답이네."

김 교수가 '역시 자네로군' 하는 표정으로 흐뭇하게 웃었다.

"처녀는 그냥 여자를 죽이고 싶어서 죽였어. 그냥, 아무 이유 없이 여자가 싫었다고 했지."

이어지는 김 교수의 설명은 서희도의 대답보다 더 섬뜩했다.

"미국의 인류학자 베네딕트는 트로브리안 군도 근처의 도부족에 대해 이야기한 바 있네. 도부족들은 원초적인 모든 형태의 악의를 억제하지 않은 채 살아가고 있다는 거지. 의심과 배신, 폭력과 같은 악의를 미덕으로 여기면서."

느릿하게 강단을 거닐던 김 교수가 걸음을 뚝 멈췄다.

그리고 강단의 정가운데에 우뚝 선 채 학생들을 정면으로 응시했다.

"자네들은 살면서 누군가를 그냥 죽이고 싶은 적 없었나?"

강의실 안에 무거운 침묵이 흘렀다. 오랜 침묵의 끝에서, 김 교수가
심오한 얼굴로 말했다.

"생각해 보게. 자네들의 악의는 어떤 식으로 표출되고 있는지."

악의

"수연 누나. 엠티 사진 받으셨어요?"

과 사무실 앞을 지나치던 때였다. 막 사무실에서 나오던 학생회장이
나를 불러 세웠다.

"무슨 사진?"

"숙소 앞에서 찍은 단체 사진이요."

"아니. 안 받았어."

"이럴 줄 알았어. 부회장이 나눠 주기로 했는데 그 자식 잠수 탔어
요. 이 미친놈, 시험도 안 쳤던데. 저한테 여분 있으니까 만난 김에 드
릴게요."

회장이 투덜대면서 투박한 백팩을 뒤적거렸다. 언뜻 보니 가방 안에
온갖 잡동사니들이 가득했다. 그는 쓰레기통 뒤지듯 가방을 뒤적이더
니, 간신히 꼬깃거리는 갈색 봉투를 찾아 꺼냈다.

"좀 구겨졌는데, 괜찮으세요?"

"응? 아, 어. 괜찮아."

좀 구겨진 게 아닌 걸. 사진이 아니라 흡사 백년 묵은 기밀 문서가

들어 있을 법한 봉투였다. 회장에게 어색하게 웃어 보이곤 봉투 안에서 사진을 꺼냈다. 다행히 사진은 구김도 심하지 않고 화질도 선명했다. 나는 서희도와 내 얼굴부터 찾았다.

사진 속 우리는 맨 뒷줄에 서서 얼굴만 빠끔 내민 채 환하게 웃고 있었다. 서희도는 짓궂게 브이 자를 그리며 웃고 있었고, 나는 그런 서희도를 힐끔 쳐다보고 있었다.

기분이 이상했다. 사진 속에서 웃고 있는 내 모습이 낯설게만 느껴졌다. 마치 사진 속의 나는 진짜 내가 아니라, 그 시간 속의 또 다른 나인 것 같았다.

철썩거리는 파도 소리가 요란했던 가을 밤바다. 그 소리를 들으면서 몇 번이나 관계를 맺었던 밤, 얼굴을 붉히면서 컵라면을 먹었던 아침. 주저하는 나를 데리고 카메라 앞으로 향했던 너. 남모르게 맞잡았던 손.

모든 순간이 옛일처럼 아득하다. 어쩌면, 그때의 나는 아직도 그곳에 머물러 있는지 모르겠다.

"……고마워."

"고맙긴요. 엠티 참여한 분들한테 다 드리는 건데요, 뭐."

회장은 서글서글하게 웃으며 손을 저었다. 그리고 다른 선배들에게도 사진을 드려야겠다며 먼저 자리를 떴다. 그가 떠난 뒤에도 나는 한동안 똑같은 자리에 가만히 서 있었다.

학생들이 과 사무실을 들락거리는 와중에도, 복도를 지나는 사람들이 팔을 툭툭 치고 지나갈 때에도 그저 멍하니 반질거리는 사진만 바라보고 있었다.

정신을 차렸을 때는 조교가 사무실 문을 벌컥 열고 나왔을 때였다. 얼마 전에 출산을 하고 돌아온 그녀는 내 얼굴을 보자마자 환하게 웃으며 말을 걸었다.

"어머, 너 오랜만이다. 취직은 했니?"

나는 머쓱한 얼굴로 고개를 저었다. 조교는 양 눈썹을 내리며 안쓰럽다는 표정을 짓더니, 이내 인심 좋게 말했다.

"잘 될 거야. 필요한 거 있으면 부담 갖지 말고 언제든 들러, 보영아."

조교는 말을 마치자마자 화장실을 향해 조급하게 걸음을 옮겼다. 걸음이 어찌나 빠르던지. 저는 보영이가 아니라 수연입니다. 해명할 시간도 없었다.

━━━━━━━

강의실 앞에는 평소처럼 박유라 무리가 몰려 있었다. 아마도 회장이 건네준 사진을 보고 있는 듯했다. 무어라 속닥속닥 수군대던 그녀들은 내가 다가온 걸 알아채자마자 입을 다물었다. 그리고 아주 기분 나쁜 표정으로 나를 대놓고 훑었다.

"걸레."

무시하고 지나치려는데 웃음기 배인 목소리가 귀에 꽂혔다. 유라의 목소리였다.

"방금 뭐라고 했어?"

"네? 아무 말도 안 했는데."

"나랑 잠깐 얘기 좀 하자."

박유라는 한쪽 입꼬리를 올리며 같잖다는 표정을 지었다. 그러고는 곧 특유의 당당하고 뻔뻔한 미소를 지으며 대답했다.

"그래요."

우리가 향한 곳은 아무도 없는 빈 강의실이었다. 둘만 남겨진 강의실 안은 어두컴컴했다. 커튼 사이로 새어 들어오는 오후의 붉은 햇빛만이 이따금 박유라의 불안한 얼굴을 비추었다.

"너 송치호랑 잤다며?"

뜬금없는 내 말에 박유라가 발끈했다.

"누가 그래요?"

"누가 그러더라."

"그러니까, 누가!"

"나도 모르지. 원래 소문이 다 그렇잖아. 누가 말했는지도 모르는데 하루아침에 사실처럼 떠도는 거. 그런 게 소문 아니야?"

박유라는 기가 막힌 듯이 나를 빤히 쳐다보다가 이내 피식 웃었다.

"언니가 꾸며 낸 거죠? 다른 사람한테도 이런 말도 안 되는 소문 퍼트렸어요? 정말 치졸하네요."

"왜. 기분 더러워?"

"그걸 말이라고 해요?"

박유라가 신경질적으로 미간을 찌푸렸다. 팔짱을 낀 채 올려다보는 모습이 뻔뻔함의 극치였다. 죄책감이라곤 눈곱만큼도 없는 모습에 부아가 치밀었다.

"나는 어땠을까?"

"하, 뭐라고요?"

나는 박유라에게 성큼성큼 다가가 어깨를 벽으로 세게 밀쳤다. 박유라는 갑작스런 내 행동에 놀랐는지 두 눈을 동그랗게 뜨고 입을 벌렸다.

"나를 알지도 못하는 사람들이 나에 대해 함부로 지껄이고, 네가 나를 창녀처럼 소문내고 다녔을 때, 내 기분이 얼마나 더러웠을지 생각해 봤냐고."

박유라는 씩씩대며 나를 한참이나 노려보았다. 분한 숨소리가 넓은 강의실 안을 가득 메울 정도였다.

그런데 나를 매섭게 쏘아보던 박유라가 별안간 눈시울을 붉히기 시작했다.

"너 지금 울어? 왜 울어? 뭐가 억울하다고 우는데? 울어야 할 사람은 나 아니야?"

"언니, 나한테 왜 이래요?"

"너야말로 나한테 왜 이래? 도대체 무슨 억하심정이 있어서 몇 년이 지난 지금까지 이러는데? 이유나 좀 알자."

꾹 깨문 박유라의 입술이 부들부들 떨렸다. 박유라는 찢어 죽일 듯한 도끼눈으로 나를 노려보더니, 급기야는 눈물을 수돗물처럼 터트리며 엉엉 울기 시작했다.

"언니가 그냥 싫어! 싫다고!"

"뭐?"

"나보다 잘난 거 하나도 없으면서 내가 좋아하는 사람들은 다 채 가고! 뒤에서는 여우 짓이나 하고! 서희도랑도 그런 사이 맞잖아! 맞으면서 왜 아닌 척해!?"

박유라는 울분을 쏟아 내듯 빠른 속도로 말을 뱉어 내고 바닥에 주저앉았다. 그러고는 무릎에 얼굴을 묻은 채 세상에서 가장 서러운 사람처럼 엉엉 울어 댔다.

머리가 지끈지끈 아파 왔다. 이 관계를 어디서부터 어떻게 손을 봐야 할지 도저히 감이 잡히지 않았다.

"그래, 나랑 서희도 그런 사이 맞아. 그런데 왜 아닌 척하겠어? 신우랑 사귈 때 네가 나한테 했던 짓을 생각하면 답 나오지 않아?"

"언니는! 언니는 뭐 나한테 잘했어요? 다른 선배들은 다 나 예뻐하는데 언니만 나 싫어하는 티 팍팍 냈잖아! 나요, 살면서 한 번도 미움 받아 본 적 없는 사람이에요! 그런데 언니가 왜 나를 싫어해? 언니가 뭔데 나를 싫어하냐고!"

"왜 싫어하는지 말해 줘? 너는 보영이처럼 인기 많은 선배들한테만 예의 차렸잖아. 나 같은 사람, 조용하고 존재감 없는 선배들은 대놓고 무시했잖아. 아니야?"

박유라는 분한 얼굴로 나를 노려보며 눈물을 훔쳐 낼 뿐 아무 대꾸도 하지 않았다. 그 모습을 보니 허탈감이 밀려왔다. 박유라에게 미안하다는 말까지 바란 건 아니었다. 그저 내가 느꼈던 수치스러운 감정을 똑같이 겪어 봤으면 했다. 그러나 그녀는 역지사지가 통하지 않는 사람이었다.

"미안한데, 난 앞으로도 네가 좋아질 일은 절대 없을 것 같거든? 우리 그냥 서로 신경 끄고 살자."

내가 어리석었다. 사람은 절대 변하지 않는다.

━━━━━

사람은.

"수연아."

사람은 절대 변하지 않는다. 그 사실을 나는 왜 까맣게 잊고 있었을까.

"응?"

오전에 있는 첫 수업에 들어갔을 때였다. 내가 강의실에 들어서자마자 모든 학생들이 일제히 나를 돌아보았다. 그러고는 입을 가린 채 자기들끼리 무어라 수군대기 시작했다.

그중에는 우리 과 선후배들도 있었고, 처음 보는 타과생도 있었다.

"잠깐 나와 볼래?"

책상에 가방을 놓기도 전에 혜주가 내게 손짓했다. 혜주를 따라 강의실 밖으로 나가는 순간까지, 내 뒷모습을 집요하게 쫓는 학생들의 시선이 느껴졌다.

"무슨 일이야?"

"너 학교 커뮤니티 들어가 봤어?"

"아니. 나 그런 거 안 하는데. 왜?"

혜주는 낮게 한숨을 내쉬었다. 무표정하던 그녀의 얼굴이 미세하게 일그러졌다.

"있잖아. 너 혹시 서희도랑 동거해?"

혜주의 물음에 머릿속이 새하얗게 변했다. 갑작스레 뒤통수를 둔탁한 물건으로 세게 얻어맞은 느낌이었다. 내가 아무런 긍정도, 부정도 못하고 멍하니 서 있자 혜주가 나지막하게 말을 이었다.

"어젯밤에 학교 익명 게시판에 누가 글을 올렸어. 대학생 동거의 실태 뭐 이런 글이었는데, 그 글에 너랑 서희도가 같은 집 들어가는 사진이 있었어. 누가 며칠간 고의적으로 찍었나 봐. 운영자가 바로 지우긴 했는데 사람들이 이미 캡처 떠서 여기저기 퍼 나른 것 같아."

"확실히 나랑 서희도 맞아?"

"옆모습 찍혔어. 우리 과 사람들은 바로 알아볼 정도야."

손이 달달 떨리고 속이 울렁거렸다. 생각을 정리해야 하는데 도무지 정리가 되질 않았다.

"……잘못이야?"

"응?"

"좋아하는 사람이랑 같이 사는 게…… 잘못이냐고."

입 밖으로 나오는 말이라곤, 이런 바보 같은 말뿐이다.

"아니. 잘못 아니야."

혜주의 목소리는 무심한 듯 따뜻했다. 위로 같은 대답에 목이 울컥거렸다. 강의실 창문 너머로는 제각기 다른 표정을 지으며 휴대폰을 쳐다보는 학생들이 보였다. 아마도 그들이 보고 있는 건 커뮤니티에 올라왔다는 나와 서희도의 사진일 터였다.

"교수님 오신다. 일단 들어가자."

혜주가 망부석처럼 굳어 있는 내 팔을 끌었다. 다시 강의실로 들어가자마자 학생들이 고개를 돌려 나를 빤히 쳐다보았다. 동물원의 원숭이를 구경하는 눈빛. 아니, 그보다 더 저열한 것을 목격한 눈빛이었다.

"내일이 시험이니까 오늘은 최종 정리를 해 봅시다."

늙은 교수가 안경을 올리며 교재를 폈다. 나는 아무렇지 않은 척 교재를 펴고 펜을 들었지만 도무지 아무렇지 않을 수가 없었다. 손이 떨리고, 수업 시간 내내 교수의 몽롱한 목소리가 귓가를 웅웅 맴돌아 멀미가 났다.

"이 부분을 다시 한번 강조하자면……."

시계를 바라보았다. 한 시간은 지났을 거라 생각했는데 겨우 30분이 지나 있었다. 결국 펜을 내려놓고 눈을 감았다. 똑딱이는 시계 초침 소리가 예민한 귓가를 메웠다.

그 소리는 꼭 쿵쿵 뛰고 있는 내 심장 고동 소리 같았다.

"너야?"

수업이 끝나자마자 박유라에게로 향했다. 강의실 안에는 송치호 무리를 포함한 우리 과 사람들 몇몇만 남아 있었다.

"뭐가요?"

"사진 올린 사람, 너냐고."

"아, 언니 동거한다면서요? 서희도랑."

"어. 동거해. 서희도랑."

내 입에서 흘러나온 대답에 주변이 술렁거렸다. 대박. 미쳤나 봐. 숙덕거리는 소리가 강의실 안을 울렸다.

"와, 언니 대단하다."

"다 큰 성인끼리 동거하는 게 뭐 잘못됐어?"

"그렇게 떳떳하면 얼굴에 써 붙이고 다니든가. 왜 나한테 와서 이래요?"

박유라의 말에 주변에 있던 무리들이 쿡쿡대며 웃었다. 송치호는 재미있는 구경거리를 발견한 듯 고개를 쭉 빼고 관람 자세를 취했다.

"그래. 네 말대로 나는 떳떳해. 그런데 넌 이렇게 떳떳하면 안 되지."

"무슨 말이에요? 내가 뭘 했는데?"

"남의 사진 멋대로 찍어서 인터넷에 올리는 거, 그거 불법이거든."

웃고 있던 박유라의 얼굴이 싸늘하게 굳었다. 강의실 안에는 일순 차가운 정적이 흘렀다. 멀리 있는 송치호 무리만이 듣기 싫은 야유를 쏟아 내며 킥킥대고 있었다.

"이거구나. 네가 올린 사진."

책상에 놓인 박유라의 휴대폰을 바라봤다. 앨범에는 나와 서희도가 찍힌 사진이 적어도 열 장은 넘게 있었다. 꽤 오래 전부터 찍어 온 모양이었다. 직접 두 눈으로 사진을 확인하니 심장이 기분 나쁘게 뛰었다.

"너도 알지? 치졸한 사람은 내가 아니라 너라는 거."

애써 태연한 척 말했지만 떨리는 목소리를 감출 수 없었다. 그저 이

상황이 빨리 지나가기만을 빌었다. 졸업을 코앞에 둔 순간까지 꼬일 대로 꼬여 버린 못난 대학 생활을 서희도에게 보여 주고 싶지 않았다.

무엇보다, 나는 두려웠다. 몇 년 전 그때, 신우가 나를 외면했던 것처럼 서희도도 나를 외면할까 봐. 그러니 부디 여기서 끝났으면 했다. 나와 박유라의 문제도, 이 얼룩진 대학 생활도, 또다시 되풀이되는 악연도 모두 내 선에서 끝나기를.

하지만 나의 바람은 뜻대로 이루어지지 않았다.

"선배는 나가 있어요."

신우가 주변 사람을 끌어안으려는 동그라미와 같다면, 서희도는 오로지 앞만 보는 직선이었다. 그래서 나는 더 서희도에게 끌렸고, 점점 더 좋아져 버렸고, 속수무책으로 빠져 버린 건지도 모른다.

"지워."

너만큼은, 너만큼은 내 문제에 끌어들이고 싶지 않았는데. 이런 모습을 보여 주고 싶진 않았는데.

"아니다. 내가 지우는 게 빠르겠네."

서희도가 박유라의 휴대폰을 낚아채며 말했다. 늘 장난기 가득하던 녀석의 얼굴은 낯설 만큼 서늘했다.

"희도야. 그만……."

동현이가 서희도의 팔을 잡아끌며 개미만 한 목소리로 말렸지만, 그는 꿈쩍도 하지 않았다. 무표정한 얼굴로 박유라의 휴대폰에 저장된 사진을 지워 갈 뿐이었다. 박유라는 그런 서희도를 올려다보며 비릿하게 웃었다.

"다른 사람들도 다 저장해서 보고 있는데 왜 나한테만 난리야?"

"원본은 어디 있어?"

"너랑 언니, 진짜 어이없다. 내가 올렸다는 증거 있어? 아님 내가 제일 만만하니?"

"원본 어디 있냐고."

서희도는 휴대폰에 시선을 고정한 채 나지막하게 말했다. 어조도 없이 차분한 목소리였다. 유라에게서 아무런 대답이 없자 서희도가 눈을 살짝 치켜떴다.

"대답 안 해?"

황급히 서희도의 팔을 움켜잡았다. 무슨 일이 터지기 전에 막아야 할 것 같았다. 녀석은 내 손을 매정히 뿌리치곤 나를 제 등 뒤로 끌어당겼다.

"아니면, 원본도 내가 지워 줘?"

서희도가 싱긋 웃더니 돌연 휴대폰을 집어던졌다. 갑작스런 행동에 숙덕거리던 소리들이 순식간에 사라졌다.

"너, 너 지금 뭐 하는 거야?"

박유라가 믿을 수 없다는 눈으로 금이 간 액정을 멀거니 바라보았다. 서희도는 태연한 얼굴로 바닥에 떨어진 휴대폰을 짓밟으며 박유라에게 가까이 다가갔다. 걸음을 옮길 때마다 발밑에 깔린 휴대폰이 처참한 소리를 내며 부서졌다.

"서희도 너, 진짜 싫다."

"고마워. 싫어해 줘서."

"하, 뭐?"

"네가 나 좋아할 때 솔직히 좀 짜증 났거든."

서희도가 이마를 긁적이며 이죽거렸다. 박유라는 경련을 일으키듯 입술을 떨더니 목에 바짝 핏대를 세웠다.

"너 모르지? 우리 과 사람들이 다 너 싫어하는 거. 혼자서만 있어 보이는 척, 특별한 척 나댄다고 너 욕하는 사람이 어디 한둘인 줄 알아?"

다시 서희도의 팔을 붙잡아 끌었다. 고작 박유라한테서, 이 많은 사람들 앞에서 서희도가 나쁜 말을 듣게 하고 싶지 않았다.

서희도는 또 내 팔을 뿌리치곤 박유라에게 한 걸음 다가섰다.

"다행이네. 나도 우리 과 사람들 싫거든. 머리에 든 것도 없는 머저리들이 몰려다니면서 술이나 처먹고, 괜한 사람 무시하면서 매장시키고. 병신들의 발악 같아서 봐 줄 수가 있어야지. 안 그래도 참기 힘들었는데 먼저 말해 줘서 고맙다. 진심으로."

서희도가 한 어절씩 또박또박 씹어 뱉었다. 그의 말에 주변에서 구경 중이던 과 사람들의 표정이 급격하게 일그러졌다. 그중 가장 험악한 표정을 짓는 사람은 송치호였다. 멀리서 유유자적 싸움을 구경하던 송치호가 돌연 책상을 거칠게 밀고 일어났다.

"야, 서희도. 너 지금 뭐라고 씨부렸냐? 뭐? 머저리? 병신? 이게 보자보자 하니까 머리끝까지 기어오르네. 옆에 선배들 있는 거 안 보이냐?"

"희도야, 그만해. 일단 나가자. 응?"

내가 애원하듯 말했다. 송치호까지 끼어들면 일이 눈덩이처럼 커질 게 불 보듯 뻔했다. 하지만 이번에도 서희도는 내 손을 뿌리쳤다.

"아. 죄송해요. 선배가 선배 같지 않아서 몰라뵀습니다."

"뭐? 다시 말해 봐. 선배가 뭐?"

산만 한 덩치의 송치호가 위협적으로 다가섰다. 서희도는 두 눈을 똑바로 뜨고 송치호를 바라봤다. 날카로운 눈매와 달리, 녀석의 입은 미소를 그리고 있었다.

"그동안 재밌었죠? 후배들이 선배 대접 해 주면서 설설 기어 대니까 본인이 뭐라도 된 것 같고."

"너…… 미쳤냐?"

"꼭 왕이라도 된 기분이었을 거야. 어린애들 소꿉놀이 하는 것처럼."

쉴 틈 없이 말을 뱉어 낸 녀석은 얼빠진 송치호를 깔아 보며 피식 웃었다.

"그만큼 즐겼으면 됐어요. 이제 깨달을 나이 아닌가? 아. 내가 참 좆같이 살았구나, 하고."

지금 눈앞의 서희도는 내가 아는 서희도가 아니었다. 그는 꼭 전혀 다른 사람처럼 낯설고 차가웠다. 나는 다시 서희도의 손을 힘주어 붙잡았다. 그냥 이대로 함께 강의실을 나갔으면 했다.

"그래도 모르겠으면 나한테 와요. 내가 알려 줄게. 선배가 얼마나 쓰레기처럼 살았는지."

서희도는 그 말을 마지막으로 내 손을 꽉 붙들었다. 그리고 강의실 사람들 들으라는 듯 크고 단단한 목소리로 내게 말했다.

"나가요. 여기 너무 더러워."

Chapter 16

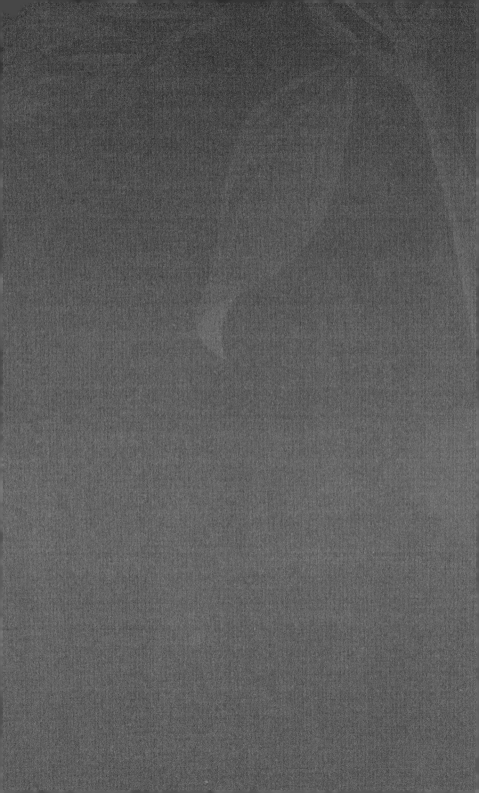

"아! 아무래도 대표님은 나를 싫어하는 것 같아."

아침부터 윤 대리가 투덜대며 내 자리로 왔다. 또 대표에게 깨진 모양이었다. 나는 늘 그래 왔듯 윤 대리에게 형식적으로 웃어 보이곤 다시 모니터로 시선을 옮겼다. 혼자서 한참을 종알대던 윤 대리는 내가 아무런 반응이 없자 뒷담을 그만두고 한숨을 푹 쉬었다.

"참 신기해. 자기는 항상 어쩜 그렇게 초연해? 대표님한테 혼나도 웃어넘기고 바로 자기 할 일 하잖아."

윤 대리의 말에 타이핑을 멈췄다. 뒤통수를 세게 얻어맞은 것처럼 갑자기 머릿속이 아득해졌다.

"그렇게 보여요?"

스물. 싫으면 싫은 티를 내고, 하기 싫은 건 죽어도 하지 않던 시절이 있었다.

어차피 세상 혼자 사는 거라고 되뇌며 외롭고 고독하게 지내던 시절. '사람은 사회적인 동물이다'라는 말을 지껄인 학자에게 엿이나 먹으라고 중얼거리던 시절. 세상을 다 아는 어른인 척 허영을 부리고, 내가 만든 울타리에 스스로 갇혀 그 외로움에 취하던 시절. 누구도 나를 사랑하지 않아도 된다고 믿었던 시절. 사랑 같은 건 없다며, 사랑을 말하는 사람들을 비웃고 다니던 시절.

"저도 변한 거예요. 편하게 살고 싶어서."

스물다섯. 그러던 어느 날, 그 애가 다가왔다.

사랑을 믿지 않던 내게 사랑을 알려 주고, 나란 여자도 사랑받을 자격이 있다고 말해 주었던 그 애. 외롭고 고독한 나를 사랑해 주었던, 그 애.

"사람 대하는 방법, 생각보다 간단하더라고요. 내 감정 숨기고 적당히 휘어지면 되거든요."

서른. 이제 나는 예전과 같지 않다.

날카롭던 성질은 무뎌졌고 가식적인 웃음만 많아졌다. 지금의 나는 세월에 닳고 빛바랬다. 오래된 집의 잿빛 벽지처럼.

"나도 그래야 하나? 어휴. 나는 좀처럼 휘어지질 못해서."

"저도 그랬어요. 예전에는 휘어지질 못해서 부러지고 마는 성격이었는데."

희도야. 너도 나처럼 변했을까.

아니면…….

"……이제는 아니에요."

여전히 선연하게 빛나고 있을까.

변해 가는 것들에 대하여

그날 이후 많은 것들이 변했다. 그중 하나는 서희도가 부쩍 말이 많아졌다는 점이었다. 녀석은 학교에서나 집에서나 시도 때도 없이 내게 말을 걸었다.

"나 시험 망쳤어요. 선배 생각하느라."

시험이 끝난 뒤 배시시 웃으며 말을 걸고,

"우리 종강하면 맛있는 거 먹으러 가요. 학교 앞에 새로 생긴 음식점 많던데."

내 손을 꼭 잡은 채 캠퍼스를 거닐면서 말을 걸고,

"꽉꽉 좀 먹어요. 왜 이렇게 힘이 없어. 내가 먹여 줄까?"

식당에서 밥을 먹을 때도 끊임없이 말을 건다. 나는 녀석의 얼굴을 물끄러미 쳐다보다가 결국 숟가락을 내려놓았다.

주변이 시끌시끌해서 도통 밥이 먹히질 않았다. 자주 오던 학생 식당이 오늘따라 낯설고 숨 막혔다.

"너는 괜찮아?"

"당연히 괜찮지. 우리가 뭐 죄지었어요?"

서희도는 얼굴에 띠운 미소를 천천히 지우고는 식판에 담긴 밥을 숟가락으로 휘적거렸다. 마주 앉은 테이블 위로 어색한 침묵이 흘렀다. 할 말이 없었다. 아니, 무슨 말을 해야 하는지 알 수 없었다.

나는 그저 멀거니 숟가락을 쥔 서희도의 손만 쳐다보았다.

"선배는 안 괜찮아?"

새삼 녀석의 손이 참 곱다는 걸 깨닫는다.

"나도 괜찮아."

그에 비해 나는 너무 때가 탔다. 인간관계, 사랑, 가족. 곳곳에 군내나는 곰팡이가 피었다.

"미안해. 나 때문에 너까지 피해 보게 해서."

달라진 것이 또 하나 있다면, 그건 바로 서희도를 둘러싼 풍경이었다.

틈만 나면 말을 걸었던 동기들, 후배들, 선배들. 그 일이 있기 전까지 서희도의 주변에는 늘 사람들이 있었다.

그날 이후, 사람들은 마치 원래 그러 했던 것처럼 녀석을 피했고, 멀찍이 떨어진 곳에서 우리를 훔쳐보며 속닥거렸다.

나와 서희도가 있는 공간에는 항상 불편하고 불쾌한 공기가 맴돌았다. 작게 들려오는 숙덕거림, 숨죽인 웃음소리가 섞인 공기. 꼭 내가 더러운 바이러스를 퍼트리는 숙주가 된 기분이었다.

"나는 과 사람들이랑 싸운 건 아무렇지도 않아. 오히려 속 시원해. 그런데요."

서희도가 느릿하게 운을 떼며 나를 바라봤다. 묵직한 목소리만큼이나 진지한 얼굴이었다.

"선배가 나한테 미안하다고 말하는 건 싫어."

짧은 정적이 흘렀다. 내 얼굴을 물끄러미 응시하던 녀석은 곧 씁쓸히 웃으며 덧붙였다.

"그건, 정말 싫어요."

―――――

수업이 끝난 뒤 서희도에게서 문자가 왔다. 볼일이 있어서 늦을 것 같으니 먼저 집에 가 있으라는 문자였다. 바로 전화를 걸었지만 휴대폰이 꺼져 있었다. 문득 불길한 예감이 들어 녀석이 수업을 들은 강의실로 달려갔다.

"서희도. 어디로 갔는지 알아요?"

강의실 문을 열자마자 나도 모르게 불쑥 튀어나온 말이었다. 수업은 이미 끝난 상태였고, 처음 보는 학생들 몇몇만 남아 가방을 챙기고 있었다. 남아 있는 학생들이 무심한 눈길로 나를 바라보았다.

"서희도가 누군데요?"

여학생이 퉁명스레 되물었다. 내가 멍하니 쳐다보자 그녀가 손뼉을 탁, 치며 해맑게 말했다.

"아! 그 철학과 동거남! 수업 끝나자마자 나가던데."

철학과 동거남.

서희도는 타과생들에게 그렇게 불리고 있었다.

머릿속에 맴도는 그 말을 수십 번 곱씹으며 강의동 건물을 벗어났을 때였다. 모르는 번호로 전화가 왔다. 통화 버튼을 누르자마자 휴대폰 너머로 울먹이는 목소리가 들려왔다.

―누나. 치호 형, 진짜 미친 것 같아요. 아니다. 치호 형이 미친 게 아니라, 서희도 그 새끼가 미친 거지.

동현이의 목소리였다.

전화를 끊고 동현이가 알려 준 장소로 달려갔다. 걸음을 옮기는 내내 머리는 차게 식고 마음은 뜨겁게 방망이질을 해 댔다.

"무슨 일이야?"

동현이가 불안과 안도가 뒤섞인 얼굴로 돌아보았다. 그는 마치 망을 보는 사람처럼, 아니면 이 상황을 어찌할 줄 모르는 사람처럼 건물 앞을 불안하게 서성대고 있었다.

"누나······."

"응. 천천히 얘기해 봐."

"이러다 진짜 뭔 일 나면 어떡해요? 제 친구네 학교에서는 선배가 후배 밟아서 갈비뼈 아작 났대요. 치호 형도 서희도 그렇게 만들면 어떡해요? 아니지. 차라리 서희도가 맞는 게 낫지. 서희도가 치호 형 때리기라도 하면 어떡하죠?"

"진정하고, 알아듣게 설명을······."

"제가 말려야 되는데 못 하겠어요. 저도 사실 치호 형 싫어요. 싫은데 무서워서 가만히 있던 거예요. 괜히 얽혀서 저까지 치호 형한테 찍히면 과 생활 어려워지니까요. 저 제대하고 나서 정신 차리기로 엄마랑 약속했단 말이에요. 대학교에서 쌈질했다고 하면······ 저 진짜 엄마한테 죽어요!"

동현이가 거의 울먹이다시피 횡설수설했다. 나는 동현이의 어깨를 토닥이며 나직하게 말했다.

"동현아. 너 안 죽어. 그러니까 서희도 있는 곳, 알려 줘."

동현이가 나를 데리고 간 곳은 공과 대학 건물의 뒤편이었다. 실습용 건축 자재가 지저분하게 널브러진, 사람 한 명 다니지 않는 외진 곳. 그곳에 송치호와 그의 친구들, 그리고 서희도가 있었다.

"야. 그때 한말 다시 한번 해 봐. 선배들 다 보는 데서 말해 보라고."

송치호가 서희도의 뺨을 탁탁 치며 이죽댔다. 거대한 무리들 사이로 언뜻언뜻 서희도의 얼굴이 보였다. 서희도는 피가 고인 입술을 꾹 다문 채, 아무런 저항 없이 송치호의 우악스러운 손길을 받아 내고 있었다.

"저 새끼가 뭐라고 했다고?"

"내 앞에서 우리 과 사람들 병신이라고 했다니까? 또 뭐라고 했냐, 너? 아, 선배가 선배 같지 않아서 몰라봤다고 했지? 아, 생각할수록 야마 도네."

"뭐? 그렇게 말했다고? 완전 근본 없는 새끼네."

"내가 말했잖아. 이 새끼 얼굴 반반한 거 믿고 존나 나댄다고. 그동안 김치년들이 똥꼬 빨아 주니까 기고만장해서 눈에 뵈는 게 없었지. 잘나신 후배님, 내가 인생 선배로서 얘기해 주는 거니까 잘 들으세요. 너 사회 나가서도 그딴 식으로 행동하면 바로 매장 당해요. 알아요?"

송치호가 땅바닥에 가래침을 뱉으며 훈계질을 해 댔다. 그 와중에도 서희도는 건물 벽에 등을 붙인 채 미동도 없이 서 있었다. 참다 못한 내가 송치호에게로 걸음을 옮기자 동현이가 화들짝 놀라며 팔을 세게 잡아끌었다.

"누나, 가지 마요! 일 더 커지면 어떡해요! 제, 제가 경찰 부를까요?"

"경찰 부르면. 일이 작아질까?"

"어……, 아니요."

그때였다. 서희도가 갑자기 미친 사람처럼 웃기 시작한 것은. 건물 벽을 타고 흐르는 서희도의 웃음소리에 나와 동현이의 고개가 동시에 돌아갔다. 그 순간에는 비아냥대던 송치호의 말소리도 들리지 않았다.

"아, 재밌네."

서희도는 한참을 웃고도 웃음이 멈추지 않는지 배까지 움켜잡으며 기침을 콜록댔다. 그가 기침을 할 때마다 입에 고인 핏물이 바닥에 흩어졌다. 송치호는 더럽다는 듯 인상을 쓰며 서희도에게서 한 걸음 물러났다.

"죄송해요. 웬만하면 참고 들어 주려 했는데. 웃겨 가지고."

녀석이 간신히 웃음을 멈추고 고개를 들었다. 그제야 제대로 눈에 들어온 서희도의 얼굴은 흠씬 두들겨 맞은 사람처럼 퉁퉁 부어 있었다.

"웃겨? 내 말이 웃기냐?"

송치호가 서희도의 어깨를 손가락으로 툭툭 밀었다. 녀석은 뒤로 밀리기는커녕 꼿꼿하게 버티고 선 채 천천히 말을 이었다.

"선배님. 저도 선배 생각하는 후배로서 얘기하는 거니까 잘 들으세요."

"뭐?"

"선배, 계속 그딴 식으로 살다간 사회 근처에 발도 못 디뎌 보고 매장 당해요. 낙오자 되는 게 선배 장래 희망이에요? 아니잖아요."

"낙오자? 이 씹⋯⋯."

"그리고 자꾸 얼굴 운운하시는데. 선배가 나한테 느끼는 기분, 그걸 뭐라고 하는지 알아요?"

서희도는 입에 고인 피를 바닥에 뱉으며 송치호에게 가까이 다가갔다. 그러고는 송치호의 얼굴을 뚫어져라 바라보며 또렷한 목소리로 말했다.

"열등감."

녀석이 빙그레 웃었다. 송치호는 또 그날 그때처럼 얼이 빠진 얼굴이었다.

"사회에선, 그런 걸 열등감이라고 해요."

"이 개새끼가⋯⋯!"

"선배가 나한테 열등감이 심한 건 이해하겠는데. 너무 티 내지는 마요. 되게 없어 보이거든.”

송치호는 터질 듯 붉어진 얼굴로 몸을 부들부들 떨더니, 별안간 서희도의 멱살을 거칠게 잡아챘다. 그 순간 나도 모르게 몸이 튀어 나갔다.

뒤에서 누나, 안 돼요, 가지 마요! 하는 동현이의 가느다란 목소리가 들려왔지만 이미 이성을 잃은 상태였다.

“그만해요! 나이 먹고 이게 뭐 하는 짓이에요?”

서희도의 앞을 막아서며 송치호를 거칠게 밀어냈다. 구경 중이던 송치호 무리들이 나를 보고 재밌어 죽겠다는 듯 낄낄 웃어 댔다.

“선배.”

“너 이러려고 나 먼저 보냈어? 볼일이 고작 이거야? 시간 아깝지도 않아? 내가 상대하지 말라고 했잖아. 상대할 가치도 없으니까 무시하라고 했잖아. 가자. 말 섞어 봤자 네 입만 더러워져.”

말을 빠르게 뱉어 내곤 녀석의 팔을 잡아끌었다. 나도 한때는 부딪혀 보려 했었다. 그러면 조금은 해결될 줄 알았다.

하지만 모두 허사였다. 그들에겐 나의 분노가 곧 즐거움이었고, 내가 아니어도 또 다른 누군가가 그 즐거움을 위해 희생되곤 했다. 그 사실을 깨달은 후로는 일부러 피했다. 무서워서 피하는 게 아니라 더러워서. 그래서 피했다.

“와! 이것들이 쌍으로 기분 더럽게 만드네. 야, 최수연. 지금 와서 말하는 거지만 너도 여자만 아니었음 나한테 한 대 맞았어. 여자라고 봐주니까 끝까지 기어오른다?”

송치호가 역겨운 얼굴을 들이밀면서 이죽댔다. 맞잡은 서희도의 손에 힘이 불끈 들어가는 게 느껴졌다.

“때리고 싶으면 때려요. 여자라고 선배한테 대우 받고 싶은 생각 추

334

호도 없으니까."

"하, 뭐?"

"저도 이제 와서 하는 말인데요. 선배가 선배만 아니었음 저도 어떻게 했을지 몰라요. 가자, 희도야."

다시 서희도의 팔을 잡아끌었다. 심장이 빠르게 뛰고 겁이 났다.

내게 송치호는 인생의 가해자와 같았다. 나의 대학 생활을 망치고, 나를 헐뜯고, 나를 갈기갈기 찢어발긴 가해자.

지금처럼 송치호와 마주 보고 지난날을 상기하는 것 자체가 내게는 참을 수 없는 고역이었다.

"걸레 같은 년."

정말로 벗어나고 싶었다. 지금 이곳에서도, 나를 죄어 온 악의적인 소문에서도.

"이 새끼, 저 새끼 다 대 주고 다니니까 좋냐?"

걸음을 멈춘 건 내가 아니라 서희도였다. 갑자기 우뚝 멈춰 선 서희도는 뻣뻣하게 굳은 채 허공 어딘가를 응시했다. 녀석의 눈에는 초점이 없었다.

"너 남자 꼬드기는 실력이 아주 수준급이다? 앞에서는 얌전 빼고 뒤에서는 꼬리치더니."

"가. 들을 필요 없어."

힘주어 서희도를 끌었다. 무시하는 게 상책이라고 생각했다. 하지만 서희도는 자리에 멈춰 선 채 움직일 생각을 하지 않았다. 그때, 문득 올려다본 녀석의 옆모습은 무서울 만큼 고요했다.

"나한테도 줘라 좀. 왜 나한테는 안 대 주냐? 어?"

어딘가를 바라보는 서희도의 갈색 눈동자는 여느 때처럼 차분하고 초연했지만, 어쩐지 차게 식어 있었다.

"나한테도 좀 벌려 즈……."

말릴 틈도 없었다. 송치호의 말이 끝나기도 전에 서희도가 달려들었고, 모든 일은 순식간에 벌어졌다.

서희도가 이성을 찾았을 때는 동현이가 김 교수를 데리고 나타났을 때였다.

"……아파?"

"안 아파요."

서희도의 손등에는 검붉은 피가 흥건했다. 손가락 뼈마디의 피부는 벗겨지고 살점은 떨어져 있었다. 이 손에 맞은 송치호의 상태는 얼마나 심각할지 보지 않아도 알 만했다.

김 교수의 목소리가 들리고 나서야 서희도는 송치호에게서 떨어졌다. 건물 벽에 짓이겨진 송치호의 얼굴은 차마 눈뜨고 보기 처참할 정도였다.

순식간에 벌어진 일에 송치호의 친구들은 못 볼 것을 보기라도 한 사람들처럼 창백해졌다. 송치호는 한참을 씩씩거리며 서희도를 노려보더니, 결국 참지 못하고 눈물을 터트렸다. 그러다 끝내 친구들의 부축을 받으며 정말 인생의 낙오자처럼 어디론가 실려 갔다.

동현이는 핏물이 고인 바닥을 멍하니 바라보다가 서희도와 눈이 마주치자 어색하게 웃었다. 경찰을 부르면 일이 커질까 봐 교수님을 데려왔다고, 동현이가 떨리는 목소리로 더듬더듬 말했다.

가만히 숨을 고르며 서 있는 서희도를 김 교수는 말없이 응시했다. 그리고 나지막하게 내일 교수 연구실로 오게나, 한마디만 남기곤 자리를 떴다.

"병원 가자니까 왜 말을 안 들어."

행여나 아플까 봐, 헐겁게 감아 둔 붕대 위로 계속 피가 새어 나왔다. 딱지가 앉기 전까진 어쩔 수 없는 일인데. 붕대를 적시는 피가 너무 아파 보여서 마음이 무겁다.

"선배."

"걱정하지 마. 내가 교수님한테 그간 있었던 일 다 얘기할게. 너한테 피해 안 가게 할 거야. 그러니까……."

"나 좀 봐요. 선배 얼굴 보고 싶어."

힘없이 가라앉은 목소리에 고개를 들었다. 녀석의 얼굴을 보자마자 눈물이 왈칵 쏟아져 내렸다. 약해지지 말자, 다짐했는데 또 약해진다. 한없이 약해진다.

"미안해요."

서희도가 눈물을 닦아 주며 말했다. 미안해요. 그렇게 말했다. 내 앞에서는 늘 오만하고 건방지기만 했던 서희도가 미안하다는 말을 했다.

이제야 녀석이 했던 말의 의미를 알 것 같다. 미안하다는 말은 정말 싫다는, 그 말의 의미를.

"아깐 화가 나서 그랬어. 그 자식이 선배 욕하는데 참을 수가 없었어요. 선배가 그런 쓰레기 같은 말 듣는 걸 견딜 수가 없어서…… 그래서 그랬어요."

알아. 고개를 끄덕였다.

말하지 않아도 알고 있으니까 잘못한 아이처럼 초조해하지 마.

"선배. 나 무서워하는 거 아니지? 그치?"

녀석이 내 뺨을 쓸며 물었다. 불 꺼진 거실의 어둠 속에서 연갈색 눈동자가 희미하게 빛났다.

"희도야."

"선배. 나 무서워하지 마요. 나는 선배 지켜 주고 싶어서……."

다급하게 말을 잇는 녀석을 꼭 끌어안았다. 목에서 느껴지는 온기가 데일 듯 뜨거웠다.

"다치지 마."

맞닿은 가슴께에서 간헐적인 심장 고동이 느껴진다. 거칠고 밭은 숨소리, 크게 부풀었다 가라앉는 폐부도.

"응. 이제 이런 일 없을 거야. 다치지도 않을게요. 그러니까 선배."

서희도는 말을 멈추고 내 몸을 세게 끌어안았다. 녀석의 몸에서 짙은 소독약 냄새가 풍겼다.

"나 떠나면 안 돼요."

"못 배워 먹은 년놈들 같으니라고. 하여간 요즘은 가방끈 긴 것들이 더해요. 사회악 같은 것들."

미호가 두 손을 부들부들 떨며 말했다. 자초지종을 전해 들은 미호는 당장 박유라의 머리채를 잡고 송치호의 거시기를 차 버리겠다며 난리를 쳤고, 나는 그런 미호를 말리느라 오랜 시간 진땀을 빼야 했다.

"이 답답아, 이 등신아! 내가 뭐라고 했어. 누가 너를 엿 먹이면 너는 그 이상으로, 배로 갚아 줘야 한다고 했지. 그래야 살아남는다고 했잖아. 너 그래 가지고 이 험난한 세상 어떻게 살래? 사회 나오면 더한 것들이 널리고 널렸어요."

"미호야."

"왜 불러, 이 머저리야."

미호가 담배 연기를 뿜으며 나를 흘겼다. 나는 뭉게뭉게 피어오르는 연기를 바라보며 입을 열었다.

"나, 그 애 지켜 주고 싶어."

미호가 기침을 콜록대며 어이가 없다는 눈으로 나를 쳐다봤다. 그 눈빛의 의미를 너무도 잘 알아서, 나는 그저 머쓱하게 웃었다.

"사실 처음에는 가볍게 만나려고 했어. 사는 게 너무 지루해서 일탈하고 싶었거든. 마침 그때, 그 애가 내 앞에 나타난 거고."

함께 있을 때도 늘 서희도와의 끝을 생각했다. 이 관계는 얇고 가벼운 유리 같아서 언젠가는 산산조각 나고야 말 거라고. 그러니 너무 깊이 빠져들지 말자고. 그렇게 몇 번이나 되뇌곤 했었다.

"동거하기로 결정했을 때, 그때도 나는 그 애랑 끝낼 생각만 하고 있었어. 대학 졸업할 때까지만. 아니 내가 그 애한테 질리거나 그 애가 나한테 질릴 때까지만. 그때까지만 같이 지내보자고."

"그래서 뭐, 결혼이라도 할 생각이세요?"

미호가 옥상 난간에 담배를 지져 끄며 심드렁하게 말했다. 빨랫줄에 걸린 쨍한 색감의 옷들이 파란 하늘 아래서 펄럭거렸다.

"노력해 보고 싶어. 나 살면서 제대로 노력해 본 적 없잖아."

미호는 그제야 진지해진 얼굴로 나를 응시했다. 나는 미호를 향해 밝게 웃어 보였다.

"이제는 변해 보려고."

나를 물끄러미 바라보던 미호가 한숨 섞인 한마디를 툭 던졌다.

"너랑 안 어울린다. 그런 웃음."

마지막 시험과 함께 대학 생활도 끝이 났다. 특별함이나 낭만 따윈 없는 눅눅한 마무리였다. 그리고 또 하나, 변화의 시작이기도 했다.

졸업을 하기 전에 어떻게든 취직을 하기로 했다. 다른 학생들은 높은 연봉을 위해 대기업을 꿈꾸거나, 안정적인 생활을 위해 공무원을 준비하거나, 남들 눈에 꽤 괜찮은 회사를 찾았지만 내가 취직을 하려는 이유는 오직 하나였다.

서희도와의 관계.

조금이라도 떳떳한 상태에서, 더 나은 상황에서 우리 관계를 이어 가기 위함이었다.

무엇보다 나는 내 자신을 잘 알고 있었다. 그래서 굳이 조건 좋은 회사를 찾으려 하지 않았다.

나를 손톱만큼이라도 필요로 하는 회사. 그 정도면 충분했다. 월급이 많지 않아도, 사무실 환경이 좋지는 않아도, 상사가 아무리 거지 같아도 참고 일할 준비가 돼 있었다.

"요즘 애들은 참 예뻐."

면접관이라는 사람이 질문은커녕 흐뭇한 눈길로 지원자들의 외모를 평가하는 회사일지라도.

"최수연 씨는 남자 친구 있나?"

"……네."

"아이고. 면접 볼 때는 없다고 해야지."

뿔테 안경을 쓴 중년의 남자가 안타깝다는 듯 탄식을 내뱉었다. 그러고는 내 옆의 지원자에게 똑같은 질문을 던졌다. 시종일관 꼿꼿한 자세와 기계적인 미소를 유지하던 그녀는 조금의 흐트러짐도 없이 씩씩하게 대답했다.

"저는 없습니다. 자기 계발에 몰두하다 보니 연애할 시간이 없었습니다."

예상하긴 했지만 역시나 불합격이었다. 놀라운 건, 자기 계발에 몰두하느라 연애할 시간이 없었다는 여자도 탈락이었다는 점이다.

그보다 더 놀라운 것은, 면접 내내 겨우 질문 한 개만 받았던 지원자가 붙은 사실이었다. 아마도, 그녀가 정말 예뻤기 때문일 것이다.

집과 가까운 곳이라면 아무 회사나 무작정 서류를 집어넣었고, 운 좋게 얻어걸리는 아무 곳이나 면접을 보러 다녔다. 하고 싶은 일도 없고 딱히 가고 싶은 곳도 없다 보니 떨림도, 기대도 없었다. 그 당시 내게는 열악하더라도 굳게 닫힌 소속감이 필요했다.

나는 어른이 되고 싶었다. 내 손으로 돈을 벌고, 그 돈으로 내가 좋아하는 사람을 기쁘게 만들어 줄 수 있는 어른. 내가 만든 관계에 책임을 질 수 있는 어른. 그런 어른이 되고 싶었다.

"최수연 씨, 혹시 담배 피워요?"

언제 지원했었는지조차 가물가물한 회사로부터 연락이 왔다. 총 사원수가 다섯 명도 안 되는 광고 회사였다. 연락이 올 때까지 내가 그런 곳에 서류를 넣었다는 사실도 까맣게 잊고 있었다.

"네."

대답을 하자마자 후회를 했다. 여태까지의 면접 경험상 여자는 고분고분해야하고 담배 따위는 입에 대지 말아야하며 남자 친구가 없어야 하기 때문이었다.

면접을 보러 다니면서 뒤늦게 미호가 한 말의 의미를 깨달았다.

"유리 천장? 그것도 탁상공론이나 펼치는 인간들이 지껄이는 개소리야. 천장 뚫으면 더 올라갈 수 있을 것 같지? 아니. 그게 끝이야. 그 위엔 아무것도 없어."

"뭐 피워요?"

"네?"

"담배 뭐 피우냐고요."

대표라는 여자가 무미건조하게 물었다. 그녀는 짧은 커트 머리에 뾰족한 턱을 가진 지독히도 차가운 인상의 여자였다. 그녀를 보니 어쩐지 미호가 떠올랐다.

"버지니아 슬림……."

"나랑 같은 거 피우네."

무어라 대꾸해야 할지 몰라서 멋쩍게 웃었다. 좁은 사무실 안에 어색한 침묵이 맴돌았다. 대표는 커피를 마시며 책상 위를 손가락으로 톡톡 두드리더니, 돌연 고개를 들고 나를 바라봤다. 그리고 심드렁한 얼굴로 말했다.

"내일부터 출근하세요."

집에 가는 길에 서희도가 좋아하는 사과를 샀다. 집에 돌아오자마자 서희도에게 면접 얘기를 늘어놓았다.

"내일부터 나오래. 월급도 적고 1년 계약직이긴 한데 정규직 전환 가능성이 아주 없는 것도 아니고……."

나도 모르게 말이 빨라지고 자꾸만 웃음이 새어 나왔다. 드디어 조금은 쓸모 있는 사람이 됐다는 생각에 기뻤고, 지금보다 안정적인 생활을 이어 갈 수 있다는 생각에 기뻤다.

무엇보다, 앞으로 서희도에게 해 줄 수 있는 일이 많아질 거라는 생각에 가장 기뻤다.

서희도는 웃지 않았다. 알 수 없는 표정으로 나를 빤히 응시할 뿐이었다. 나는 미주알고주알 한참 동안 말을 늘어놓다가 녀석의 싸늘한 반응에 결국 입을 닫아 버렸다.

무엇이 문제일까. 회사가 작은 게 싫은 걸까, 계약직인 게 싫은 걸까. 아니면 단순히 기분이 좋지 않은 걸까.

짧은 순간 많은 생각이 스쳤다.

"선배. 회사 꼭 다녀야 해요?"

오랜 정적 끝에 서희도가 물었다. 녀석은 왠지 모르게 지친 얼굴이었다.

"그냥 나랑 집에 있어요. 돈은 내가 알아서 할게. 그러면 안 돼요?"

"희도야."

"나 돈 많아. 선배가 생각하는 것보다 많아요. 우리 같이 맛있는 거 먹고, 영화도 보고 책도 읽고, 가끔 여행도 다니고. 그러면서 살아요. 다른 사람 아무도 모르게 우리 둘이서만. 응?"

"어린애 같은 소리 하지 마. 그건 한계가 있잖아. 나도 내 손으로 돈 벌어서 안정적으로 살고 싶어. 너한테도 더 많은 거 해 주고 싶단 말이야. 걱정하지 마. 나 변할 거야. 더 이상은 바보같이 안 살아."

서희도는 침대 끝에 걸터앉은 채 무표정한 얼굴로 나를 바라보았다. 어스레한 어둠이 그의 얼굴 위로 내려앉았다. 어느덧 회색빛 땅거미가 창틈으로 스며들고 있었다.

"왜요?"

어둠 속에서 선명한 목소리가 들려왔다. 어둠이 짙은 탓에 아무것도 보이지 않았다.

서희도의 얼굴도, 그 애의 마음도.

"왜라니?"

"변하지 말라고 했잖아."

"서희도."

"아무 데도 가지 말라고 했잖아. 내 옆에 있으라고 했잖아. 외롭고 고독하게, 그렇게 같이 있자고 했잖아."

언젠가 우리 관계가 어떻게 끝이 날까 상상한 적이 있다.

만약 우리의 관계에 금이 간다면, 그래서 우리 관계가 깨져 버린다면, 그 원인은 분명 송치호나 박유라일 거라고 생각했다.

"선배도 나 버릴 거예요?"

원인은 우리에게 있었다.

함께 빛을 보고 싶어 했던 나와 달리, 함께 어둠 속으로 침잠하고 싶어 했던 너.

"그러다 선배도 나 떠날 거잖아."

우리 사이는 의식하지 못한 채 점점 벌어져 갔고, 그 간극을 메운 것은 결국 불안과 집착이었다.

Chapter 17

바람이 차가워지고 해가 짧아졌다. 계절은 어느덧 초겨울로 접어들고 있었다.

주말의 나른한 오후가 되면 우리는 종종 침대에 누워 함께 책을 읽었다. 나는 주로 서희도의 배를 베고 누웠고, 서희도는 내 머리칼을 부드럽게 넘겨 주며 책을 읽어 주었다.

"모모가 하밀 할아버지에게 물었다. 할아버지. 사람이 사랑 없이 살 수 있어요?"

눈을 감은 채 서희도의 목소리를 들었다. 귓가에 내려앉는 녀석의 목소리는 얼굴에 닿는 손길만큼이나 따뜻했다.

"할아버지가 대답했다. 그렇단다."

차분히 책을 읽어 나가던 서희도는 갑자기 책 읽기를 멈췄다. 녀석은 짧은 침묵이 흐른 후에야 다시 책을 읽기 시작했다.

"할아버지는 부끄러운 듯 고개를 숙였다. 모모는 갑자기 울었다."

서희도는 또다시 책 읽기를 멈췄다. 동시에 내 머리칼을 지분거리던 손길도 뚝 멎었다.

나는 천천히 눈을 떴다. 흐릿하게 들어온 녀석의 얼굴은 어쩐지 상처 받은 사람의 얼굴이었다.

"선배는 사랑 없이 살 수 있어요?"

녀석이 뜬금없이 물었다. 나는 그 질문의 의미를 몰랐기에, 아무 대답도 할 수 없었다. 서희도는 다시 서늘한 손끝으로 머리칼을 넘겨 주며 말했다.

"선배는 그럴 수 있을 것 같아. 사랑 없이도 잘 살 것 같아요."

붉은 해가 넘어가는 하늘을 보며 그가 자조적으로 중얼거렸다.

"내가 어린 건가."

언제부터였을까. 서희도는 어리다는 말에 민감하게 반응했다.

심하게 다투던 와중에도 어린애같이 굴지 말라는 내 말 한마디면 싸움은 순식간에 끝이 나곤 했다.

"나는 못 살 것 같아요. 사랑 없이는."

그날의 서희도는 꼭 모모 같았다.

하밀 할아버지의 말에 갑자기 울어 버린 어린 모모.

나쁜 사랑

입사한 지 한 달이 다 되어 가던 때였다. 대표가 나를 안으로 불러 들였다.

"내가 아무 스펙도 없는 최수연 씨를 왜 고용했는지 알아요?"

광고의 '광' 자도 알지 못하는 내가 할 수 있는 일이라곤 간단하고 잡다한 일들뿐이었다. 예산을 입력하는 스프레드시트 작업, 혹은 클라이언트와 미팅할 장소를 예약하는 일 같은 것. 그날 대표에게 불려 가기 전까지도 나는 그런 일들을 하고 있었다.

"혹시 더 시키실 일 있으면 말씀해 주세요."

"아니, 그 말이 아니라. 이제 시키는 일만 하지 말고 최수연 씨가 직접 계약을 따 보란 얘기야."

"네?"

"이번에 미팅 잡힌 클라이언트 알지? 최수연 씨 학과 선배던데."

미팅이 잡힌 클라이언트라면 윤 대리가 치를 떨던 남자였다. 멀끔하게 생겨서는 독한 담배 냄새를 풍긴다던 남자. 그는 대학로에서 확장 공사 중인 클럽의 관리인이었다. 좋게 말해서 관리인이지, 클럽 사장 밑에서 온갖 궂은일을 다 하는 시다바리나 다름없다고 윤 대리가 귀띔했었다.

그 남자가 철학과 출신이었다니. 내가 전혀 몰랐다는 얼굴로 대표를 바라보자 그녀가 미간을 구겼다.

"몰랐어? 아무리 잡일만 해도 그렇지. 클라이언트 신상쯤은 알고 있어야 하는 거 아닌가?"

"……죄송합니다. 지금 바로 알아보겠습니다."

"됐고. 윤 대리랑 같이 가서 만나 봐. 그 사람 애연가야."

"예?"

"그 사람, 애연가라고."

대표가 무심한 얼굴로 '애연가'를 강조했다. 나는 대표의 말을 한참이나 곱씹은 후에야 그 말뜻을 이해할 수 있었다.

사실, 대표는 내가 피우는 담배가 무엇이건 내 기호 따위에 조금도 관심이 없었다. 대표가 나를 뽑은 이유는 단지 내가 흡연자라는 사실 하나 때문이었다. 실제로 클라이언트 중에는 흡연자가 많았고, 그들과 계약 관계를 조금이라도 오래 유지하려면 함께 담배를 피우며 대화할 사람이 필요했다.

"윤 대리님. 대표님이 저도 같이 미팅 나가라고 하시는데요."

"어머, 그래? 정말?"

모니터를 보며 인상을 팍팍 쓰고 있던 윤 대리의 얼굴에 화색이 돌았다. 그녀는 뭐가 그리 신이 나는지 콧노래까지 부르며 자료를 챙기기 시작했다.

"잘됐다. 그 사람 쉬지도 않고 담배 뻑뻑 피워 대는데 정말 죽을 맛이었거든."

"아……. 그래서 흡연실로 예약하라고 하신 거예요?"

"응. 오늘도 그 담배 냄새를 어떻게 견뎌야 하나 걱정이었는데. 너무 잘됐다."

설마 나 혼자 들여보낼 작정인 건가. 불안한 눈빛으로 윤 대리를 쳐다보았다. 내 생각을 읽었는지 윤 대리가 고개를 갸웃하며 물었다.

"수연 씨도 애연가잖아. 아니야?"

설마 했지만 역시나. 윤 대리는 클라이언트에게 간단한 자료만 건네준 뒤 서둘러 미팅 장소를 떠났다. 결국 남은 사람은 초면인 클라이언트와 나, 단둘뿐이었다.

좁은 흡연실 안에 어색한 침묵이 감돌았다. 계약을 따 본 적도 없는 주제에 클라이언트를 독대하고 있으려니 목이 바짝바짝 타들어 가는 기분이었다.

민망함에 헛기침만 연이어 흘러나왔다. 그러자 조용히 담배를 피우던 남자가 천천히 입을 뗐다.

"혹시 담배 안 피우시나요?"

"네?"

"기침을 하셔서."

남자가 담배를 문 채 빙그레 웃었다. 검은색 세미 정장을 깔끔하게 차려 입은 남자는 실제 나이보다 더 젊어 보였고, 윤 대리의 말과는 다르게 꽤 신사적인 모습이었다.

"아, 아니에요. 저도 담배 피웁니다."

"그래요? 뭐, 안 피운다고 해도 저는 계속 피울 생각이었어요."

아니다. 신사적이라는 말은 취소.

이래서 겉모습만 보고 판단하면 안 된다.

"담배 뭐 피워요?"

"버지니아……."

"슬림?"

"아, 네."

"여자들은 그거 많이 피우더라고요. 사장 새끼 애인도 그거 피우는
데 가끔 저한테 심부름을 시켜서 미치겠어요."

남자가 해맑게 웃으며 담배 연기를 길게 내뱉었다. 가시 돋친 말과
다르게 해사한 미소가 묘한 이질감을 주었다. 왠지 누군가를 떠오르게
하는 사람이었다.

"음, 어, 저랑 같은 학교, 같은 과 나오셨더라고요."

같은 학교. 같은 과. 그러나 좋은 추억 따위라곤 없었던 대학 생활.
보잘 것 없는 학연이지만, 어색한 분위기를 깨트리고 싶은 마음에 대뜸
뱉어 버렸다.

남자는 어깨만 으쓱 들어 올릴 뿐, 전혀 놀란 기색이 아니었다. 반응
이 없으니, 할 말도 없었다. 하긴. 세상 참 좁네요, 같은 빤한 대답은 더
커다란 어색함을 몰고 올 것이 분명하다.

나는 멋쩍게 웃으며 담배를 빼어 물었다. 그저 맞담배나 피울 생각
이었다.

"대학 생활, 즐거웠어요?"

내가 라이터를 찾던 사이, 남자가 먼저 불을 내밀며 물었다. 정말 즐
거웠느냐고 물어보는 어투가 아니었다. 남자의 말에는 분명 즐거울 리
없었겠지, 하는 묘한 확신이 담겨 있었다.

"아니요. 별로였어요. 그쪽, 아니……."

"권 실장이라고 불러요."

"아, 네. 실장님은 즐거우셨어요?"

남자는 그 질문을 기다렸다는 듯 담배를 깊이 빨아들였다. 그러고는

담배 연기를 길게 내뱉으며 대답했다.

"좆같았어요."

남자는 또 싱긋 웃었다. 그 미소를 보자 떠오를 듯 말 듯하던 누군가가 선명하게 떠올랐다.

서희도였다.

"왜 좆같으셨어요?"

내가 생각해도 웃긴 질문이었다. 고맙게도 남자는 껄껄 웃으며 친절히 설명을 해 주었다.

"선배들도 좆같고, 후배들도 좆같았거든요. 교수들은 더 좆같았고."

"아, 하하. 그렇죠. 저도 그랬어요."

"송치호, 아직도 학교 다녀요?"

남자의 입에서 나온 이름에 두 귀를 의심했다. 그는 여전히 부드러운 얼굴로 웃고 있었다.

"아, 네. 학점 못 채워서 계속 다니고 있을 거예요. 송치호 아세요?"

"당연하죠. 송치호가 그 좆같은 후배들 중 한 명인데요."

남자가 픽 웃으며 재떨이 위에 담배를 지져 껐다. 그러고는 다시 새 담배를 물고 불을 붙였다. 담배 피우는 속도를 보니 남자는 어마어마한 애연가임이 분명했다.

"그 새끼, 아직도 정신 못 차렸죠? 여자들한테 기웃거리고."

나는 격하게 고개를 끄덕였다. 남자는 내 마음을 다 이해한다는 듯 미소 지었다.

"송치호 싫죠."

"네. 정말 싫어요."

"나도 싫어요. 내가 송치호 때문에 자퇴했거든요."

"네?"

남자는 상념에 잠긴 얼굴로 한참 동안 허공을 바라보았다. 나는 피우던 담배를 내려놓고 손가락만 꼼지락댔다. 남자에게 무슨 말을 해 주어야 할지 적당한 말이 떠오르지 않았다.

어느덧, 남자의 담배가 장초에서 꽁초로 바뀔 정도의 시간이 흘렀을 때, 그가 쓰게 웃으며 입을 열었다.

"웃긴 게 뭔지 알아요? 이런 꼴로는 그 새끼들한테 복수도 못 한다는 거예요."

결국 계약에 관한 대화는 일절 하지 않았다. 아니, 하지 못했다. 권 실장은 갑자기 열에 받친 듯 대학 시절의 일화를 풀어 놓기 시작했고, 집 가는 방향이 같으면 나를 태워다 주겠다고 했다.

나는 다시 회사로 돌아가야 한다고 극구 거절했지만, 그는 남의 의사 따윈 안중에도 없는 사람이었다. 결국 카페에서부터 집에 도착할 때까지, 꼼짝없이 그의 이야기를 들어야 했다.

권 실장의 말에 따르면 당시 송치호가 흠모하던 선배가 권 실장을 좋아했고, 이를 안 송치호가 친한 선배들을 구슬려 권 실장을 둘도 없는 쓰레기로 몰았다고 했다. 참다 못한 권 실장이 송치호의 앞니를 부러뜨린 뒤 대학 생활에 회의감을 느끼고 자퇴했단다.

절로 한숨이 나왔다. 그때나 지금이나 똑같은 가해자, 똑같은 피해자라니. 게다가 그 반질거리는 앞니는 임플란트였단 말이지. 우스웠다.

어쨌든 권 실장은 계약을 하겠다고 했다. 그러면 온종일 입을 털어 놓고 계약을 안 하려고 했니, 하는 말이 목구멍까지 차올랐지만, 이를 꽉 깨물고 참았다. 권 실장은 내가 집으로 들어가는 동안에도 쉬지 않고 입을 놀려 댔다.

사장 새끼는 취향이 촌스러워서 무조건 화려한 광고를 좋아해요. 친절하게 그런 설명을 덧붙여 주셨다. 나는 그에게 가식적으로 웃어 보이곤 도망치듯 집으로 들어왔다.

"……늦었네요."

불도 켜지 않은 어두운 거실에서 서희도의 목소리가 들려왔다.

녀석은 느른한 자세로 소파에 기대어 앉아 담배를 피우고 있었다. 붉게 타들어 가는 담뱃불이 서희도의 얼굴을 비추었다. 서희도는 날이 갈수록 눈에 띄게 말라 가고 있었다.

"할 일이 많아서. 불도 안 켜고 왜 그러고 있어?"

"기다렸어. 선배 얼굴 보고 자려고."

"지금까지 기다렸어? 늦을 것 같으니까 먼저 자라고 했잖아."

"먼저 자라고?"

서희도는 담배를 비벼 끄며 내 말을 곱씹었다. 담뱃불이 비춘 테이블 위로 이미 까맣게 타들어 간 꽁초들이 어지럽게 널려 있었다. 요즘 들어 서희도는 담배를 입에 무는 일이 잦아졌다.

"예전에는 늦더라도 얼굴 보고 잤잖아. 이제는 내가 먼저 자는 게 당연한 거야?"

"그게 아니라……."

"아, 물론 피곤해서 그렇겠지. 누구 말대로 피곤하면 모든 게 다 귀찮아지니까."

또다시 반복이다. 회사를 다니면서부터 서희도와 매번 이런 일로 싸우곤 했다. 아무리 이해시키려 한들 소용없는 일이었다.

서희도는 내가 변해 간다 생각했고, 나 또한 매일 날 서 있는 서희도를 달래는 일에 지쳐 갔다. 일찍 퇴근하는 날이나 쉬는 날에는 항상 서희도와 함께 있으려고 했지만, 그런 내 노력에도 녀석은 점점 피폐해져 갔다.

"그래, 피곤해. 솔직히 일하고 오면 피곤해서 아무것도 하기 싫어."

"내가 귀찮아졌어요?"

"아니. 네가 귀찮다는 말이 아니야. 예전이랑 똑같을 수만은 없다는 얘기야. 나 좀 이해해 줄 수 없어?"

"그래서 회사 다니지 말라고 했잖아. 예전처럼만 살자고 했잖아요."

"사람이 어떻게 순간만 보고 살아? 나는 너랑 더 괜찮은 미래를 만들고 싶어. 나도 남들처럼 안정적으로 살아 보고 싶은데……."

되풀이되는 싸움, 똑같은 말. 감정이 격해져 목이 메었다. 이 길이 우리가 떳떳해질 수 있는 길이라고 생각했다.

그런데 어디서부터 어떻게 잘못된 걸까.

"도대체 뭐가 불안한 건데. 내가 옆에 있겠다잖아. 떠나지 않겠다고 하잖아."

나를 물끄러미 응시하던 그가 천천히 몸을 일으켰다. 창틈 새로 들어오는 희뿌연 달빛이 다가오는 서희도의 얼굴을 비추었다.

"떠나지 않겠다면서. 왜 다른 남자한테 그런 얼굴로 웃어요?"

"그게 무슨 말이야?"

녀석이 손을 뻗어 내 얼굴을 만졌다. 차게 식은 손끝이 이마와 관자놀이를 지나 뺨에 닿았다.

"누구야? 선배 태워다 준 남자."

뺨을 감싼 손에 일순 힘이 들어갔다. 한걸음 더 가까이 다가온 서희도가 내 얼굴을 바짝 끌어당겼다. 나를 내려다보는 얼굴에는 평소의 장난기도, 웃음기도 없었다.

"요즘 내 앞에서 웃은 적 없잖아. 왜 그 남자한테는 그렇게 웃어요?"

서희도가 한 발짝 더 다가서며 나지막하게 물었다. 한 걸음씩 가까이 다가오던 녀석은 끝내 나를 벽으로 몰았다.

"오해하지 마. 회사 클라이언트야. 우리 과 선배이기도 한데, 나한테 하고 싶은 말이 많았는지……."

"오해? 나 오해 같은 거 안 해요. 그 남자가 누구든 그딴 건 상관없어."

"희도야. 내 말을 좀……."

"나를 화나게 하는 사람은 선배야. 나 아닌 다른 남자 앞에서 웃는 선배라고."

격앙된 목소리가 적막한 집 안을 울렸다. 서희도는 딱딱하게 굳은 얼굴로 나를 집요하게 바라보았다.

"내가 어떻게 하면 좋겠어?"

어떻게 할 수 없는 일이라는 걸 알면서도 물었다. 혹시나 서희도에게 답이 있을까 봐. 아니, 그게 답이 아닐지라도 녀석이 원하는 게 있다면 그걸 답이라 믿고 싶었다.

서희도는 어둠 속에서 미동도 없이 서 있을 뿐, 아무런 대답도 하지 않았다.

그리고 돌연 내 손목을 잡아끌었다.

거실 바닥은 차갑고 딱딱했다.

"……아파."

그가 움직일 때마다 바닥의 거친 결에 등이 쓸렸다. 아프다는 내 말에도 서희도는 나를 배려하지 않았다. 무언가에 목이 마른 사람처럼, 지금이 아니면 다음이 없는 사람처럼 쉴 새 없이 내 안을 파고들 뿐이었다.

내가 어떻게 하면 좋겠어? 그 말이 끝나자마자 서희도는 나를 바닥 위로 쓰러트렸다.

다급한 손길로 치마를 들치더니, 속옷을 단번에 끌어내리곤 조금의 전희도 없이 내 안을 파고들었다. 서희도가 거칠게 움직일 때마다 발목에 걸린 속옷이 초라하게 흔들렸고, 불도 켜지 않은 어두운 거실에는 질퍽이는 소리만이 외설스럽게 울려 퍼졌다.

"희도……."

"말하지 마."

커다란 손이 입을 틀어막았다. 신음 소리조차 삼켜 버린 어둠 속에서 시선이 얽혔다.

짙게 변한 눈, 꽉 다문 입술, 주름진 미간. 감정이라곤 없는 사람처럼 무표정하게 내려다보는 얼굴. 언제부턴가 서희도는 섹스를 할 때마다 이런 얼굴을 하고 있었다.

"아무 말도 하지 마. 듣기 싫으니까."

잔인한 진실을 상기시키는 얼굴. 확인하기에만 급급한, 서로에게 상처만 남기는 나쁜 섹스.

"떠나지 않겠다고? 그런 껍데기뿐인 말, 이제 지겨워."

한참을 움직이던 서희도가 늘어진 내 몸을 안아 들었다. 나는 서희도의 다리 위에 마주 앉은 채로 녀석의 눈을 보았다. 나를 담고 있지만, 어딘가 텅 빈 눈이었다.

"키스해 줘."

녀석이 내 목을 끌어당겼다. 키스해 줘. 자주 듣던 말이 오늘따라 차가웠다.

"싫어?"

서희도가 한쪽 눈썹을 비스듬히 치켜올리며 묻더니 곧 내 의사 따위는 상관없다는 듯 거칠게 입을 맞추며 내 허리를 아래로 잡아당겼다.

그 순간 단단한 남성이 뭉근한 아랫배를 더 깊숙이 찌르며 들어왔다. 속절없이 고개가 젖혀지고 입이 벌어졌다. 전희가 충분치 않았던 탓에 밑이 건조하고 쓰라렸다.

"생각해 봤는데. 나 선배한테 듣고 싶은 말이 있어."

서희도가 느릿하게 허리를 치올리며 운을 뗐다. 블라우스와 브래지

359

어까지 단번에 밀어낸 뒤, 적나라하게 드러난 가슴 사이로 얼굴을 묻는
다. 꼿꼿하게 선 돌기를 이로 자근자근 깨물 때마다 몸이 움찔움찔 떨
리고 신경이 곤두섰다. 흘러나오는 신음 소리조차 수치스러워서, 녀석
의 어깨를 움켜잡고 숨을 참았다.

"사랑한다고 해 줘."

가슴에 얼굴을 묻은 채로 그가 나를 올려다보았다. 꼭 달콤한 말을
바라는 아이처럼. 서희도가 움직임을 멈추자 연결된 곳이 더 훗훗하게
아려 왔다.

"그 말을 듣고 싶어요."

서희도는 내 뺨에 붙은 머리칼을 살며시 떼어 주며 애원했다. 부드
러우면서도 위협적인 어조였다. 나는 밭은 숨을 몰아쉬며 서희도를 보
았다. 몸이, 마음이, 내가 꿈꿔 왔던 미래가 무너지는 기분이었다.

"……그러면 되는 거야?"

"무슨 뜻이에요?"

"지금 사랑한다고 말하면, 그러면 다 해결되는 거냐고. 그 말 한마디
때문에 그동안 애처럼 군 거였어?"

내 말에 서희도의 얼굴이 천천히 식었다. 이내 서늘한 눈으로 나를
바라보다가 곧 작게 웃어 보였다.

"선배. 내가 왜 섹스에 집착하는지 알아요?"

이미 붉어질 대로 붉어진 목덜미를 세게 깨물며 녀석이 운을 뗐다.
동시에 깊숙한 곳에 묻어 둔 남성이 다시금 움찔거리기 시작했다.

"선배 때문이야. 선배는 섹스할 때만 나를 남자로 보잖아."

"내 핑계 대지……."

말이 채 끝나기도 전에 몸이 돌아갔다. 서희도는 순식간에 내 몸을
아래에 가두고는 두 손을 머리 위로 결박했다. 그에게 잡힌 손목이 끊

어질 듯 아려 왔다.

"선배는 이럴 때만 어린애 같다는 소리를 안 하지. 이렇게 속수무책일 때만."

"그만해. 너 지금 제정신 아니야."

"왜요. 지금도 어린애 같아요? 아, 그 남자는 애 같은 구석이 없어서 좋았나?"

녀석이 허리를 다시 거칠게 움직이며 이죽거렸다. 전보다 더 단단하게 부푼 남성이 아랫배 어딘가를 아프게 찔러 댔다.

"너 정말…… 그렇게밖에 말 못 해?"

서희도는 거친 움직임만 이어 갈 뿐, 대꾸하지 않았다. 어깨를 세게 때리기도 하고, 가슴을 밀어내기도 했지만 모두 허사였다. 그럴 때마다 서희도는 더 강하게 나를 내리눌렀다.

그만하라는 말이라도 할라치면 턱을 세게 움켜잡은 채 입을 맞췄고, 허물어지는 내 다리를 억지로 들어 올리며 우악스러운 행위를 이어 갔다.

시간이 지나면서 내 온몸은 점점 감각을 잃어 갔다. 바닥에 쓸리는 등, 꽉 잡힌 손목, 넓게 찢어진 가랑이, 부푼 남성이 들락거리는 곳. 몸 구석구석이 마비되는 기분이었다. 키스는 전혀 달콤하지 않았고, 멈추지 않는 섹스는 희열 대신 고통만 남겼다.

"……아파."

늦은 밤부터 시작된 섹스는 새벽까지 이어졌다. 아침을 밝히는 어스름한 빛이 서희도의 얼굴 위로 내려앉았다. 너덜너덜해진 나만큼 서희도 또한 너덜너덜해져 있었다.

목마른 짐승처럼 내달리는 그를 보니 문득 서글픈 걱정이 앞섰다. 우리가 다시 예전처럼 돌아갈 수 있을까, 하는 걱정이었다.

"아프니까 그만……."

아랫배에 붉은 흔적을 남기고 있던 녀석이 천천히 고개를 들었다. 목부터 가슴, 배와 팔, 다리까지. 어디 한군데 빨아들이지 않은 곳이 없었다. 끝내 참았던 눈물이 왈칵 쏟아져 내렸다.

"……나쁜 새끼."

"나빠? 내가?"

서희도가 낮게 가라앉은 목소리로 되물었다. 나는 목구멍까지 차오르는 울음을 꾸역꾸역 삼키며 입을 열었다.

"나는…… 노력하고 싶었어. 네가 나를 지켜 준 것처럼 나도 너를, 너를…… 내 방식대로 지켜 주고 싶었다고."

간신히 내뱉는 목소리가 가늘게 떨렸다. 목소리뿐만 아니라 서희도에게 붙잡힌 다리와 팔도 바들바들 떨리고 있었다.

"그래. 나 너 사랑해. 사랑한다고. 사랑한단 말이야."

관자놀이로 흘러내린 눈물 줄기가 바닥에 톡, 톡 떨어져 내렸다.

"그 말을…… 꼭 이렇게 들어야 했어?"

사랑한다는 말을 이렇게 하고 싶지 않았다. 내 마음이 너로 가득 차서 더 이상 담을 수가 없을 때, 네가 내 안에서 흘러넘칠 때, 그때 사랑한다는 말을 해 주고 싶었다.

그런데 너는 왜.

"나쁜 자식. 진짜, 진짜 나쁜 놈이야, 너는……."

나는 바닥 위에 몸을 작게 웅크린 채 아이처럼 엉엉 울었다.

슬퍼서 운 게 아니라, 아파서 울었다. 무자비한 관계로 상처 입은 몸이, 커다랗게 구멍 뚫린 마음이 아파서 울었다.

그건 단순히 속상한 게 아니었다. 살갗과 신경으로 느껴지는 고통이었다. 그때 나는 가슴이 아프다는 말을 머리가 아닌 몸으로 이해했다.

내가 서럽게 우는 동안에도 서희도는 아무 말이 없었다. 그러다 내 울음소리가 조금씩 잦아들 즈음, 녀석은 발가벗겨진 내 몸을 들어 침대에 눕혀 주었다. 녀석이 방을 나간 후에도 나는 이불을 머리끝까지 뒤집어쓴 채 동이 틀 때까지 울었다.

어느덧 정신을 차렸을 때, 내 마음은 이미 녀석에게서 도망가고 있었다.

"당분간 친구 집에 있을게."

현관을 나서면서 말했다. 서희도는 그 어떤 사과도, 변명도 없이 내 뒤에 서 있었다.

"선배."

현관 문고리를 돌릴 때였다. 그가 낮게 잠긴 목소리로 나를 불러 세웠다. 나는 녀석의 얼굴을 돌아보지 못했다.

"사랑해요."

서희도가 다급하게 말했다. 그 말에 문고리를 잡은 채로 온몸이 굳었다. 정신이 아득해지고 눈앞이 하얘졌다.

"사랑해."

순간 악몽 같았던 어젯밤이 스쳐 갔다. 기억일 뿐인데 허리가 찌릿하고 허벅지 사이가 욱신거렸다.

잊을 수 있을까. 돌아갈 수 있을까.

"……그거. 사랑 맞니?"

서희도의 표정이 어땠는지는 모르겠다.

나는 그 말을 마지막으로 집을 나섰고, 그는 더 이상 나를 따라오지 않았다.

Chapter 18

선배 말대로 나는 요즘 제정신이 아닌 것 같아.

"선배."

선배를 보면 자꾸 이성을 잃어. 선배가 나를 떠날까 봐 두렵고, 달라지는 선배를 볼 때마다 숨이 멎는 기분이야.

선배가 없는 집에서 하루 종일 생각해 봤어. 나는 왜 선배를 힘들게 만들까.

몰랐는데 이제야 알 것 같아.

그건 아마,

"사랑해요."

그래. 내가 선배를 사랑하기 때문일 거야.

선배가 생각하는 것보다 더, 나조차도 가늠할 수 없을 정도로 선배를 사랑하고 있기 때문이야.

"사랑해."

그러니까 나를 미워하지 마. 싫어하지 마. 선배만큼은 나를 떠나지 마. 나를 사랑해 줘. 가족의 사랑, 부모의 사랑, 친구의 사랑. 그딴 건다 필요 없으니까 선배만 나를 사랑해 줘.

많은 걸 바라는 게 아니야. 매일 둘이서 같이 밥을 먹고, 창틈으로 들어오는 바람을 쐬고, 책을 읽고, 영화를 보는 거야. 머리를 맞대고 누워 있다가 문득 떠오르는 생각을 나눠 보는 거야. 사랑이 뭘까 얘기해 보고, 인생은 뭘까 얘기해 보고, 그러다 의견이 부딪혀서 싸우기도 하는 거지.

싸우고 난 밤에는 아무 일 없었다는 듯 키스를 하자. 알몸으로 뒤엉켜서 지칠 때까지 몇 번이고 몸을 섞자.

선배는 아무 말 없이 나를 바라보기만 하면 돼. 선배 안에서 한없이 무너지는 나를 지켜보기만 하면 돼. 내가 바라는 건 그거 하나야. 그게 그렇게 어려워?

"……그거. 사랑 맞니?"

선배. 이게 사랑이 아니면, 나는 왜 이렇게 괴로운 거야?

고독은 사랑을 알지만 사랑은 고독을 모른다

형은 태어날 때부터 아팠다. 선천성 심장병. 형의 병명이었다.

"희도야. 학교 생활은 어때?"

"재미없어. 다들 멍청하고 유치해."

형은 초등학교 4학년 때 학교를 중퇴하고 병원에 입원했다. 조금만 움직여도 숨이 가빠지는 탓에 치료와 학업을 병행하는 데 한계가 있었다.

바쁜 부모님을 대신해 형의 병상 옆을 지킨 건 당연히 동생인 나였다. 그 시절 나의 일상은 흙냄새 나는 놀이터가 아니라, 소독약 냄새가 가득한 병실로 달려가는 일이었다.

"왜? 친구들이랑 놀면 재밌지 않아?"

"별로. 수준 안 맞아."

나는 주로 병실 침대 옆에 앉아 책을 읽었다. 딱히 독서를 좋아한 건 아니었지만 시간을 때우기에 책만큼 좋은 것은 없었다. 그래서 일부러 글씨가 깨알 같은 소설책이나 의미조차 모르는 고전들을 읽곤 했다.

책을 읽었다기보다는 글씨를 읽었다는 게 맞을 것이다. 냄새나는 병실을 지키는 일은 너무도 지루하고 귀찮았다.

"그건 무슨 책이야?"

"노인과 바다."

"재밌어? 나도 읽을까?"

"그냥 늙은 할배가 배에서 고기 잡는 내용이야."

말동무가 없던 형은 어떻게든 나와 대화를 시도했다. 형은 내가 읽은 책을 자기도 따라 읽었고, 그 책을 다 읽고 나서 함께 이야기를 나누곤 했다.

내가 좋아하는 책이 생기면 형도 그 책을 좋아했다. 내가 관심을 가지는 악기가 생기면 형도 그 악기를 좋아했다. 내가 하고 싶은 게임이 생기면 형은 그 게임기를 가지고 싶어 했다.

내가 하고 싶은 일들을 형에게 말한 다음 날이면, 병실에는 어김없이 책이나 악기, 비싼 게임기가 크리스마스 선물처럼 놓여 있었다.

부모님은 형이 원하는 것이라면 무엇이든 다 해 주었으니까.

"희도야. 너는 꿈이 뭐야?"

"꿈? 잘 먹고 잘 사는 거."

잘 먹고 잘 사는 거. 소박해 보이지만 제일 어려운 일이라고 생각했다. 병실에 누워 있는 형에게는 불가능한 일.

"나도 그래. 내 꿈도 네 꿈이랑 같아. 나도 잘 먹고 잘 살고 싶어."

"뭐야. 이제는 꿈도 따라 하냐?"

"응. 내 꿈은 희도, 네 꿈이야. 희도, 네 꿈이 내 꿈이고."

형은 창밖을 바라보며 맑게 웃었다. 아파도 웃음을 잃지 않는 인간. 그래서 엄마, 아빠가 죽도록 사랑하는 거겠지.

지루한 책을 덮고 창밖으로 시선을 돌렸다. 그날 본 풍경이 아직도 선명하게 기억난다. 하얀 구름이 솜사탕처럼 뭉게뭉게 피어 있던 하늘,

하늘을 배경으로 너붓너붓 흔들리던 녹색 나뭇잎, 그 사이로 날아가던 참새 두 마리.

지독히도 재미없는 나날이었다. 하루하루가 숨이 막히고 지루해서 깨어 있는 순간에도 수시로 눈이 감기던 시간들.

그때, 나는 더 사랑받아야 했다.

"서희도. 네가 희원이한테 이딴 쓰레기 음식 먹였어?"

중학교에 갓 입학했을 때였다. 엄마가 의사 가운도 벗지 않고 집으로 달려와서는 대뜸 내게 무언가를 집어던졌다. 병원 가는 길에 형에게 사다 준 소시지였다.

"……형이 먹고 싶다고 했어."

"내가 말했지. 형은 아픈 사람이라 판단력이 흐리다고. 그러니까 네가 잘 보살펴야 한다고 했잖아. 너도 알다시피 엄마랑 아빠는 바쁜 사람들이야. 새 간병인 구할 때까지만 좀 도와주면 안 되겠니? 안 그래도 머리가 복잡해서 터질 것 같은데, 너까지 엄마 힘들게 해야겠어?"

도대체 뭘 그리 힘들게 했다는 건지. 혼자서 밥을 먹고, 교복 셔츠도 혼자 다려 입고, 준비물도 알아서 챙겨 갔는데.

아직도 모르겠다. 엄마가 왜 그렇게 화를 냈던 건지. 정말로 내가 형에게 나쁜 음식을 줬기 때문인지, 아니면 형의 병이 악화되는 원인을 그깟 소시지라 여기고 싶었던 건지.

무엇 때문인지는 몰라도 엄마가 나를 통해 죄책감을 덜고 싶었던 것만은 확실하다. 나는 그런 엄마에게 상처를 주고 싶었다.

"형이 아픈 게 내 탓이야?"

"뭐?"

"책에서 봤어. 심장병 원인 중에 하나가 임신 중일 때 아기를 잘 보살피지 못한 거래. 엄마 형 가졌을 때 뭐 했어? 그때도 불면증 약 먹은 거 아니야? 매일 약 먹고 자잖아. 엄마가 임신했을 때도 약 먹어서 형을 저렇게 만든……."

워낙 순식간에 지나간 일이라 아픔을 느낄 겨를도 없었다. 귀가 멍멍해지고 눈앞의 풍경이 정지 화면처럼 멈췄다.

사망을 알리는 기계음처럼 삐, 하고 울리는 소리가 귓가에 울려 퍼졌다. 한참 동안 이어지던 그 소리는 마비됐던 뺨에 따끔한 통증이 느껴지기 시작하면서 사라졌다.

고개를 들자 충격에 빠진 얼굴로 서 있는 엄마가 보였다. 엄마의 손은 허공에서 부들부들 떨리고 있었다.

"너, 네가 어떻게…… 엄마한테……."

알고 있다. 하지 말아야 할 말을 했다는 것을.

나는 엄마가 미웠다. 형을 사랑하는 엄마가 미웠던 것이 아니라, 나를 사랑하지 않는 엄마가 미웠다.

그날 이후 부모님과 형은 제주도로 내려갔다. 아빠는 내게 형의 요양 때문이라고 말했지만, 나는 지금도 그 말을 믿지 않는다.

아마 엄마는 나 때문에 그런 결정을 내렸을 것이다. 나를 볼 때마다 피어나는 죄책감과 모멸감을 견딜 수가 없어서. 그래서 나를 두고 떠났을 것이다.

괜찮다. 슬퍼할 필요 없다.

부모에게 못 받은 사랑은 다른 데서 채우면 되니까.

다른 데서 채우면 된다고 생각했다. 부족한 사랑 같은 건.

"서희도. 넌 알면 알수록 어두운 애 같아. 같이 있으면 나까지 우울해져."

대학생이 돼서 만난 여자들은 나에 대해 아는 것이 없었다. 물론 나도 그녀들을 깊이 알고 싶지 않았다.

인스턴트 같은 관계. 어차피 끝날 인연. 그러니 내가 바라는 건 딱 하나였다. 싸구려 감정이라도 좋으니까 나를 동정해 주길.

"그래서 싫어?"

"아니, 싫은 게 아니라. 첫인상이랑 너무 다르다는 거지. 난 친구들한테도 너 소개해 주고 싶고 워터 파크, 이런 데도 같이 놀러 다니고 싶은데 넌 매일 책만 읽잖아. 사람 만나는 것도 별로 안 좋아하고. 좀 노력을 하면 좋겠어."

그런 말을 들을 때마다 웃음이 나왔다. 도대체 무슨 말을 하는 건지. 나는 원래 이런 놈이었는데 제멋대로 나를 판단해 놓고는 이제 그만 달라지라고 한다. 노력하라고 한다.

지겨웠다. 변한다 한들 그게 무슨 소용일까. 그건 진짜 내가 아닌데. 내가 변해서 네가 나를 사랑한다고 한들, 그건 또 무슨 소용일까. 너는 내가 아니라 내가 쓴 가면을 사랑하는 것뿐인데.

"그거 알아? 우리 형 아파서 제주도에 있어. 언제 죽을지 몰라."

"갑자기 그게 무슨 소리야?"

"부모님도 다 거기 있어. 나 버리고 갔거든."

나를 사랑한다면 내 밑바닥까지 사랑해 봐.

"나 사실 부모한테도 버려진 놈이다? 웃기지."

그 여자들은 도대체 나의 무엇을 보고 다가왔던 걸까.

무엇을 기대했기에, 그런 실망스러운 표정을 지었던 걸까.

"서희도, 멘토 누구 걸렸어?"

박유라는 대학교에서 제일 귀찮은 존재였다. 제대하고 복학하자마자 내게 친한 척을 하면서 쫓아다니고, 팔짱을 끼면서 은근슬쩍 가슴을 비비거나 물건을 건네주는 척 손을 터치하는 여자애.

하지만 굳이 싫은 티를 내진 않았다. 머저리들에게는 적당한 웃음과 가식적인 친절 하나면 된다.

"최수연."

"뭐? 최수연? 와, 너도 불쌍하다. 하필이면 걔가 멘토라니."

"누군데?"

박유라의 얼굴이 썩은 고기를 씹은 사람처럼 구겨졌다. 주변을 조심스레 둘러본 박유라는 내 귓가에 대고 작게 속삭였다.

"완전 걸레야."

제비뽑기로 뽑은 쪽지를 다시 한번 펼쳐 보았다.

최수연. 박유라 말로는 과에서 따돌림을 당하고 난 뒤 휴학했다고 했다. 휴학생이라면 회장에게 말해서 다시 뽑을 수도 있었을 것이다. 그런데 무슨 이유에선지 흥미가 생겼다.

일단 박유라가 싫어하는 사람이라서 궁금했고, 또 다른 이유는.

"재밌겠네."

그냥 그런 직감이 들었다.

생각보다 더 재밌겠다는 예감이 들었다.

"불, 필요해요?"

과에서 겉도는 아웃사이더, 송치호에게 대놓고 욕을 내뱉는 성격, 화장기 없는 하얀 얼굴에 고집스러운 까만 눈동자. 이상하게 마음에 들었다.

"담배 피우는 거, 과 사람들도 알아요?"

무엇보다 너는 외롭고 고독해 보였다. 나처럼.

"알든 말든."

"의외네. 담배 냄새도 맡기 싫어할 것처럼 생겨선."

"내가 어떻게 생겼길래?"

"까만 단발머리에 하얀 피부에. 고집스럽고, 보수적으로 생겼어요."

"못생겼다는 말을 잘도 돌려서 하는구나."

"선배 예뻐요. 난 못생긴 애한테는 못생겼다고 말하거든."

예뻤다. 왜 박유라가 싫어하는지 알 만큼. 태어나서 한 번도 안 웃어 본 사람처럼 화난 얼굴이지만, 이 얼굴로 활짝 웃으면 얼마나 더 예쁠까, 하고 실없는 상상을 해 보기도 했다.

"너, 섹스하려고 여자 만나지?"

한두 번 있는 일이 아니었다. 나를 오해하는 일은, 내게 변하라고 하는 말만큼이나 지겨웠지만 네가 내게 한 말은 전혀 불쾌하지 않았다.

오히려 이상하게 납득이 갔다. 어쩌면 그런 관계가 더 부담 없을지도 모른다고. 나를 진심으로 이해해 주고 동정해 주길 바라는 건 이제 지긋지긋하니까. 그래서 네가 나를 처음 본 모습대로, 그렇게 다가가는 것도 나쁘지 않겠다고 생각했다.

"선배. 나랑 친해질래요?"

너는 불안한 눈길로 나를 바라봤다. 방어하기에 급급한 사람들이 종종 보이는 눈빛으로.

"난 선배랑 친해지고 싶은데."

나는 내 직감을 믿었다. 같은 것과 다른 것을 정확히 구분할 줄 아는 직감.

그리고 내 직감은 너와 내가 같은 사람이라고 말해 주고 있었다.

지금에서야 의문이 드는 일들이다. 울고 있는 너를 집으로 데려간 일, 겁이 많고 방어하기에 급급했던 너에게 키스를 퍼부은 일. 오랫동안 생각해 봤지만 이유는 단순했다.

"선배 입으로 말해 봐요. 들어오라고."

나는 너를 안고 싶었다. 술집 뒷골목에서 함께 담배를 피운 그날부터 너를 안고 싶었던 것 같다. 너와 뜨겁게 키스하고 축축하게 섹스하고 싶었다.

"……들어와."

선배라는 부름이 좋아. 적당히 죄짓는 기분이 들거든.

도도한 고양이 같다가도 내 앞에서만 허물어지는, 나의 선배.

"들어와 줘."

그거 알아? 너랑 섹스할 때마다 내가 무슨 감정을 느꼈는지.

"선배."

"……응."

"그냥 불러 봤어요."

그건 사랑받는 기분이었어. 다른 사람들 앞에서 차갑게 구는 네가 내 밑에 깔린 채 금방이라도 울 것 같은 얼굴로 할딱일 때면, 그런 너를 어르고 달래면서 네 안 깊숙이 파고들 때면,

"천천히, 천천히 해 줘. 응?"

네가 내 목을 끌어안으면서 애원할 때면 내가 너한테 꼭 필요한 존재가 된 기분이었어.

"못…… 참겠어."

"참지 마요. 나는 선배가 무너지는 게 좋더라."

언제 이렇게 빠져 버렸는지 모르겠어.

나는 그저, 네가 외롭고 고독해 보여서 호기심이 생겼을 뿐인데.

지루한 대학 생활 중에 너와 가벼운 관계나 이어 가고 싶었을 뿐인데.

"힘 빼요."

네가 나를 조여 올 때마다 이성을 잃어. 그리고 또 어리석은 기대를 하게 돼.

너는 나를 이해해 주지 않을까.

너는 내 어두운 면을 알고도 사랑해 주지 않을까, 하는 기대.

"아파. 그만……."

"……아직."

"그만, 희도야! 그만……."

희도야. 그렇게 부르던 네 목소리가 얼마나 다정했는지 알아? 그때 처음 생각했던 것 같아.

너를 계속 만나고 싶다고, 너를 더 알고 싶다고, 너한테 나를 알려 주고 싶다고.

"방금 뭐라고 했어요?"

"그만…… 하라고 했어."

"그거 말고."

멈추지 말고 계속 불러 줘. 희도야, 하고 내 이름을 불러 줘.

"다시 불러 줘요. 응?"

"……도야."

"안 들려."

"희도야."

"다시."

"희도……."

할 수만 있다면 네 안에 계속 머물고 싶어. 차가운 겉과 달리 네 속은 너무 뜨겁고 아늑하니까.

나가고 싶지 않아. 하루에 수십 번이라도 너를 안고 싶어. 파들거리는 네 속살을 더 느끼고 싶어.

좁고 따뜻한 네 안에는 나만 들어가게 해 줘. 네 안에 다른 남자가 들어가는 건 상상도 하기 싫어.

네가 나를 떠나 다른 남자에게 간다면, 난 아마…….

아마, 그 남자를 죽여 버리고 싶을지도 몰라.

그래서 그랬어.

"중간에 그만두라고 하지 마. 네가 선택한 거야."

내 손을 놓고 강신우에게 간 너를 어떻게 해야 할지 알 수가 없었어. 너는 몸만 섞는 관계, 아니면 원래 아무 사이도 아니었던 관계. 그 둘 중에 하나를 선택하라고 했지.

"생각할수록 화가 나."

너를 알려 달라고 했잖아.

네가 어떤 사람이든 좋으니까, 어떤 아픔이 있어도 좋으니까 나한테 보여 달라고 했잖아.

몸만 섞는 관계? 아무 사이도 아니었던 관계? 둘 중에 하나를 선택하라니.

도대체 내가, 내가 어떻게 선택할 수 있었겠어.

"나는 왜 안 돼요? 강신우한테는 몸도 마음도 다 줬잖아. 나한테는 왜 안 되는데?"

죽여 버리고 싶었어.

네 과거에서 끊임없이 알짱대고, 너를 같은 자리에만 맴돌게 하는 그 새끼를 머릿속에서는 수십 번도 더 죽였어.

그런데 왜 또 다른 남자 앞에서 웃고 있어.

"떠나지 않겠다면서. 왜 다른 남자한테 그런 얼굴로 웃어요?"

나는 이렇게 쓸쓸하게 놔 두고, 왜 다른 남자 앞에서 웃는 거야.

"요즘 내 앞에서 웃은 적 없잖아. 왜 그 남자한테는 그렇게 웃어요?"

알아. 내가 미쳐 가고 있다는 거. 너도 나만큼 힘들 거라는 거.

네가 나를 이렇게 만들었잖아. 네가 나를 구제 불능으로 만들었잖아. 너한테서 벗어날 수 없게 만들어 놓고 왜 나를 버리려고 해?

"나를 화나게 하는 사람은 선배야. 나 아닌 다른 남자 앞에서 웃는 선배라고."

그러니까 나를 떠날 생각은 하지 마. 예전처럼 나를 사랑해 줘. 남들 처럼 웃지 마. 남들처럼 밝아지려고 하지도 마. 외롭고 고독하던 선배로 돌아와 줘. 아무도 모르게 우리 둘이서만 살자.

많은 걸 바라는 게 아니야. 매일 둘이서 같이 밥을 먹고, 창틈으로 들어오는 바람을 쐬고, 책을 읽고, 영화를 보는 거야. 머리를 맞대고 누워 있다가 문득 떠오르는 생각을 나눠 보는 거야. 사랑이 뭘까 얘기해 보고, 인생은 뭘까 얘기해 보고, 그러다 의견이 부딪혀서 싸우기도 하는 거지.

싸우고 난 밤에는 아무 일 없었다는 듯 키스를 하자. 알몸으로 뒤엉켜서 지칠 때까지 몇 번이고 몸을 섞자. 너는 아무 말 없이 나를 바라보기만 하면 돼. 네 안에서 한없이 무너지는 나를 지켜보기만 하면 돼.

내가 바라는 건 그거 하나야.

"사랑해요."

사랑해. 너도 알잖아.

누구보다도 네가 제일 잘 알고 있잖아.

"……그거. 사랑 맞니?"

최수연. 내가 이렇게 너를 사랑하고 있잖아.

Chapter 19

서희도의 집을 나와서 향한 곳은 미호의 집이었다. 벨을 누르고 한참 후에야 미호가 인상을 찌푸리며 현관문을 열었다.

"들어와."

넋이 나간 채 미호의 집 안으로 들어섰다. 미호는 그런 나를 의뭉스러운 눈길로 훑었다.

"너 목이 왜 그래? 팔은 또 왜 그렇고?"

미호의 말을 이해하지 못하고 멍하니 서 있자 그녀가 성큼성큼 다가와 내 목을 만졌다. 손길이 닿고 따끔한 통증이 퍼지고 나서야 미호의 말을 이해할 수 있었다.

목부터 팔까지, 서희도가 남긴 흔적들이 불에 덴 화상처럼 남아 있었다.

"그 자식이 이랬어?"

나는 말려 올라간 소매를 손목 끝까지 끌어 내려 상처를 감췄다. 이상하다. 화상 자국이 아닌데 꼭 화상을 입은 것처럼 화끈거린다. 어젯밤의 기억이 되살아나기라도 하듯.

"무슨 일이 있었던 거야?"

그러게. 도대체 무슨 일이 있었던 거지.

머릿속이 텅 비어서 기억도 나지 않는다.

"모르겠어."

"뭐?"

"무슨 일이 있었던 건지 모르겠어."

"참내."

"우리가 왜 이렇게 됐는지 모르겠다고."

초점 없는 눈으로 미호를 응시했다. 미호의 얼굴을 보니 난데없이 눈물이 터져 나올 것 같았다.

"그 애가…… 나를 사랑한대."

흘러나오는 목소리가 미세하게 떨렸다.

"나도 그 애를 사랑해. 그런데 왜, 왜 이렇게 돼 버린 걸까?"

사랑한다고 말하던 서희도의 목소리가 내 안에서 점점 커진다. 머릿속에는 폭풍이 휘몰아쳐서 감정을 주체하기가 힘들다.

"응? 우리가, 우리가 왜 이렇게 된 거냐고."

그러니 미호 네가 대답해 줘. 너는 늘 나한테 답을 줬잖아.

"최수연. 너 마약하는 사람들 말로가 어떤지 알아?"

미호가 느릿하게 운을 뗐다. 그녀의 목소리는 차갑고 단호했다.

"자기도 모르는 새에 망가져. 몸은 썩어 가고 정신은 피폐해지지. 그 사람들, 그게 나쁘고 위험한지 몰라서 손댔겠니? 알면서 손댄 거야. 끝이 그럴 걸 알면서도 찰나의 달콤함에 중독돼 버린 거라고. 독이 괜히 독이겠어? 나쁘니까 독인 거야."

나도 모르게 미호에게서 한 발짝 물러났다. 실망감을 감출 수가 없었다. 나는 내심 미호가 달콤한 위로를 해 주길 바라고 있었다.

미호의 말은 기대와 달리 냉정하고 날카로웠다. 미호는 내가 그토록 부정하고 싶은 현실을 알알이 새겨 주고 있었다.

"너도 알면서 시작했잖아. 아니야?"

그만해.

"수연아. 감당할 수 없으면 이쯤에서 그만둬."

그만.

"너희 둘, 너무 위험해 보여."

듣기 싫어.

후회

하늘이 높다. 바람은 날이 갈수록 쌀쌀해진다. 곧 겨울이 올 모양이다.

"이번 시안은 너무 단조로운데요."

서희도의 집을 나온 지 일주일이 되던 날, 녀석에게서 한 통의 연락이 왔다.

전화를 받았을 때 녀석은 아무 말이 없었고, 간헐적인 숨소리만 휴대폰 너머로 이따금씩 들려왔다. 우리 사이에는 오랫동안 대화가 오가지 않았다.

"할 말 없으면 끊을게."

내가 먼저 전화를 끊으려던 찰나, 녀석이 다급하게 말을 꺼냈다.

—선배. 지금 나한테 와 주면 안 돼요? 나 너무 힘든데…….

서희도의 목소리는 잔뜩 지쳐 있었다. 혹시 무슨 일이 있는지 물어볼까. 짧은 순간 마음속에 갈등이 일었지만, 나는 결국 입을 열지 못했다.

어둡고 아팠던 그날 밤의 풍경이 머릿속을 스쳐 간 탓이었다. 전혀 다른 사람이 되어 나를 포박하고 거칠게 다뤘던 밤. 내 몸 구석구석 따끔한 흔적들을 수없이 새겨 놓았던 밤. 너덜너덜해졌던 그날의 기분이 도무지 쉽게 지워지질 않았다.

나는 끝내 서희도에게 가지 않았다. 해가 지고 날이 밝고 몇 차례의 일몰과 일출이 반복되는 동안에도, 그를 보러 가지 않았다.

힘들다는 그 말을 그저 어리광과 투정일 뿐이라고 치부했다.

나는 그가 미웠다. 그리고 나는, 그가 두려웠다.

그때의 전화를 마지막으로 서희도는 더 이상 내게 연락하지 않았고, 그렇게 눈을 감고 외면해 버린 시간이 벌써 한 달이었다. 흘러 버린 시간만큼, 우리 사이도 돌이킬 수 없을 정도로 벌어져 있었다.

"제가 말씀드리지 않았나요. 사장 놈은 무조건 화려한 걸 좋아한다고. 지난번 광고처럼 번쩍번쩍하게 해 주세요. 촌스러워도 괜찮으니까."

권 실장은 말이 많은 사람이었다. 처음엔 서희도와 닮았다고 생각했는데. 그건 크나큰 착각이었다. 이 사람은 서희도보다 가볍고, 무작정 밝다.

"최수연 씨, 내 말 듣고 있어요?"

"네? 아, 네. 듣고 있어요. 죄송해요."

"아까부터 계속 휴대폰만 보네요. 기다리는 연락 있어요?"

"……아니에요."

"그냥 먼저 하세요. 뭘 그리 재시나."

권 실장이 피식 웃으며 이죽댔다.

"아마 후회할걸요?"

나는 불쾌한 표정을 지으며 테이블에 올려놓았던 휴대폰을 아래로 숨겼다. 권 실장은 뭐가 그리 재밌는지 껄껄 웃으며 콘티 시안을 뒤적 거렸다.

"최수연 씨는 얼굴에 감정이 다 드러나요. 그게 참 재밌어."

진동과 함께 메시지가 왔다. 권 실장의 말이 하나도 귀에 들어오지 않았다. 내 모든 감각은 손에 쥔 휴대폰에 쏠려 있었다.

"봐요. 지금도 얼굴에 드러나잖아. 연락 왔죠?"

서희도가 보낸 문자였다.

———

문자는 딱 두 문장이었다.

〈짐 가져가요. 기다리고 있을게.〉

매일 녀석의 연락을 기다렸지만, 막상 연락을 받고 보니 숨이 턱 막 혔다. 나는 무슨 말을 기대했던 걸까. '우리 다시 잘해 봐요'라는 낙관 적인 말을 기다렸던 건가.

그의 집으로 향하는 내내 자조적인 웃음만 흘러나왔다. 우습다. 나도 하지 못하는 말을 그 애가 할 리 없잖아.

"왔어요?"

서희도는 생각보다 안색이 좋았다. 떨어져 있는 동안 기력이라도 회복 한 건가. 멀끔한 모습으로 반기는 녀석을 보니 괜히 심사가 뒤틀렸다.

"오랜만이야."

그에 비해 나는 너무 초췌했다. 언뜻 현관 거울에 비치는 모습이 가관도 아니었다. 뒤늦게야 후회가 밀려온다. 머리라도 만지고 올걸. 옷은 또 이게 뭐야. 누가 봐도 정신을 빼놓고 사는 여자 같잖아.

"응. 오랜만이에요."

"잘 지냈어?"

무작정 던진 말에 어색한 공기가 감돌았다. 서희도는 알 수 없는 표정으로 나를 빤히 바라보더니, 두 눈을 접으며 활짝 웃었다.

"잘 지냈어."

그랬구나. 잘 지냈구나. 녀석의 대답에 그만 말문이 막혀 버렸다. 나도 웃어 줘야 하는 걸까. 그런데 웃음이 나오지 않는다.

"최대한 빼놓지 않고 다 챙겼어요. 선배 옷이랑 화장품, 치약, 칫솔까지."

그는 커다란 배낭 가방 하나와 크로스백 하나를 발밑에 내려놓았다. 내가 그의 집에 처음 올 때 가져온 짐들이었다. 멍하니 가방을 내려다보다가 고개를 들었다. 서희도는 무서울 만큼 초연하고 차분한 얼굴로 내 앞에 서 있었다.

"나한테…… 할 말 없어?"

나는 그저, 시간을 갖고 싶었다. 우리 관계를 풀어 갈 수 있는 시간. 연락을 받고 서희도의 집으로 향하면서도, 어떻게 하면 다시 예전으로 돌아갈 수 있을까, 하는 생각만 반복했다.

하지만 서희도는 꼭 끝을 앞둔 사람 같았다.

"할 말? 내가 무슨 말을 해 주길 원해요?"

나긋한 목소리로 내게 물었다. 녀석의 눈은 어쩐지 텅 빈 느낌이었다.

"하고 싶은 말이 있으면 선배가 먼저 하면 되잖아. 왜 항상 내가 먼저 해야 돼?"

녀석이 내게 한 걸음씩 가까이 다가오며 말했다. 따지는 투도, 다그치는 투도 아니었다. 부드럽고 또 부드럽고 한없이 부드러운 목소리였다. 그래서 더 가늠할 수 없고 불안했다.

"이제 나도 지겨워. 사랑해 달라고 구걸하는 거, 지긋지긋해서 더 이상은 못 하겠어요."

"나도 연락하려고 했어. 그런데……"

"구질구질하게 변명하지 마요. 나만 더 비참해져. 어차피 나만 놓으면 끊어질 인연이잖아."

서희도는 내 말을 자르며 슬프게 웃었다.

구질구질. 변명. 비참……

조각난 단어가 목구멍을 틀어막는다.

"그때 나는 정말로 선배가 필요했어. 어느 때보다도 더, 절실하게 필요했다고."

"희도야. 그때는 나도 힘들었어. 그날 일이 자꾸만 떠올라서 네 얼굴 보기가 겁이 났다고. 나도 너한테 연락하고 싶었어. 매일 몇 번이나 휴대폰을 확인했어. 그런데도 용기가 안 났어. 무슨 말을 해야 할지, 다시 어떻게 시작해야 할지……"

"그만해. 나만 더 비참해진다고 했잖아."

서희도가 다시 내 말을 가로막았다. 나는 밭은 숨을 몰아쉬며 녀석을 올려다보았다. 두서없이 흘러나오는 말 만큼 머릿속이 어지럽게 엉켰다.

"그날 아프게 해서 미안해요. 원망하려고 부른 거 아니야. 선배 마음도 충분히 이해해."

"……."

"내 욕심이 너무 컸어요. 이제 선배가 원하는 대로 살아. 더 이상 선배 인생에 끼어들지 않을게."

녀석이 쓰게 웃으며 말했다. 그 얼굴을 보니 아무 말도 할 수가 없었다. 무슨 말이라도 해야 하는데, 정말 이대로 끝낼 거냐고 물어야 하는데, 너는 언제 그렇게 모든 걸 다 정리했냐고, 지금 내 모습과 달리 너는 왜 그리도 태연하냐고 원망해야 하는데.

차마 말이 나오지 않았다. 지금의 나는 뭍에 버려진 물고기 같았다. 살려 달라고 소리치고 싶지만, 하릴없이 입만 뻐끔대는 물고기.

"아, 그리고 그때 선배가 물었지. 그게 사랑이냐고."

딱딱하게 굳어 있는 나를 두고 서희도가 천천히 운을 뗐다. 녀석은 발밑에 놓여 있는 짐을 내 손에 들려 주며 말을 이었다.

"그거, 사랑 맞아요."

녀석이 옅게 웃었다.

곧 사라질 안개처럼 뿌연 미소였다.

차라리 몰랐으면 좋았을 걸.

"누나, 진짜 희도랑 헤어진 거예요?"

우리는 헤어진 걸까. 그래. 헤어진 거겠지. 서희도는 이미 다 정리했다고 하잖아. 어찌나 꼼꼼하게 짐을 쌌던지. 옷, 속옷, 화장품 그 무엇 하나 빠진 게 없었다. 다시는 그 집에 발 들일 구실조차 없을 만큼.

"어쩐지. 왜 장례식장에 누나가 안 왔나 했어요. 역시 그랬구나."

그런데 너, 지금 도대체 무슨 소릴 하는 거야.

"원래 병이 악화되고 있었는데, 그날 갑자기 쇼크가 왔대요. 저도 수강 신청 때문에 연락했다가 우연히 알았어요. 어디냐고 물어보니까 장례식장이라고 하더라고요. 그 새끼, 내가 먼저 전화 안 했으면 아마 끝까지 형 죽은 거 얘기 안 했을 걸요."

거짓말. 거짓말이라고 해.

"근데 솔직히 좀 놀랐어요. 저는 희도한테 형이 있는지도 몰랐거든요. 거기다가 부모님이 둘 다 의사래요. 한량처럼 학교 다녀도 학점 잘 나오는 덴 다 이유가 있다니까요. 유전자 자체가 우월하니깐."

동현이가 커피를 호로록 마시며 투덜댔다. 나는 김이 모락모락 오르는 찻잔만 멀거니 내려다보았다. 누군가 뭉툭한 둔기로 머리를 내려친 기분이었다. 머릿속이 아득해지고 온몸이 차게 식는 기분. 찻잔을 쥔 손이 바들바들 떨렸다.

"아무리 그래도 누나한테는 말한 줄 알았는데. 그 자식도 진짜 독한 놈이에요. 그죠?"

그때. 지금 와 주면 안 되냐는 녀석의 부탁을 한낱 어리광으로 치부해 버렸던 그 시간에.

"그럼 누나, 서희도 자퇴한 것도 몰라요? 김 교수님이 몇 번이나 설득했는데도 소용없었대요. 이거 벌써 소문 다 퍼져서 치호 형 어깨가 하늘까지 솟아 있어요. 지 무서워서 자퇴한 거라나."

동현이의 말이 끝남과 동시에 찻잔이 쏟아졌다. 뜨거운 커피가 손등을 적시고 허벅지로 뚝뚝 떨어져 내렸다. 동현이가 화들짝 놀라며 휴지를 뭉치로 뽑아 들고 달려왔다.

"누나! 괜찮아요? 손 빨개요!"

"……나 먼저 가 봐야겠다."

"누, 누나. 손 데인 것 같은데……."

391

"미안. 먼저 가 볼게. 다음에 보자."

생각할 겨를도 없이 무작정 서희도의 집으로 향했다. 넋을 잃은 사람처럼 한없이 걷다가 주저앉고, 또 미친 듯이 걷다가 넘어지고, 그러다 다시 일어서서 걷기를 수없이 반복했다.

거리의 사람들이 이상한 눈길로 나를 흘깃거렸다. 갈색 얼룩으로 물든 셔츠를 입고 엉엉 울며 길을 걷는 꼴이 누가 봐도 미친 여자의 몰골이었다.

서희도의 집에 도착하자마자 온 힘을 다해 문을 두드렸다. 화상 입은 손의 피부가 까질 때까지, 나머지 멀쩡한 손마저 붉어질 때까지 문을 두드렸다. 문을 두드리다가 안 되면 서희도에게 전화를 해 보고, 전화가 연결이 되지 않으면 또다시 문을 두드리기를 미련하게 반복했다.

오랜 시간이 지나도 집에서는 아무런 기척이 없었다. 녀석의 전화는 끝끝내 먹통이었다.

밤이 깊어질수록 공기는 차가워졌고, 찬 공기가 화상 입은 손을 스칠 때마다 아릿한 통증이 밀려왔다. 움찔거리는 손을 꼭 붙든 채 차오르는 눈물을 삼켰다. 눈물이 나오려 하면 너는 더 많이 아팠겠지. 나보다 더 아팠겠지. 생각하며 흘러나오는 눈물을 꾸역꾸역 밀어 넣었다.

내가 너를 버린 걸까. 아니면 네가 나를 버린 걸까.

주인이 떠난 집 앞에 쪼그려 앉아 답도 없는 생각을 했다. 그 질문의 끝에 남는 건 결국 쓰라린 후회뿐이었다.

생각해 보면 그랬다. 서희도와 함께한 시간들은 내가 유일하게 숨 쉴 틈이었다. 지겨운 돈 걱정도, 미래 걱정도 눈 감아 버릴 수 있었던 일탈.

그런데 난, 네가 가장 힘들 때 뭘 하고 있었지.

아, 그랬지. 같잖은 이유와 자존심 때문에 먼저 연락을 할까, 말까

망설이고 있었어.

뒤늦게야 서희도가 했던 말이 머릿속을 스쳐 간다. 그때는 미처 알아채지 못하고 흘려 버렸던 말.

—선배. 지금 나한테 와 주면 안 돼요?

그 말이 가시처럼 박힌다.

———

마음은 몸에 비해 한없이 유약하다. 몸에 난 상처는 언젠가 새살이 돋기 마련이지만 마음에 난 상처는 쉽게 아물지 않는다. 항체도, 면역도 없다. 더디게 흐르는 시간만이 유일한 처방일 뿐이다.

"아직도 소식 모르지?"

혜주가 근심 어린 얼굴로 물었다. 나는 그녀가 들고 있는 부케를 쳐다보며 고개를 저었다. 혜주는 안쓰러운 눈빛으로 나를 바라보다가 이내 밝게 웃으며 화제를 돌렸다.

"참, 저번에 우연히 박유라 소식을 들었어."

"박유라? 결혼한 걸로 아는데."

"응. 근데 얼마 전에 이혼했대."

혜주는 '이혼'이라는 단어를 꺼내면서 슬며시 입꼬리를 올렸다. 나도 혜주를 따라 픽 웃어 버렸다. 확실히 혜주는 예전과 달라져 있었다. 학생 때는 늘 무표정한 얼굴이어서 감정을 가늠하기가 어려웠는데, 이제는 입가에 조소를 지을 줄도 안다.

"이러면 안 되는데 좀 고소하더라."

"그러게."

박유라가 이혼을 했구나. 돈 많은 남자랑 결혼한다며 자랑하며 청첩장을 돌리던 게 엊그제 같은데 왜 이혼을 했을까.

박유라와 콤비였던 송치호는 아직도 학교 도서관에서 공무원을 준비 중이라고 들었다. 신입생들에게는 학교의 망령으로 불린다나.

그리고 신우는, 그 애가 살아온 인생만큼이나 순탄하게 성공했다. 대기업에 취직해 조건 맞는 여자를 만나 결혼하는 게 요즘 말하는 성공이라면 말이다.

이제 박유라나 송치호, 강신우의 소식 따위는 궁금하지도 않다. 이래서 시간이 무서운 건가 보다. 악감정조차 말끔히 지워 버리니까.

그런데 왜.

"……안 지워지지."

그리움은 왜, 말끔히 지워지지 않는 걸까.

"응? 방금 뭐라고 했어?"

"어? 아니. 드레스가 참 예쁘다고."

혜주를 보면서 처음으로 순백의 웨딩드레스가 아름답다고 느꼈다.

결혼을 하면 무슨 기분일까.

따뜻하고 성실한 사람을 만나 화목한 가정을 꾸리고 안정적인 미래를 꿈꾸는 것. 지극히 현실적이고 평범한 그런 결혼.

"혜주야, 행복하니?"

혜주는 수줍게 얼굴을 붉히더니 한참 후에야 작은 입술을 오물거리며 대답했다.

"응. 행복해."

그때 혜주는 세상에서 가장 행복한 여자의 얼굴이었다.

결혼식이 끝나고 집으로 돌아가는 길, 기차 안에서 책을 펼쳤다. 서희도가 내게 읽어 준 책이었다.

주인공 모모가 하밀 할아버지에게 물었다.

할아버지. 사람이 사랑 없이 살 수 있어요?

할아버지가 대답했다.

그렇단다.

할아버지는 부끄러운 듯 고개를 숙였다. 모모는 갑자기 울었다. 우는 모모를 따라 나도 울어 버렸다.

깊은 곳 어디선가 내가 내게 물었다.

사람이 사랑 없이 살 수 있을까?

내가 내게 대답했다.

……그렇단다.

"최 후배. 우리 결혼반지는 어디서 맞출까?"

권 선배가 술잔을 꺾으며 물었다. 내가 최수연 씨에서 최 후배로, 권 실장이 권 선배로 불리게 된 것은 꽤 오래된 일이다. 그런데도 종종 이런 호칭이 낯설다.

"음, 최 후배도 다이아 반지 뭐 이런 거 좋아하나?"

술집 테이블 위에 턱을 괸 채 권 선배가 빙글빙글 웃는다. 능글맞기론 이 사람을 따라갈 자가 없다.

"이제 그런 장난 재미없어요. 그만해."

"장난 아닌데. 난 최 후배랑 결혼하고 싶어."

웃겨. 독신주의자 주제에. 대답할 가치도 없어서 피식 웃고 말았다.

권 선배는 반쯤 풀린 눈으로 나를 빤히 바라보더니 천천히 입을 열었다.

"아직도 그 뭐냐, 서희도인가 뭔가 때문에 그래? 그러기엔 청춘이 너무 아깝지 않아?"

술잔을 든 손이 허공에서 멈췄다. 오랜만에 듣는 이름이었다. 매일 내 안에서만 곱씹고 삭이던 이름. 그 이름을 이렇게 다른 사람이 불러주니 느낌이 다르다. 뭐랄까.

"……불러 봐요."

새삼, 그립다.

"뭐라고? 못 들었어."

"선배라고…… 불러 봐요."

권 선배가 미간을 잔뜩 찌푸리며 고개를 뒤로 뺐다. 못들을 말을 들은 사람의 얼굴이었다.

"취했어? 최 후배가 나한테 선배라고 불러야지."

"알아. 아는데 그냥 한 번 불러 달라고."

"오, 이것 참 재밌는 전개네."

권 선배가 당황스럽다는 듯 껄껄 웃었다. 한참을 웃던 권 선배는 목을 큼큼 가다듬더니 꽤나 진지한 얼굴로 나를 마주했다. 나는 술잔에 가득 채운 소주를 단숨에 들이켜곤 권 선배를 바라봤다. 술기운 때문에 시야가 점점 흐릿해졌다.

"선배."

선배. 그 소리에 귀가 멍멍해지고 심장이 빠르게 뛰기 시작했다.

"……한 번만 더."

"또?"

술집 안의 시끌시끌한 소음이 가을 바다의 파도 소리처럼 들린다.

철썩철썩. 쏴아쏴아.

세상에 우리 둘만 남겨진 것처럼 고요하고 고즈넉하던 그날의 바다.

"계속 불러 줘요."

선배.

너는 나를 그렇게 불렀지. 선배, 하고.

"아, 나 진짜 이 나이에 이런 짓까지 해야 하나. 오늘만이다?"

쏴아아. 그날의 소리가 아득해.

"선배."

봐요, 밤바다.

"선배."

선배. 키스해도 돼요?

"선배."

선배. 사랑해요.

"선배."

사랑해.

"……나도, 희도야."

어떻게 여기까지 왔는지 모르겠다. 집까지 바래다주겠다는 권 선배의 말을 무시하고 무작정 걷다 보니 어느새 이곳이었다. 우뚝 솟은 건물을 멍하니 올려다보다가, 비틀거리는 다리를 붙잡고 계단을 올랐다.

몇 년이 지나도 변함없이 그대로였다. 차가운 건물도, 굳게 닫힌 철문도. 전단지가 덕지덕지 붙어 있는 현관문을 빤히 바라보다가 벨을 눌러 보았다.

아무도 없는 줄 알면서, 그 애가 없다는 걸 알면서도 몇 번이나 눌러 본다. 참, 의미 없는 행동이다. 내가 생각해도 어이가 없어서 피식 웃어 버렸다. 이렇게 또, 새로운 주사가 생겼다.

뒤늦게 술기운이 올라와 머리가 깨질 것처럼 아파 왔다. 주인 없는 집의 현관문에 등을 기대고 딱딱한 바닥에 앉았다. 지끈거리는 머리를 부여잡고 무릎 사이에 얼굴을 묻으니, 캄캄한 어둠 속에서 문득 예전 일이 떠오른다.

서희도에게 내 마음을 고백하려고 찾아왔던 날. 그날도, 이렇게 하염 없이 서희도를 기다렸던 것 같은데.

미련하고 소심하고 멍청하기 짝이 없는 여자. 내가 생각해도 나란 여자는 최악이다. 언제나 후회할 짓만 골라서 하지.

매일매일,

후회를 해.

그때 찾아갈걸 그랬어. 지금 와 달라는 네 부탁을 모른 척하지 말걸 그랬어.

힘들어 하는 너를 꼭 안아 줄걸 그랬어.

그랬다면 우리는 달라졌을까.

보고 싶어.

보고 싶어서 미칠 것 같아, 희도야.

너는 지금 어디에 있어? 너도 가끔은 내 생각을 할까?

나는 이렇게 술에 취할 때마다, 네가 너무 보고 싶어서 미칠 것 같을 때마다 이곳에 와.

그런데 너는 여기에 없어. 네 흔적조차 없잖아.

나는 도대체 어디서, 어디서 너를 찾아야 해?

"……일어나요."

싫어. 네가 올 때까지 기다릴 거야.

"날이 추워요."

그래. 계절은 야속할 만큼 빨리 돌아와.

차라리 네가 생각나지 않는 날에 시간이 멈춰 버렸으면 좋겠어.

"선배."

이제 이런 꿈을 꾸는 것도 지겨워.

Chapter 20

서희도와 헤어진 날부터 줄곧 녀석의 꿈을 꾸었다.

뚝뚝 끊기는 장면, 비현실적으로 흘러가는 시간, 뒤죽박죽 섞이는 공간. 어지럽고 혼란스러운 꿈의 끝에는 어김없이 서희도가 서 있었다.

꿈속에서 서희도는 늘 우리가 처음 만났을 때의 모습으로 나타났다. 모자를 눌러 쓰고 담배를 문 채 짓궂게 웃고 있는 모습. 우리가 이런 사이가 되리라곤 생각지도 못했던 그때의 그 모습으로, 녀석은 내 꿈에 찾아왔다.

나는 서희도가 내 꿈에 찾아오는 게 좋았다. 원래 모든 꿈이 그러하기 마련이지만, 현실에선 결코 이루어질 수 없는 일들이 꿈속에선 지극히 현실인 것만 같아, 우리는 많은 것들을 함께했다.

깊고 고요한 바닷속에 집을 짓기도 했고, 아무도 없는 섬의 해변에서 섹스를 하기도 했다.

몇 번의 섹스를 마치면 노곤해진 몸으로 서로를 끌어안고 바다 너머의 석양을 바라보았다. 한낱 꿈인 주제에 그 감촉이 어찌나 생경하던지. 서희도가 손에 잡힐 것만 같아 잠에서 깨기 싫을 정도였다.

하지만 높은 파도가 밀려와 우리를 덮치고, 웃고 있던 네 얼굴이 나를 원망하는 얼굴로 바뀌면, 나는 어느덧 네가 없는 현실로 돌아와 있었다.

멍하니 창밖을 바라보다가 짹짹대는 참새 소리를 듣고 나서야, 아, 꿈이었구나. 깨닫곤 했다.

달콤한 꿈은 잔인하다.

그리움과 헛헛함만 남기고 사라지니까.

"그거 혹시 심몽 아니냐?"

꿈 얘기를 들은 미호가 말했다.

심몽(心夢). 처음 듣는 단어였다. 미호는 좀비처럼 핼쑥해진 내 얼굴을 안쓰럽게 쳐다보며 설명을 했다.

"심몽의 종류는 두 가지래. 첫 번째는 네가 상대방을 그리워해서 꾸는 꿈이고, 두 번째는 상대방이 너를 그리워해서 찾아오는 꿈."

미호의 말을 들으면서 생각했다.

내가 꾸는 심몽은 부디 두 번째 이유이기를.

오늘도 나는 심몽을 꾸나 보다.

낮은 천장, 옆에 나 있는 창문, 벽을 따라 차곡차곡 쌓여 있는 책 더미, 익숙한 집 구조.

이번 꿈의 배경은 우리가 한때 살을 부대끼고 살았던 서희도의 집이다.

늘 그랬듯이 이 공간의 끝에도 네가 서 있겠지. 닿을 수도 없는 네가.

이제는 지겹다. 이런 꿈을 꾸는 것도.

"온 지 얼마 안 돼서 먹을 게 없어요."

고개를 돌리자 반쯤 열린 방문 사이로 부엌이 보인다. 그리고 부엌 조리대에 서서 무언가를 만들고 있는 서희도의 뒷모습도 보인다.

"다행히 쌀은 있어. 죽 만들고 있으니까 조금만 기다려요."

녀석이 보글보글 끓는 냄비 안을 휘적휘적 저으면서 말한다.

이상하다. 이번 꿈은 냄새도 난다. 고소하고 맛있는 냄새다.

내가 냄비를 태워 버리고 서희도가 대신 죽을 쒀 주었던 그날의 그 냄새.

"하여간 미련한 건 여전하네."

냄새도 나고, 서희도의 목소리도 선명하게 들린다. 꿈이라기엔 너무도 또렷하다. 흐릿한 시야를 바로잡으려 눈을 깜박였다.

그러자 얇은 막이 씌워진 것처럼 뿌옇던 눈앞의 풍경이 점점 진해졌다.

그때, 녀석이 몸을 돌려 나를 바라봤다.

"깼으면 나와요."

창밖에서 참새가 짹짹거렸다. 그제야 정신을 차리고 몸을 벌떡 일으켰다.

"선배."

눈앞에 있는 사람은 서희도였다.

꿈이 아닌, 진짜 서희도.

돌아오는 이유

5년이라는 시간이 무색할 만큼 서희도는 나를 대하는 데 위화감이
없었다.

"먹어요."

그는 적당히 식은 하얀 쌀죽을 식탁 위에 내려놓았다. 녀석을 보면
하고 싶은 말이 참 많았는데, 막상 눈앞에 마주하니 입이 떨어지지 않
았다. 머릿속에서 수없이 연습했던 상황들은 연기처럼 덧없이 사라져
버린 지 오래였다.

아니면 혹시, 아직도 꿈속인 걸까.

"왜. 내가 먹여 줘?"

퉁명스레 묻는 목소리가 귓가에 생생하게 닿았다. 꿈이 아니다. 코끝
에 옅게 맴도는 향기도, 낮고 축축한 목소리도 틀림없는 서희도였다.

"너…… 네가 왜 여기 있어?"

"내 집이니까. 선배야 말로 왜 남의 집 앞에서 잠을 자고 그래?"

"아니, 그러니까……."

내가 바보처럼 말을 더듬대는 사이 서희도가 먼저 숟가락을 들었다.

녀석은 무심한 손길로 내 턱을 붙잡더니 따뜻한 죽을 한 숟갈 퍼서 입에 물렸다.

"일단 먹어. 선배 열나요."

얼굴에 닿은 손이, 입안에 가득 찬 죽이 따뜻했다. 알맞게 조리된 죽을 우물우물 씹으며 서희도를 바라보았다. 멈춘 것 같았던 심장이 다시금 펄떡펄떡 뛰기 시작했다.

"선배."

"……응?"

"먹을 때 울면 체해요."

그제야 내가 울고 있다는 걸 깨달았다. 그렁그렁 맺혀 있던 눈물이 식탁에 후드득 떨어졌다.

5년 동안 하루도 빠짐없이 우리가 다시 만나는 날을 꿈꾸어 왔다. 꿈속에서 나는 서희도를 원망하고 때리기도 했지만, 그 끝은 늘 녀석의 품에 안겨 엉엉 우는 모습이었다.

그래서 꿈에서 깬 아침마다 다짐했다.

서희도를 다시 만나면 절대 울지 않기로. 약한 모습은 버리고 성숙한 모습만 보여 주기로.

그런데 결국, 눈물을 보여 주고 말았다.

"오랜만이에요."

서희도가 차분한 목소리로 말했다. 나는 재빨리 눈물을 훔치고 애써 웃어 보였다.

"응. 오랜만이야."

우리의 재회는 꿈속과 달리 담담했다. 서로를 원망하지도, 때리지도, 울부짖지도 않는 재회였다. 그 담담함에, 나는 왠지 모르게 서글퍼지고 있었다.

서희도가 보는 앞에서 죽 한 그릇을 다 비웠을 때, 녀석이 감기약을 내밀었다. 나는 녀석에게서 시선을 떼지 않은 채 약을 삼켰다.

지금 눈앞에 녀석이 서 있다는 게 믿기지가 않았다. 그리고 내가 눈을 뗀 사이, 녀석이 또 사라져 버릴까 두려웠다.

내가 약을 먹는 동안, 서희도는 맞은편 벽면에 기대어 선 채 나를 물끄러미 바라보고 있었다. 내가 얼마나, 어떻게 변했는지 살펴보는 것 같았다.

"손이 왜 그래요?"

몸 전체를 훑던 서희도의 시선이 내 손등 위에 머물렀다. 몰랐는데 가늘고 긴 생채기가 나 있었다. 어제 술을 마시고 걷다가 어딘가에 긁힌 모양이었다.

"어? 아…… . 어제 다쳤나 봐."

"다친 것도 몰라?"

"별거 아니야. 그보다…… ."

그보다 네 얘기를 듣고 싶은데. 서희도는 내 말을 다 듣지도 않고 방으로 쑥 들어갔다. 그러고는 어지럽게 쌓여 있는 짐 더미에서 무언가를 주섬주섬 꺼내 와 내 앞에 쪼그려 앉았다. 녀석이 가져온 건 연고와 반창고였다.

"무슨 정신으로 사는 거예요? 찬 바닥에서 자질 않나, 손은 다치질 않나."

녀석이 신경질적으로 내 손을 잡아끌더니, 다친 부위에 연고를 바르고 반창고를 붙여 주었다. 이죽대는 말투와 다르게 조심스러운 손길이었다.

"그러게. 나도 요즘 내가 무슨 정신으로 사는지 모르겠어."

나는 머쓱하게 웃으며 힐끗 녀석을 보았다. 잔뜩 좁혀진 미간과 꾹 다문 입술. 화가 난 얼굴을 보니 이제야 실감이 난다. 네가 돌아왔다는 게.

"너는…… 그동안 어떻게 지냈어?"

그를 만나면 가장 묻고 싶은 말이었다. 어디에 있었는지, 무얼 하고 지냈는지, 어떻게 살았는지.

서희도는 내 말에 대답하지 않았다. 여전히 화가 난 얼굴로 입을 꾹 다물고 있을 뿐. 그사이 나는 서희도의 얼굴을 가만 살폈다. 내가 없던 시간 속에서 변해 버린 서희도를.

왜 부쩍 차분해 보이는가 싶더니, 아이처럼 부슬거리던 갈색 머리가 짙은 검은색의 머리로 바뀌어 있었다. 얼굴 살은 더 빠진 것 같고 날카롭던 턱은 한층 더 뾰족해졌다. 고집스러운 입술은 오늘따라 더 야속해 보인다.

유일하게 변하지 않은 건, 눈동자다. 지나치게 옅고 투명해서 보고 있노라면 꼭 빨려 들어갈 것 같았던 연갈색 동공. 그건 변하지 않았다.

"어디서 뭐 하고 지냈어?"

내가 제자리에 머물러 있는 동안 너는 성숙한 어른이 됐구나.

"왜 그때 나한테 말해 주지 않았어? 와 달라는 말 뒤에 한마디만 더 했으면 됐잖아. 그래도 내가 안 갈 거라고 생각했어? 나를 못 믿었니?"

감정이 격해지자 묻고 싶었던 말들이 봇물처럼 쏟아져 나왔다. 5년 간 끊임없이 반복됐던 후회와 원망, 그리움이 밀려왔다.

"네가 그렇게 떠나면, 내가 얼마나 미안하고 힘들지 생각 안 해 봤어? 내가 답답하고 못난 거 나도 알아. 하지만, 하지만…… 너도 그렇게 가 버리면 안 되는 거였어. 나한테 설명하고 기회를 줬어야……."

"설명하지 않으면 와 줄 수 없었어요?"

서희도가 천천히 몸을 일으켰다. 녀석은 울고 있는 나를 고요한 눈으로 내려다보았다.

"그때는 힘들다는 말 한마디에도 선배가 와 주길 바랐어요. 나라면 그랬을 테니까."

"……."

"이제는 알아요. 내 욕심이 컸다는 거."

서희도는 다시 내게서 멀어졌다. 녀석은 몇 걸음 떨어진 벽에 등을 기댄 채 느릿하게 말을 이었다.

"형 죽고 나서 계속 제주도에 있었어요. 애지중지하던 아들 잃고 엄마가 이상해졌거든. 나를 형으로 알아요. 나보고 희원이라고 불러."

서희도가 자조적으로 웃었다. 녀석은 아픈 말을 하면서도 덤덤한 얼굴이었다.

"그래도 난 지금의 엄마가 더 좋아요. 나한테 이렇게 상냥한 모습은 처음이거든요."

"……."

"그런데 어느 날 그런 생각이 들더라고요. 혹시 엄마는 형 대신 내가 죽길 바랐던 건 아닐까."

서희도 안에 곪아 있을 상처가 도무지 짐작조차 가지 않았다.

이런 말을 웃으면서 하기까지 너는 어떤 심정이었을까. 명치끝이 뻐근하게 아려 왔다. 서희도가 가장 힘들었을 때 녀석의 옆에 없었다는 죄책감이 다시금 밀려오고 있었다. 녀석은 아무렇지 않다는 듯 조그맣게 웃었다.

"그런 표정 짓지 마요. 이제 이런 일에 익숙해져서 괜찮아."

"희도야, 나는……."

"선배. 나는 이곳이 싫어요. 곳곳에 선배 흔적이 남아 있는 것도 싫고, 매일 혼자 선배를 기다리던 기억이 떠오르는 것도 싫어. 나도 모르겠어요. 내가 왜 돌아왔는지."

자리에서 일어나 서희도에게 다가갔다. 한 걸음, 한 걸음 옮길 때마다 심장 고동 소리가 커졌다. 서희도는 가까이 다가오는 나를 미동도 없이 쳐다보고 있었다.

"하지만 이렇게 돌아왔잖아. 너도 내가 보고 싶었던 거 아니야?"

흘러나오는 목소리가 떨렸다. 짙어진 눈으로 나를 응시하던 서희도는 오랜 정적이 흐른 후에야 굳게 닫힌 입을 열었다.

"……그럴지도 모르지. 선배는 유일하게 내 이름을 불러 줬으니까."

서희도는 꼭 모든 감정을 비워 버린 사람처럼 담담했다. 한 걸음 남짓한 가까운 거리인데, 꿈도 아닌 현실인데, 녀석은 꼭 손을 뻗으면 사라질 신기루 같았다.

"나한테 기회를 줘. 나는, 나는 너 없는 시간 동안 도무지 어떻게 살았는지 모르겠어. 아니, 어떻게든 살아지긴 살아지더라. 그런데 그게 끝이었어. 숨 쉬고 사는 것만 반복했지, 살고 있는 기분이 아니었다고."

마음이 급해져 쉬지 않고 말을 뱉었다. 서희도의 곧은 시선 때문인지, 아니면 감기 기운 때문인지 얼굴이 뜨거웠다.

차라리 이 자리에서 쓰러지고 싶다. 그러면 너는 조금이라도 더 내 곁에 있어 줄까.

"선배. 나는 달라진 게 없어요. 다시 시작한다고 해도 똑같을 거야."

"그대로 있어도 돼. 변하라고 하지 않을게. 응? 희도야……."

울컥거리는 마음을 추스르며 녀석의 몸을 끌어안았다. 넓은 등에 팔을 두르고 따뜻한 가슴에 얼굴을 묻었다. 서희도는 나를 안아 주지 않았다.

"더 따뜻한 사람 만나서 평범한 삶을 살아요. 결혼도 하고 선배 닮은 아이도 낳고. 선배가 꿈꾸던 안정적인 행복감, 그런 기분 느끼면서 살아요."

아니야. 안정적인 삶 따위가 무슨 필요가 있어. 훗날의 그림을 그려서 무얼 해. 지금 내 삶에는, 내 미래에는 네가 없는데. 그러니까 그런 말은 말아.

"평범하고 행복하게, 그렇게 살아요."

녀석에게서 떨어지지 않으려 안간힘을 썼다. 서희도는 부드러우면서도 단호한 힘으로 나를 떼어 냈다.

"반가웠어요, 선배."

그리고 야속할 만큼 따뜻한 미소로 웃어 보였다.

―――――

꿈이 아니었다. 나는 분명히 서희도를 만졌고, 품에 안겼고, 향을 맡았다. 녀석의 낮고 축축한 목소리를 들었다. 성숙하면서도 아이 같은 미소도 보았다.

그랬다. 나는 오늘 5년 만에 서희도를 만났다. 그리고 구질구질하게 매달렸다.

서희도는 나 같은 건 이미 지워 버린 사람처럼 단호하고 차가웠다.

"아휴, 정말. 네 오빠 이번에 또 회사 그만뒀다더라. 인내심이 왜 그리 바닥인지. 네 오빠는 왜 나이 먹을수록 하는 짓이 더 어려지는지 모르겠다. 그래도 수연이 네가 있어서 다행이지. 너까지 없었으면 엄마 외로워서 어쩔 뻔했니."

엄마는 거실에서 바느질을 하며 쉬지 않고 하소연을 했다. 오빠가 세 번째로 이직한 회사를 또 그만둔 모양이었다.

멍하니 거실 천장을 바라보던 나는 엄마의 목소리를 듣고 나서야 정신을 차렸다. 좁은 거실 안에 붉은 기운이 퍼지고 있었다. 벌써 해 질 녘이었다.

"나이 들면 딸만 한 자식이 없다더니. 그 말이 맞긴 맞나 봐."

엄마가 바느질을 멈추고 나를 보며 씩 웃었다. 나를 향해 미소 짓는 엄마의 얼굴이 어쩐지 낯설었다.

나는 이제 엄마를 원망하지 않는다. 나이를 먹으면서 조금은, 아주 조금은 엄마를 이해할 수 있게 됐다.

사람은 완벽할 수 없고 부모 또한 사람이라는 것을. 때때로 어느 부모에게는 자식이 두 종류로 나뉜다는 것도.

이를 테면 받는 것 없이 주고 싶은 자식과 주는 것 없이 받고 싶은 자식 말이다. 나는 후자에 속하는 자식이었다.

그리고 서희도 또한, 그런 자식일 터였다.

"엄마."

"응?"

"나는 나로 사랑받고 싶어."

"그게 갑자기 무슨 소리니?"

엄마가 뜬금없다는 듯이 물었다. 나는 주름진 엄마의 얼굴을 보며 또박또박 말을 이었다.

"엄마 딸 말고, 오빠 동생 말고, 그냥 최수연으로. 그렇게 사랑받고 싶어."

날이 점점 어두워지고 있었다. 더 늦기 전에 가 봐야 할 것 같았다. 무언가에 홀린 듯이 방으로 들어가 장롱 속에 처박아 두었던 가방을 꺼내어 잡히는 대로 아무 옷이나 무작정 쑤셔 넣었다.

"너 갑자기 왜 이래? 응?"

"나도 이제 엄마 이해해. 다 지나간 일이기도 하고. 그런데 엄마. 이제는 내가 원하는 대로 살고 싶어. 나는…… 그 애가 필요해."

"얘가 왜 이러는 거야, 도대체. 네가 지금 무슨 말 하는지 엄만 하나도 못 알아듣겠어."

가방을 짊어지고 현관으로 향하는 나를 엄마가 다급하게 따라나섰다. 나는 엄마를 등진 채 신발을 구겨 신었다.

"엄마도 이제 엄마 인생 살아."

이해인지 체념인지는 아직은 모르겠다.

다만, 이제 더 이상 엄마를 원망하지 않는다는 것만은 확실하다.

이 정도면 됐다. 할 만큼 한 거다.

나도, 서희도도.

"나중에 연락할게요."

해가 지기 전에 가야겠다. 나는 네가 필요하니까.

어느 책에서 그랬다. 우리가 이 역겨운 땅으로 되돌아오는 것은 그 역겨움이 익숙하기 때문이라고.

역겨움을 견디는 것이 저 황량한 세계에 홀로 던져지는 두려움을 견디는 것보다, 두려움의 크기만큼 넓고 깊게 번지는 외로움을 견디는 것보다 더 익숙하기 때문이라고.

나는 너와 함께 있는 게 익숙하다. 비록 또다시 상처 받고, 서로를 옥죄고, 어느 순간 너와 함께 있는 시간이 역겨워질지라도 나는 다시 너를 찾게 될 거다.

외로움을 견디는 것보다 그편이 더 나으니까.

"……왜 왔어요?"

서희도. 너도 나와 같은 생각이잖아? 그래서 돌아온 거잖아.

"그러는 너는, 왜 그러고 있어?"

서희도는 잔뜩 흐트러져 있었다. 술병이 어지럽게 널브러진 거실에 웅크려 앉은 채로.

"상관 말고 가요."

"그렇게 태연한 척 보내 놓고, 왜 그런 꼴로 있는데?"

서희도가 고개를 들고 나를 바라봤다. 아침까지만 해도 멀끔하던 녀석의 얼굴은 삶에 지친 사람처럼 피로해 보였다. 녀석은 천천히 몸을 일으키더니 비틀대며 내게 다가왔다.

"선배. 나는 분명히 도망갈 기회를 줬어요."

현관에 서 있는 나를 초점 없는 눈으로 내려다보며 녀석이 말했다. 녀석의 숨결에서 짙은 술 냄새가 풍겼다.

"돌아가요."

"아니. 나는 너랑 같이 살 거야."

서희도의 시선이 내가 가져온 짐 가방으로 향했다. 나는 녀석의 시선을 무시하고 무작정 신발을 벗고 발을 들였다.

"어떻게 말해야 알아들을래? 나는 변한 게 없어. 다시 시작해도 결국 똑같을 거라고."

집 안으로 들어서는 나를 서희도가 돌려세웠다. 그의 손을 거칠게 뿌리치고 원망스레 바라보았다.

"말은 그렇게 하면서 결국 돌아왔잖아! 정말로 내가 보기 싫었으면, 내가 조금도 그립지 않았으면 적어도 이 집으로는 오지 말았어야지! 나는 하루가 멀다 하고 여기를 찾아왔어. 너도 알고 있었지? 모를 리가 없지. 내가 한 맺힌 귀신처럼 여기를 떠도는 걸 이 동네 사람들도 다 아는데 네가 모를 수 있겠어? 그런데도 넌 돌아왔잖아. 다른 집도 많은데 여기로 다시 왔잖아! 너도…… 너도 날 보고 싶었던 거잖아."

그의 얼굴을 가까이서 마주하니 눈 밑 근육이 뜨거워졌다. 격앙된 목소리가, 눈가에 그렁그렁 맺혀 있던 눈물이 한꺼번에 터져 나왔다.

"보고 싶었어, 희도야."

보고 싶었어.

그 한마디에 모든 게 무너져 내린다. 매일매일 딱딱하게 경직되어 있던 마음이 이제야 허물어진다. 그 사이로 흘러나오는 그리움이 이렇게나 크다.

나는 너를, 참 많이 그리워하고 있었나 보다.

"우리 같이 살자. 결국 똑같으면 어때. 끝을 알면서도 시작하는 사람들은 많아."

불현듯 미호가 했던 말이 머릿속을 스쳐 갔다.

"너 마약하는 사람들 말로가 어떤지 알아? 자기도 모르는 새에 망가져. 몸은 썩어 가고 정신은 피폐해지지. 그 사람들, 그게 나쁘고 위험한지 몰라서 손댔겠니? 알면서 손댄 거야. 끝이 그럴 걸 알면서도 찰나의 달콤함에 중독돼 버린 거라고. 독이 괜히 독이겠어? 나쁘니까 독인 거야."

"희도야. 네 이름, 내가 불러 줄게."

서희도는 혼란스러운 눈으로 나를 응시했다. 옅은 눈동자가 바람에 나부끼듯 속절없이 흔들렸다.

"너도 내 이름 불러 줘. 응? 희도야."

내 말에 굳은 채로 가만히 서 있던 서희도가 천천히 손을 뻗었다.

"안아 줘, 희도야."

서늘한 두 뺨에 따뜻한 온기가 느껴지던 순간, 서희도가 내 팔을 잡아끌었다. 녀석은 나를 품안에 가둔 채, 내 얼굴을 두 눈에 새기듯 깊게 응시했다. 뜨거운 체온을 느끼듯이, 혹은 아직 망설이는 듯이.

"아직도…… 내가 원망스럽니?"

서희도의 목을 끌어안으며 물었다. 녀석은 대답 대신 두 눈을 꼭 감았다.

"원망해도 괜찮아. 네가 그랬잖아. 원망도 결국 미련이라고."

서희도가 천천히 눈을 떴다. 나는 녀석과 눈을 맞추며, 소년과 어른 사이 그 어디쯤엔가 있는 말간 얼굴로 가까이 다가갔다.

"이제는 나도, 그렇게 생각해."

간지러운 숨결이 코끝을 스치고, 닿을 듯 말 듯 머뭇거리는 입술이 느껴질 무렵, 내가 먼저 녀석의 입술에 내려앉았다.

어느 순간, 움직임 없던 입술이 내 입술 사이를 거칠게 파고들었다.

───

미호야. 네 말이 맞아. 그 사람들은 다 알면서도 손을 댄 거야.

그런데 미호야. 나는 이제 그 사람들의 마음을 이해할 수 있을 것 같아.

끝을 알면서도 어리석은 선택을 한 이유를.

"아……."

그들에게는 그 순간이 너무나 황홀했기 때문일 거야. 뒷일은 생각할 수 없을 만큼.

"희도야."

우리는 입을 맞추자마자 몸을 섞었다. 누가 먼저랄 것도 없이, 으레 정해진 순서처럼.

서희도는 침실로 갈 여유도 없다는 듯 현관에서 나를 안았다. 티셔츠를 위로 밀어 올리고 치마를 반쯤 들춘 채, 속옷을 옆으로 밀어낸 상태에서.

몸이 밀릴 때마다 차갑고 딱딱한 현관문이 등에 닿았다. 등을 타고 흐르는 서릿발 같은 기운에 온몸이 움찔움찔 떨렸다. 하지만 아래를 파고드는 느낌에 비하면 냉기 따위는 아무것도 아니었다. 묵직하게 아랫배를 찌르는 느낌은 처음처럼 생소하기도 했고, 익숙하기도 했으며, 또 미치도록 황홀하기도 했다.

"하아……."

부푼 남성이 민감한 어딘가를 건드리자 고개가 들리고 뜨거운 숨이 흩어졌다. 녀석의 허리에 다리를 감아올리고 부드러운 머리칼 사이에 손을 넣었다. 서희도가 허리를 치올릴 때마다, 서로의 옷이 스치는 소리가 귓가를 야릇하게 자극했다.

"아……, 희도야……."

아득하게 멀어지는 정신을 간신히 붙들고 눈을 떴다. 살며시 뜬 눈 사이로 고요한 집 안의 풍경이 보인다.

남색 어둠이 깔린 거실, 여기저기 흩어져 있는 짐짝과 술병들, 뒤엉켜 있는 검은 인영.

이제야, 이제야 비로소 사는 것 같다.

"선배."

서희도가 움직임을 멈추고 내 얼굴을 물끄러미 보았다. 밭은 호흡에 녀석의 넓은 어깨가 들썩거렸다.

"왜 울어요?"

녀석이 내 뺨 위로 흘러내리는 눈물을 입술로 훔치며 물었다. 동시에 녀석의 턱 끝에 맺혀 있던 땀이 내 가슴골로 툭, 떨어졌다.

"좋아서 그래."

거친 호흡 사이로 간신히 한마디를 뱉었다. 서희도는 그런 나를 집요하게 쳐다보더니, 참을 수 없다는 듯 다시 입술을 파고들었다. 혀끝으로 입술을 쓸고, 이를 세워 살짝 깨문다. 그러고는 벌어진 입술 사이로 미끈한 혀를 집어넣는다.

이상하다. 숨이 막히는데 오히려 숨을 쉬는 기분이다.

"희도, 희도야."

쉴 틈 없이 키스를 퍼붓는 서희도를 밀어냈다. 녀석은 잠시라도 떨어지기 싫다는 듯 다시 내 입술을 찾았지만, 나는 녀석을 다시 밀어냈다.

"왜 그래요."

녀석이 미간을 좁히며 물었다. 붉게 상기된 얼굴. 5년 전보다 더 깊어진 눈. 그 눈으로, 욕망이 깃든 눈으로 나를 본다.

그래. 이 눈이면 돼. 변하지 않는다 해도 상관없어.

"더……"

"응?"

"더 세게 안아 줘."

서희도의 얼굴 근육이 일순 꿈틀거렸다. 나를 빤히 응시하더니, 돌연 내 몸을 안아 들고 현관과 가장 가까운 부엌으로 향했다. 여전히 깊숙한 곳에 남성을 묻어 둔 채로 녀석이 나를 식탁 위에 앉혔다.

"아파도 참아요."

말이 끝남과 동시에 무릎 뒤로 손이 들어왔다. 강한 악력에 다리가 벌어지고, 반쯤 들어와 있던 남성이 뿌리 끝까지 밀려들어 온다.

"흐윽……"

아파. 살이 찢어질 것처럼 아파. 아프면서도 좋아. 이렇게 계속 네가 내 안에 있으면 좋겠어.

"불러 줘요."

서희도가 허리를 거칠게 움직이며 말했다. 살과 살이 부딪히며 만들어 내는 찰박찰박, 물기 어린 소리가 부엌을 울렸다.

"내 이름, 불러 줘."

녀석이 허공에서 흔들리는 내 가슴을 한 입 베어 물었다. 딱딱하게 솟은 돌기를 이로 자근자근 깨물면서 한 손으로는 등골을 훑어 내린다.

가슴을 빨아 대는 혀의 움직임에, 척추를 따라 움직이는 손길에 메말라 있던 아래가 축축하게 젖어 들었다. 서희도가 들어왔다 나갈 때마다 찌걱거리는 야릇한 소리가 흘러나왔다.

"희도야, 아, 아흣⋯⋯!"

움직임은 점점 더 빨라졌다. 그 반동에 몸이 뒤로 밀리면서 저절로 상체가 눕혀졌다. 아래에서 파고드는 묵직한 느낌에, 위에서 타고 흐르는 찬 기운에 몸이 흠칫흠칫 떨렸다.

"사실은 선배 말이 맞아."

녀석이 내 어깨를 그러안고 상체를 일으켰다. 두 팔로 식탁을 짚고, 그 안에 나를 가둔 채 숨을 고른다.

서희도는 확연한 남자가 되어 있었다. 일렁이는 목울대도, 이따금씩 떨리는 눈 밑 근육도 무언가가 묘하게 달랐다. 예전보다 한층 더 깊어진 느낌이었다.

"나, 다 알고 왔어요."

녀석이 밭은 숨과 함께 말을 꺼냈다.

"선배랑 뭘 해 보려고 했던 건 아니야. 그냥 어떻게 사는지만 보려고 했는데⋯⋯."

서희도는 말을 멈추더니 입술을 꾹 깨물었다. 그리고 눈을 천천히 감았다가 뜨며 말을 이었다.

"선배가 이러면, 또 욕심이 나잖아."

그 말과 동시에 녀석이 몸을 빼더니, 순식간에 내 몸을 뒤집었다. 꼿꼿하게 솟은 가슴이 식탁 위에 짓눌리고 엉덩이가 들렸다.

"지금이라도 말해요. 그만하라고. 선배가 하지 말라고 하면 난 안 해요."

내 귓가에 대고 서희도가 낮게 속삭였다. 쉼 없이 수축하는 곳에는 딱딱하게 굳어 있는 남성이 바짝 닿아 있었다.

"……내가 뭐라고 할지 너도 알잖아."

"선배가 선택할 기회를 주는 거야. 그래야 나중에 도망간단 소리를 못 하지."

녀석은 농담처럼 웃으면서 말했다. 장난스런 그 말의 이면에 녀석의 진심이 묻어 있다는 걸, 누구보다도 내가 제일 잘 알고 있었다.

"도망갈 생각 없어."

서희도의 손을 잡아 가슴으로 끌었다. 녀석은 자연스레 내 가슴을 움켜쥐고 비튼다.

어디를 만져 주면 내가 젖는지, 어떤 체위로 하면 흥분하는지 제일 잘 아는 사람.

너에게 안길 때만 나는 비로소 여자가 돼.

그러니까.

"그러니까…… 계속 해 줘."

대답이 떨어지자마자 굵은 남성이 다시금 밀려들었다. 조금 전보다 더 깊고 강한 움직임이었다. 내가 빠져나가지 못하도록 힘을 주면, 녀석은 잠시 멈췄다가 또다시 들어서길 반복했다.

"아흑……!"

허리가 휘고 팔이 허공에서 길을 잃었다. 서희도는 허우적거리는 내 손에 단단히 깍지를 낀 채, 한 손으론 축축하게 연결된 부위를 더듬기 시작했다. 녀석의 손이 부푼 정점을 스칠 때마다 몸이 움찔움찔 떨렸다.

"후회하지 마요."

"너…… 후회보다 더 지독한 게 뭔지 알아?"

서희도는 답하지 않았다. 대신 아랫배를 강하게 끌어당기며 남성을 더 깊숙이 묻을 뿐이었다. 나는 잇새로 새어 나오는 신음 소리를 꾹 참으며 간신히 한마디를 뱉었다.

"그리움이야."

서희도가 낮게 웃었다. 그리고 돌연 입을 맞추었다.

깍지를 낀 채로, 뒤에서 들어오는 녀석을 품은 자세로 오랫동안 농밀한 키스를 했다. 떨어질 듯 다시 부딪히고, 끊길 듯 끊이지 않는 키스. 숨을 쉴 수 없을 만큼, 다른 생각 따위는 끼어들 수 없을 만큼 진한 입맞춤이었다.

우리가 섹스 중이었다는 사실을 깨달았을 때는, 서희도가 끈적이는 입술을 떼고 내 눈을 빤히 바라볼 때였다.

각인시키듯 바라보는 시선에 고요하던 아랫배의 감각이 되살아났다. 홧홧하고 쓰라리면서도 간지럽고 오묘한 느낌. 녀석은 허리를 둥글게 굴리면서 내 가슴을 양손으로 움켜쥐었다.

"난 외로운 게 싫어. 이제는 외롭게 만들지 마요."

"흐윽……."

반쯤 꺾여 있던 상체가 위로 들렸다. 움직임이 점점 빨라지고 있었다. 서희도는 내 허리를 한 팔로 둘러 안은 채 성마르게 내달렸다. 신음 소리도, 숨소리도 없이 오직 질척이고 찍적이는 소리만이 고요한 정적을 메웠다.

그리고 어느 순간, 아랫배가 파들거리며 수축과 이완을 반복하던 때, 서희도가 내 몸을 세게 당겨 안았다. 목 부근에서 뜨거운 숨결이 느껴졌다.

"……살 것 같아."

서희도가 내 목에 입술을 묻은 채로 작게 중얼거렸다.

안도의 한숨처럼 흩어지는 나직한 목소리를 들으며, 나는 조용히 눈을 감았다.

"왜 머리 안 길렀어요?"

"네가 못 알아볼까 봐."

서희도가 피식 웃으며 물에 젖은 머리칼을 넘겨 주었다. 우리는 숨 돌릴 틈도 없이 몇 번의 관계를 가졌고, 욕실로 들어와 좁은 욕조 안에 마주 앉았다. 녀석은 나를 제 다리 위에 앉혀 놓고선 얼굴에 구멍이라도 뚫을 기세로 나를 빤히 바라보고 있었다.

"기르지 마요."

"왜?"

"머리 기르면 목이 가려지잖아. 선배는 목선이 예쁘거든."

서희도는 나직하게 말하면서 내 허리를 잡아당겼다. 거리가 더 가까워지자 부푼 가슴이 그의 가슴에 짓눌렸다.

"더 예뻐진 것 같아."

녀석이 내 이마와 볼을 손가락으로 쓸었다. 그 말에 나는 픕, 웃어 버렸다.

"그럴 리가. 나이 먹고 늙었는데."

사뭇 진지한 얼굴로 고개를 저은 서희도가 내 가슴에 얼굴을 묻는다. 엄마에게 안긴 아이처럼, 방황하는 소년처럼, 혹은 여자를 안는 남자처럼.

"제주도에서는 뭐 하고 지냈어?"

녀석의 부드러운 머리칼을 쓸며 물었다. 서희도는 나를 꼭 끌어안은 채로 천천히 입을 뗐다.

"서희원 노릇."

"그거 말고."

"그냥, 나 같은 애들 돌봐 줬어요."

"너 같은 애들?"

"거기 나처럼 방치된 애들 많거든. 책 몇 장만 읽어 주면 부모들이 돈을 줘요. 본인들이 읽어 주면 되는데."

서희도가 자조적으로 웃었다. 나는 녀석을 물끄러미 내려다보다가 가장 묻고 싶었던 말을 어렵게 꺼냈다.

"학교는…… 왜 그만뒀어?"

짧은 정적이 흘렀다. 덜 잠긴 수도꼭지에서 물방울이 떨어지며 가랑비 같은 소리를 냈다.

"신물 나서요. 그땐 모든 게 다 지겨웠어."

서희도가 무심하게 답했다. 그리고 다소 어두워진 얼굴로 나를 올려다보았다.

"선배. 죽고 싶지는 않지만 딱히 살고 싶지도 않은 기분이 뭔지 알아요? 바다를 보면 그런 생각이 들어. 왜, 바다는 망망대해잖아. 가만히 보고 있으면 다 허무해지거든. 내가 보잘 것 없어지는 것 같고, 바다에 빨려 들어갈 것 같고. 갈 길이 난망해져요. 그 기분, 알아?"

죽고 싶지는 않지만 딱히 살고 싶지도 않은 기분.

그 기분이 뭔지 조금은 알 것도 같다. 서희도를 처음 만났던 4학년 2학기의 시작에, 나는 딱 그 기분이었으니까.

"그런데 선배. 난 선배를 보면 살고 싶어져."

서희도는 부르튼 내 입술을 손가락으로 느릿하게 쓸었다.

"선배는 나한테 온갖 감정을 다 느끼게 해. 선배를 보면 끌어안고 입맞추고 싶다가도 화가 나고 괴로워서 돌아 버릴 것 같아. 나는 선배랑 있을 때만 살아 있는 걸 느껴요."

격한 말을 하면서도 서희도의 표정은 고요했다. 녀석은 내 입술을 응시하며 얼굴을 바짝 가져다 대었다. 눈을 감은 채 내 입술 주위를 배회한다. 감각으로 탐색하기라도 하듯이.

"나는 이것도 사랑이라고 생각해."

그는 다시 천천히 눈을 뜨고 나를 바라보았다. 내 대답을 기다리는 눈빛으로.

나는 고민할 겨를도 없이, 녀석의 어깨를 움켜잡으며 대답했다.

"그래. 사랑 맞아."

그러고는 녀석의 입술 위로 내려앉았다.

⎯⎯⎯

어쩌면 사랑이 아닐지도 모른다. 서희도는 나를 작은 세상에 가둬 놓고 소유하려 하고, 나는 서희도에게 안길 때만 오롯이 여자가 된다.

우리를 보는 누군가는 말할 것이다.

그건 사랑이 아니라 집착과 광기일 뿐이라고.

"뭐? 회사 그만뒀다고? 너 미쳤어? 제정신이야?"

미호가 피우고 있던 담배를 비벼 끄며 소리쳤다. 나는 미호의 입에서 퍼져 나오는 담배 연기에 인상을 찡그렸다. 서희도와 헤어지고 담배를 끊은 지 벌써 4년째였다.

"그동안 모아 놓은 돈도 있고. 이제는 내 인생 살고 싶어."

"서희도 때문이지?"

대답 없이 미호를 보았다. 미호는 내 표정을 읽더니 도무지 이해할 수 없다는 듯 헛웃음을 흘렸다. 그러다 이내 웃음을 뚝 멈추고는 심각한 얼굴로 휴대폰을 들이밀었다.

"내가 더 좋은 사람 소개해 줄게. 여기서 한 명만 골라 봐. 그 자식보다 건실하고 괜찮은 놈이 수두룩하게 널렸어."

"그래. 수두룩하게 널렸겠지. 나도 알아."

"야, 최수연!"

"네가 그랬지. 마약하는 사람들은 알면서도 손대는 거라고. 나도 그래. 다 알면서 시작하려는 거야. 난 그 애랑 있을 때 제일 행복해."

"너 제대로 미쳤구나. 너 지금 내 말 안 들으면 후회해. 걔는 누가 봐도 위험한 애라고."

알고 있다. 누구보다도 서희도를 직접 겪었던 내가 가장 잘 알고 있다.

서희도는 또 나를 구속하려 할 테고, 끊임없는 불안과 집착으로 피폐해질 거다. 보통의 남자와는 다른 서희도와 살면서 나도 평범한 삶에서는 멀어지겠지.

안정적인 결혼도, 따뜻한 행복감도 없는 세상에서 서로를 탐하는 데만 여념이 없을지도 몰라.

하지만 그게 뭐?

설령 그렇다고 해도 아무럼 어때.

"나는 서희도가 필요해. 그 애도 내가 필요하고."

돌아갈 거야.

우리는 서로가 필요하니까.

"조만간 또 보자, 미호야."

우리는 그게 사랑이라고 생각하니까.

미호의 집을 나와 서희도의 집으로 향하는 길, 시장에 들렀다. 시장에는 아직 설익은 귤이 나와 있었다. 제철이 아닌데도 탐스러워서 소복이 쌓여 있는 귤 앞에서 한참을 서성였다.

살까, 말까. 고민하다가 결국 냉큼 한 봉지를 사서 발걸음을 옮겼다. 아무래도 서희도가 좋아할 것 같았다.

팔목에 귤이 가득 담긴 봉지를 끼우고 가벼운 마음으로 계단을 올랐다. 중국집 전단지 하나가 현관문에 홀로 붙어 있었다. 문득 밥 해 먹기 귀찮을 때 시켜 먹으면 좋을 것 같다는 생각이 들었다.

전단지를 떼어 외투 주머니에 구겨 넣곤 벨을 눌렀다. 안에서 묵직한 발걸음 소리가 들리더니 곧 문이 달칵 열렸다.

"왔어요?"

맑게 웃는 얼굴이 좋아 나도 모르게 입을 맞췄다. 발보다 먼저 마중 나간 입술. 서희도는 당황한 기색도 없이 입을 맞추며 내 팔을 잡아끌었다.

바닥에 떨어진 귤이 터졌을 것 같지만, 걱정이 끼어들 틈도 없이 혀가 침입한다. 녀석의 혀에서 달콤쌉싸름한 맛이 나는 것 같다. 그새 또 녹차 아이스크림을 먹었나 보다.

내가 온갖 생각을 하는 동안, 서희도는 입을 떼지 않은 채 나를 안아 들고 소파로 향했다.

"귤 사 왔는데."

"그래요? 선배 보느라 몰랐어."

소파 위에 나를 내려놓으며 녀석이 따스하게 웃었다. 녀석은 아이 다루듯 내 얼굴을 쓰다듬더니, 다시 바짝 당겨 입을 맞추었다. 나는 소파에 앉은 채로, 녀석은 내 앞에 한쪽 무릎을 꿇은 채로 키스를 한다. 꼭 공주가 된 기분이다.

"같이 씻을까?"

서희도가 내 입술을 살짝 깨물며 물었다. 연이은 키스에 녀석의 숨소리가 가빴다.

"응."

나는 또 고민할 겨를도 없이, 녀석의 목을 끌어안으며 작게 대답했다.

"어떻게 해 줄까?"

녀석이 나를 뒤에서 그러안은 채 속삭이듯 물었다. 한 손으로 거품 묻은 가슴을 가득 움켜쥔 채, 다른 한 손으론 축축이 젖은 아래를 쉴 새 없이 애무한다.

흐르는 물 때문인지, 아니면 녀석의 손짓에 흥분해서 흘러나온 액 때문인지, 기다란 손가락이 미끈하게 파고들 때마다 질척거리는 소리가 났다.

"여기가 좋아요?"

깊은 곳을 들락거리던 손가락이 정점을 톡 건드렸다. 내가 낮은 신음 소리를 흘리자 녀석이 낮게 웃으며 가슴을 더 세게 지분거렸다. 커다란 손안에서 미끌거리는 가슴이 뭉개졌다.

"꿈같아요. 선배랑 다시 사는 거요."

눈을 감고, 생각을 비운 뒤 서희도의 어깨에 머리를 기댔다. 샤워기에서 흘러나오는 물줄기가 얼굴과 몸을 차갑게 적셨다.

"그런데 왜 자꾸 갈증이 나는지 모르겠어. 아무리 안아도 또 안고 싶어."

감았던 눈을 천천히 떴다. 욕실의 밝은 등이 어지럽게 이지러진다.

"선배, 나 봐요."

서희도가 얼굴을 잡아 뒤로 돌렸다. 흐릿해진 눈으로 녀석을 마주했다. 집요한 눈동자를 보니 문득 미호의 말이 스쳤다.

"위험한 애야."

그건 내가 서희도를 처음 봤을 때 느꼈던 직감이기도 했다. 사실, 지금도 나는 서희도가 두렵다.

그것보다 더 무서운 건,

"……넣어 줘."

내가 너를 닮아 가고 있다는 거다.

"떨어져 있는 건 싫어."

나도 매일 갈증이 나. 너에게 안겨 있는 순간에도 또 안기고 싶어.

"아프면 말해요."

너는 늘 배려하듯이 말하지. 하지만 우리 관계에 배려 따위는 없어. 너는 항상 내 안에 무자비하게 들어서잖아. 나는 그런 네 힘이 좋아. 나를 여자로 만들어 주는 그 힘.

"아……, 좋아……."

그래. 내가 원한 건 이렇게 가득 차는 느낌이었어. 빈틈없이 메우는, 너만이 줄 수 있는 감각.

"여기가 좋아요?"

"더, 더 깊이……."

모든 소리가 한데 섞여 욕실을 울린다. 물줄기 소리와 살과 살이 찰박이는 소리. 너의 짙은 숨소리. 그리고 내가 뱉는 신음 소리.

"사랑해요, 선배."

부디 계속 사랑해 줘, 나를.

서희도와 살면서 다시 담배를 피우기 시작했다.

샤워를 마치고 담배를 입에 문 채 머리의 물기를 짜내고 있을 때였다. 서희도가 소리도 없이 다가왔다. 녀석은 내가 물고 있던 담배를 빼앗아 물더니 빙긋 웃었다.

"선배. 나는 많은 걸 바라는 게 아니에요."

서희도가 담배에 불을 붙이며 나직하게 운을 뗐다. 나는 이어지는 녀석의 말을 들으며 가만히 눈을 감았다. 얼굴을 만지는 녀석의 손길이, 창틈 새로 불어오는 바람결이 좋았다.

그래, 희도야. 네 말대로 우리 그렇게 살자.

"선배. 입에 밥풀 묻었어요."

"진짜? 어디? 여기?"

"아니. 내가 떼어 줄게."

"아, 뭐야. 더럽게 그걸 왜 먹어!"

"뭐가 더러워. 선배 밥이 내 밥이고, 내 밥이 선배 밥이지."

"그래도 입에 묻어 있던 거를……."

해가 늦게 뜨는 겨울 아침에는 느지막이 일어나 매일 둘이서 같이 밥을 먹는 거야.

"선배는 시간을 되돌릴 수 있다면 언제로 돌아가고 싶어요?"

"말 안 해. 또 트집 잡을 거면서."

"……."

"그나저나 레이첼 맥아담스 진짜 예쁘다. 그치?"

"별로. 선배가 훨씬 더 예뻐."

해가 지는 오후에는 책을 읽고, 영화를 보는 거야. 네가 좋아하는 과일을 먹으면서. 아니면 녹차 아이스크림을 먹으면서.

"선배는 결혼하고 싶은 생각 없어요?"

"아직은. 아내가 되는 것도, 엄마가 되는 것도 두려워."

머리를 맞대고 누워 있다가 문득 떠오르는 생각을 나눠 보는 거야. 사랑이 뭘까 얘기해 보고, 인생은 뭘까 얘기해 보고.

"지금이라도 기회 줄까요?"

"무슨 기회?"

"도망갈 기회."

"그만하자."

"솔직히 말해 봐요. 가끔은 후회하죠? 나한테 돌아온 거."

"왜 그런 소릴 해? 내가 선택한 거야. 다른 남자 만날 생각 없어."

그러다 의견이 부딪혀서 싸우기도 하는 거지.

"사실 선배가 도망간다고 해도 놔줄 생각 없어요. 그냥 한번 떠본 거야."

"그만, 너무 깊어……."

싸우고 난 밤에는 아무 일 없었다는 듯 키스를 하자. 알몸으로 뒤엉켜서 지칠 때까지 몇 번이고 몸을 섞자.

"나도 그래요. 선배가 너무 깊고…… 아득해. 미칠 것 같아."

너는 아무 말 없이 나를 바라보기만 하면 돼. 흐트러진 얼굴로 내 안에서 한없이 무너지기만 하면 돼.

그래, 희도야.

우리 계속 이렇게 살자. 똑같은 상처가 되풀이된다고 해도 괜찮아. 끝이 어떻든 그게 무슨 상관이야.

우리가 망가지고 있다 한들 또 어때. 우리는 함께 있을 때만 비로소 살아 있는 기분이잖아.

의심할 필요 없어. 눈을 감고 귀를 막자.

이건 사랑이야.

누가 뭐라고 해도, 우리가 하는 건 사랑이야.

—fin

작가 후기

재출간 작업을 하면서 몇 년 만에 희도와 수연을 다시 만났습니다.
어쩌면 희도와 수연에게 사랑이란,
다만 서로의 이름을 불러 주는 일인지도 모르겠습니다.
누군가는 철없는 선택이라 비웃을 수 있겠지만 아무렴 어떻겠어요.
온전하게 행복하면 그만인 것을.

매일, 매 순간 행복하십시오.

—2019년 여름을 앞둔 어느 날,
조인영 드림.